# Jane Austen

# Razão e Sensibilidade

# Jane Austen

Tradução Marcelo Barbão

# Razão e Sensibilidade

Principis

Esta é uma publicação Principis, selo exclusivo da Ciranda Cultural
© 2020 Ciranda Cultural Editora e Distribuidora Ltda.

Traduzido do original em inglês
Sense and Sensibility

Texto
Jane Austen

Tradução
Marcelo Barbão

Revisão
Mariane Genaro
Agnaldo Alves

Produção editorial e projeto gráfico
Ciranda Cultural

Imagens
Studio DMM Photography, Designs & Art/Shutterstock.com;
Apostrophe/Shutterstock.com;
Lollitta M-A/Shutterstock.com;
oksart1/Shutterstock.com;
KateChe/Shutterstock.com;
Flower design sketch gallery/Shutterstock.com

Dados Internacionais de Catalogação na Publicação (CIP) de acordo com ISBD

| | |
|---|---|
| A933r | Austen, Jane, 1775-1817 |
| | Razão e Sensibilidade / Jane Austen ; traduzido por Marcelo Barbão. - 3. ed. - Jandira, SP : Principis, 2020. |
| | 288 p. ; 16cm x 23cm. – (Literatura Clássica Mundial) |
| | Tradução de: Sense and Sensibility |
| | Inclui índice. |
| | ISBN: 978-65-5552-071-2 |
| | 1. Literatura inglesa. 2. Romance. I. Barbão, Marcelo. II. Título. III. Série. |
| 2020-1266 | CDD 823<br>CDU 821.111-31 |

Elaborado por Vagner Rodolfo da Silva - CRB-8/9410

Índice para catálogo sistemático:
1. Literatura inglesa : Romance 823
2. Literatura inglesa : Romance 821.111-31

3ª edição revista em 2020
www.cirandacultural.com.br
Todos os direitos reservados.
Nenhuma parte desta publicação pode ser reproduzida, arquivada em sistema de busca ou transmitida por qualquer meio, seja ele eletrônico, fotocópia, gravação ou outros, sem prévia autorização do detentor dos direitos, e não pode circular encadernada ou encapada de maneira distinta daquela em que foi publicada, ou sem que as mesmas condições sejam impostas aos compradores subsequentes.

# Sumário

Capítulo 1 .................................................................................................7
Capítulo 2 ...............................................................................................10
Capítulo 3 ...............................................................................................15
Capítulo 4 ...............................................................................................18
Capítulo 5 ...............................................................................................23
Capítulo 6 ...............................................................................................25
Capítulo 7 ...............................................................................................28
Capítulo 8 ...............................................................................................31
Capítulo 9 ...............................................................................................34
Capítulo 10 .............................................................................................38
Capítulo 11 .............................................................................................43
Capítulo 12 .............................................................................................47
Capítulo 13 .............................................................................................51
Capítulo 14 .............................................................................................56
Capítulo 15 .............................................................................................60
Capítulo 16 .............................................................................................66
Capítulo 17 .............................................................................................71
Capítulo 18 .............................................................................................75
Capítulo 19 .............................................................................................79
Capítulo 20 .............................................................................................85
Capítulo 21 .............................................................................................91
Capítulo 22 .............................................................................................98
Capítulo 23 ...........................................................................................105
Capítulo 24 ...........................................................................................110
Capítulo 25 ...........................................................................................115
Capítulo 26 ...........................................................................................120

Capítulo 27 ...................................................................................... 125
Capítulo 28 ...................................................................................... 132
Capítulo 29 ...................................................................................... 135
Capítulo 30 ...................................................................................... 145
Capítulo 31 ...................................................................................... 151
Capítulo 32 ...................................................................................... 160
Capítulo 33 ...................................................................................... 166
Capítulo 34 ...................................................................................... 173
Capítulo 35 ...................................................................................... 179
Capítulo 36 ...................................................................................... 185
Capítulo 37 ...................................................................................... 192
Capítulo 38 ...................................................................................... 202
Capítulo 39 ...................................................................................... 209
Capítulo 40 ...................................................................................... 214
Capítulo 41 ...................................................................................... 220
Capítulo 42 ...................................................................................... 226
Capítulo 43 ...................................................................................... 230
Capítulo 44 ...................................................................................... 238
Capítulo 45 ...................................................................................... 251
Capítulo 46 ...................................................................................... 256
Capítulo 47 ...................................................................................... 263
Capítulo 48 ...................................................................................... 269
Capítulo 49 ...................................................................................... 273
Capítulo 50 ...................................................................................... 283

## Capítulo I

A família Dashwood estabelecera-se há tempos em Sussex. A propriedade era grande e a residência ficava em Norland Park, no centro das terras, onde, por muitas gerações, tinham vivido de maneira tão respeitável que conquistaram uma boa reputação entre os vizinhos. O antigo proprietário era um homem solteiro, que vivera até uma idade muito avançada e que por muitos anos de sua vida teve a irmã como companheira fiel e governanta. Mas a morte dela, que aconteceu dez anos antes da sua, produziu uma grande alteração em seu lar; e para suportar a perda, ele convidou e acolheu em casa a família do sobrinho, o senhor Henry Dashwood, herdeiro legal da propriedade de Norland e a pessoa a quem ele pretendia deixar seus bens. Na companhia do sobrinho e da sobrinha, e dos filhos destes, o velho cavalheiro passava dias confortáveis. Seu apego a todos eles foi aumentando com o tempo. A atenção constante do senhor e da senhora Henry Dashwood aos desejos dele, a qual ocorria não apenas por interesse, mas por fruto da bondade no coração, garantiu o sólido conforto que sua idade poderia receber, e a alegria das crianças acrescentou prazer à sua existência.

De um primeiro casamento, o senhor Henry Dashwood teve um filho; com a atual esposa, três filhas. O filho, um jovem calmo e respeitável, era sustentado pela fortuna da mãe, que fora grande, metade da qual recebera ao atingir a maioridade. Com seu próprio casamento, que aconteceu pouco depois, ele aumentou a fortuna. Para ele, portanto, receber a propriedade de Norland não era tão importante como para as irmãs; já que a fortuna delas, independentemente do que receberiam se o pai herdasse a propriedade, só poderia ser pequena. A mãe delas não tinha nada, e o pai contava com apenas 7 mil libras à sua disposição. A metade restante da fortuna da primeira esposa também estava assegurada ao filho, e ele apenas tinha direito a usá-la em vida.

O velho cavalheiro morreu: seu testamento foi lido e, como quase qualquer testamento, gerou tanta decepção quanto alegria. Ele não foi nem injusto nem ingrato, deixando sua propriedade para o sobrinho. Mas deixou para ele sob certas condições que anularam metade do valor do legado. O senhor Dashwood desejava o lugar mais por causa da esposa e das filhas do que para si mesmo ou seu filho, mas a herança foi deixada para o filho e o neto, um menino de 4 anos, de tal modo que ele não tinha como assegurar o sustento das quatro mulheres que mais amava e que mais necessitavam de um sustento como titulares da propriedade ou por meio das vendas de sua floresta valiosa. Tudo estava feito para que o neto fosse o beneficiário, pois, nas visitas ocasionais com os pais a Norland, o menino tinha conquistado a afeição do velho tio, por meio dos atrativos que não são incomuns em crianças de 2 ou 3 anos de idade; uma articulação imperfeita, um desejo sincero de fazer as coisas do seu jeito, muitos truques astutos e muito barulho, os quais superaram todo o valor da atenção que, durante anos, ele tinha recebido da sobrinha e das filhas. Ele não quis ser indelicado, no entanto, e, como demonstração de seu carinho pelas três garotas, deixou mil libras para cada uma.

A decepção do senhor Dashwood foi grande no começo, mas seu temperamento era alegre e otimista, e ele poderia razoavelmente ter a esperança de viver muitos anos de maneira econômica, podendo juntar uma soma considerável da produção de uma propriedade bastante grande e capaz de melhorias quase imediatas. Mas a sorte, que demorou tanto para chegar, só durou 12 meses. Ele sobreviveu pouco tempo ao tio, e dez mil libras, incluindo os legados posteriores, foi tudo que restou para a viúva e suas filhas.

O filho do senhor Dashwood foi chamado logo que a saúde do pai piorou, e este pediu a ele, com toda a força e urgência que a doença poderia exigir, que cuidasse da madrasta e das meias-irmãs.

O senhor John Dashwood não tinha fortes sentimentos pelo resto da família, mas foi afetado por um pedido dessa natureza em tal momento, e prometeu fazer tudo que estivesse ao seu alcance para mantê-las confortáveis. Seu pai ficou mais tranquilo com essa garantia e o senhor John Dashwood teve então a calma para considerar com prudência o quanto poderia fazer por elas.

Ele não era um jovem com más intenções, a não ser que ter o coração bastante frio e ser um tanto egoísta seja ter más intenções, mas ele era, em geral, respeitado, pois atuava com propriedade no cumprimento de seus deveres. Se tivesse se casado com uma mulher mais amável, poderia ter se tornado ainda mais respeitável do que era. Poderia até ter se tornado agradável também, pois era muito jovem quando se casou e gostava muito de sua esposa. Mas a senhora John Dashwood era uma forte caricatura dele, mais tacanha e egoísta.

Quando fez a promessa a seu pai, ele ponderou que aumentaria a fortuna de suas irmãs dando um presente de mil libras a cada uma. E sentiu-se satisfeito com isso. A perspectiva de quatro mil por ano, além da renda atual, mais a metade remanescente da fortuna da mãe, aqueceu seu coração e o fez se sentir capaz de tal generosidade. "Sim, ele lhes daria três mil libras: seria generoso e bonito! Seria suficiente para que vivessem bem. Três mil libras! Ele poderia dispender uma quantia tão considerável com poucos inconvenientes". Pensou nisso o dia todo e por muitos dias seguidos, e não mudou de ideia.

Assim que terminou o funeral de Henry Dashwood, a senhora John Dashwood, sem avisar suas intenções para a sogra, chegou com o marido e os empregados. Ninguém poderia contestar seu direito de vir, a casa era do marido desde o momento da morte do pai, mas a indelicadeza de sua conduta foi muito grande, e para uma mulher na situação da senhora Dashwood, com sentimentos delicados, deve ter sido muito desagradável. Em sua mente, no entanto, havia uma sensação de honra tão forte, uma generosidade tão romântica, que qualquer ofensa do tipo, dada ou recebida por quem quer fosse, era para ela uma fonte de desgosto irreparável. A senhora John Dashwood nunca fora uma das favoritas da família do marido, mas ela não tivera oportunidade, até então, de mostrar como poderia ter pouca consideração com o conforto das outras pessoas quando a ocasião exigisse.

A senhora Dashwood sentiu com tanta intensidade esse comportamento desagradável e com tanto fervor desprezava sua nora por isso que, na chegada do senhor Dashwood, teria deixado a casa para sempre, não fosse o pedido da filha mais velha, que a fez refletir sobre a conveniência de partir, e seu amor por suas três filhas, que determinou que ela ficasse, e, pelo bem delas, evitasse um rompimento com o irmão.

Elinor, a filha mais velha, cujo conselho foi tão eficaz, tinha uma capacidade de compreensão e uma serenidade de julgamento que a qualificavam, embora tivesse apenas 19 anos, a ser a conselheira da mãe, e permitia que atuasse com frequência, em benefício das quatro, contra a impetuosidade da senhora Dashwood, que em geral levava à imprudência. Ela possuía um coração excelente, era afetuosa e seus sentimentos eram fortes, mas sabia como governá-los: era um conhecimento que a mãe ainda não havia aprendido e que uma das irmãs tinha resolvido nunca aprender.

As habilidades de Marianne eram, em muitos aspectos, bastante iguais às de Elinor. Ela era sensata e inteligente, mas ansiosa em tudo: seus sofrimentos e suas alegrias não tinham moderação. Ela era generosa, amável, interessante: era tudo, menos prudente. A semelhança entre ela e a mãe era muito grande.

Elinor via com preocupação o excesso de sensibilidade da irmã, mas isso era muito valorizado e apreciado pela senhora Dashwood. Agora, elas se encorajavam de maneira mútua diante da violência de sua aflição. A agonia do sofrimento que as dominou no início foi voluntariamente renovada, procurada, recriada diversas vezes. Elas se entregavam por completo à tristeza, buscando aumentar a infelicidade em cada reflexão que poderiam ter e estavam decididas a nem mesmo admitir qualquer consolo no futuro. Elinor também estava bastante aflita; mas ainda podia lutar, podia se esforçar. Ela conseguia conversar com o irmão, conseguiu receber a cunhada em sua chegada e tratá-la com a devida atenção, o e empenhou-se em convencer a mãe a realizar um esforço semelhante e encorajá-la a conquistar a mesma tolerância.

Margaret, a outra irmã, era uma garota bem-humorada e bem-disposta; mas, como já havia se embriagado com uma boa dose do romantismo de Marianne, sem ter muito de seu juízo, aos 13 anos não parecia provável que se igualasse às irmãs em um estágio mais adiantado da vida.

## Capítulo 2

A senhora John Dashwood, agora instalada como senhora de Norland, relegou a sogra e as cunhadas à condição de visitantes. Como tal, no entanto, elas eram tratadas com uma civilidade tranquila e, pelo marido, com tanta bondade quanto ele conseguia demonstrar por outra pessoa além de si mesmo, da esposa e do filho. Ele realmente as incentivava, com alguma franqueza, a considerar Norland como a casa delas e, como não apareceu nenhum plano viável para a senhora Dashwood além de permanecer lá até que pudesse se acomodar em outra casa na região, o convite foi aceito. Continuar em um lugar onde tudo lhe lembrava da felicidade anterior era o mais apropriado para sua mente. Nas épocas de alegria, nenhum temperamento poderia ser mais alegre do que o dela, ou ter, em maior grau, essa predisposição otimista pela felicidade que é a própria felicidade. Mas no sofrimento, ela era também carregada por seus caprichos e, tanto no consolo quanto na alegria, era exagerada.

A senhora John Dashwood não aprovava o que o marido pretendia fazer por suas irmãs. Tirar três mil libras da fortuna de seu querido menino seria empobrecê-lo ao grau mais terrível. Ela implorou para que ele repensasse o assunto. Como poderia pensar em roubar de seu filho, seu único filho, uma quantia tão grande? E que possível direito poderiam ter as Dashwood, que eram apenas meias-irmãs dele, algo que ela nem considerava parentes, para receber uma quantia tão grande por mera generosidade dele? Era bem sabido que nenhum afeto deveria existir entre os filhos nascidos de diferentes casamentos, e por que ele deveria se arruinar, e a seu pobre Harry, dando todo seu dinheiro para suas meias-irmãs?

– Foi o último pedido do meu pai – respondeu o marido – que eu deveria ajudar sua viúva e filhas.

– Ele não sabia o que estava falando, ouso dizer. Aposto que não estava bem da cabeça no momento. Se estivesse em seu juízo, não teria pensado em algo como pedir que desse metade da fortuna do próprio filho.

– Ele não estipulou nenhuma soma em especial, minha querida Fanny, só me pediu, em termos gerais, para ajudá-las e tornar sua situação mais confortável do que ele foi capaz. Talvez daria no mesmo se não tivesse me pedido nada. Ele nunca imaginaria que eu as negligenciaria. Mas como me fez prometer, não pude recusar, pelo menos foi o que pensei no momento. A promessa, portanto, foi dada e deve ser cumprida. Algo deve ser feito por elas quando deixarem Norland e se instalarem em uma nova casa.

– Bem, então, deixe que algo seja feito por elas, mas esse algo não precisa ser três mil libras. Considere – ela acrescentou – que, quando se abre mão de dinheiro, ele não volta mais. Suas irmãs se casarão e o dinheiro vai desaparecer para sempre. Se, de fato, houvesse como devolvê-lo a nosso pobre menino...

– Bom, na verdade – disse seu marido, muito sério –, isso faria uma grande diferença. Pode chegar o momento em que Harry vai lamentar ter

se separado de uma quantia tão grande. Se ele tiver uma família numerosa, por exemplo, esse dinheiro poderia ser um acréscimo muito conveniente.
– Certamente seria.
– Talvez, então, seria melhor, para todas as partes, se a soma fosse diminuída pela metade. Quinhentas libras seria um aumento prodigioso para as fortunas delas!
– Ó! Mais do que prodigioso. Que irmão na Terra daria metade disso para suas irmãs, mesmo que fossem legítimas! E elas são apenas meias-irmãs! Mas você tem um espírito tão generoso!
– Eu não gostaria de fazer nada mesquinho – ele respondeu. – É preferível, em tais ocasiões, fazer muito a fazer pouco. Ninguém, pelo menos, poderá dizer que não fiz o suficiente por elas. Nem mesmo elas podem esperar mais.
– Não há como saber o que elas podem esperar – disse a senhora –, mas não devemos pensar nas expectativas delas: a questão é o que você pode se dar ao luxo de fazer.
– Certamente. E acho que posso dar 500 libras a cada uma. Dessa forma, sem nenhum acréscimo meu, elas terão cerca de três mil libras caso a mãe morra. Uma fortuna muito confortável para qualquer jovem mulher.
– Sim, e, na verdade, penso que podem nem querer mais do que isso. Elas terão dez mil libras divididas entre si. Se se casarem, com certeza será um bom casamento, e se não o fizerem, todas poderão viver juntas de maneira muito confortável com os rendimentos das dez mil libras.
– Isso é muito verdadeiro e, portanto, não sei se, levando tudo em consideração, não seria mais aconselhável fazer algo pela mãe enquanto estiver viva, e não para elas. Algo como uma anuidade, quero dizer. Minhas irmãs sentiriam os bons efeitos disso, tanto quanto a própria mãe. Cem libras por ano fariam com que se sentissem perfeitamente confortáveis.
A esposa hesitou um pouco, no entanto, em dar seu consentimento a esse plano.
– Com certeza – disse ela –, é melhor do que abrir mão de 1.500 libras de uma vez. Mas, então, se a senhora Dashwood viver mais do que 15 anos, teremos um grande prejuízo.
– Quinze anos! Minha querida Fanny, a vida dela não vale nem a metade disso.
– Certamente não, mas, se você observar, as pessoas sempre vivem muito mais quando há uma pensão a receber, e ela é muito forte e saudável e nem chegou aos 40. Uma anuidade é um negócio muito sério. É preciso

pagar todos os anos e não há como se livrar disso. Você não tem consciência do que está fazendo. Conheço muito o problema das anuidades, pois minha mãe estava sobrecarregada com o pagamento de três para empregadas aposentadas pela vontade do meu pai, e é incrível como achava isso desagradável. Duas vezes por ano, essas pensões deveriam ser pagas, e havia o problema de levar o dinheiro até elas. Uma vez disseram que uma delas tinha morrido e depois descobrimos que não foi assim. Minha mãe estava bastante cansada disso. Sua renda não era dela, dizia, com tais pensões perpétuas, e foi muito indelicado por parte do meu pai, porque, caso contrário, o dinheiro teria estado à inteira disposição da minha mãe, sem nenhuma restrição. Isso me causou tanta aversão às pensões que tenho certeza de que nunca prometeria o pagamento de uma por nada neste mundo.

– É com certeza desagradável – respondeu o senhor Dashwood – ter esse tipo de redução anual da renda de alguém. A fortuna de uma pessoa, como sua mãe diz com justiça, acaba não sendo própria. Estar preso ao pagamento regular de tal soma, a cada ano, não é desejável de nenhuma maneira: tira a independência de qualquer pessoa.

– Sem dúvida, e depois de tudo, você não recebe nem um obrigado por isso. Elas acham que estão seguras, que você não faz mais do que sua obrigação, e isso não gera nenhuma gratidão. Se eu fosse você, tudo o que fizesse deveria ser feito a seu exclusivo critério. Não me comprometeria a pagar nada anualmente. Pode ser muito inconveniente em alguns anos diminuir cem ou mesmo cinquenta libras das nossas próprias despesas.

– Acredito que esteja certa, meu amor, será melhor que não haja anuidade neste caso, o que eu puder dar em algumas ocasiões será uma assistência muito maior do que uma mesada anual, pois elas apenas elevariam seu estilo de vida se sentissem a segurança de uma renda maior, e não seriam nem um pouco mais ricas por isso no final do ano. Com certeza será a melhor maneira. Um presente de cinquenta libras, de vez em quando, impedirá que fiquem angustiadas por dinheiro e, na minha opinião, estarei cumprindo a promessa a meu pai.

– Com certeza estará. Para dizer a verdade, estou convencida de que seu pai não queria que você desse dinheiro a elas. A assistência que ele pensou, ouso dizer, era apenas o que poderia ser razoavelmente esperado de você. Por exemplo, procurar uma casa pequena confortável para elas, ajudá-las a levar suas coisas e enviar peixes, carne e produtos da estação. Aposto minha vida que ele não quis dizer mais nada. Na verdade, seria muito estranho e irracional se tivesse feito isso. Considere, meu querido senhor Dashwood, como madrasta e filhas podem viver com excesso de conforto com os juros de sete mil libras, além das mil libras que são de cada uma das meninas, o que rende cinquenta libras por ano para cada uma e, é claro, elas pagarão à mãe pela moradia com este dinheiro. No total, terão quinhentas libras por ano entre elas, e que mais podem querer quatro mulheres? Elas viverão muito bem! Os cuidados da casa serão pouquíssimos. Não possuirão carruagens nem cavalos e terão poucos criados. Não receberão visitas nem terão despesa! Apenas imagine como elas ficarão confortáveis! Quinhentas libras por ano! Tenho certeza de que não consigo imaginar como gastarão metade disso, e quanto a dar mais, é bastante absurdo pensar nisso. Elas é que poderão dar algo para você.

– Dou minha palavra – disse o senhor Dashwood – que acredito que você está certa. Meu pai com certeza não poderia querer dizer outra coisa, em seu pedido para mim, do que o que você está dizendo. Entendo com clareza agora e vou cumprir estritamente meu compromisso com esses atos de assistência e gentileza que você descreveu. Quando minha madrasta se mudar para outra casa, meus serviços devem estar prontos para acomodá-la o máximo que puder. Também poderá ser aceitável presenteá-las com alguns móveis.

– Certamente – respondeu a senhora John Dashwood –, mas, no entanto, *uma* coisa deve ser considerada. Quando seu pai e sua madrasta se mudaram para Norland, venderam todos os móveis de Stanhill, mas guardaram a porcelana, a prataria e as roupas finas, e agora é tudo da sua madrasta. Sua casa, portanto, estará equipada quase por completo assim que ela se mudar.

– Essa é uma consideração importante, sem dúvida. Um legado valioso, decerto! E, no entanto, uma parte das louças seria um lindo acréscimo para a que temos aqui.

– Sim, e o conjunto de café da manhã é duas vezes mais bonito do que o que pertence a esta casa. Bonito demais, na minha opinião, para qualquer lugar que elas possam ter condições de vir a morar. No entanto, é assim. Seu pai pensou apenas nelas. E devo dizer isso: que você não deve nenhuma gratidão especial a ele nem atenção aos seus desejos, pois sabemos muito bem que, se pudesse, ele teria deixado quase tudo no mundo para elas.

Este argumento era irresistível. Deu às intenções dele qualquer poder de decisão que estivesse faltando, e por fim ele resolveu que seria absolutamente desnecessário, se não inadequado por completo, fazer mais pela viúva e as filhas de seu pai do que algum tipo de ato de gentileza, como a própria esposa tinha mencionado.

## Capítulo 3

A senhora Dashwood permaneceu em Norland por vários meses. Não por qualquer falta de desejo de se mudar, quando a visão de cada ponto bem conhecido da casa deixou de aumentar a emoção violenta que outrora produzira. Quando seu ânimo começou a voltar ao normal e sua mente tornou-se capaz de algum outro esforço que não o de aumentar sua aflição por meio de lembranças melancólicas, ela ficou impaciente para ir embora e começou uma infatigável busca por uma casa adequada na vizinhança de Norland. Afinal, mudar-se para longe daquele local amado era impossível. Mas ela não encontrou nenhum lugar que de uma só vez lhe fosse agradável e cômodo, e aceitou a prudência da filha mais velha, cujo julgamento mais firme rejeitou várias casas que a mãe teria aprovado, por serem grandes demais para a renda delas.

A senhora Dashwood tinha sido informada pelo marido da solene promessa feita pelo filho de que cuidaria delas, o que deu conforto a ele em seus últimos pensamentos antes de morrer. Ela não duvidava da sinceridade dessa promessa, assim como o marido não tinha duvidado, e ficou satisfeita pelas filhas, embora acreditasse que uma provisão muito menor do que sete mil libras seria mais do que suficiente para elas. Ficou satisfeita pelo irmão de suas filhas, também, por ter demonstrado possuir um bom coração, e se censurou por ter sido injusta com ele antes, ao acreditar que era incapaz de tal generosidade. A atenção dele a ela e às irmãs convenceu-a de que seu bem-estar era muito importante para ele e, por muito tempo, acreditou firmemente na generosidade de suas intenções.

O desprezo que sentira pela nora desde quando a conhecera aumentou muito com um conhecimento maior de seu caráter, o qual fora proporcionado durante meio ano de residência conjunta. E talvez, apesar de toda cortesia ou afeição maternal demonstrada pela senhora Dashwood, as duas senhoras poderiam ter achado impossível ter vivido juntas por tanto tempo, se não houvesse ocorrido uma circunstância particular que diminuiu ainda mais a possibilidade, segundo a opinião da senhora Dashwood, de permanência de suas filhas em Norland.

Essa circunstância foi um crescente apego entre a filha mais velha e o irmão da senhora John Dashwood, um jovem e agradável cavalheiro que foi apresentado à família logo após o estabelecimento da irmã em Norland, e que desde então passava lá a maior parte do tempo.

## Jane Austen

Algumas mães poderiam ter incentivado a intimidade por motivos de interesse, pois Edward Ferrars era o filho mais velho de um homem que morrera muito rico, enquanto outras poderiam reprimi-la por questão de prudência, pois, exceto uma quantia insignificante, toda a fortuna dele dependia do testamento da mãe. Mas a senhora Dashwood não foi influenciada por nenhuma das duas considerações. Era suficiente para ela que ele parecesse gentil, que amasse sua filha e que Elinor correspondesse. Ia contra todas as ideias dela que a diferença de fortuna deveria manter distante um casal que estivesse atraído pela semelhança de sentimentos, e ela não conseguia compreender que o mérito de Elinor não fosse reconhecido por todos que a conheciam.

Edward Ferrars não caiu no agrado da família por nenhum charme especial. Ele não era bonito e suas maneiras exigiam intimidade para torná-las agradáveis. Ele era muito tímido para fazer justiça a si mesmo, mas, quando sua timidez natural era superada, seu comportamento dava todas as indicações de um coração aberto e afetuoso. Era inteligente e sua educação havia lhe proporcionado um sólido desenvolvimento. Mas ele não tinha habilidades nem disposição para responder aos desejos de sua mãe e sua irmã, que queriam vê-lo em alguma posição de destaque... que elas próprias mal sabiam qual era. Queriam que ele se destacasse no mundo de uma maneira ou de outra. Sua mãe desejava que tivesse interesse em questões políticas, para levá-lo ao parlamento ou vê-lo conectado com alguns dos grandes homens da época. A senhora John Dashwood também desejava o mesmo, mas, enquanto isso, até que uma dessas bênçãos superiores pudesse ser alcançada, teria acalmado sua ambição vê-lo dirigindo uma carruagem. Mas Edward não tinha nenhum interesse em grandes homens ou carruagens. Todos seus desejos concentravam-se no conforto doméstico e no silêncio da vida privada. Felizmente, ele tinha um irmão mais novo que era mais promissor.

Edward já estava hospedado havia várias semanas na casa antes de chamar a atenção da senhora Dashwood, pois ela estava, naquela época, tão aflita que não prestava atenção a quase nada ao redor. Ela viu apenas que ele era quieto e discreto, e gostou dele por isso. Ele não perturbava seus pensamentos infelizes com conversas inoportunas. A primeira vez que ela o observou com mais atenção e o aprovou foi após uma reflexão que Elinor arriscou fazer um dia sobre a diferença entre ele e a irmã. Era um contraste que obrigou sua mãe a vê-lo com bons olhos.

– Isso basta – disse ela. – Dizer que ele é diferente de Fanny é o bastante. Isto sugere todos os tipos de coisa agradável. Já o amo por isso.

– Acho que vai gostar dele – disse Elinor – quando o conhecer melhor.
– Gostar dele! – respondeu a mãe com um sorriso. – Não tenho sentimento de admiração inferior ao amor.
– A senhora pode estimá-lo.
– Eu nunca soube separar a estima do amor.
A senhora Dashwood começou a se esforçar para conhecê-lo melhor. Ela o tratava com carinho e logo eliminou as reservas do jovem. Ela compreendeu com rapidez todos seus méritos; a persistência de sua estima por Elinor talvez tenha ajudado sua compreensão, mas ela realmente se sentiu segura do valor dele. E mesmo aquele jeito quieto, que ia contra todas suas ideias estabelecidas de como um jovem deveria se comportar, deixou de parecer desinteressante, pois ela sabia que seu coração era bom e seu temperamento, afetuoso.

Assim que ela percebeu o primeiro sintoma de amor no comportamento dele em relação a Elinor, considerou como certo o vínculo entre eles e esperava que um casamento ocorresse com rapidez.

– Em alguns meses, minha querida Marianne – disse ela –, Elinor estará, com toda certeza, encaminhada na vida. Sentiremos falta dela, mas ela será feliz.

– Ah! Mamãe, como viveremos sem ela?
– Meu amor, dificilmente será uma separação. Viveremos a poucos quilômetros de distância e nos encontraremos todos os dias de nossa vida. Você ganhará um irmão – um irmão real e afetuoso. Tenho a melhor opinião do mundo sobre o coração do Edward. Mas você parece triste, Marianne; desaprova a escolha de sua irmã?

– Talvez – disse Marianne – eu a considere com alguma surpresa. Edward é muito amável e eu o amo com ternura. Mesmo assim, ele não é o tipo certo de rapaz, há algo faltando. Sua aparência não é impressionante, não tem nada daquela graça que eu deveria esperar no homem que poderia seriamente agradar à minha irmã. Falta em seus olhos toda aquela vivacidade, aquele fogo, que anuncia de imediato virtude e inteligência. E, além disso, infelizmente, mamãe, ele não tem bom gosto. A música parece atraí-lo pouco, e embora admire muito os desenhos de Elinor, não é a admiração de uma pessoa capaz de compreender o valor deles. É evidente, apesar de prestar muita atenção nela enquanto está desenhando, que, de fato, ele não entende nada do assunto. Ele admira como um apaixonado, não como um conhecedor. Para me satisfazer, essas duas características devem estar unidas. Eu não poderia ser feliz com um homem cujo gosto não coincida em todos os aspectos com os meus. Ele deve compartilhar todos os meus sentimentos; os mesmos livros, a mesma música devem encantar os dois. Ah, mãe, como Edward leu ontem à noite de forma apática e monótona! Senti muito por minha irmã. Mas ela aguentou com muita compostura, parecia nem notar. Eu quase não consegui ficar sentada. Ouvir aqueles lindos versos que muitas vezes quase me fizeram perder o juízo pronunciados com uma calma tão impenetrável, uma indiferença tão terrível!

– Ele certamente teria feito mais justiça a uma prosa simples e elegante. Pensei isso naquele momento; mas você tinha que dar Cowper a ele.

– Não, mãe, se ele não se anima com Cowper! Mas devemos permitir a diferença de gosto. Elinor não sente o mesmo que eu e, portanto, pode ignorar isso e ser feliz com ele. Mas teria partido o *meu* coração, se eu o amasse, ouvi-lo ler com tão pouca sensibilidade. Mamãe, quanto mais eu conheço o mundo, mais estou convencida de que nunca encontrarei um homem que eu realmente possa amar. Eu exijo tanto! Ele deve ter todas as virtudes do Edward, e sua aparência e modos devem ornamentar sua bondade com todos os encantos possíveis.

– Lembre-se, meu amor, que você não tem nem 17 anos. Ainda é muito cedo na vida para desistir de tal felicidade. Por que você deve ser menos afortunada do que sua mãe? Só em uma circunstância, minha Marianne, poderá seu destino ser diferente do dela!

## Capítulo 4

– Que pena, Elinor – disse Marianne –, que Edward não tenha gosto pelo desenho.

– Não tem gosto pelo desenho! – respondeu Elinor. – Por que você acha isso? Ele não desenha, é verdade, mas sente grande prazer em ver outras pessoas desenhando, e asseguro que não é de forma alguma desprovido de gosto natural, embora não tenha tido a oportunidade de melhorá-lo. Se tivesse tido a possibilidade de aprender, acho que desenharia muito bem. Ele desconfia tanto do próprio julgamento em tais assuntos que nunca está disposto a dar sua opinião sobre qualquer desenho, mas tem uma decência inata e um gosto simples, os quais, de modo geral, o orientam muito bem.

Marianne tinha medo de ofender e não falou mais sobre o assunto, mas o tipo de aprovação pelos desenhos de outras pessoas que Elinor descreveu como animada nele estava muito longe do entusiasmo arrebatador que, na opinião de Marianne, era a única coisa que poderia ser chamada de bom gosto. No entanto, mesmo sorrindo para si mesma pelo erro, ela louvou a irmã pela parcialidade cega em relação a Edward.

– Espero, Marianne – continuou Elinor –, que você não o considere alguém sem bom gosto. Na verdade, acho que posso dizer que você não pode fazê-lo, pois seu comportamento com ele é perfeitamente cordial, e se essa fosse sua opinião, tenho certeza de que nunca poderia ser cortês com ele.

Marianne mal sabia o que dizer. Ela não feriria os sentimentos da irmã de nenhuma maneira, mas afirmar o que ela não acreditava era impossível. Por fim, respondeu:

– Não se ofenda, Elinor, se minha opinião sobre ele não for igual em tudo à sua visão de seus méritos. Não tive tantas oportunidades de avaliar as propensões mais detalhadas da sua mente, suas inclinações e gostos, como você teve. Mas tenho a melhor opinião do mundo sobre a bondade e sensatez dele. Acho que tudo nele é digno e amável.

– Tenho certeza – respondeu Elinor, com um sorriso – de que seus amigos mais queridos não poderiam ficar insatisfeitos com tal elogio. Não vejo como você poderia se expressar com maior ternura.

Marianne se alegrou por ter agradado à irmã tão facilmente.

– De sua sensatez e sua bondade – continuou Elinor – ninguém pode, na minha opinião, duvidar, se já estabeleceram uma conversa sem reservas com ele. A excelência de seu discernimento e seus princípios pode ficar escondida apenas por aquela timidez que muitas vezes o mantém em silêncio. Você o conhece o suficiente para fazer justiça ao seu grande valor. Mas de suas propensões mais detalhadas, como as chama, por circunstâncias peculiares você teve menos conhecimento do que eu. Nós passamos um bom tempo juntos, enquanto você esteve por inteiro dedicada afetuosamente à mamãe. Eu o observei muito, estudei seus sentimentos e ouvi sua opinião sobre assuntos de literatura e bom gosto; e, em geral, me arrisco a pronunciar que sua mente é bem informada, o prazer causado pelos livros é muito grande, sua imaginação é vívida, sua observação justa e correta e seu bom gosto, delicado e puro. Suas habilidades, em todos os aspectos, melhoram quanto mais o conhecemos, assim como seus modos e sua aparência. À primeira vista, seu temperamento decerto não é impressionante e sua aparência dificilmente pode ser chamada de bonita, antes de percebermos a expressão de seus olhos, que é incomumente bondosa, e a doçura geral de seu semblante. No momento, eu o conheço tão bem que o considero muito bonito ou, pelo menos, quase. O que você acha, Marianne?

– Eu o julgarei logo muito bonito, Elinor, se já não acho isso agora. Quando você me disser para amá-lo como a um irmão, não vou mais ver a imperfeição em seu rosto, como não vejo agora em seu coração.

Elinor se espantou com essa declaração e se arrependeu da ternura que havia demonstrado ao falar dele. Ela sentia que tinha uma opinião muito positiva de Edward. Acreditava que a consideração era mútua, mas exigia maior certeza disso para que a convicção de Marianne sobre seu apego fosse agradável para ela. Sabia que, quando Marianne e sua mãe conjecturavam algo, começavam a acreditar nisso logo em seguida; para elas, desejar era ter esperança, e ter esperança, querer. Ela tentou explicar a verdadeira situação para sua irmã.

– Não tento negar – disse ela – que tenho grande estima por ele, que o aprecio muito, que gosto dele.

Marianne explodiu com indignação,

– Estima! Gosta! Elinor insensível! Ó! Pior do que insensível! Envergonhada por ser outra coisa. Use essas palavras mais uma vez e sairei da sala agora.

Elinor não conseguiu conter o riso.

– Desculpe – disse ela –, e tenha certeza de que não quis ofendê-la, falando de maneira tão tranquila dos meus próprios sentimentos. Acredite que são mais fortes do que declarei. Acredite que eles, em resumo, são tantos quantos os méritos, e a suspeita, a esperança de que o afeto dele por mim seja justificado, sem imprudência ou insensatez. Porém, você não deve acreditar mais do que isso. Não estou de modo algum segura do afeto dele por mim. Há momentos em que duvido disso, e até que os sentimentos dele sejam plenamente conhecidos, você não pode achar estranho meu desejo de evitar qualquer encorajamento da minha própria parcialidade, acreditando ou dizendo que se trata de mais do que realmente é. No meu coração, sinto pouca, talvez nenhuma, dúvida de sua preferência. Mas há outros pontos a serem considerados além de seu interesse. Ele está longe de ser independente. O que a mãe dele é de verdade não podemos saber; mas, pela ocasional menção de Fanny sobre suas atitudes e opiniões, nunca estivemos dispostas a pensar que seja uma pessoa amável; e eu estaria muito enganada se o próprio Edward não estivesse ciente de que haveria muitas dificuldades em seu caminho, se quisesse se casar com uma mulher que não tenha nem uma grande fortuna nem uma posição social elevada.

Marianne ficou atônita ao descobrir o quanto a imaginação de sua mãe e a sua tinham se afastado da verdade.

– E você não está realmente comprometida com ele! – disse ela. – Apesar de que, com certeza, isso acontecerá em breve. Mas há duas vantagens nesse adiamento. Não perderei você tão cedo e Edward terá a oportunidade de melhorar esse bom gosto natural por sua ocupação favorita, algo que deve ser tão indispensável para sua felicidade futura. Ah! Se ele fosse estimulado pelo seu talento a aprender a desenhar, como isso seria bom!

Elinor tinha dado sua opinião verdadeira para a irmã. Ela não podia considerar sua predileção por Edward em um estado tão avançado como Marianne acreditava. Havia, às vezes, uma falta de ânimo nele que, se não significasse indiferença, falava de algo quase tão pouco promissor. Uma dúvida do seu interesse por ela, supondo que ele tivesse algum, não precisaria provocar mais do que inquietudes. Não seria provável que produzisse aquele desânimo mental que com frequência o dominava. Uma causa mais razoável poderia ser encontrada na situação de dependência que proibia a indulgência de seu carinho. Ela sabia que a mãe dele não tornava sua vida confortável no presente, nem lhe dava nenhuma garantia de que poderia formar um lar próprio no futuro, sem que obedecesse estritamente aos pontos de vista dela sobre seu crescimento. Sabendo disso, era impossível que Elinor se sentisse tranquila sobre o assunto. Ela estava longe de confiar no resultado do interesse dele por ela, o qual sua mãe e irmã ainda consideravam certo. Não, quanto mais tempo passavam juntos, mais duvidosa parecia a natureza do interesse dele; e às vezes, por alguns poucos minutos dolorosos, ela acreditava que não passava de amizade.

Mas, quaisquer que fossem os limites desse sentimento, era o bastante, quando percebido pela irmã de Edward, para preocupá-la e, ao mesmo tempo (o que era ainda mais comum), fazer com que fosse indelicada. Fanny aproveitou a primeira oportunidade para enfrentar a sogra, conversando com ela de maneira tão expressiva sobre as grandes expectativas do irmão, da decisão da senhora Ferrars de que ambos os filhos deveriam se casar bem e do perigo de prestar atenção em qualquer jovem que tentasse atraí-lo, que a senhora Dashwood não conseguiu nem fingir não ter entendido nem se esforçou para ficar calma. Ela deu-lhe uma resposta que deixou claro seu mal-estar e saiu da sala imediatamente, resolvendo que, não importasse o inconveniente ou o custo de uma saída tão repentina, sua amada Elinor não deveria ser exposta mais uma semana a tais insinuações. Ela estava neste estado de espírito quando uma carta chegou para ela pelo correio contendo uma proposta bastante oportuna. Era a oferta de uma casa pequena, em termos muito convenientes, que pertencia a um parente seu, um cavalheiro importante e de boa reputação em Devonshire. A carta fora enviada pelo próprio cavalheiro e escrita no verdadeiro espírito de hospitalidade amigável. Ele sabia que ela precisava de uma moradia e, embora a casa que oferecia agora fosse apenas um chalé, assegurava que seria feito tudo que ela achasse necessário, se a situação lhe agradasse. Ele a pressionava com firmeza, depois de ter dado os detalhes da casa e do jardim, para que viesse com suas filhas a Barton Park, o lugar de sua própria residência, de onde ela poderia julgar, por si mesma, se o chalé Barton, pois as casas estavam na mesma paróquia, poderia, depois de qualquer alteração, ser confortável para ela. Ele parecia realmente ansioso para acomodá-las e toda a carta foi escrita em um estilo tão amigável que não tinha como não proporcionar muito prazer à sua prima, mais especialmente em um momento no qual estava sofrendo tanto pelo comportamento frio e insensível de seus parentes mais próximos. Ela não precisou de tempo para deliberação ou consulta. Tomou a decisão enquanto lia. A localização de Barton, em um condado tão distante de Sussex quanto Devonshire, que, apenas algumas horas antes, já teria sido motivo para uma objeção suficiente para superar todas as possíveis vantagens do lugar, agora era seu principal atributo. Sair da vizinhança de Norland não era mais um mal, era um desejo, uma bênção, em comparação com o sofrimento de continuar como hóspede da sua nora. E mudar-se para sempre daquele lugar amado seria menos doloroso do que habitá-lo ou visitá-lo enquanto tal mulher fosse sua dona. Ela escreveu imediatamente para *sir* John Middleton agradecendo sua bondade e indicando a aceitação da proposta; em seguida, apressou-se para mostrar as duas cartas às filhas, para ter certeza da aprovação delas antes que sua resposta fosse enviada.

Elinor sempre pensara que seria mais prudente para elas morar a certa distância de Norland do que entre seus parentes atuais. Nesse sentido, portanto, não lhe cabia se opor à intenção da mãe de se mudar para Devonshire. A casa, também, como descrita por *sir* John, era tão modesta, e o aluguel era tão incrivelmente baixo que não lhe dava nenhum direito de objetar sobre nenhum ponto. Assim, embora não fosse um plano que trouxesse algum encanto para sua fantasia, e mudar da vizinhança de Norland não fosse seu desejo, ela não tentou dissuadir a mãe de enviar uma carta de aceitação.

## Capítulo 5

Assim que a resposta foi enviada, a senhora Dashwood entregou-se ao prazer de anunciar ao enteado e à sua esposa que tinha encontrado uma casa, e que só iria incomodá-los até que tudo estivesse pronto para a mudança. Eles ouviram-na com surpresa. A senhora John Dashwood não disse nada, mas seu marido esperava civilizadamente que elas não fossem viver longe de Norland. Ela sentiu grande satisfação ao responder que estava indo para Devonshire. Ao ouvir isso, Edward virou-se de maneira apressada para ela e, com uma voz de surpresa e preocupação, que não exigia nenhuma explicação para ela, repetiu:

– Devonshire! Estão indo mesmo para lá? É tão longe daqui! E para que parte?

Ela explicou-lhe a situação. Ficava a menos de seis quilômetros ao norte de Exeter.

– É apenas um chalé – continuou ela –, mas espero ver muitos dos meus amigos nele. Um quarto ou dois podem ser facilmente adicionados, e se meus amigos não tiverem dificuldades para viajar para tão longe para me ver, tenho certeza de que não encontrarei nenhuma dificuldade em acomodá-los.

Ela concluiu com um convite muito gentil ao senhor e à senhora John Dashwood para visitá-la em Barton, e por Edward ela demonstrou um carinho ainda maior. Embora a última conversa com a nora tivesse sido o que a fizera tomar a decisão de permanecer em Norland apenas o tempo necessário, ela não produzira o menor efeito no que dizia respeito ao ponto principal. Separar Edward e Elinor estava mais longe do que nunca de ser seu objetivo, e ela desejava mostrar à senhora John Dashwood, com este convite direto ao irmão, como desconsiderava por completo a desaprovação do relacionamento.

O senhor John Dashwood disse várias vezes à madrasta o quanto ficava triste por ela ter aceitado uma casa a uma distância tão grande de Norland, o que impedia que ele fosse de qualquer utilidade na mudança de seus móveis. Ele se sentiu mesmo abalado pelo acontecimento, pois até o mínimo esforço com o qual tinha limitado o desempenho de sua promessa ao pai terminava sendo impraticável com a mudança. Os móveis foram enviados por barco. Consistiam principalmente das roupas, louças, porcelanas e livros, além do bonito piano de Marianne. A senhora John Dashwood viu os pacotes partirem com um suspiro: ela não podia deixar de sentir-se mal, pois, como a renda da senhora Dashwood seria tão insignificante em comparação com a sua, ela é que deveria ter ficado com todos os móveis mais bonitos.

A senhora Dashwood alugou a casa por um ano; já estava mobiliada, e ela poderia se instalar de imediato. Nenhuma dificuldade surgiu em nenhum lado do acordo; ela esperou apenas pelo envio dos pertences de Norland e determinou o que era necessário em seu futuro lar, antes de partir para o oeste. E isso, como ela era extremamente rápida na execução de tudo que a interessava, logo foi feito. Os cavalos que tinham sido deixados pelo marido haviam sido vendidos logo após a morte dele, e como surgiu a oportunidade de vender sua carruagem, ela acabou concordando, seguindo o conselho sincero da filha mais velha. Para o conforto das filhas, caso seguisse apenas o próprio desejo, não a teria vendido, mas prevaleceu o critério de Elinor. A sabedoria da filha também limitava o número de seus criados a três: duas criadas e um homem, que foram logo escolhidos entre aqueles que trabalhavam em Norland.

O homem e uma das empregadas foram rapidamente enviados para Devonshire, para preparar a casa para a chegada da dona, pois, como a senhora Dashwood não conhecia lady Middleton, ela preferia ir diretamente ao chalé e não se hospedar em Barton Park. E ela confiava tanto na descrição da casa feita por *sir* John que não sentiu nenhuma curiosidade de examiná-la antes de se instalar. Sua vontade de se afastar de Norland não diminuiu pela evidente satisfação da nora com a perspectiva de sua mudança, uma satisfação que mal tentou esconder sob um frio convite para que adiasse a partida. Agora era o momento em que a promessa feita pelo enteado ao pai poderia ser cumprida com particular idoneidade pelo senhor Dashwood. Como ele a negligenciara, antes de mais nada, ao mudar-se para Norland, a mudança delas poderia ser considerada como o momento mais apropriado para sua realização. Mas a senhora Dashwood começou logo a abandonar todas as esperanças desse tipo e a se convencer, pelo tom geral do discurso dele, de que sua assistência não ia além da manutenção delas durante os seis meses em Norland. Ele vivia falando sobre o aumento das despesas da casa e sobre as exigências perpétuas sobre a renda às quais um cavalheiro respeitável estava exposto, de maneira que parecia ter mais necessidade de dinheiro do que estava disposto a dar.

Poucas semanas após a primeira carta de *sir* John Middleton ter chegado a Norland, tudo estava tão resolvido na futura residência que a senhora Dashwood e suas filhas puderam começar sua jornada.

Muitas foram as lágrimas derramadas por elas em seu último adeus a um lugar tão amado.

– Querida, querida Norland! – disse Marianne, enquanto caminhava sozinha na frente da casa, na última noite em que passariam lá. – Quando vou parar de sentir saudades! Quando aprenderei a sentir-me em casa em outro lugar! Ó! Casa feliz, se pudesse saber o quanto sofro agora, olhando para você deste local, de onde talvez eu não a veja mais! E vocês, árvores tão conhecidas! Continuarão as mesmas. Nenhuma folha vai cair porque nos mudamos, nenhum galho ficará imóvel, embora não possamos mais os observar! Não, vocês continuarão as mesmas. Inconscientes do prazer ou da tristeza que ocasionam e insensíveis a qualquer mudança naqueles que caminham sob suas sombras! Mas quem ficará para desfrutar de vocês?

## Capítulo 6

A primeira parte da viagem foi feita com uma disposição melancólica demais para que fosse outra coisa que não tediosa e desagradável. Mas, à medida que se aproximavam do destino, o interesse pelo condado no qual iriam morar superou o abatimento, e uma visão do Vale de Barton, quando entraram, encheu-as de alegria. Era um local agradável e fértil, bem arborizado e rico em pastagens. Depois de terem percorrido quase dois quilômetros, chegaram à casa. Um pequeno jardim verde tomava toda a frente e um elegante portão gradeado marcava a entrada.

Como residência, o chalé Barton, embora pequeno, era confortável e compacto, mas como chalé tinha problemas, pois a construção era simétrica, o telhado era de telhas, as persianas não estavam pintadas de verde, e tampouco eram as paredes cobertas de madressilvas. Um corredor estreito atravessava a casa até o jardim nos fundos. De cada lado da entrada havia uma sala de estar, com cerca de cinco metros quadrados, e além delas ficavam as dependências de serviço e as escadas. Quatro dormitórios e dois sótãos completavam o resto da casa. Ela não fora construída há muitos anos e estava em boas condições. Em comparação com Norland, era mesmo pobre e pequena! Mas as lágrimas despertadas pelas lembranças quando entraram na casa logo estavam secas. Elas ficaram animadas com a alegria dos criados, e cada uma, pelo bem das outras, resolveu parecer feliz. Era o começo de setembro. O clima estava agradável, e como viram o lugar pela primeira vez com um bom tempo, elas tiveram uma impressão favorável, a qual foi essencial para uma aprovação final.

A localização da casa era boa. As colinas altas apareciam na parte de trás e a pouca distância de cada lado. Algumas delas eram abertas, as outras cultivadas e arborizadas. A aldeia de Barton ficava ao pé de uma dessas colinas e formava uma vista agradável das janelas do chalé. O horizonte na parte da frente era mais aberto. Alcançava todo o vale e chegava aos campos mais além. As colinas que rodeavam a casa terminavam no vale naquela direção; sob outro nome, e em outra forma, ele ramificava-se de novo entre duas das colinas mais íngremes.

A senhora Dashwood estava bastante satisfeita com o tamanho e os móveis da casa, pois, apesar de seu antigo estilo de vida ter tornado indispensável muitos acréscimos, reformar e melhorar eram um prazer para ela, tendo nesse momento dinheiro suficiente para fornecer tudo o que queria de elegante para os quartos.

– Quanto à casa em si, com certeza – disse ela –, é muito pequena para a nossa família, mas ficaremos toleravelmente confortáveis por enquanto, já que é muito tarde no ano para fazer reformas. Talvez na primavera, se eu tiver dinheiro, como ouso dizer que terei, poderemos pensar em reformas. Essas salas são ambas pequenas demais para os grupos de amigos que espero ver reunidos aqui, e tenho ideias de talvez usar a entrada de uma delas para aumentar a outra, deixando o restante como um hall. Isso, com uma nova sala de estar que pode ser acrescentada com facilidade, além de mais um quarto e um sótão acima, vai torná-la uma casa bastante confortável apesar de pequena. Gostaria que a escada fosse mais bonita. Mas não devemos esperar tudo, embora acredite que não seria difícil ampliá-la. Vou ver quanto terei na primavera e planejaremos as mudanças de acordo.

Nesse meio-tempo, até que todas as alterações pudessem ser feitas com a economia de uma renda de quinhentas libras por ano por uma mulher que nunca economizou em sua vida, elas foram sábias o suficiente para se contentar com a casa como estava. E cada uma delas se ocupou de organizar suas próprias coisas e se esforçou para arrumar livros e outros objetos, criando um lar. O piano de Marianne foi desembalado e devidamente instalado, e os quadros de Elinor foram pendurados nas paredes da sala de estar.

Elas estavam envolvidas nessas tarefas quando foram interrompidas logo após o café da manhã no dia seguinte pela entrada de seu senhorio, que as visitou para dar-lhes as boas-vindas a Barton e ofereceu todas as acomodações de sua própria casa e jardim enquanto o chalé delas ainda não estivesse organizado. *Sir* John Middleton era um homem bonito, com cerca de 40 anos. Ele já tinha visitado Stanhill, mas fazia tanto tempo que suas primas não se lembravam dele. Seu semblante era bem-humorado e os modos eram tão amigáveis quanto o estilo de sua carta. A chegada delas pareceu lhe proporcionar uma satisfação autêntica, e o conforto de todas era realmente importante para ele. Falou muito de seu desejo sincero de viver nos termos mais sociáveis com sua família e pressionou-as com tanta cordialidade a jantar em Barton Park todos os dias até que tivessem se estabelecido melhor em casa que, embora sua insistência demonstrasse uma perseverança que ia além da civilidade, elas não poderiam se ofender. Sua gentileza não se limitava às palavras, pois, apenas uma hora depois que as deixou, uma grande cesta cheia de hortaliças e frutas chegou de Barton Park, seguida antes do final do dia por carne de caça. Ele insistiu, além disso, em levar e em pegar todas as cartas delas no correio, e não aceitou recusas para a satisfação de enviar-lhes seu jornal todos os dias.

Lady Middleton enviara uma mensagem muito educada por ele, mostrando a intenção de visitar a senhora Dashwood assim que pudesse ter certeza de que sua visita não seria inconveniente, e como esta mensagem foi respondida por um convite igualmente educado, sua senhoria foi apresentada a elas no dia seguinte.

Elas estavam, é claro, muito ansiosas para conhecer a pessoa de quem dependeria boa parte do conforto delas em Barton, e a elegância de sua aparência satisfez seus desejos. Lady Middleton não tinha mais do que 26 ou 27 anos, seu rosto era bonito, sua figura alta e imponente, e seu temperamento, gracioso. Seus modos tinham toda a elegância que faltava no marido, mas teriam sido melhorados com um pouco da franqueza e ternura dele, mas sua visita foi longa o suficiente para prejudicar um pouco a admiração inicial, mostrando que, embora muito bem-educada, ela era reservada, fria e não tinha nada a dizer além das perguntas ou observações mais banais.

A conversa, no entanto, fluiu normalmente, pois *sir* John era muito falante, e lady Middleton tomara a sábia precaução de trazer consigo o filho mais velho, um pequeno menino de cerca de seis anos de idade, o que significava que sempre havia um assunto a ser levantado pelas senhoras caso a conversa se esgotasse, pois perguntaram seu nome e idade, admiraram sua beleza e fizeram perguntas que a mãe respondia por ele, enquanto o menino se agarrava nela e abaixava a cabeça, para grande surpresa da dama, que se perguntava como ele podia ser tão tímido na frente de outras pessoas, quando fazia tanto barulho em casa. Em todas as visitas formais, uma criança sempre deve fazer parte, para criar assunto para a conversa. No presente caso, demoraram dez minutos para determinar se o menino era mais parecido com o pai ou com a mãe, e em que característica ele lembrava cada um deles, pois é claro que as opiniões variavam, e todos ficavam atônitos com as opiniões dos outros.

Logo houve uma oportunidade para que as Dashwood conversassem sobre as outras crianças, pois *sir* John não deixou a casa sem que prometessem jantar em Barton Park no dia seguinte.

## Capítulo 7

Barton Park ficava a menos de um quilômetro do chalé. As senhoras tinham passado perto da casa ao cruzar o vale, mas a visão do chalé era obstruída por uma colina. A casa era grande e bonita e os Middleton viviam em um estilo de igual hospitalidade e elegância. A hospitalidade era por parte de *sir* John, e a elegância, por parte de sua esposa. Eles quase sempre tinham amigos hospedados na casa e recebiam mais visitas de todos os tipos do que qualquer outra família na vizinhança. Era necessário para a felicidade dos dois. Pois, por mais diferentes no temperamento e no comportamento, eram parecidos na falta total de talento e bom gosto, o que limitava suas atividades não relacionadas às produzidas pela vida em sociedade a um horizonte muito estreito. Sir John era um esportista, lady Middleton era mãe. Ele caçava e praticava tiro, e ela cuidava dos filhos. E estes eram seus únicos afazeres. Lady Middleton tinha a vantagem de poder mimar os filhos durante todo o ano, enquanto as atividades independentes de *sir* John só podiam ser realizadas metade do tempo. Os compromissos constantes em casa e fora, no entanto, supriam todas as deficiências da natureza e da educação; mantinham o bom humor de *sir* John e permitiam que sua esposa exercitasse a boa criação dos filhos.

Lady Middleton cuidava pessoalmente da elegância de sua mesa e de todos seus arranjos domésticos, e esse tipo de vaidade era seu maior prazer em qualquer das suas festas. Mas a satisfação de *sir* John pela vida em sociedade era muito mais real, ele ficava encantado em reunir ao redor de si mais jovens do que a casa podia hospedar, e quanto mais barulhentos fossem, mais ele ficava satisfeito. Ele era uma bênção para todos os jovens das redondezas, pois no verão sempre organizava festas para comer presunto frio e frango ao ar livre, e no inverno seus bailes privados eram numerosos o suficiente para qualquer jovem dama que não estivesse sofrendo com o insaciável apetite dos 15 anos.

A chegada de uma nova família no condado sempre era uma alegria para ele e, de todos os pontos de vista, ele ficou encantado com as moradoras que tinha conseguido para sua casa em Barton. As senhoritas Dashwood eram jovens, bonitas e simples. Era o suficiente para garantir sua boa opinião, pois ser simples era tudo que uma garota bonita poderia querer para que sua personalidade fosse tão cativante quanto sua aparência. A amabilidade do caráter delas fez com que se sentisse feliz em acomodá-las, já que estavam em uma situação infeliz, se comparada com o passado. Ao ser bondoso com as primas, portanto, ele sentia a verdadeira satisfação de um bom coração e, ao acolher uma família somente de mulheres em sua casa, sentia toda a satisfação de um esportista, pois um esportista, embora só tenha consideração por pessoas de seu sexo que sejam também esportistas, nem sempre tem o desejo de estimular que eles vivam em sua propriedade.

A senhora Dashwood e as filhas foram recebidas na porta da casa por *sir* John, que as acolheu em Barton Park com uma sinceridade espontânea e, ao levá-las à sala de estar, repetiu para as jovens a preocupação que já havia mencionado no dia anterior, a de não ter conseguido nenhum jovem interessante para apresentar a elas. Elas encontrariam, ele contou, apenas um cavalheiro além dele mesmo; um amigo íntimo que estava hospedado em sua casa, mas que não era nem muito jovem nem muito alegre. Ele esperava que todos desculpassem a pequena reunião e poderia assegurar que isso nunca mais iria acontecer. Ele tinha visitado muitas famílias naquela manhã na esperança de convidar mais pessoas, mas era noite de lua cheia e todo mundo tinha compromissos. Felizmente, a mãe de lady Middleton chegou a Barton na última hora, e como ela era uma mulher muito alegre e agradável, ele esperava que as jovens não achassem tudo tão entediante quanto poderiam imaginar. As jovens, assim como a mãe, estavam totalmente satisfeitas por terem apenas dois desconhecidos na festa e não desejavam mais nada.

A senhora Jennings, mãe de lady Middleton, era uma mulher bem-humorada, alegre, gorda e de meia-idade, que falava muito, parecia muito feliz e era bastante vulgar. Ela contava muitas piadas e gargalhava, e antes de o jantar ter terminado tinha dito muitas coisas espirituosas sobre o assunto de amantes e maridos. Ela esperava que as garotas não tivessem deixado o coração em Sussex e fingiu vê-las corar independentemente de ser verdade. Marianne ficou irritada com isso por causa da irmã, e voltou os olhos com tanta seriedade para Elinor para ver como ela estava suportando essas brincadeiras, que deixou Elinor muito mais perturbada do que as brincadeiras bobas da senhora Jennings.

O coronel Brandon, o amigo de *sir* John, parecia tão pouco adequado, pela diferença de caráter, a ser amigo dele, quanto lady Middleton era de ser sua esposa, ou a senhora Jennings de ser a mãe de lady Middleton. Ele era silencioso e sério. Sua aparência, no entanto, não era desagradável, apesar de, na opinião de Marianne e Margaret, ser um velho solteirão convicto, pois já tinha passado dos 35. Mas, embora seu rosto não fosse bonito, seu semblante era sensível, e seu temperamento era o de um cavalheiro.

Não havia nada em ninguém do grupo que pudesse recomendá-los como companhia das Dashwood, mas a insipidez fria de lady Middleton era tão particularmente repulsiva que, em comparação, a seriedade do coronel Brandon e até mesmo a alegria barulhenta de *sir* John e sua sogra eram interessantes. Lady Middleton parecia ter sentido prazer apenas com a entrada de suas quatro crianças barulhentas após o jantar, que puxaram suas roupas e terminaram com todo tipo de conversa, exceto as que se relacionavam a elas.

À noite, quando descobriram que Marianne tinha talento musical, convidaram-na a tocar piano. O instrumento foi aberto, todo mundo se preparou para se encantar, e Marianne, que cantava muito bem, cantou, a pedido deles, as principais partituras que lady Middleton trouxera para a família em seu casamento e que talvez estivessem lá desde então na mesma posição sobre o piano, pois a senhora celebrara o acontecimento desistindo da música, embora, pelo que falava sua mãe, ela tocasse muito bem e, segundo ela mesma, gostasse muito de tocar.

O desempenho de Marianne foi muito aplaudido. *Sir* John a elogiava muito no final de cada música e falava com os outros em um volume igualmente alto durante as canções. Lady Middleton com frequência pedia que se comportasse, afirmando não entender como a atenção de qualquer pessoa poderia ser desviada da música ainda que apenas por um momento, e pediu que Marianne cantasse uma música em particular, a qual ela acabara de cantar. Só o coronel Brandon, de todo o grupo, ouviu-a sem ficar exultante. Ele só deu a ela o elogio da atenção, e ela sentiu um respeito por ele na ocasião, a qual os outros tinham negligenciado pela evidente falta de gosto. O prazer dele com a música, embora não fosse aquele êxtase que era a única coisa capaz de se igualar ao dela, era digno de estima quando contrastado com a horrível insensibilidade dos outros; e ela era razoável o suficiente para admitir que um homem de 35 anos pudesse ter mantido toda a agudeza de sentimento e todo o poder requintado da diversão. Ela estava perfeitamente disposta a fazer toda concessão à idade avançada do coronel que a compaixão exigia.

## Capítulo 8

A senhora Jennings era uma viúva com uma boa fortuna deixada pelo marido. Tinha apenas duas filhas e vivera para vê-las casadas de maneira respeitável, e agora não tinha mais o que fazer além de casar todo o resto do mundo. Na tentativa de cumprir esse objetivo, ela era zelosamente ativa, até onde alcançava sua habilidade, e não perdia nenhuma oportunidade de planejar casamentos entre todos os jovens que conhecia. Era muito rápida na descoberta de afinidades e tinha desfrutado a vantagem de provocar os rubores e a vaidade de muitas jovens por insinuações de seu poder sobre algum cavalheiro. Foi esse tipo de discernimento que permitiu a ela, logo após sua chegada a Barton, que pronunciasse de forma decisiva que o coronel Brandon estava muito apaixonado por Marianne Dashwood. Ela suspeitou disso logo na primeira noite em que se juntaram, pela forma como ele ouviu com tanta atenção enquanto ela cantava para eles; e quando a visita foi retribuída, jantando no chalé das Middleton, o fato foi determinado pela maneira como ele a escutou de novo. Deveria ser assim. Ela estava absolutamente convencida disso. Seria um excelente casal, pois ele era rico e ela era bonita.

## Jane Austen

A senhora Jennings estava ansiosa para ver o coronel Brandon bem casado, desde quando o conhecera por intermédio de *sir* John, e sempre estava ansiosa para conseguir um bom marido para todas as garotas bonitas. A vantagem imediata para si mesma não era de modo algum insignificante, pois teria infinitas piadas para usar contra os dois. Em Barton Park, ela riu do coronel, e no chalé, de Marianne. Para o primeiro, suas brincadeiras eram, se fossem dirigidas apenas contra ele, perfeitamente indiferentes, mas Marianne não entendeu no começo e, quando compreendeu, ela quase não sabia se deveria rir desse absurdo ou censurar a impertinência da senhora Jennings, pois considerou como insensível um comentário sobre a idade avançada do coronel e sua condição desolada de velho solteirão.

A senhora Dashwood, que não achava um homem cinco anos mais novo do que ela tão excessivamente velho como parecia para os caprichos juvenis da filha, arriscou-se a defender a senhora Jennings da acusação de que estaria ridicularizando a idade dele.

– Mas, pelo menos, mamãe, a senhora não pode negar o absurdo da acusação, embora não imagine que seja intencionalmente maldosa. O coronel Brandon com certeza é mais novo do que a senhora Jennings, mas tem idade suficiente para ser meu pai; e se ele alguma vez já se sentiu animado o bastante para estar apaixonado, deve ter enterrado há muito tempo qualquer sensação desse tipo. É ridículo demais! Quando um homem estará a salvo dessas provocações, se a idade e a enfermidade não o protegerem?

– Enfermidade! – disse Elinor. – Acha que o coronel Brandon é doente? Posso com facilidade supor que sua idade possa parecer muito maior para você do que para minha mãe, mas você dificilmente pode se enganar quanto à capacidade dele de usar seus membros!

– Não o ouviu se queixar do reumatismo? E esta não é a doença mais comum da velhice?

– Minha querida filha – disse a mãe, rindo –, neste ponto você deve estar em terror constante pela minha decadência e deve lhe parecer um milagre que minha vida tenha se estendido até a idade avançada de 40 anos.

– Mamãe, a senhora não está me fazendo justiça. Eu sei muito bem que o coronel Brandon não é velho demais para já deixar seus amigos apreensivos pela possibilidade de perdê-lo pelo curso da natureza. Ele ainda pode viver mais de 20 anos. Mas 35 não tem nada a ver com matrimônio.

– Talvez – disse Elinor. – Pode ser que 35 e 17 não tenham nada a ver entre si com matrimônio. Mas se houver alguma chance de que haja uma mulher solteira aos 27 anos, eu não deveria pensar que o coronel Brandon, tendo 35 anos, represente qualquer objeção a se casar com ela.

– Uma mulher de 27 – disse Marianne, depois de pensar um momento – nunca pode esperar sentir ou inspirar carinho novamente, e se sua casa for desconfortável, ou sua fortuna pequena, posso supor que poderia se submeter ao ofício de enfermeira, em troca da provisão e segurança de ser esposa. Casar-se com essa mulher, portanto, não seria nada impróprio. Seria um conjunto de conveniências e o mundo ficaria satisfeito. Aos meus olhos, não seria casamento, mas não seria um problema. Para mim, pareceria apenas um acordo comercial, no qual cada um deseja ser beneficiado à custa do outro.

– Seria impossível, eu sei – respondeu Elinor –, convencê-la de que uma mulher de 27 anos poderia sentir por um homem de 35 algo suficientemente próximo do amor, para torná-lo um companheiro desejável para ela. Mas devo me opor à condenação do coronel Brandon e sua esposa ao confinamento constante de um lar de doentes, apenas porque ele se queixou ontem (um dia úmido e muito frio) de uma leve sensação reumática em um dos ombros.

– Mas ele falou de coletes de flanela – disse Marianne –, e para mim um colete de flanela está invariavelmente ligado a dores, cãibras, reumatismos e toda espécie de doença que pode afligir os velhos e os fracos.

– Se ele tivesse apenas uma febre violenta, você não o teria desprezado tanto. Confesse, Marianne, não há algo interessante para você na bochecha corada, no olho vazio e no pulso rápido de uma pessoa febril?

Logo depois disso, quando Elinor saiu da sala:

– Mamãe – disse Marianne –, tenho uma preocupação sobre o tema da doença que não consigo esconder da senhora. Tenho certeza de que Edward Ferrars não está bem. Já chegamos há quase 15 dias e ele ainda não veio nos visitar. Nada além de uma forte indisposição poderia ocasionar esse atraso extraordinário. O que mais pode detê-lo em Norland?

– Você achava que ele viria tão cedo? – perguntou a senhora Dashwood.
– Eu não. Pelo contrário, se senti alguma ansiedade sobre o assunto, foi ao lembrar que ele às vezes mostrou falta de prazer e prontidão em aceitar meu convite, quando falei de sua vinda a Barton. Elinor já está esperando por ele?

– Nunca mencionei isso a ela, mas é claro que deve estar.

– Creio que esteja enganada, pois, quando estava falando com ela ontem sobre obter uma nova grade para a lareira do quarto de hóspedes,

ela observou que não havia pressa imediata para isso, pois não era provável que o quarto fosse necessário por algum tempo.
– Que estranho! Qual pode ser o significado disso? Mas o conjunto do comportamento dos dois tem sido inexplicável! Como foi frio e controlado o último adeus deles! Como foi lânguida a conversa na última noite juntos! Na despedida de Edward, não havia distinção entre Elinor e mim: eram os bons desejos de um irmão afetuoso para nós duas. Duas vezes, deixei-os juntos de propósito no decorrer da última manhã e, cada vez, ele inexplicavelmente saiu da sala comigo. E Elinor, ao deixar Norland e Edward, não chorou como eu. Mesmo agora, seu autocontrole é invariável. Quando ela está abatida ou melancólica? Quando tenta ficar sozinha ou parece se sentir inquieta e insatisfeita na companhia de outras pessoas?

## Capítulo 9

As Dashwood estavam agora instaladas em Barton com um conforto razoável. A casa e o jardim, com todos os objetos que os rodeavam, agora se tornavam familiares, e as atividades cotidianas que deram a Norland metade dos seus encantos eram novamente desenvolvidas com um prazer muito maior do que antes, na antiga residência, desde a perda do pai. *Sir* John Middleton, que as visitou todos os dias durante a primeira quinzena e que não tinha o hábito de ver tanta movimentação em casa, não conseguiu esconder sua admiração ao encontrá-las sempre trabalhando.

Os visitantes, exceto os de Barton Park, não eram muitos, pois, apesar dos urgentes pedidos de *sir* John de que elas deveriam conhecer mais a região, e repetidas garantias de que sua carruagem estava sempre disponível, a independência do espírito da senhora Dashwood superou o desejo de convívio social de suas filhas. E ela estava decidida a recusar visitar qualquer família que estivesse além da distância de uma caminhada. Havia poucas que pudessem entrar nesta classificação, e nem todas eram tão acessíveis. A pouco mais de dois quilômetros do chalé, ao longo do sinuoso e estreito vale de Allenham, que era continuação do de Barton, como já descrito, as meninas tinham, em uma das primeiras caminhadas, descoberto uma antiga mansão de aspecto respeitável que, por lembrá-las um pouco de Norland, atiçou a imaginação delas e fez com que desejassem conhecê-la melhor. Mas descobriram, ao consultar, que sua proprietária, uma senhora idosa de muito bom caráter, infelizmente estava muito doente para receber visitas e nunca saía de casa.

Todo o condado ao redor delas abundava de belos caminhos. As colinas que as convidavam de quase todas as janelas do chalé a procurar o prazer do ar em seus cumes eram uma alternativa feliz quando a sujeira dos vales abaixo escondia suas belezas superiores. E, em uma manhã memorável, Marianne e Margaret dirigiram seus passos para uma dessas colinas, atraídas pelo sol fraco de um céu chuvoso e incapazes de continuar aguentando o confinamento que a chuva dos dois dias anteriores tinha ocasionado. O tempo não era suficientemente tentador para afastar as outras duas de seu pincel e seu livro, apesar da declaração de Marianne de que o dia seria bastante claro e que cada nuvem ameaçadora desapareceria de suas colinas. Assim, as duas meninas partiram juntas.

Elas subiram alegres as colinas, desfrutando a caminhada com cada vislumbre do céu azul, e quando sentiram no rosto os ventos estimulantes do sudoeste, lamentaram os medos que impediram que a mãe e Elinor compartilhassem sensações tão deliciosas.

– Existe felicidade no mundo maior do que esta? – indagou Marianne.
– Margaret, vamos caminhar aqui pelo menos duas horas.

Margaret concordou e elas seguiram o caminho contra o vento, resistindo a ele com risos de prazer por mais uns 20 minutos, quando de repente as nuvens se uniram sobre a cabeça delas e uma chuva forte atingiu-as em cheio no rosto. Decepcionadas e surpresas, elas foram obrigadas a voltar, pois não havia nenhum abrigo mais perto do que a própria casa. No entanto, houve um consolo para elas, pois a exigência do momento era mais forte do que o decoro: era preciso correr com toda a velocidade possível colina abaixo, pelo lado íngreme que levava diretamente ao portão do jardim.

E elas partiram. Marianne levou a vantagem no começo, mas um passo em falso derrubou-a de repente no chão e Margaret, incapaz de parar para ajudá-la, passou involuntariamente em disparada e chegou ao fim da colina em segurança.

Um cavalheiro carregando uma arma, com dois pointers brincando ao redor dele, estava passando pela colina a poucos metros de Marianne quando o acidente aconteceu. Ele colocou a arma no chão e correu para ajudá-la. Ela levantara do chão, mas torcera o pé na queda e mal conseguia ficar de pé. O cavalheiro ofereceu ajuda; e percebendo que a modéstia dela negava o que a situação exigia, tomou-a em seus braços sem demora e carregou-a colina abaixo. Depois, atravessando o jardim, cujo portão Margaret deixara aberto, ele carregou-a diretamente para dentro da casa, onde Margaret acabara de entrar, e não a soltou até que a tivesse sentado em uma poltrona na sala de estar.

Elinor e a mãe levantaram-se espantadas com a entrada deles, e enquanto os olhos das duas estavam fixos no homem com um espanto evidente e uma admiração secreta que surgiram também em função de sua aparência, ele se desculpou pela invasão contando os motivos, de uma maneira tão franca e tão graciosa que sua aparência, que era extraordinariamente bela, recebeu encantos adicionais por conta da sua voz e expressão. Se ele fosse velho, feio e vulgar, a gratidão e a gentileza da senhora Dashwood teriam sido garantidas por qualquer ato de atenção à filha, mas a influência da juventude, da beleza e da elegância despertaram um interesse na ação que a deixou muito comovida.

Ela o agradeceu muitas vezes e, com uma doçura de temperamento que sempre a acompanhava, convidou-o a se sentar. Mas ele recusou, pois estava sujo e molhado. A senhora Dashwood então lhe pediu que dissesse a quem ela devia sua gratidão. Seu nome, ele respondeu, era Willoughby, e sua casa atual ficava em Allenham, de onde ele esperava que ela lhe permitisse voltar amanhã para perguntar pela senhorita Dashwood. A honra foi logo concedida e ele então partiu, para se tornar ainda mais interessante, no meio de uma forte chuva.

Sua beleza masculina e maneiras refinadas incomuns foram logo o tema da admiração geral, e as risadas de provocação contra Marianne despertadas pela galanteria dele ganharam um significado especial devido aos seus atributos físicos. Marianne tinha visto menos dele do que o resto, pois a confusão que enrubesceu seu rosto, quando ele a levantou, eliminara a possibilidade de observá-lo depois que entraram na casa. Mas ela vira o suficiente dele para se juntar à admiração das outras, e com um entusiasmo que sempre adornava seus elogios. A aparência e o ar dele eram iguais aos que sua fantasia já havia desenhado para o herói de uma história favorita e, ao carregá-la para a casa com tão pouca formalidade prévia, revelou uma rapidez de pensamento e de ação que tornou a atitude particularmente agradável a ela. Toda circunstância em relação a ele era interessante. O nome soava bem, sua residência ficava na aldeia favorita delas, e ela logo descobriu que, de todas as roupas masculinas, um casaco de caça era o mais atraente. Sua imaginação estava ocupada, seus pensamentos eram agradáveis e a dor de um tornozelo torcido foi ignorada.

Sir John visitou-as assim que um intervalo de tempo bom naquela manhã permitiu que saísse ao ar livre; e, tendo sido informado do acidente de Marianne, perguntaram-lhe com ansiedade se ele conhecia algum cavalheiro de nome Willoughby em Allenham.

– Willoughby! – exclamou *sir* John. – Como? Ele está no condado? Essa é uma excelente notícia. Vou até lá amanhã para convidá-lo para jantar na quinta-feira.

– Então o senhor o conhece – disse a senhora Dashwood.

– Se o conheço! Com certeza sim. Ora, ele vem para cá todos os anos.

– E que tipo de jovem é ele?

– O melhor rapaz que existe, asseguro-lhe, com uma pontaria bem decente. Não há um cavaleiro mais ousado na Inglaterra.

– E isso é tudo que pode dizer sobre ele? – exclamou Marianne, indignada. – Mas quais são suas maneiras em uma amizade mais íntima? Quais são seus interesses, talentos e habilidades?

*Sir* John estava bastante confuso.

– Minha nossa! – disse ele. – Não sei muito sobre ele quanto a tudo isso. Mas é um sujeito agradável e bem-humorado, e tem a mais bela pointer fêmea preta que já vi. Ela estava com ele hoje?

Mas Marianne era tão incapaz de satisfazer sua curiosidade sobre a cor da cadela do senhor Willoughby quanto ele poderia descrever os detalhes do caráter do jovem.

– Mas quem é ele? – perguntou Elinor. – De onde ele veio? Ele tem uma casa em Allenham?

Sobre essas questões, *sir* John poderia dar mais informações, e disse a elas que o senhor Willoughby não tinha uma propriedade no condado, que morava ali apenas quando visitava a velha senhora em Allenham Court, de quem era parente e cujas propriedades herdaria, acrescentando:

– Sim, sim, vale muito a pena atraí-lo, posso dizer, senhorita Dashwood; ele tem uma pequena propriedade excelente em Somersetshire, além disso, e se eu fosse a senhorita, não o entregaria para minha irmã mais nova, apesar de todas essas quedas nas colinas. A senhorita Marianne não deve esperar ter todos os homens para si. Brandon ficará com ciúmes, se ela não for cuidadosa.

– Não acredito – disse a senhora Dashwood, com um sorriso bem-humorado – que o senhor Willoughby será incomodado pelas tentativas de qualquer uma das minhas filhas sobre o que o senhor chama de atraí-lo. Não é algo que fez parte da educação delas. Os homens estão muito seguros conosco, mesmo sendo ricos. Fico feliz por saber, no entanto, pelo que o senhor diz, que ele é um jovem respeitável, cuja amizade não deve ser recusada.

– Acredito que ele seja um dos melhores rapazes que já conheci – repetiu *sir* John. – Lembro-me do último Natal em um pequeno baile em Barton Park, ele dançou das oito às quatro, sem se sentar uma única vez.

– É mesmo? – exclamou Marianne com olhos cintilantes. – E com elegância, com graça?

– Sim, e estava de pé às oito para cavalgar até a floresta para caçar.

– É isso que eu gosto, é assim que um jovem deve ser. Quaisquer que sejam suas atividades, sua vontade de realizá-las não deve ter qualquer moderação e não demonstrar nenhuma fadiga.

– Sim, sim, eu vejo como será – disse *sir* John –, eu vejo como será. A senhorita o seduzirá agora e nunca mais pensará no pobre Brandon.

– Essa é uma expressão, *sir* John – disse Marianne, acalorada – que eu particularmente não gosto. Abomino toda frase comum cuja intenção é ser maliciosa; e "seduzir um homem" ou "conquistá-lo" são as mais odiosas de todas. A tendência delas é rude e tacanha; e se sua construção já foi considerada inteligente, o tempo há muito destruiu toda sua engenhosidade.

*Sir* John não entendeu muito essa reprovação; mas riu tão forte como se tivesse, e então respondeu:

– Ai, a senhorita vai conquistar muita coisa, ouso dizer, de uma maneira ou de outra. Pobre Brandon! Ele já está bastante apaixonado e vale muito a pena seduzi-lo, apesar dessa queda e dos tornozelos torcidos.

## Capítulo 10

O salvador de Marianne, como Margaret, com mais elegância do que precisão, definiu Willoughby, veio ao chalé bem cedo na manhã seguinte para ter notícias pessoalmente. Ele foi recebido pela senhora Dashwood com mais do que cortesia, com uma gentileza propiciada pelo relato de *sir* John sobre ele e a própria gratidão dela, e tudo o que aconteceu durante a visita serviu para assegurá-lo da sensibilidade, da elegância, do afeto mútuo e do conforto doméstico da família que conhecera em razão do acidente. Ele não precisava de uma segunda visita para ficar convencido dos encantos pessoais delas.

## Razão e sensibilidade

A senhorita Dashwood tinha uma compleição delicada, feições regulares e era muito bonita. Marianne era ainda mais linda. Sua silhueta, embora não tão perfeita quanto a da irmã, por ter a vantagem da altura, era mais marcante; e seu rosto era tão adorável que, quando no linguajar hipócrita dos elogios, diziam que era uma menina linda, a verdade era menos ultrajada do que em geral acontece. Sua pele era muito morena, mas, por sua transparência, a compleição era brilhante de uma maneira incomum; seus traços eram belos, o sorriso era doce e atraente e, em seus olhos, que eram muito escuros, havia uma vida, um espírito e uma vivacidade que não podiam ser vistos sem admiração. No começo, ela conteve a expressão deles para Willoughby, em função do constrangimento criado pela lembrança da ajuda dele. Mas, quando isso passou, quando recuperou a coragem, quando viu que além da boa criação do cavalheiro, ele também tinha franqueza e vivacidade e, acima de tudo, quando o ouviu declarar que era apaixonado por música e dança, lançou-lhe um olhar de aprovação que assegurou a maior parte da atenção dele para si durante o resto da visita.

Era apenas necessário mencionar alguma diversão favorita para fazê-la falar. Ela não conseguia ficar em silêncio quando essas questões eram mencionadas, e não teve timidez nem reserva na conversa. Eles logo descobriram que o prazer da dança e da música era mútuo, o que era fruto de uma afinidade geral de opinião em tudo relacionado às duas questões. Encorajada por isso a um exame mais profundo das opiniões dele, ela passou a questioná-lo sobre livros. Seus autores favoritos foram apresentados e analisados com um prazer tão entusiasmado que qualquer jovem de 25 anos deveria ser muito insensível, realmente, para não aceitar de imediato a excelência de tais obras, mesmo que tivessem sido desconsideradas antes. O gosto dos dois era surpreendentemente parecido. Os mesmos livros, as mesmas passagens eram idolatradas por ambos; ou se alguma diferença aparecesse, qualquer objeção surgisse, só durava até que a força dos argumentos e o brilho dos olhos de Marianne fossem exibidos. Ele aceitava todas as decisões dela, absorvia todo seu entusiasmo e, muito antes do fim da visita, eles já conversavam com a familiaridade de uma amizade há muito estabelecida.

– Bem, Marianne – disse Elinor, assim que ele foi embora –, para uma manhã, acho que você se saiu muito bem. Você já constatou a opinião do senhor Willoughby sobre quase todas as questões importantes. Sabe o que ele pensa de Cowper e Scott; tem certeza de que estima suas belezas como deveria, e recebeu garantias apropriadas de sua admiração por Pope.

Mas em que se baseará essa amizade ao longo do tempo, com um relatório tão extraordinário de todo assunto a ser conversado? Em breve terão esgotado todo tópico favorito. Outra reunião será suficiente para que ele explique seus sentimentos sobre a beleza pitoresca e os segundos casamentos, e então você não terá nada mais para perguntar.

– Elinor – exclamou Marianne –, isso é justo? É correto? Minhas ideias são tão escassas? Mas entendo o que quer dizer. Fiquei muito à vontade, muito feliz, muito franca. Agi contra toda noção comum de decoro, fui aberta e sincera, enquanto deveria ter sido reservada, desanimada, aborrecida e enganadora. Se tivesse falado apenas do tempo e das estradas, e apenas a cada dez minutos, teria sido poupada dessa reprovação.

– Meu amor – disse a mãe –, você não deve se ofender com Elinor, ela estava apenas brincando. Eu mesma a repreenderia, se ela fosse capaz de desejar controlar o prazer da sua conversa com nosso novo amigo.

Marianne acalmou-se em pouco tempo.

Willoughby, por sua vez, deu todas as provas do prazer de conhecê-las, o que era proporcionado por um desejo evidente de aprofundar a amizade. Ele veio visitá-las todos os dias. Perguntar por Marianne foi a primeira desculpa, mas o encorajamento da recepção delas, que era mais gentil a cada dia, tornou a desculpa desnecessária antes que deixasse de ser plausível, em função da recuperação perfeita de Marianne. Ela ficou confinada por alguns dias em casa, mas nunca houve um confinamento menos irritante. Willoughby era um jovem habilidoso, de imaginação rápida, espírito vivaz, modos abertos e afetuosos. Era perfeito para conquistar o coração de Marianne, pois, com tudo isso, juntava não só uma aparência cativante, mas um ardor natural da mente que agora se animava e crescia pelo exemplo dela, o que aumentava ainda mais o afeto que ela sentia por ele.

Sua companhia tornou-se aos poucos a satisfação mais deliciosa para Marianne. Eles liam, conversavam e cantavam juntos; os talentos musicais de Willoughby eram consideráveis, e ele lia com toda a sensibilidade e ânimo que infelizmente faltavam em Edward.

Na opinião da senhora Dashwood, como na de Marianne, ele era impecável, e Elinor não via nada a ser censurado no jovem, apenas uma propensão, na qual ele se assemelhava bastante e era algo que particularmente deleitava sua irmã, de manifestar demais o que pensava em todas as ocasiões, sem atenção às pessoas ou circunstâncias. Ao formar e dar sua opinião sobre outras pessoas de maneira apressada, ao sacrificar a cortesia geral pelo prazer de uma atenção total no que interessava ao seu coração e, com uma facilidade grande de desprezar a polidez humana, mostrava uma falta de cautela que Elinor não podia aprovar, apesar de tudo que ele e Marianne poderiam dizer em sua defesa.

Marianne começava agora a perceber que o desespero que a dominara aos 16 anos e meio, ao pensar que nenhum homem poderia satisfazer suas ideias de perfeição, fora precipitado e injustificado. Willoughby era tudo que sua fantasia havia delineado naquela hora infeliz, e em cada período mais brilhante, como capaz de conquistá-la. E seu comportamento declarava que seus desejos a esse respeito eram tão sérios quanto suas habilidades eram grandes.

A mãe dela também, em cuja mente não havia aparecido nenhum pensamento especulativo de casamento, por causa de sua futura riqueza, foi conduzida antes do fim de uma semana a ter esperança e expectativa; bem como a se felicitar em segredo por ter ganhado dois genros como Edward e Willoughby.

O interesse do coronel Brandon por Marianne, que fora descoberto tão cedo por seus amigos, tornou-se perceptível para Elinor, embora não tenha sido pelos outros. A atenção e o sarcasmo deles foram atraídos para seu rival mais afortunado, e as brincadeiras das quais o primeiro fora vítima antes que qualquer interesse surgisse acabaram quando seus sentimentos começaram realmente a merecer essas zombarias ligadas de maneira tão apropriada à sensibilidade. Elinor viu-se obrigada, embora de maneira involuntária, a reconhecer que os sentimentos que a senhora Jennings tinha atribuído ao coronel, para sua própria satisfação, eram agora despertados por sua irmã, e que por mais que uma semelhança geral de temperamentos pudesse favorecer o afeto dela pelo senhor Willoughby, uma oposição de caráter do mesmo modo impressionante não era um obstáculo para o coronel Brandon. Ela via isso com preocupação, pois o que um homem silencioso de 35 anos esperaria, em comparação com um jovem cheio de vida de 25? E como não podia sequer desejar que ele fosse bem-sucedido, desejava com ardor que ele fosse indiferente. Ela gostava do coronel – apesar de sua seriedade e reserva, via nele um objeto de interesse. Seus modos, embora sérios, eram comedidos, e sua reserva parecia ser o resultado de alguma opressão do espírito mais do que de alguma tristeza natural. *Sir* John insinuara mágoas e decepções no passado, o que justificou a convicção de Elinor de que ele era um homem infeliz, e ela o via com respeito e compaixão.

## Jane Austen

Talvez ela sentisse pena e o estimasse ainda mais porque ele era desprezado por Willoughby e Marianne, que, cheios de preconceitos contra ele por não ser nem animado nem jovem, pareciam decididos a subestimar seus méritos.

– Brandon é justamente o tipo de homem – disse Willoughby um dia, quando estavam falando dele – de quem todo mundo fala bem, mas com quem ninguém se importa; que todos ficam encantados de ver e nunca se lembram de falar com ele.

– Isso é exatamente o que eu penso dele – exclamou Marianne.

– Não se vangloriem disso, no entanto – disse Elinor –, pois é uma injustiça de vocês dois. Ele é muito estimado por toda a família em Barton Park e nunca o vejo sem aproveitar a oportunidade de conversar com ele.

– Que você o defenda – respondeu Willoughby –, fala muito bem dele, mas, quanto à estima dos outros, é uma censura por si só. Quem se submeteria à indignidade de ser aprovado por mulheres como lady Middleton e a senhora Jennings, que são capazes de invocar a indiferença de qualquer outra pessoa?

– Mas talvez o desprezo de pessoas como você e Marianne possa compensar a visão de lady Middleton e sua mãe. Se o elogio delas é censura, a censura de vocês pode ser um elogio, pois elas não são menos perspicazes do que vocês são preconceituosos e injustos.

– Em defesa de seu *protégé*, você pode até ser insolente.

– Meu *protégé*, como você o chama, é um homem sensato, e sensatez sempre me atrairá. Sim, Marianne, mesmo em um homem entre 30 e 40. Ele viu muito do mundo, esteve no exterior, leu bastante e é um pensador. Descobri que é capaz de me dar muitas informações sobre vários assuntos, e ele sempre respondeu às minhas perguntas com a prontidão da boa educação e da boa vontade.

– Ou seja – exclamou Marianne com desprezo –, ele contou a você que, nas Índias Orientais, o clima é quente e os mosquitos são um problema.

– Ele teria me contado isso, sem dúvida, se eu tivesse feito tais perguntas, mas acontece que sobre isso eu tinha informações prévias.

– Talvez – disse Willoughby – as observações dele possam ter se estendido à existência de nababos, moedas de ouro e palanquins.

– Ouso dizer que as observações dele foram muito além da sua franqueza. Mas por que antipatiza com ele?

– Não antipatizo com ele. Considero-o, pelo contrário, um homem muito respeitável, que tem boa reputação entre todos e não recebe atenção de ninguém. Que tem mais dinheiro do que pode gastar, mais tempo do que sabe empregar e dois novos casacos todos os anos.

– Adicione a isso – exclamou Marianne – que ele não tem genialidade, gosto ou espírito. Que sua inteligência não é brilhante, seus sentimentos não são ardentes e sua voz não é expressiva.

– Você decide que ele possui tantas imperfeições – respondeu Elinor –, e com tanta força da sua própria imaginação que o elogio que posso fazer dele é comparativamente frio e insípido. Só posso dizer que é um homem sensato, bem-educado, bem informado, de temperamento gentil e, acredito, de coração amável.

– Senhorita Dashwood – exclamou Willoughby –, agora você está me usando de maneira indelicada. Está tentando me desarmar pela razão e me convencer contra minha vontade. Mas não vai conseguir. Você deve me achar tão teimoso quanto pode ser habilidosa. Tenho três razões irrefutáveis para não gostar do coronel Brandon: ele me ameaçou com chuva quando eu queria que o tempo estivesse bom, encontrou falhas na suspensão da minha carruagem e não consigo persuadi-lo a comprar minha égua marrom. Se for satisfatório para você, no entanto, ouvir que acredito que o caráter dele seja, em outros aspectos, irrepreensível, estou pronto para confessar isso. E, em troca desse reconhecimento, que me causa um pouco de dor, não pode me negar o privilégio de não simpatizar com ele tanto quanto eu quiser.

## Capítulo 11

A senhora Dashwood e suas filhas nunca poderiam ter imaginado, quando chegaram a Devonshire, que tantos compromissos surgiriam para ocupar o curto tempo delas, ou que receberiam convites e visitas tão frequentes que lhes restaria tão pouco tempo para trabalhos sérios. No entanto, foi assim. Quando Marianne se recuperou, os planos de diversão em casa ou ao ar livre planejados anteriormente por *sir* John começaram a ser implementados. Logo iniciaram os bailes em Barton Park e as festas no lago foram realizadas com a frequência permitida por um outubro chuvoso. Em cada uma dessas reuniões, Willoughby foi incluído e a descontração e familiaridade que caracterizavam essas festas foram minuciosamente calculadas para aumentar sua intimidade com as Dashwood, para dar-lhe a oportunidade de observar as qualidades de Marianne, de expressar sua exaltada admiração por ela e de receber, pelo comportamento dela em relação a ele, a segurança mais evidente de sua afeição.

Elinor não se surpreendia com o apego dos dois. Apenas desejava que fosse demonstrado menos abertamente, e uma ou duas vezes tentou sugerir a decência de algum autocontrole a Marianne. Mas a irmã abominava esconder algo se não houvesse nenhuma verdadeira desgraça que pudesse justificar a falta de franqueza. E tentar reprimir sentimentos que não eram motivo de censura parecia para ela não só um esforço desnecessário, mas uma deplorável sujeição da razão às opiniões comuns e equivocadas. Willoughby pensava o mesmo, e o comportamento deles, em todos os momentos, era uma demonstração das suas opiniões.

Quando ele estava presente, ela não tinha olhos para mais ninguém. Tudo o que ele fazia estava certo. Tudo o que ele dizia era inteligente. Se as noites em Barton Park terminassem com cartas, ele trapaceava a si mesmo e a todo o resto do grupo para conseguir uma boa mão para ela. Se um baile fosse a diversão da noite, eram parceiros pela metade do tempo, e quando eram obrigados a se separar durante um par de músicas, tinham o cuidado de não se afastar e mal falavam uma palavra com qualquer outra pessoa. Essa conduta provocava muitas risadas, naturalmente, mas o ridículo não conseguia envergonhá-los e parecia incomodá-los muito pouco.

A senhora Dashwood concordava com os sentimentos dos dois com uma afeição que a levava a não controlar o comportamento exagerado deles. Para ela, era apenas a consequência natural de um forte sentimento em corações jovens e ardentes.

Foi uma época de felicidade para Marianne. Seu coração estava entregue a Willoughby, e o apego afetuoso a Norland, que trouxera consigo de Sussex, tinha mais chance de diminuir do que ela imaginara possível antes, em função do encanto que a amizade com ele conferia ao seu lar atual.

A felicidade de Elinor não era tão grande. Seu coração não estava tão à vontade, nem sua satisfação com os entretenimentos era tão pura. Eles não proporcionavam nenhuma companhia que pudesse compensar o que deixara para trás, tampouco poderiam ensiná-la a pensar em Norland com menos pesar do que antes. Nem lady Middleton nem a senhora Jennings podiam oferecer a conversa de que tanto sentia falta, embora a última falasse sem parar e tivesse gostado muito de Elinor desde o começo, o que lhe assegurava grande parte de suas conversas.

## Razão e sensibilidade

Ela já repetira a história de sua vida três ou quatro vezes e, se a memória de Elinor conseguisse acompanhar a maneira como a senhora Jennings aumentava suas lembranças, saberia desde o começo todos os detalhes da última doença do senhor Jennings e o que ele disse para a esposa poucos minutos antes de morrer. Lady Middleton era mais agradável que a mãe apenas por ser mais quieta. Elinor precisou de pouca observação para perceber que sua reserva era uma mera calma que não tinha nada a ver com a razão. Ela agia do mesmo modo com o marido e a mãe, e a intimidade, portanto, não era algo a ser buscado ou desejado. Ela não tinha nada para dizer em um dia que já não tivesse dito no anterior. Sua insipidez era invariável, pois até seu ânimo era sempre o mesmo. E embora não se opusesse às festas organizadas pelo marido, desde que todas as coisas fossem conduzidas com estilo e os dois filhos mais velhos a acompanhassem, nunca parecia sentir mais prazer do que poderia ter experimentado sentada em casa. Sua presença aumentava tão pouco o prazer dos outros, quando participava da conversa, que às vezes só se lembravam que estava presente em função da atenção que dedicava aos filhos irrequietos.

Apenas no coronel Brandon, de todos seus novos amigos, Elinor encontrava uma pessoa que, de algum modo, poderia afirmar que respeitava suas capacidades, despertava o interesse da amizade ou dava prazer como companhia. Willoughby estava fora de questão. Ele tinha toda a admiração e consideração fraternal dela, mas estava apaixonado. Toda sua atenção estava voltada para Marianne, e até um homem muito menos agradável poderia ser mais amável. O coronel Brandon, infelizmente para si mesmo, não tinha tal encorajamento para pensar apenas em Marianne e, conversando com Elinor, encontrou o maior consolo para a indiferença da irmã mais nova.

A compaixão de Elinor por ele aumentou, pois tinha motivos para suspeitar que ele já conhecera o sofrimento de uma decepção amorosa. Esta suspeita fora levantada por algumas palavras que ele acidentalmente deixou escapar uma noite em Barton Park, quando estavam sentados juntos de comum acordo enquanto os outros dançavam. Os olhos dele estavam fixos em Marianne e, depois de um silêncio de alguns minutos, ele falou, com um sorriso fraco:

– Sua irmã, pelo que entendo, não concorda que alguém se apaixone uma segunda vez.

– Não – respondeu Elinor –, suas opiniões são todas românticas.

– Ou melhor, como acredito, ela considera impossível que tal coisa possa existir.

– Acredito que sim. Mas não sei como ela pensa isso sem refletir sobre o caráter do próprio pai, que teve duas esposas. Em alguns anos, no entanto, ela terá mudado de opinião com uma base razoável de bom senso e observação, e então poderão ser mais fáceis de definir e justificar do que agora, por qualquer outra pessoa a não ser ela mesma.

– Será provavelmente assim – ele respondeu – e, no entanto, há algo tão encantador nos preconceitos de uma mente jovem que sinto pena de vê-los dar lugar à recepção de opiniões mais gerais.

– Não posso concordar com o senhor nesse ponto – disse Elinor. – Há inconveniências em sentimentos como os da Marianne que todos os encantos do entusiasmo e da ignorância do mundo não podem compensar. Seu modo de pensar tem a desafortunada tendência de eliminar as boas maneiras, e espero que um melhor conhecimento do mundo proporcione grandes vantagens para ela.

Depois de uma breve pausa, ele retomou a conversa dizendo:

– Sua irmã faz distinção em suas objeções a um segundo amor ou isso é igualmente criminoso em todos os casos? Aqueles que se decepcionaram com sua primeira escolha, seja pela inconstância da pessoa amada, seja pela perversidade das circunstâncias, devem permanecer também indiferentes durante o resto da vida?

– Dou minha palavra de que não conheço as minúcias dos seus princípios. Apenas sei que nunca a ouvi admitir qualquer indulgência para uma segunda paixão.

– Isto – disse ele – não pode durar, mas uma mudança, uma mudança total de sentimentos? Não, não, não deseje isso, pois quando os refinamentos românticos de uma jovem alma são obrigados a ceder, com que frequência são substituídos por opiniões totalmente comuns e perigosas! Falo por experiência. Uma vez, conheci uma senhora que, em termos de temperamento e ânimo, se parecia muito com sua irmã, que pensava e julgava como ela, mas que, por causa de uma mudança forçada, advinda de uma série de circunstâncias infelizes...

Aqui ele parou de repente, pareceu pensar que falara demais, e por seu semblante deu origem a conjecturas que de outro modo nunca teriam surgido na cabeça de Elinor. A menção da dama provavelmente teria passado sem suspeita, se ele não tivesse convencido a senhorita Dashwood de que aquilo não sairia de seus lábios. Da maneira como aconteceu, exigia apenas um ligeiro esforço de raciocínio para conectar sua emoção com a terna lembrança de um amor do passado. Elinor não insistiu mais. Mas Marianne, no lugar dela, não teria feito tão pouco. Uma história completa teria sido rapidamente criada por sua imaginação ativa, e tudo estabelecido na mais melancólica ordem de um amor desastroso.

## Capítulo 12

Quando Elinor e Marianne estavam caminhando juntas na manhã seguinte, esta contou à irmã algo que, apesar de tudo que Elinor já conhecia da imprudência e falta de ideias de Marianne, surpreendeu-a pela demonstração extravagante de ambas. Marianne contou, com grande alegria, que Willoughby lhe dera um cavalo de presente, um que ele mesmo criara em sua propriedade em Somersetshire, e que fora treinado para ser montado por uma mulher. Sem considerar que não estava nos planos da mãe manter algum cavalo e que, se ela alterasse essa resolução por causa deste presente, deveria conseguir um cavalariço e comprar outro cavalo para o criado e, no final, construir um estábulo para abrigá-los, Marianne aceitara o presente sem hesitação e, extasiada, contou isso para a irmã.

– Ele pretende enviar imediatamente seu cavalariço para Somersetshire para trazê-lo – ela acrescentou –, e quando chegar vamos cavalgar todos os dias. Você também poderá usá-lo. Imagine, minha querida Elinor, o prazer de galopar por essas colinas.

Ela não estava disposta a despertar deste sonho de felicidade para compreender todas as verdades infelizes relacionadas ao caso e, por algum tempo, recusou-se a aceitá-las. Quanto a um criado adicional, a despesa seria pouca. Mamãe, ela tinha certeza, nunca se oporia a isso, e qualquer cavalo seria suficiente para o criado. Ele poderia conseguir um em Barton Park. Quanto a um estábulo, o galpão mais simples seria suficiente. Elinor então se arriscou a duvidar se era correto receber esse presente de um homem que ela conhecia tão pouco, ou pelo menos por tão pouco tempo. Aquilo era demais.

– Você está errada, Elinor – ela disse de forma acalorada –, ao supor que conheço muito pouco a respeito de Willoughby. Não o conheço há muito tempo, é verdade, mas o conheço melhor do que qualquer outra pessoa do mundo, exceto você e mamãe. Não é tempo ou oportunidade que determinam a intimidade, é apenas a disposição. Sete anos seriam insuficientes para que algumas pessoas se conhecessem bem, e sete dias são mais que suficientes para outros. Eu deveria ser culpada de uma maior falta de decoro ao aceitar um cavalo de meu irmão do que de Willoughby. Eu conheço John muito pouco, apesar de termos vivido juntos por anos. Mas meu julgamento sobre Willoughby está formado há muito tempo.

Elinor achou mais sensato não voltar a tocar no assunto. Ela conhecia o temperamento da irmã. A oposição em um assunto tão delicado apenas a levaria a se aferrar mais à própria opinião. Mas com um apelo a seu amor pela mãe, apresentando os inconvenientes que essa mãe indulgente deveria aceitar, se (como seria provavelmente o caso) ela consentisse com esse aumento de gastos, Marianne foi logo subjugada e prometeu não forçar a mãe a concordar com um presente tão imprudente ao mencionar a oferta, e dizer a Willoughby, na próxima vez que o encontrasse, que deveria recusar o presente.

Ela foi fiel à sua palavra, e quando Willoughby veio até o chalé, no mesmo dia, Elinor ouviu como ela expressou em voz baixa sua decepção por ser obrigada a renunciar ao presente. Os motivos da recusa foram relatados naquele momento e foram manifestados de tal maneira a impossibilitar que ele insistisse. Contudo, a decepção dele ficou muito aparente e, depois de expressá-la com seriedade, ele acrescentou, com a mesma voz baixa:

– Mas, Marianne, o cavalo ainda é seu, mesmo que não possa tê-lo agora. Vou apenas guardá-lo até que você possa cuidar dele. Quando deixar Barton para se estabelecer em uma casa mais permanente, Queen Mab acompanhará você.

Tudo isso foi entreouvido pela senhorita Dashwood, e em toda a frase, na maneira que ele a pronunciou, e ao tratar sua irmã apenas pelo primeiro nome, ela viu instantaneamente uma intimidade tão decidida, um significado tão direto, que marcava um acordo perfeito entre eles. A partir daquele momento, não duvidou que estavam comprometidos e apenas ficou surpresa que ela ou qualquer um dos amigos deles só descobrissem aquilo por acaso, levando em conta o temperamento tão franco dos dois.

Margaret contou algo a ela no dia seguinte que esclareceu ainda mais o assunto. Willoughby passara a noite anterior com elas, e Margaret, por ter ficado algum tempo no salão apenas com ele e Marianne, teve a oportunidade de observar algo que, com um rosto muito sério, comunicou à irmã mais velha, quando estavam sozinhas.

— Ah, Elinor! — ela falou, chorosa. — Tenho um segredo para contar sobre Marianne. Tenho certeza de que ela vai se casar com o senhor Willoughby em breve.

— Você disse isso — respondeu Elinor — quase todos os dias desde que eles se conheceram na Colina da Igreja do Alto, e não havia se passado nem uma semana, acredito, antes de você ter certeza de que Marianne levava o retrato dele em volta do pescoço, mas acabou sendo apenas a miniatura do nosso tio-avô.

— Mas, na verdade, isso é outra coisa. Estou certa de que estarão casados muito em breve, pois ele tem um cacho do cabelo dela.

— Cuidado, Margaret. Pode ser apenas o cabelo de algum tio-avô dele.

— Mas, Elinor, é realmente da Marianne. Tenho quase certeza de que é, pois vi quando ele o cortou. Na noite passada, depois do chá, quando você e a mamãe saíram da sala, eles estavam cochichando e conversando juntos muito rápido, e ele parecia estar implorando alguma coisa a ela, e de repente ele pegou a tesoura dela e cortou um longo cacho de cabelo que caía pelas costas. E ele o beijou, dobrou em um pedaço de papel branco e o colocou em sua carteira.

Diante de tais indícios, declarados com tamanha autoridade, Elinor não tinha como duvidar; tampouco estava disposta a isso, pois as circunstâncias estavam em perfeita consonância com o que ela própria vira e ouvira.

A sagacidade de Margaret nem sempre foi exibida de forma tão satisfatória para a irmã. Quando a senhora Jennings a assediou uma noite em Barton Park, pedindo que desse o nome do favorito de Elinor, algo que era há tempos uma grande curiosidade para a senhora, Margaret respondeu olhando para a irmã:

— Não devo dizer ou devo, Elinor?

Isso, obviamente, fez todo mundo rir, e Elinor tentou rir também. Mas o esforço foi doloroso. Ela estava convencida de que Margaret havia pensado em alguém cujo nome não poderia suportar com compostura caso virasse uma brincadeira constante da senhora Jennings.

Marianne sentiu uma pena sincera de Elinor, mas fez mais mal do que bem à causa, ficando muito vermelha e falando de maneira um tanto irritada para Margaret:

— Lembre-se de que, independentemente de suas conjecturas, você não tem o direito de repeti-las.

– Nunca conjecturei sobre isso – respondeu Margaret. – Foi você mesma que me contou.

Isso fez com que todos rissem mais ainda, e Margaret foi pressionada a dizer algo mais.

– Ah! Diga, senhorita Margaret, conte-nos tudo que sabe – pediu a senhora Jennings. – Qual é o nome do cavalheiro?

– Não devo contar, senhora. Mas eu sei muito bem qual é e também sei onde ele está.

– Sim, sim, podemos adivinhar onde ele está; na sua casa em Norland, com certeza. Ele é o responsável pela paróquia, ouso dizer.

– Não, isso ele não é. Ele não tem nenhuma profissão.

– Margaret – disse Marianne com veemência –, você sabe que tudo isso é invenção sua e que tal pessoa não existe.

– Bem, então, ele deve ter morrido recentemente, Marianne, pois tenho certeza de que já houve tal homem, e seu nome começa com F.

Elinor sentiu-se muito grata a lady Middleton por ter observado, naquele momento, "que chovia muito", embora acreditasse que a interrupção viesse menos de qualquer atenção para ela do que do grande desagrado de sua senhoria com essas provocações tão deselegantes que deleitavam o marido e a mãe. A ideia, no entanto, iniciada por ela, foi imediatamente continuada pelo coronel Brandon, que estava sempre atento aos sentimentos dos outros. E muito foi dito por ambos sobre a chuva. Willoughby abriu o piano e pediu a Marianne que o tocasse. Assim, em meio aos vários esforços de diferentes pessoas para abandonar o tema, este foi deixado de lado. Mas Elinor não se recuperou com tanta facilidade da inquietação que o assunto havia despertado nela.

Naquela noite, um grupo foi formado para visitar no dia seguinte um lugar muito bonito a cerca de 20 quilômetros de Barton, pertencente a um cunhado do coronel Brandon, sem cuja presença não poderia ser visitado, segundo ordens explícitas do proprietário, que estava no exterior. Disseram que a propriedade era muito bonita, e *sir* John, que era particularmente caloroso em seus elogios, poderia ser um juiz tolerável, pois tinha formado grupos para visitá-lo pelo menos duas vezes por verão nos últimos dez anos. Tinha uma boa quantidade de água e um passeio de barco seria uma grande parte da diversão da manhã. Provisões frias deveriam ser levadas, apenas carruagens abertas deveriam ser usadas e todas as coisas seriam conduzidas no estilo usual de um passeio muito prazeroso.

Para algumas pessoas do grupo, parecia um empreendimento ousado, considerando a época do ano, e que chovera todos os dias durante a última quinzena, e a senhora Dashwood, que já estava resfriada, foi convencida por Elinor a ficar em casa.

## Capítulo 13

A excursão planejada a Whitwell acabou sendo muito diferente do que Elinor esperara. Ela estava preparada para ficar molhada, cansada e assustada. Mas o evento foi ainda mais infeliz, pois eles nem foram.

Às dez horas, todo o grupo estava reunido em Barton Park, onde tomaram o café da manhã. A manhã indicava que o clima seria bom, embora tivesse chovido a noite toda, já que as nuvens se dispersavam pelo céu e o sol aparecia com frequência. Todos estavam animados e com bom humor, ansiosos para se divertir e determinados a se submeter às maiores inconveniências e dificuldades para que não se sentissem de outra maneira.

Enquanto estavam tomando o café da manhã, chegaram as cartas. Entre elas, havia uma para o coronel Brandon. Ele pegou-a, olhou o remetente, mudou de cor e saiu imediatamente da sala.

– Qual é o problema com Brandon? – perguntou *sir* John.

Ninguém sabia.

– Espero que não tenha recebido nenhuma má notícia – disse lady Middleton. – Deve ser algo extraordinário para obrigar o coronel Brandon a deixar minha mesa de café tão de repente.

Em cerca de cinco minutos, ele voltou.

– Nenhuma má notícia, coronel, espero – disse a senhora Jennings, assim que ele entrou na sala.

– Nenhuma, senhora, obrigado.

– Era de Avignon? Espero que não seja para dizer que sua irmã piorou.

– Não, senhora. Veio da cidade e é apenas uma carta de negócios.

– Mas por que o deixou tão abalado, se é apenas uma carta de negócios? Vamos lá, isso não está certo, coronel, conte-nos a verdade.

– Querida senhora – disse lady Middleton –, perceba o que está dizendo.

– Talvez seja para lhe dizer que sua prima Fanny se casou? – perguntou a senhora Jennings, sem prestar atenção à repreensão da filha.

– Não, realmente, não é.

– Bem, então, eu sei de quem é, coronel. E espero que ela esteja bem.
– De quem está falando, senhora? – disse ele, ruborizando-se.
– Ah, o senhor sabe de quem estou falando.
– Sinto muito, madame – disse ele, dirigindo-se a lady Middleton –, que eu tenha recebido esta carta hoje, pois é um assunto que exige minha presença imediata na cidade.
– Na cidade! – exclamou a senhora Jennings. – O que o senhor precisaria fazer na cidade nesta época do ano?
– Minha perda é grande – continuou ele – sendo obrigado a deixar um grupo tão agradável, mas estou ainda mais preocupado, pois temo que minha presença seja necessária para que sejam admitidos em Whitwell.
Que golpe foi aquilo sobre todos!
– Mas se o senhor escrever um bilhete para o caseiro, coronel – disse Marianne, ansiosa –, não será suficiente?
Ele balançou a cabeça.
– Precisamos ir – disse *sir* John. – Não devemos adiar quando estamos prestes a partir. Não vá à cidade antes de amanhã, Brandon. Está decidido.
– Gostaria que isso pudesse ser resolvido tão facilmente. Mas não está em meu poder adiar minha viagem por um dia!
– Se o senhor ao menos nos contasse que negócio é esse – disse a senhora Jennings –, poderíamos ver se pode ser adiado ou não.
– O senhor não se atrasaria nem seis horas – disse Willoughby – se adiasse sua viagem até nosso retorno.
– Não posso perder nem uma hora.
Então, Elinor ouviu Willoughby dizer, em voz baixa, para Marianne:
– Algumas pessoas não aguentam a diversão. Brandon é uma delas. Ele estava com medo de se resfriar, ouso dizer, e inventou esse truque para escapar. Aposto cinquenta guinéus que ele mesmo escreveu a carta.
– Não tenho dúvida disso – respondeu Marianne.
– Não há como persuadi-lo a mudar de ideia, Brandon – disse *sir* John –, quando você está determinado a fazer algo, sei disso há muito tempo. No entanto, espero que você pense melhor. Considere que aqui estão as duas senhoritas Carey, que vieram de Newton, as três senhoritas Dashwood, que caminharam do chalé, e o senhor Willoughby, que se levantou duas horas antes do horário habitual, com o propósito de ir para Whitwell.
O coronel Brandon repetiu sua tristeza por ser o motivo da decepção do grupo, mas, ao mesmo tempo, declarou que era inevitável.

– Bem, então, quando você voltará?
– Espero que possamos vê-lo em Barton – acrescentou lady Middleton – assim que lhe for conveniente deixar a cidade. E devemos adiar a visita para Whitwell até o senhor retornar.
– Vocês são muito amáveis. Mas é tão incerto, não sei quando vou retornar e não me atrevo a prometer nada.
– Ah! Ele deve e vai voltar – exclamou *sir* John. – Se ele não estiver aqui no final da semana, irei atrás dele.
– Sim, faça isso, *sir* John – falou a senhora Jennings –, e então talvez o senhor descubra que negócio é esse.
– Não quero me intrometer nos assuntos de outro homem. Imagino que seja algo de que ele tenha vergonha.
Foi anunciado que os cavalos do coronel Brandon estavam prontos.
– Você não vai à cidade a cavalo, não é? – acrescentou *sir* John.
– Não. Somente até Honiton. Lá, devo pegar uma diligência postal.
– Bem, como está decidido a ir, desejo-lhe uma boa viagem. Mas seria melhor se mudasse de ideia.
– Asseguro que não está em meu poder.
Ele então se despediu do grupo.
– Não há chance de ver a senhorita e suas irmãs na cidade neste inverno, senhorita Dashwood?
– Infelizmente, nenhuma.
– Então devo me despedir por mais tempo do que desejaria.
Para Marianne, ele apenas fez uma reverência e não disse nada.
– Por favor, coronel – disse a senhora Jennings –, antes de ir, conte-nos por que está partindo.
Ele desejou-lhe um bom-dia e, acompanhado por *sir* John, saiu da sala.
As queixas e lamentações que a cortesia até então tinham impedido explodiram agora entre eles e todos concordaram várias vezes o quanto era irritante ficarem tão decepcionados.
– Posso adivinhar qual é o negócio dele – disse a senhora Jennings, de maneira exultante.
– Pode, senhora? – disse quase todo mundo.
– Posso. Tem a ver com a senhorita Williams, tenho certeza.
– E quem é a senhorita Williams? – perguntou Marianne.
– O quê, a senhorita não sabe quem é a senhorita Williams? Estou certa de que já ouviu falar dela. É uma parente do coronel, minha querida,

uma parente muito próxima. Não diremos a proximidade, por medo de chocar as jovens damas – então, baixando um pouco a voz, disse a Elinor:
– É a filha natural dele.
– É mesmo!
– Ah, sim, e é muito parecida com ele. Ouso dizer que o coronel vai deixar a fortuna toda para ela.

Quando *sir* John voltou, ele juntou-se com grande entusiasmo à tristeza geral por um evento tão infeliz, observando, no entanto, que, como todos já estavam ali, deveriam fazer algo para se alegrarem. E depois de algum debate, concordaram que, apesar de só poderem ficar felizes se fossem a Whitwell, poderiam encontrar um estado de espírito tolerável fazendo um passeio pelo campo. As carruagens foram então pedidas. A de Willoughby chegou primeiro e Marianne nunca pareceu mais feliz do que quando subiu nela. Ele a conduziu muito rápido por Barton Park, e logo desapareceram. Só foram vistos quando voltaram, o que ocorreu depois que todos os outros já tinham retornado. Ambos pareciam encantados com o passeio, mas disseram apenas em termos gerais que tinham permanecido nas estradas, enquanto os outros tinham passeado pelas colinas.

Foi decidido que deveria haver um baile à noite e todos deveriam ficar muito alegres durante todo o dia. Mais alguns dos Carey vieram para jantar, e os Middleton tiveram o prazer de sentar quase 20 pessoas à mesa, o que *sir* John observou com grande satisfação. Willoughby sentou-se em seu lugar habitual entre as duas senhoritas Dashwood mais velhas. A senhora Jennings sentou-se à direita de Elinor; e não estavam sentados havia muito tempo quando a senhora se inclinou por trás de Elinor e de Willoughby e disse para Marianne, alto o suficiente para que os dois ouvissem:

– Eu descobri, apesar de todos os seus truques. Sei onde vocês passaram a manhã.

Marianne ficou vermelha e respondeu muito apressadamente:
– Onde, ora?
– A senhora não sabia – disse Willoughby – que estávamos na minha carruagem?
– Sim, sim, senhor Insolente, sei muito bem, e estava decidida a descobrir onde vocês estiveram. Espero que goste da sua casa, senhorita Marianne. É muito grande, eu sei, e quando eu for visitá-la, espero que a tenha redecorado, pois ela já precisava muito de mudanças quando estive lá há seis anos.

Marianne virou-se, muito confusa. A senhora Jennings riu muito e Elinor descobriu que, em sua determinação em saber onde eles tinham ido, ela realmente fizera sua criada consultar o criado do senhor Willoughby e que, por esse método, fora informada de que os dois tinham ido até Allenham e passaram um tempo considerável ali, caminhando pelo jardim e visitando toda a casa.

Elinor não podia acreditar que aquilo fosse verdade, pois parecia muito improvável que Willoughby pudesse propor, ou que Marianne aceitasse, que eles entrassem na casa enquanto a senhora Smith, justo com quem Marianne não tinha nenhuma relação, estava nela.

Assim que saíram da sala de jantar, Elinor indagou a Marianne sobre isso, e grande foi sua surpresa quando descobriu que tudo que a senhora Jennings relatara era verdade. Marianne estava bastante brava com ela por duvidar disso.

– Por que você deveria imaginar, Elinor, que não fomos para lá ou que não vimos a casa? Não é o que você mesma sempre quis fazer?

– Sim, Marianne, mas eu não iria enquanto a senhora Smith estivesse lá, e sem outra companhia a não ser o senhor Willoughby.

– No entanto, o senhor Willoughby é a única pessoa que pode ter o direito de mostrar aquela casa, e como estávamos em uma carruagem aberta, era impossível ter outra companhia. Nunca passei uma manhã mais agradável na minha vida.

– Infelizmente – respondeu Elinor – o prazer de uma ação nem sempre evidencia sua correção.

– Pelo contrário, nada pode ser uma prova mais forte disso, Elinor, pois se houvesse alguma incorreção real no que fiz, eu deveria ter sentido isso na hora, pois sempre sabemos quando estamos agindo de maneira errada, e com tamanha convicção que não poderia ter sentido nenhum prazer.

– Mas, minha querida Marianne, já que isso a expôs a algumas observações muito impertinentes, não começa agora a duvidar da discrição de sua própria conduta?

– Se as observações impertinentes da senhora Jennings devem ser a prova da incorreção na conduta, somos todos pecadores em todos os momentos de nossa vida. Eu não valorizo a censura dela mais do que deveria valorizar seu elogio. Não sinto que fiz nada de errado ao caminhar pelos jardins da senhora Smith ou em visitar sua casa. Um dia, eles serão do senhor Willoughby, e...

– Mesmo se um dia eles forem seus, Marianne, isso não justificaria o que você fez.

A jovem corou com essa sugestão, mas era algo visivelmente gratificante para ela, e depois de um intervalo de dez minutos de reflexão séria, voltou a falar com a irmã e disse com muito bom humor:

– Talvez, Elinor, tenha sido equivocado ir a Allenham, mas o senhor Willoughby queria muito me mostrar o lugar, e é uma casa encantadora, posso assegurar. Há uma sala de estar bastante bonita subindo as escadas, de um tamanho agradável e confortável para uso diário, e com móveis modernos ela seria encantadora. É uma sala de canto e tem janelas dos dois lados. De um lado você vê um gramado para jogos, que se estende atrás da casa até um lindo bosque, e do outro lado temos uma visão da igreja e da vila e, além delas, daquelas colinas bem altas que admiramos tantas vezes. Não gostei muito da sala, pois nada poderia ser mais desanimador do que os móveis, mas, se fosse redecorada, algumas centenas de libras – diz Willoughby – fariam dela um dos mais agradáveis salões de verão de toda Inglaterra.

Se Elinor pudesse ouvi-la sem a interrupção dos outros, Marianne teria descrito cada quarto na casa com o mesmo prazer.

## Capítulo 14

O fim súbito da visita do coronel Brandon a Barton Park, somado à firmeza com que ocultou sua causa, encheu a mente e alimentou a imaginação da senhora Jennings por dois ou três dias. Ela era uma grande questionadora, como devem ser todos que tenham um interesse vivo nas idas e vindas de todos os conhecidos. Ela se perguntava o tempo todo qual poderia ser o motivo daquilo; tinha certeza de que havia alguma má notícia e pensava em todo tipo de desgraça que poderia ter acontecido com ele, com a determinação fixa de que o coronel não escaparia de todas.

– Algo muito triste deve ter acontecido, tenho certeza – disse ela. – Pude ver isso em seu rosto. Pobre homem! Receio que a situação dele seja ruim. A propriedade em Delaford nunca rendeu mais de 2 mil libras por ano, e seu irmão deixou tudo tristemente complicado. Acho que ele deve ter sido chamado por questões de dinheiro, o que mais pode ser? Fico pensando se é isso. Eu daria qualquer coisa para saber a verdade. Talvez tenha a ver com a senhorita Williams e, diga-se de passagem, ele pareceu muito consciencioso quando a mencionei. Talvez ela esteja doente na cidade. É o mais provável de tudo, pois sei que ela está sempre bastante doente. Apostaria qualquer coisa que isso tem a ver com a senhorita Williams. Não é muito provável que ele tenha problemas financeiros agora, pois é um homem muito prudente, e tenho certeza de que já teria resolvido o problema da propriedade a essa altura. Pergunto-me o que pode ser! Pode ser que sua irmã esteja pior em Avignon e o tenha chamado. Sua partida tão apressada parece ter a ver com isso. Bem, desejo com todo meu coração que ele resolva todos seus problemas e ainda encontre uma boa esposa.

Era o que pensava e dizia a senhora Jennings. A opinião dela variava com cada nova conjectura, e todas pareciam igualmente prováveis à medida que surgiam. Elinor, apesar de se sentir interessada no bem-estar do coronel Brandon, não podia pensar tanto em sua partida tão repentina quanto a senhora Jennings desejava que fizesse; pois, apesar de, em sua opinião, a circunstância não justificar tanto espanto ou variedade de especulação, ela deixou os questionamentos de lado. Sua curiosidade estava mais voltada para o extraordinário silêncio de sua irmã e Willoughby sobre o que acontecia entre os dois, que deveriam perceber que interessava muito a todos. À medida que o silêncio continuava, parecia a cada dia mais estranho e mais incompatível com a disposição de ambos. Elinor não conseguia imaginar por que eles não reconheciam abertamente para a mãe e para ela o que o constante comportamento entre eles já demonstrava.

Ela poderia entender com facilidade que eles não podiam se casar imediatamente, pois se Willoughby era independente, não havia motivo para acreditar que fosse rico. Sua renda tinha sido avaliada por *sir* John em cerca de seiscentas ou setecentas libras por ano, mas as despesas dele eram muito superiores a tal renda, e o próprio jovem já havia se queixado de sua pobreza. No entanto, Elinor não podia explicar esse estranho sigilo mantido por eles em relação ao compromisso entre os dois, pois na verdade ele não escondia coisa alguma e era tão completamente contraditório com suas opiniões e práticas gerais que às vezes duvidava se estavam mesmo comprometidos, e essa dúvida era suficiente para impedir que fizesse qualquer pergunta a Marianne.

Nada poderia ser mais expressivo da prova do compromisso para todos eles do que o comportamento de Willoughby. Ele demonstrava por Marianne toda a ternura distinta que o coração de um namorado poderia dar, e para o resto da família era a atenção carinhosa de um filho e de um irmão. O chalé parecia ser considerado e amado por ele como sua casa; ele passava mais horas lá do que em Allenham, e se nenhum compromisso os levasse a Barton Park, a cavalgada que fazia pela manhã quase certamente terminava no chalé, onde passava o resto do dia ao lado de Marianne, com o cão de caça favorito aos pés dela.

Uma noite em particular, cerca de uma semana depois que o coronel Brandon partiu, seu coração parecia mais aberto do que o normal a todo sentimento de apego aos objetos ao seu redor, e quando a senhora Dashwood mencionou seu desejo de fazer melhorias no chalé na primavera, ele se opôs fortemente a todas as alterações de um lugar que o afeto havia estabelecido como perfeito para ele.

– O quê! – ele exclamou. – Melhorar este querido chalé! Não. Nunca consentirei isso. Nem uma pedra deve ser adicionada a essas paredes, nem um centímetro ao seu tamanho, se meus sentimentos forem considerados.

– Não se assuste – disse a senhorita Dashwood –, nada do tipo será feito, pois minha mãe nunca terá dinheiro suficiente para tentar fazer isso.

– Fico muito feliz – ele exclamou. – Que ela sempre seja pobre, se não puder usar suas riquezas em algo melhor.

– Obrigada, Willoughby. Mas pode ter certeza de que eu não sacrificaria um sentimento de apego seu por esta casa ou de qualquer pessoa que amo, por todas as reformas no mundo. A reforma depende do que restará quando eu fizer minhas contas na primavera. E preferiria deixar o dinheiro sem uso a gastá-lo em algo tão doloroso para o senhor. Mas sente-se mesmo tão ligado a este lugar a ponto de não ver nenhum defeito nele?

– Sinto – respondeu ele. – Para mim, é perfeito. Não, mais do que isso, considero-o como a única forma de construção na qual a felicidade pode ser alcançada, e se eu fosse rico o bastante, derrubaria imediatamente Combe e a reconstruiria exatamente como esse chalé.

– Com escadas escuras e estreitas e uma cozinha que fica cheia de fumaça, suponho – disse Elinor.

– Sim – exclamou com o mesmo tom ansioso –, com tudo e cada coisa que pertence a ele, com todos os convenientes e inconvenientes, sem a menor variação perceptível. Então, e só então, sob um telhado como este, eu talvez me sentisse tão feliz em Combe como tenho sido em Barton.

– Fico lisonjeada – respondeu Elinor – que, mesmo sob a desvantagem de melhores salas e uma escada mais ampla, o senhor considerará, a partir de agora, sua própria casa tão impecável quanto acha o nosso chalé.

– Certamente, há circunstâncias – disse Willoughby – que poderiam deixá-lo ainda mais encantador, mas este lugar sempre terá uma parcela do meu carinho que nenhum outro pode compartilhar.

A senhora Dashwood olhou com prazer para Marianne, cujos belos olhos estavam fixos de forma tão expressiva em Willoughby, mostrando claramente como ela o entendia.

– Com que frequência eu desejei – acrescentou ele –, quando estava em Allenham no ano passado, que o chalé de Barton estivesse habitado! Nunca passei por perto sem admirar sua localização e lamentava por ninguém morar aqui. Nunca pensei, então, que a primeira novidade que iria ouvir da senhora Smith, quando cheguei ao condado, seria que a casa de Barton estava ocupada. E senti uma satisfação e um interesse imediatos, os quais só podem ser explicados por alguma espécie de premonição da felicidade que experimentaria aqui. Não deve ter sido assim, Marianne? – falando com ela em uma voz baixa. Então, continuando com o tom normal: – E, ainda assim, a senhora estragaria essa casa, senhora Dashwood? A senhora roubaria sua simplicidade por uma melhoria imaginária! E esta querida sala, na qual nossa amizade começou e na qual tantas horas felizes passamos juntos desde então, a senhora degradaria à condição de uma entrada comum, e todos ficariam ansiosos por atravessar a sala que até então contivera dentro de si mais conforto e acolhimento do que qualquer outro aposento de dimensões muito mais amplas jamais poderia proporcionar.

A senhora Dashwood assegurou mais uma vez que nenhuma alteração do tipo seria feita.

– A senhora é uma boa mulher – ele respondeu calorosamente. – Sua promessa me deixa mais tranquilo. Estenda-a um pouco mais e isso me deixará feliz. Diga-me que não só a sua casa permanecerá a mesma, mas que eu sempre a encontrarei, assim como sua família, inalterada como sua residência, e que sempre me tratará com a bondade que fez com que tudo que é seu seja tão amado por mim.

A promessa foi prontamente feita, e o comportamento de Willoughby durante toda a noite demonstrou seu afeto e sua felicidade.

– Vamos vê-lo amanhã para jantar? – perguntou a senhora Dashwood quando ele estava indo embora. – Não peço que venha pela manhã, pois devemos caminhar até Barton Park, para visitar lady Middleton.

Ele se comprometeu a estar com elas às quatro horas.

## Capítulo 15

A visita da senhora Dashwood a lady Middleton aconteceu no dia seguinte, e duas de suas filhas a acompanharam, mas Marianne pediu licença de se juntar ao grupo com o pretexto banal de alguma atividade; e sua mãe, que concluiu que uma promessa fora feita por Willoughby, na noite anterior, de visitá-la enquanto o resto da família estivesse ausente, ficou perfeitamente satisfeita com que ela ficasse em casa.

Ao voltar de Barton Park, elas encontraram a carruagem e o criado de Willoughby esperando no chalé, e a senhora Dashwood ficou convencida de que sua conjectura tinha sido correta. Até agora, tudo estava como ela previra, mas, ao entrar em casa, ela viu algo que nunca teria esperado. Assim que chegaram ao corredor, Marianne saiu da sala com pressa, aparentemente com uma aflição violenta, com o lenço nos olhos; e, sem notá-las, subiu correndo a escada. Surpresas e alarmadas, elas entraram diretamente na sala da qual Marianne acabara de sair, onde encontraram apenas Willoughby, que estava recostado na lareira, de costas para elas. Ele virou-se quando elas chegaram, e seu semblante mostrava que compartilhava da mesma forte emoção que dominava Marianne.

– Ela está com algum problema? – perguntou a senhora Dashwood quando entrou. – Está doente?

– Espero que não – ele respondeu, tentando parecer alegre, e acrescentou com um sorriso forçado: – Sou eu que posso esperar ficar doente, pois estou sofrendo agora com uma decepção muito forte.

– Decepção?

– Sim, pois não posso manter meu compromisso com vocês. A senhora Smith, nesta manhã, exerceu o privilégio dos ricos sobre um primo pobre e dependente, enviando-me a negócios para Londres. Acabei de receber minhas incumbências e me despedi de Allenham. E, agora, venho sem nenhuma satisfação me despedir de vocês.

– Para Londres! E você vai nesta manhã?

– Quase imediatamente.

– Isso é muito triste. Mas a senhora Smith deve ter suas razões, e os negócios dela não impedirão que fique longe de nós por muito tempo, espero.

Ele corou ao responder:

– A senhora é muito gentil, mas não sei se poderei voltar logo para Devonshire. Minhas visitas à senhora Smith só ocorrem a cada doze meses.

– E a senhora Smith é sua única amiga? Allenham é a única casa na região em que você é bem-vindo? Que vergonha, Willoughby, pensar que precisa de um convite para nos visitar aqui!
Ele ficou ainda mais corado e, com os olhos fixos no chão, respondeu:
– A senhora é muito boa.
A senhora Dashwood olhou para Elinor com surpresa. Elinor sentiu o mesmo espanto. Por alguns instantes, todos ficaram em silêncio. A senhora Dashwood falou primeiro.
– Só posso acrescentar, meu querido Willoughby, que você sempre será muito bem-vindo no chalé de Barton. Não vou pressioná-lo a retornar de imediato, pois só você pode julgar o quanto isso poderia agradar a senhora Smith, e por isso não questionarei seu julgamento mais do que duvidarei de seu interesse.
– Meus compromissos no presente – respondeu Willoughby, confuso – são de tal natureza... que... não me atrevo a me lisonjear...
Ele parou. A senhora Dashwood estava atônita demais para falar, e outra pausa aconteceu. Foi interrompida por Willoughby, que falou com um leve sorriso:
– É loucura continuar dessa maneira. Não vou me atormentar mais permanecendo entre amigas cuja companhia não posso aproveitar agora.
Ele então se despediu de todas e saiu da sala. Elas viram-no entrar em sua carruagem que, em um minuto, desapareceu.
A senhora Dashwood estava emocionada demais para falar e deixou a sala imediatamente para, sozinha, pensar na preocupação e no alarme que essa súbita partida havia ocasionado.
A inquietação de Elinor era no mínimo igual à da mãe. Ela pensou no que acabara de acontecer com ansiedade e desconfiança. O comportamento de Willoughby ao deixá-las, seu constrangimento e alegria fingida e, acima de tudo, a falta de vontade de aceitar o convite de sua mãe, uma hesitação tão pouco comum em um jovem apaixonado, tão diferente de como ele normalmente agia, a perturbaram muito. Por um momento, temeu que ele não tivesse nenhuma intenção séria e, no seguinte, que houvesse ocorrido uma briga infeliz entre ele e sua irmã. A angústia com que Marianne tinha deixado a sala era tamanha que uma briga séria poderia explicar a situação, embora, quando ela considerava o amor de Marianne por ele, uma discussão parecia quase impossível.
Mas, não importavam quais fossem os detalhes da separação deles, a aflição da irmã era indubitável, e ela pensou com a mais terna compaixão

na tristeza violenta à qual Marianne provavelmente não se entregava apenas por alívio, mas à qual alimentava e estimulava como um dever.

A mãe reapareceu meia hora depois e, apesar de seus olhos estarem vermelhos, não aparentava tristeza.

– Nosso querido Willoughby está agora a alguns quilômetros de Barton, Elinor – disse ela, enquanto se sentava para trabalhar – e com que coração pesado deve estar viajando?

– É tudo muito estranho. Ir embora tão de repente! Parece ter sido algo de última hora. Ontem à noite ele estava conosco tão feliz, tão alegre, tão afetuoso... E agora, avisando-nos apenas dez minutos antes, partiu sem a intenção de retornar! Algo mais do que ele nos contou deve ter acontecido. Ele não falou, não se comportou como sempre. A senhora deve ter visto a diferença tanto quanto eu. O que pode ser? Eles podem ter brigado? Por qual outro motivo ele teria mostrado tanta falta de disposição para aceitar seu convite para que ficasse aqui?

– Não era falta de disposição, Elinor, pude ver isso de maneira clara. Ele não tinha o poder de aceitar. Eu pensei muito nisso, lhe asseguro, e posso explicar perfeitamente tudo que, a princípio, me pareceu tão estranho quanto para você.

– Pode mesmo?

– Posso. Expliquei para mim mesma de uma maneira muito satisfatória; mas você, Elinor, que ama duvidar sempre que pode, não vai ficar satisfeita, eu sei, mas não vai me convencer de que não estou certa. Estou convencida de que a senhora Smith suspeita dos sentimentos dele por Marianne, desaprova (talvez porque tenha outras intenções para ele) e, por essa razão, está ansiosa para tirá-lo daqui; e que os negócios que ela o mandou fazer foram inventados como uma desculpa para mandá-lo embora. Isto é o que acredito que tenha acontecido. Ele, além disso, sabe que ela não aprova a união, não ousando, portanto, confessar no momento seu compromisso com Marianne, e sente-se obrigado, por sua situação de dependência, a aceitar os planos dela e se ausentar de Devonshire por um tempo. Você vai me dizer, eu sei, que isso pode ou não pode ter acontecido, mas não ouvirei nenhuma crítica, a menos que você possa indicar qualquer outra compreensão tão satisfatória do caso. E agora, Elinor, o que tem a dizer?

– Nada, pois a senhora antecipou minha resposta.

– Então você teria me dito que isso poderia ou não ter acontecido. Ah, Elinor, seus sentimentos são tão incompreensíveis! Você prefere dar crédito ao mal do que ao bem. Você prefere procurar a desgraça de Marianne e a culpa do pobre Willoughby a achar uma desculpa para ele. Está decidida a achá-lo culpado, porque ele se despediu de nós com menos carinho do que o demonstrado por seu comportamento habitual. E não se deve fazer concessões a inadvertências ou aos espíritos deprimidos pela decepção recente? Não há probabilidades a serem aceitas, apenas por que não são certezas? Não devemos dar crédito ao homem que temos todas as razões para amar e nenhuma no mundo para pensar mal? À possibilidade de motivos sem resposta, ainda que inevitavelmente secretos por algum tempo? E, afinal, o que você suspeita em relação a ele?

– Eu mesma quase não consigo entender. Mas a suspeita de algo desagradável é a consequência inevitável de tal alteração que acabamos de presenciar nele. Há grande verdade, no entanto, nas concessões que a senhora pediu que fossem feitas, e é meu desejo ser amável em meu julgamento das pessoas. Willoughby pode, sem dúvida, ter razões suficientes para sua conduta, e espero que tenha. Mas teria sido mais do feitio dele que as reconhecesse de imediato. O sigilo pode ser aconselhável mas, ainda assim, não posso deixar de me questionar por que ele o praticou.

– Não o culpe, no entanto, por se afastar de seu caráter, quando o desvio é necessário. Mas você admite mesmo a justiça do que eu disse em defesa dele? Estou feliz, e ele foi absolvido.

– Não por completo. Pode ser apropriado esconder o compromisso deles (se estão mesmo comprometidos) da senhora Smith e, se for este o caso, deve ser muito conveniente para Willoughby ficar pouco tempo em Devonshire no momento. Mas não é uma desculpa para esconder essa questão de nós.

– Esconder isso de nós! Minha querida filha, você acusa Willoughby e Marianne de dissimulação? Isso é realmente estranho, quando seus olhos os reprovaram todos os dias pela falta de cautela.

– Não quero nenhuma prova da afeição deles – disse Elinor –, mas, sim, do compromisso.

– Estou bastante satisfeita com ambos.

– No entanto, nenhum dos dois falou uma palavra sobre o assunto com a senhora.

– Não quero palavras quando as ações falaram de maneira tão clara. O comportamento dele com Marianne e com todas nós, pelo menos durante a última quinzena, não declarou que ele a amava e a considerava sua futura esposa, e que sentia por nós o apego da relação mais próxima? Nós não nos entendemos perfeitamente? O meu consentimento não foi pedido por ele todos os dias por seu olhar, seus modos, seu respeito atencioso e afetuoso? Minha Elinor, é possível duvidar do compromisso entre eles? Como poderia pensar nisso? Como supõe que Willoughby, convencido como deve estar do amor de sua irmã, deveria deixá-la, e deixá-la talvez por meses, sem lhe contar de seu afeto? Acha que iriam se separar sem uma troca mútua de confidências?

– Confesso – respondeu Elinor – que todas as circunstâncias, exceto uma, estão a favor do compromisso entre eles, mas essa circunstância é o total silêncio de ambos sobre o assunto, e para mim, ela quase supera todas as outras.

– Que estranho! Você deve pensar muito mal de Willoughby, se, depois de tudo que aconteceu abertamente entre eles, ainda pode duvidar da natureza dos termos que os unem. Ele estava enganando sua irmã todo esse tempo? Acha que ele é mesmo indiferente a ela?

– Não, não posso pensar isso. Ele a ama, com certeza.

– Mas com um tipo estranho de ternura, se ele pode deixá-la com tanta indiferença, tanto descuido em relação ao futuro, como você atribui a ele.

– Você deve se lembrar, querida mãe, de que nunca considerei esse assunto como certo. Tive minhas dúvidas, devo confessar, mas elas são mais fracas do que antes e podem ser completamente extintas em breve. Se descobrirmos que estão trocando correspondências, todos meus medos serão eliminados.

– Uma concessão poderosa, de fato! Se os visse no altar, você iria imaginar que estariam se casando. Garota indelicada! Mas não exijo tal prova. Nada na minha opinião jamais justificou a dúvida, eles não tentaram manter nenhum sigilo, os dois foram igualmente abertos e sem reservas. Você não pode duvidar dos desejos da sua irmã. Deve suspeitar do Willoughby, portanto. Mas por quê? Ele não é um homem de honra e sentimento? Houve alguma inconsistência da parte dele para causar apreensão? Ele pode ser um enganador?

– Espero que não, acredito que não – exclamou Elinor. – Amo Willoughby, amo-o sinceramente, e a suspeita de sua integridade não pode ser mais dolorosa para a senhora do que para mim. Foi involuntário e não vou encorajar tal sentimento. Fiquei chocada, confesso, com a alteração em suas maneiras nesta manhã, ele não falou da maneira habitual e não retribuiu sua gentileza com qualquer cordialidade. Mas tudo isso pode ser explicado pela situação das questões que a senhora supôs. Ele acabara de se despedir da minha irmã, vira como ela o deixou na maior aflição, e caso tenha se sentido obrigado, por medo de ofender a senhora Smith, a resistir à tentação de voltar aqui em breve, mesmo sabendo que ao recusar seu convite, dizendo que iria embora por algum tempo, que pareceria estar fazendo um papel mesquinho e suspeito para nossa família, ele poderia muito bem estar apenas envergonhado e perturbado. Neste caso, creio que uma declaração simples e aberta de suas dificuldades teria feito mais pela sua honra e também seria mais consistente com seu caráter geral. Mas não levantarei objeções contra a conduta de ninguém com uma base tão injustificada como uma diferença no meu julgamento ou um desvio do que eu possa pensar como correto e consistente.

– O que você fala está correto. Willoughby certamente não merece a suspeita. Apesar de não o conhecermos há muito tempo, ele não é um estranho nesta parte do mundo; e quem já falou mal dele? Se estivesse em condições de agir de maneira independente e se casar logo, poderia ter sido estranho que ele nos deixasse sem reconhecer tudo isso para mim. Mas este não é o caso. É um compromisso que, em alguns aspectos, não começou bem, pois o casamento deve estar a uma distância incerta, e até mesmo o sigilo, na medida do possível, pode ser agora muito aconselhável.

Elas foram interrompidas pela entrada de Margaret, e Elinor viu-se livre para pensar sobre os argumentos da mãe, para reconhecer a probabilidade de muitos e esperar a justiça de todos.

Não viram Marianne até a hora do jantar, quando ela entrou na sala e tomou seu lugar na mesa sem dizer uma palavra. Seus olhos estavam vermelhos e inchados, e parecia que, ainda naquele momento, as lágrimas eram reprimidas com dificuldade. Ela evitou os olhares de todas, não conseguiu comer nem falar, e depois de algum tempo, com o aperto de mão terno e silencioso da mãe, sua pequena fortaleza foi superada. Ela explodiu em lágrimas e saiu da sala.

Essa opressão violenta do ânimo continuou a noite toda. Ela não tinha nenhuma força, pois não tinha nenhum desejo de se controlar. A menor menção de qualquer coisa relativa a Willoughby a dominava em um instante, e embora sua família estivesse ansiosamente atenta ao seu conforto, era impossível para elas, caso conversassem, evitar todos os assuntos que os sentimentos dela ligavam a ele.

# Capítulo 16

Marianne nunca teria se perdoado se tivesse conseguido dormir a primeira noite depois de se separar de Willoughby. Teria ficado com vergonha de olhar na cara da sua família na manhã seguinte se não tivesse saído da cama com mais necessidade de repouso do que quando se deitou. Mas os sentimentos que tornaram tal atitude uma desgraça não a deixaram em perigo de incorrer nesse problema. Ela ficou acordada a noite toda e chorou a maior parte do tempo. Levantou-se com dor de cabeça, incapaz de falar e sem apetite para comer, deixando a mãe e as irmãs muito tristes e proibindo todas as tentativas de consolá-la. Estava muito sensibilizada!

Quando terminaram o café da manhã, ela saiu sozinha e perambulou pela aldeia de Allenham, entregando-se às lembranças de prazeres passados e chorando o revés no presente durante a maior parte da manhã.

A noite passou com a mesma indulgência de sentimentos. Ela repetia as canções favoritas que costumava tocar para Willoughby, cada momento em que suas vozes se juntavam mais frequentemente, e sentou-se ao instrumento olhando cada linha de música que ele escrevera para ela, até que seu coração estivesse tão pesado que não fosse possível ficar mais triste. E esse modo de alimentar a tristeza se repetia todos os dias. Ela passava muitas horas sentada ao piano cantando e chorando alternadamente, sua voz muitas vezes totalmente afogada pelas lágrimas. Nos livros também, assim como na música, ela cortejava o sofrimento proporcionado pelo contraste entre o passado e o presente. Não lia nada além do que eles costumavam ler juntos.

Tal aflição violenta não poderia continuar para sempre, assim, ela mergulhou depois de alguns dias em uma melancolia mais calma. Mas essas atividades, às quais recorria diariamente, suas caminhadas solitárias e meditações silenciosas, ainda produziam efusões ocasionais de tristeza tão vívidas como antes.

Willoughby não mandou nenhuma carta, e Marianne parecia não estar esperando nada. Sua mãe ficou surpresa e Elinor voltou a se sentir desconfortável. Mas a senhora Dashwood podia encontrar explicações sempre que quisesse, o que pelo menos a deixava satisfeita.

– Lembre-se, Elinor – disse ela –, com que frequência *sir* John pega e leva nossas cartas no correio. Já concordamos que o segredo pode ser necessário e devemos reconhecer que isso não poderia ser mantido se a correspondência passasse pelas mãos de *sir* John.

Elinor não podia negar a verdade daquilo e tentou encontrar aí um motivo suficiente para o silêncio entre os dois. Mas havia um método tão direto, tão simples e, em sua opinião, tão apropriado para conhecer o estado real do caso e remover instantaneamente todo o mistério que não pôde deixar de sugeri-lo à mãe.

– Por que não pergunta para a Marianne de uma vez – disse – se ela está ou não comprometida com Willoughby? Vindo da senhora, a mãe, e uma mãe tão boa e tão indulgente, a pergunta não poderia ser ofensiva. Seria o resultado natural da sua afeição por ela. Ela costumava ser bastante aberta, ainda mais com a senhora.

– Eu não faria tal pergunta por nada nesse mundo. Supondo que seja possível que eles não estejam comprometidos, que aflição essa pergunta não poderia causar! De qualquer modo, seria extremamente mesquinho. Eu nunca voltaria a ter a confiança dela depois de forçar uma confissão de algo que, no momento, ela decidiu que não deve ser conhecido por ninguém. Conheço o coração de Marianne: sei que ela me ama muito e que não serei a última a saber sobre o caso, quando as circunstâncias tornarem sua revelação possível. Eu não tentaria forçar a confiança de ninguém, muito menos de uma filha, pois uma sensação de dever impediria a negação que seus desejos poderiam querer manifestar.

Elinor achou que tal generosidade era exagerada, considerando a juventude da irmã, e insistiu mais no assunto, mas foi em vão. Bom senso, cuidados, prudência, tudo isso naufragava na delicadeza romântica da senhora Dashwood.

Demorou vários dias para que o nome de Willoughby fosse mencionado na frente de Marianne por alguém da família. *Sir* John e a senhora Jennings, certamente, não foram tão gentis. O sarcasmo deles aumentou muito o sofrimento em um momento já tão doloroso, mas uma noite a senhora Dashwood, pegando acidentalmente um volume de Shakespeare, afirmou:

– Nunca terminamos *Hamlet*, Marianne, nosso querido Willoughby foi embora antes de conseguirmos terminar. Vamos deixá-lo assim, para quando ele voltar... Mas pode demorar meses, talvez, antes que isso seja possível.

– Meses! – exclamou Marianne, com forte surpresa. – Não, tampouco muitas semanas.

## JANE AUSTEN

A senhora Dashwood arrependeu-se do que dissera. Mas Elinor ficou feliz, pois a mãe produzira uma resposta de Marianne que expressava claramente sua confiança em Willoughby e o conhecimento de suas intenções.

Uma manhã, cerca de uma semana depois da partida de Willoughby, Marianne foi convencida a se juntar às irmãs em sua caminhada habitual, em vez de perambular sozinha. Até então, ela evitara cuidadosamente toda companhia em suas caminhadas. Se as irmãs tinham a intenção de caminhar pelas colinas, ela ia diretamente às planícies, se elas falavam em ir pelo vale, ela era rápida em escalar as colinas, e nunca era encontrada quando as outras partiam. Mas, por fim, acabou convencida pelos esforços de Elinor, que reprovava muito essa reclusão contínua. Elas caminharam pela estrada cruzando o vale, na maior parte em silêncio, pois a mente de Marianne não podia ser controlada, e Elinor, satisfeita por conseguir uma vitória, não tentaria mais nada. Além da entrada do vale, onde o campo, embora ainda viçoso, era menos selvagem e mais aberto, abriu-se na frente delas um longo trecho da estrada pela qual tinham passado na primeira visita a Barton e, chegando a esse ponto, elas pararam para olhar ao redor e examinar a paisagem formada pela vista do chalé a distância, de um ponto que nunca tinham alcançado em nenhum dos passeios anteriores.

Entre os objetos da cena, logo descobriram um que se movia; era um homem a cavalo aproximando-se delas. Em poucos minutos, conseguiram distinguir que era um cavalheiro, e um momento depois, Marianne exclamou extasiada:

– É ele, de verdade. Eu sei que é! – e saiu correndo para encontrá-lo, quando Elinor gritou:

– Na verdade, Marianne, acho que está enganada. Não é Willoughby. A pessoa não é tão alta e não tem o porte dele.

– Tem sim, tem sim – gritou Marianne –, estou certa de que é ele. Sua aparência, seu casaco, seu cavalo. Eu sabia que ele viria logo.

Ela caminhou ansiosa enquanto falava e Elinor, para dar apoio a Marianne, já que tinha quase certeza de que não era Willoughby, acelerou o passo e a acompanhou. Logo estavam a 30 metros do cavalheiro. Marianne olhou novamente e seu coração afundou dentro dela. Virando-se bruscamente, começou a correr de volta, quando as vozes das duas irmãs se levantaram para detê-la. Uma terceira, quase tão conhecida quanto a de Willoughby, juntou-se a elas para implorar que parasse, e ela virou-se com surpresa para ver e receber Edward Ferrars.

Ele era a única pessoa no mundo que poderia ser perdoado naquele momento por não ser Willoughby, o único que poderia ganhar um sorriso dela. Então ela secou as lágrimas para sorrir para ele e, na felicidade de sua irmã, esqueceu por um tempo a própria decepção.

Ele desmontou, deu o cavalo ao criado e voltou caminhando com elas para Barton, onde viera para visitá-las.

Ele foi recebido por todos com grande cordialidade, mas especialmente por Marianne, que mostrou mais calor em sua recepção do que a própria Elinor. Para Marianne, de fato, o encontro entre Edward e a irmã era apenas a continuidade daquela frieza inexplicável que ela observara frequentemente no comportamento dos dois em Norland. Do lado de Edward, especialmente, faltava tudo o que alguém apaixonado deveria fazer e dizer em tal ocasião. Ele estava confuso, parecia sentir pouco prazer em vê-las, não parecia nem entusiasmado nem alegre, falou pouco mais do que foi obrigado pelas perguntas e não dedicou a Elinor nenhum ato de afeto especial. Marianne via e ouvia tudo com crescente surpresa. Quase começou a sentir antipatia por Edward e terminou, como todos os sentimentos devem terminar com ela, pensando novamente em Willoughby, cujos modos formavam um contraste muito grande com os de seu irmão escolhido.

Depois de um breve silêncio que acompanhou a surpresa inicial e as perguntas do encontro, Marianne perguntou a Edward se ele vinha diretamente de Londres. Não, ele passara quinze dias em Devonshire.

– Quinze dias! – ela repetiu, surpresa por ele ter ficado tanto tempo no mesmo condado que Elinor sem tê-la visitado antes.

Ele parecia bastante constrangido quando acrescentou que ficara com alguns amigos perto de Plymouth.

– Esteve recentemente em Sussex? – perguntou Elinor.

– Eu estive em Norland há cerca de um mês.

– E como está a querida Norland? – perguntou Marianne.

– A querida Norland – disse Elinor – provavelmente está como sempre nesta época do ano: com os bosques e caminhos cobertos de folhas mortas.

– Oh – exclamou Marianne –, com que sensação de êxtase eu via todas caírem! Como me encantava, quando dava meus passeios, vê-las caindo sobre mim por causa do vento! Que sensações as folhas, a estação, o ar, tudo junto, me inspiravam! Agora, não há ninguém para contemplá-las. São vistas apenas como um incômodo, varridas com pressa e afastadas o mais rápido possível do olhar.

– Não são todos – disse Elinor – que têm sua paixão pelas folhas mortas.
– Não, meus sentimentos não costumam ser compartilhados, tampouco compreendidos. Mas, às vezes, eles são. – Quando disse isso, caiu em um devaneio por alguns momentos, mas se recuperou e continuou: – Então, Edward – disse ela, chamando a atenção dele para a paisagem –, aqui é o vale de Barton. Olhe para ele e fique indiferente, se puder. Olhe essas colinas! Já viu algo igual? À esquerda está Barton Park, entre as árvores e as plantações. Dá para ver um pedaço da casa. E ali, debaixo da colina mais distante, que sobe com tanta grandeza, está a nossa casa.

– É um lindo condado – ele respondeu –, mas esses vales devem ficar sujos no inverno.

– Como pode pensar em sujeira, com essas maravilhas na sua frente?

– Porque – respondeu ele, sorrindo – entre as maravilhas na minha frente, vejo uma estrada muito suja.

– Que estranho! – disse Marianne para si mesma enquanto caminhava.

– Vocês têm uma vizinhança agradável aqui? Os Middleton são gentis?

– Não, de forma alguma – respondeu Marianne – Não poderíamos estar mais mal localizadas.

– Marianne – exclamou sua irmã –, como pode dizer isso? Como pode ser tão injusta? É uma família muito respeitável, senhor Ferrars, cujos membros se comportaram de maneira amigável conosco. Você esqueceu, Marianne, quantos dias agradáveis devemos a eles?

– Não me esqueci – disse Marianne, em voz baixa – nem quantos momentos dolorosos.

Elinor não deu importância a isso e, voltando a atenção ao visitante, tentou manter algum tipo de diálogo com ele, falando sobre a residência atual, suas conveniências, etc., obtendo dele algumas perguntas e observações ocasionais. A frieza e reserva de Edward deixavam-na profundamente mortificada; ela chegou a ficar um pouco irritada, mas resolvendo guiar seu comportamento em relação a ele baseando-se mais no passado do que no presente, evitou toda aparência de ressentimento ou desagrado e tratou-o como achava que devia, levando em conta a conexão familiar.

## Capítulo 17

A senhora Dashwood ficou apenas momentaneamente surpresa ao ver o senhor Ferrars, pois sua chegada a Barton era, para ela, algo bastante natural. A alegria e as manifestações de afeto afastaram sua surpresa. Ele recebeu a mais gentil acolhida dela, e sua timidez, frieza e reserva não podiam competir com tal recepção. Elas começaram a fraquejar antes de sua entrada na casa, e foram vencidas pelo modo cativante da senhora Dashwood. Na verdade, um homem não poderia estar apaixonado por nenhuma das suas filhas sem estender a paixão a ela, e Elinor teve a satisfação de vê-lo agir como de costume. Sua afeição por todas parecia estar de volta, e seu interesse no bem-estar delas tornou-se novamente perceptível. Mesmo sem estar muito animado, ele elogiou a casa, admirou a vista, mostrou-se atento e amável, mas, mesmo assim, era evidente que não estava muito à vontade. Toda a família percebeu, e a senhora Dashwood, atribuindo aquilo a alguma falta de generosidade da mãe dele, sentou-se à mesa indignada com todos os pais egoístas.

– Quais são os planos da senhora Ferrars para você no momento, Edward? – disse ela, quando o jantar terminou e estavam reunidos ao redor da lareira. – Você ainda precisa ser um ótimo orador contra sua vontade?

– Não. Espero que minha mãe esteja convencida de que não tenho nem talento nem inclinação para uma vida pública!

– Mas como vai conseguir a fama? Pois deve se tornar famoso para satisfazer toda a sua família, e sem inclinação para a vida luxuosa, sem interesse por estranhos, sem profissão e sem futuro garantido, pode ser uma questão difícil.

– Não vou tentar. Não desejo ser distinto e tenho todas as razões para esperar que nunca serei. Graças a Deus! Não posso ser forçado a ter genialidade e eloquência.

– Você não tem ambição, eu sei bem. Seus desejos são todos moderados.

– Tão moderados quanto os do resto do mundo, acredito. Desejo, assim como todo mundo, ser feliz. Mas, como todos, quero ser feliz à minha maneira. A grandeza não me fará feliz.

– Seria estranho se fizesse! – exclamou Marianne. – O que têm riqueza ou grandeza a ver com a felicidade?

– Grandeza tem pouco – disse Elinor –, mas a riqueza tem muito a ver.

– Elinor, que vergonha! – disse Marianne – O dinheiro só pode dar felicidade onde não há mais nada que a proporcione. Além de certo bem--estar, não dá nenhuma satisfação real, no que diz respeito à vida interior.

– Talvez – disse Elinor, sorrindo – possamos chegar à mesma conclusão. Seu bem-estar e minha riqueza são muito parecidos, ouso dizer, e sem eles, como o mundo anda agora, nós duas concordaremos que todo tipo de conforto externo poderá faltar. Suas ideias são apenas mais nobres do que as minhas. Vamos, quanto vale o seu bem-estar?

– Cerca de 1.800 ou duas mil libras por ano, não mais do que isso.

Elinor riu.

– Duas mil por ano! Mil é minha ideia de riqueza! Adivinhei como isso iria acabar.

– E, ainda assim, duas mil libras por ano é uma renda muito moderada – disse Marianne. – Uma família não pode ser mantida com menos. Estou certa de que não sou extravagante nas minhas exigências. Um número adequado de empregados, uma carruagem, talvez duas, e cães de caça não podem ser mantidos com menos.

Elinor sorriu novamente ao ouvir a irmã descrevendo com tanta precisão suas despesas futuras em Combe Magna.

– Cães de caça! – Edward repetiu. – Mas por que você precisa de cães de caça? Nem todo mundo caça.

Marianne ficou corada ao responder:

– Mas a maioria das pessoas, sim.

– Eu gostaria – disse Margaret, manifestando um pensamento inovador – que alguém deixasse uma grande fortuna para cada uma de nós!

– Ah, isso sim! – exclamou Marianne, os olhos brilhando de animação e as bochechas coradas com o prazer de uma felicidade tão imaginária.

– Somos unânimes nesse desejo, suponho – disse Elinor –, apesar de que a riqueza por si só não é suficiente.

– Ah, querida! – exclamou Margaret. – Como eu seria feliz! Fico imaginando o que faria com tamanha riqueza!

Marianne parecia não ter dúvidas sobre esse ponto.

– Eu ficaria confusa em gastar uma fortuna tão grande – disse a senhora Dashwood – se minhas filhas fossem todas ricas sem minha ajuda.

– A senhora pode começar a melhorar esta casa – observou Elinor – e suas dificuldades desaparecerão em um instante.

– Que encomendas magníficas seriam feitas por essa família para Londres – disse Edward – nesse caso! Que dia feliz para os livreiros, vendedores de partituras e lojas de quadros! Você, senhorita Dashwood, daria uma comissão geral para cada novo quadro bonito que lhe fosse enviado, e quanto a Marianne, conheço sua grandeza de alma, não haveria partituras suficientes em Londres para contentá-la. E livros! Thomson, Cowper, Scott, ela compraria todos várias vezes. Compraria todas as cópias, acredito, para evitar que caíssem em mãos indignas, e teria todos os livros que lhe dissessem como admirar uma velha árvore retorcida. Não seria assim, Marianne? Perdoe-me se sou muito atrevido. Mas queria mostrar que não tinha esquecido nossas antigas discordâncias.

– Adoro ser lembrada do passado, Edward, seja melancólico ou alegre, adoro lembrá-lo, e você nunca me ofenderá falando de tempos passados. Você está muito certo em supor como meu dinheiro seria gasto. Pelo menos uma parte menor, meus trocados, certamente seria empregada na melhoria da minha coleção de partituras e de livros.

– E a maior parte da sua fortuna seria usada em pensões para os autores ou seus herdeiros.

– Não, Edward, eu teria outra coisa para fazer com esse dinheiro.

– Talvez, então, você o conceda como uma recompensa para aquela pessoa que escrevesse a mais ampla defesa de sua máxima favorita, a de que ninguém pode se apaixonar mais de uma vez na vida. Pois sua opinião sobre esse ponto continua inalterada, presumo?

– Sem dúvida. Na minha idade, as opiniões estão razoavelmente fixas. Não é provável que agora eu veja ou ouça qualquer coisa que possa mudá-las.

– Marianne está firme como sempre, está vendo – disse Elinor. – Não mudou em nada.

– Só ficou um pouco mais séria do que era.

– Não, Edward – disse Marianne –, você não precisa me censurar. Você tampouco está muito alegre.

– Porque você pensaria isso! – respondeu ele com um suspiro. – Mas a alegria nunca foi parte do meu caráter.

– Tampouco acho que seja parte do caráter da Marianne – disse Elinor. – Eu dificilmente a chamaria de moça alegre. Ela é muito séria, muito determinada em tudo que faz. Às vezes, fala muito e sempre com animação, mas nem sempre está realmente feliz.

– Acredito que esteja certa – ele respondeu –, e ainda assim eu sempre a vi como uma moça alegre.

– Muitas vezes percebi-me cometendo esse tipo de erro – disse Elinor – em uma má interpretação absoluta do caráter em algum ponto ou outro. Imaginei pessoas mais alegres ou sérias, ou inteligentes ou estúpidas do que realmente são, e é difícil saber o motivo ou a origem do engano. Às vezes, somos guiados pelo que elas dizem de si mesmas, e muitas vezes pelo que outras pessoas dizem delas, sem nos dar tempo para deliberar e julgar.

– Mas pensei que fosse correto, Elinor – disse Marianne –, ser guiado totalmente pela opinião de outras pessoas. Pensei que recebíamos nossa capacidade de julgamento apenas para subordiná-lo ao dos vizinhos. Esta sempre foi sua doutrina, tenho certeza.

– Não, Marianne, nunca. Minha doutrina nunca teve o objetivo de subjugar a sabedoria. Tudo que jamais tentei influenciar foi o comportamento. Você não deve confundir a minha intenção. Sou culpada, confesso, de ter desejado muitas vezes que você tratasse nossos amigos em geral com maior atenção, mas quando a aconselhei a adotar os sentimentos deles ou a submeter-se às opiniões de outros em assuntos sérios?

– Você não conseguiu trazer a sua irmã para seu plano de civilidade geral – disse Edward a Elinor. – Não conseguiu avançar nesse sentido?

– Muito pelo contrário – respondeu Elinor, olhando expressivamente para Marianne.

– Meu julgamento – ele disse – está ao seu lado nessa questão, mas receio que minhas ações sejam muito mais parecidas com as da sua irmã. Nunca quis ofender, mas sou tão tolamente tímido que muitas vezes pareço ser negligente, quando sou apenas retraído pela minha falta de jeito natural. Muitas vezes, pensei que a natureza me levou intencionalmente a gostar de pessoas mais simples, fico tão pouco à vontade entre estranhos com modos refinados!

– Marianne não tem a timidez como desculpa para qualquer desatenção dela – disse Elinor.

– Ela conhece bem o próprio valor para sentir falsa vergonha – respondeu Edward. – A timidez é apenas o efeito de uma sensação de inferioridade de uma maneira ou de outra. Se eu pudesse me convencer de que meus modos são perfeitamente naturais e graciosos, não deveria ser tímido.

– Mas você ainda seria reservado – disse Marianne –, e isso é pior.

Edward se espantou.

– Reservado! Sou reservado, Marianne?

– Sim, muito.
– Não entendo você – respondeu ele, corando. – Reservado! Como, de que maneira? O que devo lhe dizer? O que você deve supor?

Elinor pareceu surpresa com a emoção dele, mas tentando encerrar o assunto com uma risada, falou:

– Você não conhece minha irmã o suficiente para entender o que ela quis dizer? Você não sabe que ela chama de reservado todos que não falam tão rápido e admiram o que ela admira de forma tão entusiasmada?

Edward não lhe respondeu. Sua seriedade e reflexão o fecharam em si mesmo com toda a força, e ele ficou sentado por algum tempo, silencioso e aborrecido.

## Capítulo 18

Elinor via com grande tristeza o desânimo do amigo. A visita dele deixou-a apenas parcialmente satisfeita, pois ele parecia a estar desfrutando tão pouco. Era evidente que ele estava infeliz, e ela desejava que fosse igualmente evidente que ainda a distinguisse com o mesmo afeto que, antes, ela não duvidava que inspirava nele. Mas, até então, a continuidade da afeição dele parecia muito incerta e suas maneiras reservadas em relação a ela contradiziam em um momento o que um olhar mais animado insinuara no anterior.

Ele se juntou a ela e a Marianne no café da manhã do dia seguinte antes que os outros descessem. E Marianne, que sempre ansiava por promover a felicidade dos dois o máximo que pudesse, logo os deixou sozinhos. Mas antes que tivesse subido metade da escada, ouviu a porta da sala se abrir e, virando-se, ficou atônita ao ver o próprio Edward saindo.

– Vou até a aldeia ver meus cavalos – disse ele –, já que ainda não estão prontas para o café da manhã. Volto logo.

Edward voltou com uma forte admiração pela região. Em sua caminhada até a aldeia, conseguira ver bem muitas partes do vale, e a vila propriamente dita, que ficava em um local mais elevado do que o chalé, propiciava uma visão geral de toda a região, a qual o agradara muito. Esse era um assunto que interessava muito a Marianne, e ela estava começando a descrever sua admiração por essas paisagens e a questioná-lo mais detalhadamente sobre o que chamara sua atenção, quando Edward a interrompeu dizendo:

## Jane Austen

– Você não deve me questionar muito, Marianne. Lembre-se de que não tenho conhecimentos sobre o pitoresco e posso ofendê-la com minha ignorância e falta de bom gosto se discutirmos os detalhes. Digo que os montes são íngremes, o que deve ser ousado; superfícies estranhas e grosseiras, que deveriam ser irregulares e acidentadas; além de objetos distantes fora de vista que só devem ser indistintos através do meio suave de uma atmosfera nebulosa. Você deve estar satisfeita com esta admiração que posso dar honestamente. Considerei a região muito bonita – as colinas são íngremes, as madeiras parecem de qualidade e o vale parece confortável e cômodo, com prados ricos e várias casas de fazenda bem cuidadas espalhadas aqui e ali. Isso corresponde exatamente à minha ideia de um belo condado, pois une beleza à utilidade – e ouso dizer que é pitoresco também, pois você admira isso. Posso facilmente acreditar que esteja cheio de rochas e promontórios, musgo cinzento e mato fechado, mas isso não significa nada para mim. Não sei o que é pitoresco.

– Infelizmente, acho que isso é verdade – disse Marianne. – Mas por que deveria se vangloriar disso?

– Suspeito – disse Elinor – que, para evitar um tipo de afetação, Edward cai em outro. Por acreditar que muitas pessoas fingem mais admiração pelas belezas da natureza do que realmente sentem, e ao sentir desagrado por tal pretensão, ele finge maior indiferença e menos discriminação ao vê-las do que de fato sente. Ele é meticuloso e tem uma afetação própria.

– É verdade – disse Marianne – que essa admiração pela paisagem se tornou um mero jargão. Todos fingem sentir e tentam descrever com o gosto e a elegância de quem definiu primeiro o que era a beleza pitoresca. Detesto jargões de todos os tipos, e às vezes guardei meus sentimentos para mim mesma, pois não consegui encontrar nenhuma linguagem para descrevê-los, a não ser por palavras que já foram usadas e vulgarizadas até perderem todo sentido e significado.

– Estou convencido – disse Edward – de que você realmente sente todo o prazer que afirma sentir quando observa uma linda vista. Mas, por outro lado, sua irmã deve me permitir não sentir mais do que demonstro. Gosto de uma boa paisagem, mas não por motivos pitorescos. Não gosto de árvores retorcidas, tortas e quebradas. Admiro-as muito mais se forem altas, retas e floridas. Não gosto de casas arruinadas e aos pedaços. Não gosto de urtigas, cardos ou flores de brejo. Tenho mais prazer em uma casa de fazenda confortável do que em uma torre de vigia e um grupo de camponeses felizes e arrumados me agrada mais do que os melhores bandidos do mundo.

Marianne olhou com espanto para Edward, sentindo compaixão pela irmã. Elinor apenas riu.

O assunto não continuou mais e Marianne permaneceu pensativa e silenciosa, até que um novo assunto atraiu sua atenção de repente. Ela estava sentada junto a Edward e, ao pegar a xícara de chá oferecida pela senhora Dashwood, a mão dele passou na frente dela, tornando um anel com uma trança de cabelo no centro muito evidente em um de seus dedos.

– Nunca o vi usar um anel antes, Edward – ela exclamou. – É o cabelo da Fanny? Lembro-me de quando ela prometeu que lhe daria um cacho. Mas eu achava que o cabelo dela era mais escuro.

Marianne falou o que realmente sentia sem pensar, mas quando viu quanta dor causara em Edward, a vergonha pela sua falta de consideração não foi menor que a dele. Ele ficou muito corado e, depois de um rápido olhar para Elinor, respondeu:

– Sim, é o cabelo da minha irmã. Dependendo do lugar, a cor sempre muda um pouco, você sabe.

Elinor encontrara o olhar dele e parecia igualmente perturbada. Ela estava tão convencida quanto Marianne de que o cabelo era dela própria; a única diferença em suas conclusões era que, enquanto Marianne o considerava um presente voluntário da irmã, Elinor sabia que era fruto de um roubo ou alguma artimanha que ela desconhecia. No entanto, não considerou aquilo uma afronta e, fingindo não ter se dado conta do que ocorrera falando imediatamente de outra coisa, decidiu, a partir de então, aproveitar todas as oportunidades de olhar o cabelo e se convencer, além de toda dúvida, de que era exatamente da cor do dela.

O constrangimento de Edward durou algum tempo e causou uma distração ainda mais profunda. Ele ficou especialmente sério toda a manhã. Marianne censurou severamente a si mesma pelo que dissera, mas seu próprio perdão poderia ter sido mais rápido se ela soubesse que a irmã não se sentira ofendida.

Antes do meio-dia, receberam a visita de *sir* John e da senhora Jennings, que, tendo ouvido sobre a chegada de um cavalheiro no chalé, vieram investigar o convidado. Com a ajuda da sogra, *sir* John não demorou para descobrir que o nome de Ferrars começava com um "F", e isso forneceu munição para futuras provocações contra a dedicada Elinor, as quais só foram impedidas de começar de imediato pelo fato de os dois terem acabado de conhecer Edward. Mas, da forma como aconteceu, ela percebeu, a partir de alguns olhares muito significativos, até que ponto eles tinham compreendido as indicações de Margaret.

*Sir* John nunca visitava as Dashwood sem convidá-las a jantar em Barton Park no dia seguinte ou a tomar chá naquela mesma tarde. Naquela ocasião, para o melhor entretenimento do visitante, ao qual se sentia obrigado a contribuir, ele queria fazer as duas coisas.

– Vocês precisam tomar chá com a gente à noite – disse ele –, pois estaremos completamente sozinhos, e amanhã devem jantar conosco, pois seremos um grande grupo.

A senhora Jennings reforçou a necessidade.

– E quem sabe podemos até dar um baile – disse ela. – E isso vai tentá-la, senhorita Marianne.

– Um baile! – exclamou Marianne. – Impossível! Quem vai dançar?

– Quem? Ora, vocês mesmas, os Carey e os Whitaker, com certeza. O quê! A senhorita acha que ninguém pode dançar porque uma certa pessoa que não deve ser nomeada foi embora!

– Desejaria com toda a minha alma – falou *sir* John – que Willoughby estivesse entre nós novamente.

Isso e o rubor de Marianne levantaram as suspeitas de Edward.

– E quem é Willoughby? – perguntou ele, em voz baixa, para a senhorita Dashwood, que estava sentada ao seu lado.

Ela deu uma resposta rápida. O semblante de Marianne era mais comunicativo. Edward viu o suficiente para compreender não só o que os outros diziam, mas também as expressões de Marianne que o haviam deixado confuso antes. E quando os visitantes foram embora, ele se aproximou dela imediatamente e disse, em um sussurro:

– Acho que adivinhei. Devo dizer o meu palpite?

– O que quer dizer?

– Devo contar?

– Claro.

– Bem, então, acho que o senhor Willoughby caça.

Marianne ficou surpresa e confusa, mas não podia deixar de sorrir pela sutileza de suas maneiras e, depois de um momento de silêncio, disse:

– Ah, Edward! Como você pode? Mas chegará o dia, espero... Tenho certeza de que vai gostar dele.

– Não duvido – respondeu ele, bastante atônito com a seriedade e a intensidade de Marianne, pois, se não tivesse imaginado como uma brincadeira entre as pessoas reunidas, tendo como base apenas a possibilidade de existir algo entre o senhor Willoughby e ela, nunca teria se atrevido a mencioná-lo.

## Capítulo 19

Edward ficou apenas uma semana no chalé. Foi muito pressionado pela senhora Dashwood a ficar mais tempo, mas, como se tivesse uma queda pelo sofrimento autoimposto, parecia decidido a ir embora quando a diversão entre suas amigas estava no auge. O ânimo dele, durante os últimos dois ou três dias, embora ainda bastante desigual, melhorara muito. Ele estava gostando cada vez mais da casa e dos arredores e nunca falava em ir embora sem um suspiro. Afirmava que não tinha compromisso algum e até duvidava para onde deveria ir quando as deixasse. Mas, ainda assim, precisava partir. Nunca uma semana passara com tanta rapidez, ele mal podia acreditar que já estivesse acabando. Repetiu isso várias vezes; também disse outras coisas, as quais marcavam a mudança em seus sentimentos e contradiziam suas ações. Afirmou que não sentia prazer em Norland; detestava ficar em Londres, mas deveria ir para um dos dois lugares. Valorizava a bondade de toda a família acima de tudo e sua maior felicidade era estar com elas. No entanto, deveria deixá-las no final de uma semana, apesar dos desejos delas e dele próprio e de não haver qualquer restrição a seu tempo.

Elinor culpou a mãe dele por esta estranha atuação de Edward e estava feliz por ele ter uma mãe cujo caráter ela conhecia tão pouco, pois podia ser a desculpa geral por tudo estranho que o filho fazia. Decepcionada, no entanto, e irritada como estava, e às vezes infeliz com o comportamento incerto dele em relação a ela, Elinor estava de maneira geral muito bem disposta a considerar as ações de Edward com a mesma boa vontade e o generoso carinho que a mãe extraíra dela de modo tão doloroso em relação a Willoughby. A falta de ânimo, de abertura e de consistência de Edward era geralmente atribuída à sua falta de independência e seu melhor conhecimento sobre a disposição e os projetos da senhora Ferrars. A curta visita e a firmeza em sua decisão de deixá-las tinham origem na mesma inclinação restrita, na mesma inevitável necessidade de aceitar os caprichos da mãe. A antiga e bem estabelecida disputa entre dever e desejo, entre mãe e filho, era a causa de tudo. Ela gostaria de saber quando essas dificuldades acabariam, quando essa oposição terminaria, quando a senhora Ferrars mudaria e seu filho teria liberdade para ser feliz. Mas desses vãos desejos, ela foi forçada a passar, por conforto, para a renovação de sua confiança no carinho de Edward, para a lembrança de cada marca de respeito em olhar ou palavra vindos dele enquanto estava em Barton e, acima de tudo, daquela prova lisonjeira que ele usava o tempo todo em torno de seu dedo.

– Acho, Edward – disse a senhora Dashwood, enquanto tomavam o café na última manhã –, que você seria um homem mais feliz se tivesse alguma profissão para ocupar seu tempo e proporcionar um interesse para seus planos e ações. Isso poderia causar alguma inconveniência para seus amigos, é verdade... você não seria capaz de dedicar-lhes tanto do seu tempo. Mas – ela falou com um sorriso – você seria materialmente beneficiado pelo menos em um ponto: saberia para onde ir quando os deixasse.

– Eu lhe asseguro – ele respondeu – que há muito penso sobre este ponto, como a senhora agora. Foi e é, e provavelmente sempre será, uma grande tristeza para mim que eu não tenha nenhum negócio necessário com que me envolver, nenhuma profissão à qual possa me dedicar, ou que permita algo como a independência. Mas, infelizmente, minha própria delicadeza e a de meus amigos me fizeram o que sou, um ser ocioso e incapaz. Nunca pudemos concordar em nossa escolha de uma profissão. Sempre preferi a Igreja, como ainda prefiro. Mas isso não era elegante o bastante para a minha família. Eles recomendaram o Exército. Isso era elegante demais para mim. O Direito foi visto como refinado o suficiente; muitos jovens que possuíam gabinetes no Templo tiveram uma ótima repercussão nos primeiros círculos e passeavam pela cidade em lindas carruagens. Mas não tinha nenhuma inclinação para o Direito, mesmo no estudo menos confuso dele, o qual minha família aprovava. Quanto à Marinha, ela tinha a moda a seu favor, mas eu estava muito velho quando propuseram meu ingresso e, finalmente, como não havia necessidade de ter nenhuma profissão, pois poderia ser elegante e sofisticado com ou sem a farda vermelha, a ociosidade foi vista no geral como mais vantajosa e honrada, e um jovem de 18 anos não está em geral tão fervorosamente inclinado a se ocupar para resistir às solicitações de seus amigos para não fazer nada. Entrei, portanto, em Oxford e estou devidamente ocioso desde então.

## Razão e sensibilidade

– A consequência disso, suponho, será – disse a senhora Dashwood –, uma vez que o ócio não promoveu sua própria felicidade, que seus filhos serão criados para ter tantas atividades, empregos, profissões e negócios como os filhos de Columella.
– Eles serão criados – disse ele, em um tom sério – para serem tão diferentes de mim quanto possível. Em sentimento, em ação, em condição, em tudo.
– Mas o que é isso? Tudo isso é consequência desse seu ânimo, Edward. Você está melancólico e imagina que alguém diferente de você seja feliz. Mas lembre-se de que todo mundo sentirá alguma vez a dor de se separar dos amigos, seja qual for sua educação ou estado. Conheça sua própria felicidade. Você só precisa de paciência, ou se quiser um nome mais fascinante, chame isso de esperança. Sua mãe vai dar, com o tempo, essa independência pela qual você tanto anseia. É o dever dela, e em pouco tempo será a felicidade dela evitar que sua juventude seja desperdiçada com descontentamentos. Mais alguns meses não podem fazer isso?
– Acho – respondeu Edward – que vai demorar muitos meses até que aconteça alguma coisa boa comigo.

Essa infeliz mudança de pensamento, embora não pudesse ser comunicada à senhora Dashwood, criou mais dor a todos na separação, que ocorreu logo depois e deixou uma impressão desconfortável especialmente sobre os sentimentos de Elinor, que exigiram algum tempo e esforços para serem subjugados. Mas como estava determinada a se recuperar, e para evitar que parecesse sofrer mais do que toda sua família com a partida dele, ela não adotou o método usado tão judiciosamente por Marianne, em uma ocasião similar, de aumentar e fixar sua tristeza buscando o silêncio, a solidão e a ociosidade. Seus meios eram tão diferentes quanto seus objetivos, e igualmente adequados para o desenvolvimento de cada uma.

Elinor sentou-se à mesa de desenho assim que Edward saiu da casa, ocupando-se durante todo o dia, sem procurar ou evitar a menção do nome dele, parecendo quase tão interessada como sempre nas preocupações gerais da família, e se, por esta conduta, ela não diminuiu a própria dor, pelo menos impediu que ela aumentasse de forma desnecessária, e sua mãe e as irmãs foram poupadas de se preocupar com ela.

Esse comportamento, exatamente o oposto do dela, não pareceu mais meritório para Marianne do que o seu próprio parecera equivocado para Elinor. Ela resolveu o problema do autocontrole muito facilmente: para uma pessoa de gênio forte era impossível, para uma de gênio fraco, não haveria nenhum mérito. Que os sentimentos da irmã eram tranquilos, ela não ousava negar, embora corasse ao reconhecer isso. Da força dos seus, ela deu uma prova muito impressionante ao continuar amando e respeitando essa irmã, apesar dessa convicção mortificante.

Sem se isolar da família, ou deixar a casa em uma solidão determinada para evitá-las, ou ficar acordada durante toda a noite para se dedicar à meditação, Elinor encontrava todos os dias tempo suficiente para pensar em Edward e no comportamento dele, em todas as variedades possíveis que os muitos estados de seu ânimo em diferentes momentos poderiam produzir, com ternura, piedade, aprovação, censura e dúvida. Houve muitos momentos quando, se não pela ausência da mãe e das irmãs, pelo menos pela natureza das tarefas delas, a conversa era proibida entre elas e todos os efeitos da solidão eram produzidos. Sua mente estava inevitavelmente livre, seus pensamentos não poderiam estar presos em outro lugar, e o passado e o futuro, com referências a assuntos tão interessantes, deveriam estar diante dela, forçando sua atenção, absorvendo sua memória, sua reflexão e sua imaginação.

De um devaneio desse tipo, enquanto estava sentada à mesa de desenho, ela despertou uma manhã, logo após a partida de Edward, pela chegada de visitas. Ela estava sozinha. O fechamento do pequeno portão na entrada do jardim verdejante em frente à casa atraiu seus olhos para a janela, e ela viu um grande grupo caminhando até a porta. Entre eles estavam *sir* John, lady Middleton e a senhora Jennings, mas havia outras duas pessoas, um cavalheiro e uma senhora, que ela não conhecia. Elinor estava sentada perto da janela, e assim que *sir* John a notou, ele deixou o resto do grupo na cerimônia de bater na porta e, atravessando a grama, obrigou-a a abrir a janela para falar com ele, apesar de o espaço ser tão pequeno entre a porta e a janela que era impossível falar em uma sem ser ouvido na outra.

– Bem – disse ele –, trouxemos alguns desconhecidos. Gosta deles?

– Silêncio! Eles vão ouvir o senhor.

– Não importa se eles ouvirem. São apenas os Palmer. Charlotte é muito bonita, posso dizer. A senhorita poderá vê-la se olhar para cá.

Como Elinor estava certa de que a veria em alguns minutos, sem tomar tal liberdade, ela recusou.

– Onde está Marianne? Ela fugiu porque chegamos? Vejo que o piano está aberto.

– Ela foi dar um passeio, acredito.

## Razão e sensibilidade

A senhora Jennings juntou-se a eles, pois não teve paciência suficiente para esperar até que a porta se abrisse antes de contar sua história. Ela veio até a janela, cumprimentando Elinor:
– Como você está, minha querida? Como está a senhora Dashwood? E onde estão suas irmãs? O quê! Sozinha! Você ficará feliz com um pouco de companhia para se sentar com você. Trouxe meu outro genro e minha filha. E pensar que chegaram tão de repente! Pensei ter ouvido uma carruagem na noite passada, enquanto estávamos tomando nosso chá, mas nunca passou pela minha cabeça que pudessem ser eles. Não pensei em nada, apenas que poderia ser o coronel Brandon voltando; então disse a *sir* John, que achei ter ouvido uma carruagem, e talvez fosse o coronel Brandon voltando...

Elinor foi obrigada a se afastar dela, no meio da história, para receber o resto do grupo; lady Middleton apresentou os dois desconhecidos. A senhora Dashwood e Margaret desceram as escadas nesse momento e todos se sentaram para se conhecer, enquanto a senhora Jennings continuava sua história ao entrar na sala, acompanhada por *sir* John.

A senhora Palmer era muitos anos mais nova do que lady Middleton e totalmente diferente dela em todos os aspectos. Era baixa e gorda, tinha um rosto muito bonito e a melhor expressão de bom humor que se poderia ter. Seus modos não eram tão elegantes quanto os da irmã, mas eram muito mais simpáticos. Ela entrou com um sorriso, manteve o sorriso o tempo todo da visita, exceto quando gargalhava, e sorriu quando foi embora. Seu marido era um jovem de 25 ou 26 anos, com um rosto sério, um ar de mais estilo e razão do que a esposa, mas de menor disposição para agradar ou ser agradado. Ele entrou na sala com um olhar de autoimportância, curvou-se ligeiramente para as senhoras, sem dizer uma palavra, e, depois de examinar rapidamente a casa e suas moradoras, pegou um jornal da mesa e dedicou-se a lê-lo enquanto ficou ali.

A senhora Palmer, ao contrário, que era dotada pela natureza a ser uniformemente educada e feliz, mal se sentara antes de manifestar sua admiração pela sala e tudo que havia nela.
– Bem, que sala maravilhosa! Nunca vi nada tão encantador! Veja, mamãe, como está melhor desde que estive aqui na última vez! Sempre achei que era um lugar tão doce, senhora! – virando-se para a senhora Dashwood: – Mas a senhora o deixou tão encantador! Veja só, irmã, como tudo é adorável! Como eu gostaria de ter uma casa assim para mim! O senhor não gostaria, senhor Palmer?

O senhor Palmer não respondeu e sequer levantou os olhos do jornal.

– O senhor Palmer não me ouve – disse ela, rindo. – Às vezes, nunca ouve. É tão ridículo!

Era uma ideia muito nova para a senhora Dashwood; ela não estava acostumada a ver graça na desatenção de alguém e não podia deixar de olhar com surpresa para os dois.

Enquanto isso, a senhora Jennings falava o mais alto que conseguia e continuou o relato da sua surpresa, na tarde anterior, ao ver os recém--chegados, sem parar até contar tudo. A senhora Palmer riu muito com a lembrança do espanto deles e todos concordaram, duas ou três vezes, que tinha sido uma surpresa bastante agradável.

– Você pode imaginar o prazer que todos nós sentimos ao vê-los – acrescentou a senhora Jennings, inclinando-se para Elinor e falando em voz baixa, como se não quisesse ser ouvida por mais ninguém, apesar de estarem sentadas em lados opostos da sala. – No entanto, não posso deixar de desejar que não tivessem viajado tão rápido, nem feito uma viagem tão longa, pois vieram de Londres por conta de algum negócio, pois você sabe – assentindo significativamente e apontando para sua filha –, foi algo ruim no estado em que ela se encontra. Queria que ela ficasse em casa e descansasse nessa manhã, mas ela quis vir conosco, pois queria muito conhecê-las!

A senhora Palmer riu e disse que aquilo não lhe faria nenhum mal.

– Ela espera o bebê para fevereiro – continuou a senhora Jennings.

Lady Middleton já não aguentava tal conversa e, portanto, esforçou-se para perguntar ao senhor Palmer se havia alguma novidade no jornal.

– Não, nenhuma – respondeu ele, e continuou lendo.

– Aí vem a Marianne – exclamou *sir* John. – Agora, Palmer, o senhor vai ver uma garota incrivelmente linda.

Ele foi rapidamente para o corredor, abriu a porta da frente e conduziu--a para dentro. A senhora Jennings perguntou a ela, assim que apareceu, se não tinha estado em Allenham. E a senhora Palmer riu forte com a pergunta, para mostrar que tinha entendido. O senhor Palmer olhou para ela por alguns minutos depois de sua entrada na sala e, em seguida, voltou ao jornal. O olhar da senhora Palmer estava agora voltado para os desenhos pendurados nas paredes da sala. Ela levantou-se para examiná-los.

– Ó céus, como são lindos! Bem! Que beleza! Mas olhe, mãe, que doce! Acho que são charmosos, poderia olhar para eles para sempre. – E então, sentando-se novamente, logo esqueceu que havia qualquer coisa na sala.

Quando lady Middleton levantou-se para ir embora, o senhor Palmer levantou-se também, largou o jornal, espreguiçou-se e olhou para todos ali ao redor.

– Meu amor, você estava dormindo? – perguntou a esposa, rindo.

Ele não respondeu e só observou, depois de examinar novamente a sala, que ela era baixa e o teto estava rachado. Então, fez uma reverência e partiu com o resto.

*Sir* John insistira com todos para que passassem o dia seguinte em Barton Park. A senhora Dashwood, que escolheu não jantar com eles com mais frequência do que eles jantavam no chalé, recusou totalmente por conta própria. As filhas poderiam fazer o que quisessem. Mas elas não estavam curiosas para ver como o senhor e a senhora Palmer jantavam, e não havia nenhuma outra expectativa de diversão com eles. Tentaram, portanto, também criar uma desculpa; o clima estava instável e era provável que não ficasse bom. Mas *sir* John não se deu por satisfeito, a carruagem seria enviada para buscá-las e elas deveriam vir. Lady Middleton também insistiu, embora não tenha pressionado a mãe, mas sim as garotas. A senhora Jennings e a senhora Palmer juntaram-se às súplicas, todos pareciam igualmente ansiosos para evitar uma festa familiar, e as jovens foram obrigadas a ceder.

– Por que eles nos convidaram? – perguntou Marianne, assim que eles se foram. – Dizem que o aluguel deste chalé é baixo, mas há termos muito duros, se tivermos que jantar em Barton Park sempre que alguém se hospedar com eles ou conosco.

– Eles não querem ser menos educados e gentis com a gente agora – disse Elinor – com esses convites frequentes, do que por aqueles que recebemos deles há algumas semanas. A alteração não está neles, se suas festas estão ficando mais tediosas e aborrecidas. Devemos procurar a mudança em outro lugar.

## Capítulo 20

Quando as senhoritas Dashwood entraram na sala de estar de Barton Park no dia seguinte, por uma porta, a senhora Palmer entrou correndo pela outra, parecendo tão bem-humorada e feliz quanto antes. Ela apertou a mão de todas com carinho e expressou grande prazer em revê-las.

– Estou tão feliz em vê-las! – disse ela, sentando-se entre Elinor e Marianne – porque o dia está tão feio que achei que as senhoritas não viriam, o que seria terrível, pois vamos embora amanhã. Precisamos ir, pois os Weston nos visitarão na próxima semana, vocês sabem. Foi uma coisa súbita, nossa vinda, e eu não sabia nada até que a carruagem chegou à porta e o senhor Palmer perguntou-me se eu iria com ele para Barton. Ele é tão divertido! Nunca me diz nada! Desculpe por não ficarmos mais tempo. Mas espero que nos encontremos de novo na cidade muito em breve.

Elas foram obrigadas a eliminar tal expectativa.

– Não vão para a cidade! – exclamou a senhora Palmer, com uma risada.

– Ficarei bastante decepcionada se não forem. Eu conseguiria a melhor casa do mundo para vocês, ao lado da nossa, na praça Hanover. Vocês precisam ir, de verdade. Tenho certeza de que ficaria muito feliz em acompanhá-las em qualquer momento, até o parto, se a senhora Dashwood não quiser passear em público.

Elas agradeceram, mas foram obrigadas a resistir a todas as súplicas.

– Ah, meu amor – exclamou a senhora Palmer para o marido, que entrava na sala –, você deve me ajudar a convencer as senhoritas Dashwood a irem para a cidade neste inverno.

O amor dela não respondeu e, depois de uma leve reverência às damas, começou a reclamar do tempo.

– Como isso tudo é horrível! – disse ele. – Esse tempo torna tudo e todo mundo repugnante. Aborrecimento é produzido tanto dentro como fora de casa, pela chuva. Faz com que detestemos todos os conhecidos. Como é que *sir* John não tem uma sala de bilhar em sua casa? Poucas pessoas sabem o que é conforto! *Sir* John é tão burro quanto o clima.

O resto do grupo logo entrou.

– Infelizmente, senhorita Marianne – disse *sir* John –, você não conseguiu fazer sua caminhada habitual até Allenham hoje.

Marianne ficou muito séria e não disse nada.

– Ah, não seja tão dissimulada na nossa frente – disse a senhora Palmer –, pois sabemos tudo a respeito, posso assegurar. E admiro muito o seu gosto, pois acho que ele é extremamente bonito. Não moramos muito longe dele no campo, você sabe. Menos de 15 quilômetros, eu diria.

– Está mais para 50 – disse o marido.

– Ah, bem! Não é tão diferente. Nunca estive na casa dele, mas dizem que é um lugar muito bonito.

– Um dos piores lugares que já vi em toda a minha vida – disse o senhor Palmer, com sinceridade.

Marianne permaneceu totalmente em silêncio, embora seu semblante traísse o interesse no que era dito.
– É muito feia? – continuou a senhora Palmer. – Então deve ser outro lugar que é bonito, suponho.
Quando estavam todos sentados na sala de jantar, *sir* John observou com desgosto que eles eram apenas oito.
– Minha querida – disse ele para sua senhora –, é muito desagradável que sejamos tão poucos. Por que você não convidou os Gilbert para vir?
– Não lhe contei, *sir* John, quando o senhor me falou sobre isso antes, que não pude convidar? Eles jantaram conosco por último.
– Você e eu, *sir* John – disse a senhora Jennings –, não deveríamos aguentar tanta cerimônia.
– Então a senhora seria muito mal-educada! – disse com vigor o senhor Palmer.
– Meu amor, você contradiz todo mundo – disse a esposa com a risada habitual. – Sabia que você é bastante grosseiro?
– Não tinha ciência de que eu contradizia alguém ao chamar a mãe de mal-educada.
– Sim, pode me insultar como quiser – disse a velha senhora bem-humorada. – Você tirou Charlotte das minhas mãos e não pode devolvê-la. Por isso a vantagem é minha.
Charlotte riu calorosamente ao pensar que o marido não podia se livrar dela; e disse exultante que não se importava com o quanto ele era bravo com ela, pois teriam que viver juntos. Era impossível que alguém fosse mais bem-humorado ou mais determinado a ser feliz do que a senhora Palmer. A indiferença estudada, a insolência e o descontentamento do marido não causavam sofrimento nela; e quando ele a repreendia ou a tratava mal, ela divertia-se muito.
– O senhor Palmer é tão divertido! – dizia ela, num sussurro, para Elinor. – Está sempre mal-humorado.
Elinor não estava inclinada, depois de uma breve observação, a dar-lhe crédito por ser tão genuína e insensivelmente hostil ou mal-educado quanto queria aparentar. Seu temperamento talvez estivesse um pouco amargado por descobrir, como muitos outros de seu gênero, que, por meio de algum viés inexplicável em favor da beleza, ele era o marido de uma mulher muito tola – mas ela sabia que esse tipo de erro era muito comum para que qualquer homem sensato ficasse magoado por muito tempo.

Era mais um desejo de distinção, ela acreditava, o que produzia o tratamento desdenhoso que dedicava a todos e seu abuso geral de tudo que estivesse à sua frente. Era o desejo de parecer superior às outras pessoas. O motivo era muito comum para causar surpresa; mas os meios, por mais que fossem bem-sucedidos em estabelecer sua superioridade em má educação, provavelmente não atrairiam ninguém além da própria esposa.

– Ah, minha querida senhorita Dashwood – disse a senhora Palmer logo depois –, tenho um favor a pedir a você e à sua irmã. Poderiam passar algum tempo em Cleveland neste Natal? Por favor, venham, e que seja enquanto os Weston estiverem conosco. Não podem imaginar o quanto eu ficaria feliz! Será um prazer! Meu amor – dirigindo-se ao marido –, você não gostaria de receber as senhoritas Dashwood em Cleveland?

– Certamente – ele respondeu, com uma risada desdenhosa –, vim a Devonshire apenas para isso.

– Então – disse sua senhora –, as senhoritas podem ver que o senhor Palmer espera por vocês, então não podem recusar.

As duas recusaram o convite com avidez e determinação.

– Mas vocês realmente devem vir. Tenho certeza de que vão gostar de tudo. Os Weston estarão conosco e será muito agradável. Não podem imaginar como Cleveland é lindo; e estamos tão alegres agora, pois o senhor Palmer está sempre a percorrer o condado angariando votos para as eleições e tantas pessoas vêm jantar com a gente, como nunca vi antes, é bastante charmoso! Mas coitado! É muito cansativo para ele! Pois é forçado a fazer com que todos gostem dele.

Elinor mal conseguiu manter a expressão ao concordar com as dificuldades de tal obrigação.

– Como será charmoso – disse Charlotte – quando ele estiver no Parlamento! Não? Como eu vou rir! Será tão ridículo ver todas as cartas dirigidas a ele com a sigla MP. Mas sabem que ele diz que nunca franqueará minhas cartas? Afirma que não. Não é, senhor Palmer?

O senhor Palmer não deu importância a ela.

– Ele não aguenta escrever, sabe – ela continuou –, diz que é uma tarefa bastante desagradável.

– Não – disse ele –, nunca disse nada tão irracional. Não dirija todos esses abusos da linguagem contra mim.

– Então, vejam como ele é engraçado. É sempre assim com ele! Às vezes, não fala comigo durante metade do dia, e então fala algo tão engraçado... sobre qualquer coisa no mundo.

Ela surpreendeu Elinor quando voltaram para a sala de estar, perguntando se ela não gostava muito do senhor Palmer.

– Certamente – disse Elinor –, ele parece muito agradável.

– Bem, eu estou tão feliz que ache isso. Achei que pensaria isso, ele é tão agradável, e o senhor Palmer está muito satisfeito com você e suas irmãs, posso dizer, e você não pode imaginar o quanto ele ficará decepcionado se não vierem a Cleveland. Não posso imaginar por que recusariam o convite.

Elinor foi obrigada novamente a recusar o convite e a interromper as súplicas, mudando de assunto. Ela achou provável que, como viviam no mesmo condado, a senhora Palmer pudesse dar uma descrição mais particular do caráter geral de Willoughby do que poderia ser obtido por meio da amizade parcial dos Middleton com ele, e estava ansiosa para conseguir de qualquer um a confirmação dos méritos dele, que pudesse afastar os temores por Marianne. Começou por indagar se viam o senhor Willoughby com frequência em Cleveland e se estavam intimamente familiarizados com ele.

– Ó, querida, sim, conheço-o muito bem – respondeu a senhora Palmer. – Não que eu já tenha falado com ele, na verdade, mas o vejo sempre na cidade. De qualquer modo, nunca fiquei hospedada em Barton enquanto ele estava em Allenham. Mamãe o viu aqui uma vez antes, mas eu estava com meu tio em Weymouth. No entanto, ouso dizer que deveríamos ter encontrado muito com ele em Somersetshire, se não tivesse acontecido a infelicidade de que nunca estávamos juntos no campo. Ele passa muito pouco tempo em Combe, acredito, mas mesmo que estivesse sempre lá, não acho que o senhor Palmer o visitaria, pois ele é da oposição, você sabe, e além disso vive muito afastado. Sei muito bem por que está perguntando sobre ele, sua irmã deve se casar com Willoughby. Estou muito feliz por isso, pois então a terei como vizinha.

– Dou minha palavra – respondeu Elinor – que a senhora sabe muito mais sobre o assunto do que eu, se tiver algum motivo para esperar tal compromisso.

– Não finja negar, pois você sabe que todo mundo está falando disso. Garanto que ouvi alguém comentar quando passei pela cidade.

– Minha querida senhora Palmer!

– Juro pela minha honra. Encontrei o coronel Brandon na manhã de segunda-feira na Rua Bond, pouco antes de sairmos da cidade, e ele me contou diretamente.

– A senhora me surpreende muito. O coronel Brandon contou isso! Certamente deve estar enganada. Divulgar essa informação a uma pessoa que não poderia estar interessada nela, mesmo que fosse verdade, não é o que eu esperaria que o coronel Brandon fizesse.

– Mas asseguro que foi assim e vou contar como aconteceu. Quando nos encontramos, ele deu meia-volta e caminhou conosco. Então começamos a falar do meu cunhado e de minha irmã, uma coisa levou a outra, e eu disse a ele: "Então, coronel, há uma nova família no chalé de Barton, ouvi dizer, e mamãe me contou que elas são muito bonitas, e que uma delas vai se casar com o senhor Willoughby de Combe Magna. É verdade? Pois é claro que o senhor deve saber, já que esteve em Devonshire ultimamente".

– E o que o coronel disse?

– Ah, ele não disse muito, mas parecia saber que era verdade, então, a partir daquele momento, estabeleci como algo certo. Será maravilhoso, tenho certeza! Quando vai acontecer?

– O senhor Brandon estava bem, espero?

– Ah, sim, bastante bem. E com muitos elogios para a senhorita, ele só falou coisas boas sobre você.

– Fico lisonjeada por seus elogios. Parece ser um excelente homem e acho que é muito agradável.

– Eu também. É um homem tão encantador, é uma pena que seja tão sério e apático. Mamãe diz que ele também estava apaixonado por sua irmã. Garanto que seria um grande elogio se estivesse, pois ele quase nunca se apaixona por ninguém.

– Então, o senhor Willoughby é muito conhecido em sua parte de Somersetshire? – perguntou Elinor.

– Ah, sim, muito bem; isto é, não acredito que muitas pessoas o conheçam, pois Combe Magna fica tão longe, mas asseguro que todos o consideram muito agradável. Ninguém é mais apreciado do que o senhor Willoughby, onde quer que ele vá, pode contar para sua irmã. Ela é uma garota de muita sorte por conquistá-lo, eu garanto. Não que ele também não tenha muita sorte em conquistá-la, pois ela é muito bonita e agradável, que nada pode ser bom o suficiente para ela. No entanto, não acho que ela seja mais bonita do que você, pois acho que as duas são muito bonitas, e o senhor Palmer também pensa isso, tenho certeza, embora não tenhamos conseguido que admitisse ontem à noite.

A informação da senhora Palmer sobre Willoughby não era muito concreta, mas qualquer testemunho a favor dele, por menor que fosse, era agradável para Elinor.

– Estou tão feliz que tenhamos finalmente nos conhecido – continuou Charlotte. – E agora espero que sempre sejamos boas amigas. Não pode imaginar o quanto eu queria conhecer você! É tão maravilhoso que tenha vindo morar no chalé! Nada se compara a isso, com certeza! E fico tão feliz que sua irmã se casará tão bem! Espero que visitem bastante Combe Magna. É um lugar encantador, em todos os sentidos.

– Você conhece o coronel Brandon há muito tempo, não é?

– Sim, há muito tempo. Desde quando minha irmã se casou. Era um amigo de *sir* John. Acredito – ela acrescentou com a voz baixa – que ele teria ficado muito feliz de se casar comigo, se pudesse. Sir John e lady Middleton quiseram muito. Mas mamãe não achou que seria bom para mim, caso contrário *sir* John teria mencionado isso ao coronel e teríamos nos casado imediatamente.

– O coronel Brandon não soube da proposta de *sir* John para sua mãe antes que fosse feita? Ele nunca manifestou seu afeto por você?

– Ah, não, mas se mamãe não tivesse sido contra, ouso dizer que ele teria gostado de tudo. Ele não tinha me visto nem duas vezes, pois eu ainda não tinha saído da escola. No entanto, estou muito mais feliz assim. O senhor Palmer é o tipo de homem de que eu gosto.

# Capítulo 21

Os Palmer voltaram para Cleveland no dia seguinte e ficaram novamente só as duas famílias em Barton para entreter uma à outra. Mas isso não durou muito. Elinor não tirava da cabeça os últimos visitantes. Não conseguia parar de se espantar com a maneira como Charlotte era tão feliz sem uma causa aparente, como o senhor Palmer podia agir de modo tão tolo com tanta simplicidade, e com a estranha inadequação que muitas vezes existia entre marido e esposa, antes que o zelo ativo de *sir* John e da senhora Jennings pela causa da sociedade fizesse com que procurassem outro grupo de conhecidos para ver e observar.

Em uma excursão matutina a Exeter, eles tinham encontrado duas jovens damas, as quais a senhora Jennings teve a satisfação de descobrir que eram suas parentes, e isso foi suficiente para que *sir* John as convidasse para Barton Park, assim que seus compromissos atuais em Exeter tivessem acabado. Seus compromissos em Exeter imediatamente perderam importância diante de um convite como aquele, e lady Middleton ficou alarmada com o retorno de *sir* John, ao saber que receberia em breve a visita de duas moças que ela nunca vira na vida, e de cuja elegância e até mesmo de cujo refinamento tolerável ela não tinha provas, pois as garantias do marido e da mãe sobre esse assunto não serviram de nada. O fato de serem parentes piorava muito mais a situação, e as tentativas da senhora Jennings de consolá-la eram infelizmente infundadas, pois ela aconselhou a filha a não se preocupar com o fato de serem elegantes demais, já que eram todas primas e deviam se tolerar. No entanto, como agora era impossível impedir que viessem, lady Middleton resignou-se, com toda a filosofia de uma mulher bem-educada, contentando-se em repreender amavelmente o marido sobre o assunto cinco ou seis vezes todos os dias.

    As jovens damas chegaram: sua aparência não era, de modo algum, pouco refinada ou fora de moda. Os vestidos delas eram muito elegantes, seus modos muito civilizados, ficaram encantadas com a casa e extasiadas com os móveis, e gostavam tanto de crianças que lady Middleton já tinha uma boa opinião delas antes de terem passado uma hora em Barton. Afirmou que eram moças realmente muito agradáveis, o que, para ela, era uma admiração entusiasmada. A confiança de *sir* John no próprio julgamento aumentou com esse elogio animado e ele partiu diretamente para o chalé para contar às senhoritas Dashwood sobre a chegada das senhoritas Steele e para assegurá-las de que eram as meninas mais doces do mundo. Com um elogio como este, no entanto, não havia muito mistério. Elinor sabia muito bem que as meninas mais doces do mundo podiam ser encontradas em todas as partes da Inglaterra, sob todas as variações possíveis de forma, rosto, temperamento e inteligência. *Sir* John queria que toda a família caminhasse imediatamente para Barton Park para conhecer as convidadas. Que homem benevolente e filantropo! Era doloroso para ele manter até mesmo um primo em terceiro grau para si mesmo.

    – Venham agora – disse ele –, venham, por favor. Vocês devem vir. Afirmo que devem vir. Não podem imaginar o quanto gostarão delas. Lucy é incrivelmente bonita, tão bem-humorada e agradável! As crianças já estão penduradas nela, como se fosse uma velha amiga. E as duas desejam muito conhecê-las, acima de tudo, pois ouviram em Exeter que as senhoritas são as criaturas mais bonitas do mundo. E eu disse que é tudo verdadeiro e muito mais. Vocês ficarão encantadas com elas, tenho certeza. Trouxeram a carruagem cheia de brinquedos para as crianças. Como podem ser tão avessas a vir? Pois são suas primas, vocês sabem, de certo modo. Vocês são minhas primas, e elas são da minha esposa, então devem estar relacionadas.

Mas *sir* John não conseguiu convencê-las. Só conseguiu uma promessa de que iriam a Barton Park dentro de um ou dois dias e, deixando-as espantado com tal indiferença, voltou para casa e reforçou o quanto elas eram atraentes para as senhoritas Steele, pois já tinha elogiado as senhoritas Steele para elas.

Quando a visita prometida a Barton Park e a consequente apresentação às jovens damas ocorreu, elas não acharam nada admirável na aparência da mais velha, que tinha quase 30 anos e um rosto muito simples e sem expressividade. Mas na outra, que não tinha mais do que 22 ou 23 anos, reconheceram uma beleza considerável. Seus traços eram bonitos e ela tinha um olhar vivo e penetrante, um ar inteligente que, embora não proporcionasse exatamente elegância ou graça, atribuía distinção à sua pessoa. Suas maneiras eram especialmente educadas e Elinor logo deu crédito a elas por algum tipo de bom senso, quando viu com que atenção constante e criteriosa agradavam a lady Middleton. Estavam sempre maravilhadas com as crianças, exaltando a beleza delas, cortejando sua atenção e satisfazendo seus caprichos. Durante o tempo que lhes podia ser poupado das exigências inoportunas que tal polidez impunha, as jovens passavam admirando o que quer que lady Middleton estivesse fazendo, caso estivesse fazendo algo, ou copiando o modelo de algum vestido elegante que ela tivesse usado no dia anterior e causado a admiração de todos. Felizmente, para aqueles que querem bajular por meio de tais fraquezas, uma mãe apaixonada, embora seja o mais ganancioso dos seres humanos quando se trata de procurar elogios aos seus filhos, também é igualmente o mais crédulo. Suas exigências são exorbitantes; mas ela acreditará em qualquer coisa, e o excessivo carinho e tolerância das senhoritas Steele em relação à sua prole foram aceitos por lady Middleton, portanto, sem a menor surpresa ou desconfiança. Ela via com complacência maternal todas as intromissões impertinentes e travessuras às quais as primas eram submetidas. Via como seus cintos eram desamarrados, seus cabelos puxados sobre as orelhas, suas bolsas de trabalho remexidas e suas facas e tesouras roubadas, e não tinha nenhuma dúvida de que era um prazer recíproco. A única surpresa para ela era que Elinor e Marianne se sentassem tão controladas, sem querer participar no que estava acontecendo.

– John está tão animado hoje! – disse ela, ao vê-lo pegar o lenço de bolso da senhorita Steele e jogá-lo pela janela. – Não para de fazer travessuras.

E logo depois, quando o segundo menino beliscou violentamente um dos dedos da mesma dama, ela observou com carinho:

– Como o William é brincalhão!

– E aqui está minha pequena e doce Annamaria – acrescentou, acariciando com ternura uma menina de 3 anos que não fizera nenhum barulho nos últimos dois minutos. – E ela é sempre tão gentil e silenciosa. Nunca houve uma criança tão tranquila!

Mas, infelizmente, ao dar esses abraços, um alfinete no chapéu da senhoria arranhou levemente o pescoço da criança, produzindo por meio desse modelo de meiguice gritos tão violentos que dificilmente poderiam ser superados por qualquer criatura professadamente barulhenta. A consternação da mãe foi excessiva, mas não conseguiu superar o alarme das senhoritas Steele, e as três fizeram tudo, em uma emergência tão crítica, que o afeto pudesse sugerir para aliviar a agonia da pequena sofredora. Ela estava sentada no colo da mãe, coberta de beijos, sua ferida banhada com água de lavanda por uma das senhoritas Steele, que estava de joelhos para atendê-la, enquanto sua boca era recheada com balas pela outra. Com tantas recompensas por suas lágrimas, a criança era esperta o suficiente para não parar de chorar. Ela ainda gritava e soluçava vigorosamente, chutava os dois irmãos por quererem tocar nela, e não conseguiram acalmá-la até que lady Middleton felizmente lembrou que, em um momento de sofrimento parecido na semana anterior, uma geleia de damasco fora aplicada com sucesso em uma têmpora arranhada, e o mesmo remédio foi proposto com entusiasmo para este arranhão infeliz, e um ligeiro intervalo dos gritos da menina ao ouvir isso deu-lhes motivos para esperar que não seria rejeitado. Ela foi levada para fora da sala, portanto, nos braços da mãe, em busca do remédio, e como os dois meninos decidiram segui-la, embora a mãe tivesse pedido para que ficassem ali, as quatro jovens foram deixadas em um silêncio que a sala desconhecia havia muitas horas.

– Pobres criaturinhas! – disse a senhorita Steele, assim que eles saíram.
– Poderia ter sido um acidente bem grave.

– Não sei como – exclamou Marianne –, a menos que tivesse acontecido em circunstâncias totalmente diferentes. Mas esta é a maneira habitual de aumentar a preocupação quando não há nada com que se preocupar.

– Que mulher doce é lady Middleton! – disse Lucy Steele.

Marianne ficou em silêncio. Era impossível para ela dizer o que não sentia, por mais trivial que fosse a ocasião; portanto, sempre recaía sobre Elinor a tarefa de contar mentiras quando a cortesia exigia. Ela fazia o melhor que podia quando era necessário, falando de lady Middleton com mais carinho do que sentia, embora com muito menos do que a senhorita Lucy.

– E *sir* John também – exclamou a irmã mais velha –, que homem encantador ele é!

Aqui também o elogio da senhorita Dashwood, sendo apenas simples e justo, foi feito sem nenhum brilho. Ela só observou que ele era muito bem-humorado e amigável.

– E que pequena família encantadora eles têm! Nunca vi crianças tão boas na minha vida. Digo que já estou apaixonada por eles e na verdade já gostava profundamente de crianças.

– Imagino que sim – disse Elinor, com um sorriso –, pelo que presenciei nessa manhã.

– Tenho a opinião – disse Lucy – de que você acha que os pequenos Middleton são mimados. Talvez possam ser um pouco demais, mas é tão natural em lady Middleton e, de minha parte, adoro ver as crianças cheias de vida e ânimo, não consigo suportar quando são mansas e silenciosas.

– Confesso – respondeu Elinor – que enquanto estou em Barton Park, nunca penso em crianças mansas e silenciosas com qualquer aversão.

Houve uma breve pausa depois dessas palavras, interrompida pela senhorita Steele, que parecia muito disposta a conversar e disse de maneira bastante abrupta:

– E o que acha de Devonshire, senhorita Dashwood? Imagino que tenha ficado triste por deixar Sussex.

Com alguma surpresa pela familiaridade desta pergunta ou ao menos pela maneira que foi feita, Elinor respondeu que ficara.

– Norland é um lugar incrivelmente lindo, não é? – acrescentou a senhorita Steele.

– Ouvimos dizer que *sir* John admira muito o lugar – disse Lucy, que parecia pensar que era necessária alguma desculpa para a liberdade tomada pela irmã.

– Acho que todos que já viram o lugar devem admirá-lo – respondeu Elinor –, embora imagino que ninguém possa estimar suas belezas mais do que nós.
– E você tinha muitos admiradores por lá? Suponho que não tenha tantos por aqui. Na minha opinião, acho que nunca são demais.
– Mas por que você pensaria – disse Lucy, com vergonha da irmã – que não há tantos jovens distintos em Devonshire quanto em Sussex?
– Não, minha querida, com certeza não quis dizer isso. Estou certa de que há muitos rapazes galanteadores em Exeter, mas como poderia saber quantos galanteadores há em Norland? E só estava com medo que as senhoritas Dashwood pudessem achar que Barton era um lugar aborrecido, se não tivessem tantos rapazes galanteadores como antes. Mas talvez vocês, senhoritas, não se preocupem com os homens bonitos, e para vocês não faça diferença estarem acompanhadas por eles ou não. De minha parte, acho que eles são muito agradáveis, desde que se vistam bem e se comportem civilizadamente. Mas não aguento vê-los sujos e desleixados. Vejam, por exemplo, o senhor Rose de Exeter, um jovem inteligente e prodigioso, muito simpático, empregado do senhor Simpson, vocês sabem, e ainda assim, se o virem de manhã, ele não estará muito apresentável. Suponho que seu irmão era galanteador, senhorita Dashwood, antes de se casar, por ser tão rico?
– Dou minha palavra – respondeu Elinor – que não posso responder, pois não compreendo perfeitamente o significado da palavra. Mas isso posso dizer, se ele já era galanteador antes de se casar, continua sendo, pois não mudou em nada.
– Querida! Nunca se pensa que os homens casados sejam galanteadores, eles têm mais coisas a fazer.
– Por Deus, Anne – exclamou sua irmã –, você só sabe falar de rapazes galanteadores. Vai fazer a senhorita Dashwood acreditar que não pensa em mais nada.

E então, para mudar de assunto, começou a admirar a casa e os móveis.

Essa amostra das senhoritas Steele era suficiente. A liberdade vulgar e a estupidez da mais velha não a recomendavam, e como Elinor não se deixou influenciar pela beleza ou o olhar perspicaz da mais jovem a ponto de ignorar sua falta de verdadeira elegância e sinceridade, deixou a casa sem o desejo de conhecê-las melhor.

Não foi o mesmo com as senhoritas Steele. Elas vieram de Exeter cheias de admiração por *sir* John Middleton, sua família e todas as suas relações, e não foram mesquinhas com os elogios às suas belas primas, que declararam ser as moças mais lindas, elegantes, prendadas e agradáveis que já tinham visto, e queriam muito conhecê-las melhor. E não havia, Elinor logo descobriu, como escapar disso, pois, como *sir* John concordava plenamente com as senhoritas Steele, seria muito difícil se opor ao grupo formado por eles, sendo obrigadas a se submeter a esse tipo de intimidade que consiste em uma ou duas horas juntas na mesma sala quase todos os dias. *Sir* John não poderia fazer mais nada, mas não sabia que era necessário algo mais: estar juntos era, em sua opinião, ser íntimo, e como seus esquemas contínuos para que elas se reunissem eram eficientes, não tinha dúvidas de que elas já eram amigas.

Para ser justo com *sir* John, ele fez tudo ao seu alcance para eliminar as reservas delas, fazendo com que as senhoritas Steele soubessem tudo que ele conhecia ou achava que conhecia sobre suas primas nos detalhes mais delicados. E Elinor não as tinha visto mais do que duas vezes quando a mais velha a felicitou por sua irmã ter tido a sorte de conquistar um jovem tão bonito, desde que tinham chegado a Barton.

– Seria uma coisa boa casá-la tão jovem, com certeza – disse ela –, e ouvi dizer que é um jovem muito bonito. E espero que você também tenha a mesma sorte em breve, mas talvez já tenha um pretendente na manga.

Elinor não podia supor que *sir* John fosse mais discreto ao proclamar suas suspeitas em relação a Edward do que fora em relação a Marianne. Na verdade, entre as duas, ele gostava mais de brincar com ela, pois era uma história mais nova e menos certa e, desde a visita de Edward, eles nunca tinham jantado juntos sem que ele fizesse um brinde à saúde dela com tanto significado, tantos acenos e piscadelas, o que chamava a atenção de todos. A letra F fora invariavelmente mencionada, e piadas incontáveis tinham sido criadas, insinuando que Elinor escolhera há muito tempo sua letra favorita do alfabeto.

As senhoritas Steele, como ela esperava, já conheciam todas essas piadas e, na mais velha delas, causavam curiosidade para saber o nome do cavalheiro aludido, o que, apesar de muitas vezes expresso de forma impertinente, combinava perfeitamente com sua curiosidade geral em relação aos assuntos da família Dashwood. Mas *sir* John não brincou muito com a curiosidade que ele gostava de criar, pois sentiu pelo menos tanto prazer em contar o nome quanto a senhorita Steele sentiu em ouvi-lo.

– O nome é Ferrars – disse ele, em um sussurro muito audível. – Mas cuidado, não conte a ninguém, pois é um grande segredo.

– Ferrars! – repetiu a senhorita Steele. – O senhor Ferrars é o felizardo, é mesmo? O quê! O irmão da sua cunhada, senhorita Dashwood? Um jovem muito agradável, tenho certeza. Conheço-o muito bem.

– Como pode dizer isso, Anne? – exclamou Lucy, que geralmente corrigia todas as afirmações da irmã. – Embora o tenhamos visto uma ou duas vezes na casa do meu tio, é demais fingir que o conhece muito bem.

Elinor ouviu tudo isso com atenção e surpresa. "E quem era esse tio? Onde ele morava? Como eles se conheceram?" Ela desejava muito que o assunto tivesse continuado, embora tenha preferido não se juntar à conversa. Porém, nada mais foi dito, e pela primeira vez na vida, ela achou que a senhora Jennings teve pouca curiosidade diante de tão pouca informação ou pouca disposição para manifestá-la. A maneira como a senhorita Steele falou de Edward aumentou a curiosidade dela, pois Elinor interpretou-a como sendo maliciosa e que levantava a suspeita de que aquela senhorita sabia, ou imaginava saber, alguma coisa ruim a respeito dele. Mas sua curiosidade foi inútil, pois o nome do senhor Ferrars não foi mais citado pela senhorita Steele quando aludido, ou até mesmo mencionado abertamente por *sir* John.

## Capítulo 22

Marianne, que nunca tolerara nada parecido com impertinência, vulgaridade, inferioridade de sentimentos, nem mesmo gostos diferentes dos seus, estava naquele momento especialmente indisposta, pelo estado de seu ânimo, a ser agradável com as senhoritas Steele ou incentivar a aproximação delas, e mediante a incansável frieza de seu comportamento em relação a elas, a qual comprometia todos os esforços de intimidade por parte das irmãs, Elinor atribuiu a si a preferência delas, algo que logo se tornou evidente nos modos de ambas, mas especialmente nos de Lucy, que não perdia a oportunidade de conversar com ela ou de estreitar a amizade por meio de uma comunicação simples e franca de seus sentimentos.

Lucy era naturalmente inteligente, suas observações eram muitas vezes justas e divertidas, e como companhia por meia hora, Elinor a achava agradável. Mas suas capacidades não tinham recebido nenhum reforço da educação: ela era ignorante e iletrada e não havia como esconder da senhorita Dashwood sua deficiência em todos os refinamentos intelectuais, sua falta de informação nos detalhes mais comuns, apesar de seu constante esforço para mostrar alguma superioridade. Elinor via isso, e sentia pena do desperdício de habilidades que a educação poderia ter tornado tão respeitáveis. Mas percebeu, com menos ternura de sentimento, a total falta de delicadeza, de retidão e integridade de opiniões que suas atenções, suas dissimulações e seus elogios em Barton Park traíam. E não poderia sentir nenhuma satisfação duradoura na companhia de uma pessoa que juntava falta de sinceridade com ignorância, cuja falta de instrução impedia sua participação em conversas em pé de igualdade, e cuja conduta com os outros tornava cada demonstração de atenção e deferência em relação a ela totalmente sem valor.

– Você achará minha pergunta estranha, ouso dizer – disse Lucy a ela um dia, enquanto caminhavam juntas de Barton Park para o chalé –, mas você conhece pessoalmente a mãe da sua cunhada, a senhora Ferrars?

Elinor realmente achou a pergunta muito estranha, e seu semblante expressou isso, quando respondeu que nunca vira a senhora Ferrars.

– É mesmo! – respondeu Lucy. – Eu me perguntava isso, pois achei que você deveria tê-la visto em Norland às vezes. Então, talvez você não possa me dizer que tipo de mulher ela é?

– Não – respondeu Elinor, cautelosa em dar sua opinião real sobre a mãe de Edward e não muito desejosa de satisfazer o que parecia uma curiosidade impertinente. – Não sei nada sobre ela.

– Tenho certeza de que você acha muito estranho que eu pergunte sobre ela desse jeito – disse Lucy, observando Elinor atentamente enquanto falava. – Mas talvez eu tenha minhas razões. Eu gostaria de me atrever a indagar, no entanto, espero que você me faça a justiça de acreditar que não quero ser impertinente.

Elinor deu uma resposta educada e elas caminharam por alguns minutos em silêncio, o qual foi quebrado por Lucy, que retomou o assunto dizendo, com alguma hesitação:

– Não posso suportar que você me ache curiosa de forma impertinente. Saiba que prefiro fazer qualquer coisa no mundo a ser vista desse jeito por uma pessoa cuja boa opinião vale a pena ter, como a sua. E estou certa de que não devo ter o menor medo de confiar em você. Na verdade, eu ficaria muito feliz com seu conselho sobre como lidar com uma situação tão desconfortável quanto a minha. No entanto, não tenho o direito de incomodá-la. Lamento que não conheça a senhora Ferrars.

– Lamento que eu não a conheça – disse Elinor, com grande espanto – se minha opinião sobre ela é tão importante para você. Mas, na verdade, nunca soube que estava conectada com aquela família e, portanto, estou um pouco surpresa, confesso, com um questionamento tão sério sobre o caráter dela.

– Sei que está surpresa e tenho certeza de que não me admira seu espanto. Mas se ousasse contar tudo a você, não ficaria tão surpresa. A senhora Ferrars certamente não é nada para mim no momento, mas poderá chegar o dia, depende dela em quanto tempo, em que poderemos estar muito intimamente conectadas.

Ela abaixou a cabeça enquanto falava, amigavelmente tímida, com apenas um olhar de relance para observar o efeito sobre sua companhia.

– Deus do céu! – exclamou Elinor. – O que quer dizer? Você conhece o senhor Robert Ferrars? Pode conhecer? – e não se sentiu muito feliz com a ideia de tê-la como cunhada.

– Não – respondeu Lucy –, não o senhor Robert Ferrars, nunca o vi na minha vida – fixando os olhos em Elinor. – Conheço seu irmão mais velho.

O que Elinor sentiu naquele momento? Espanto, que seria tão doloroso quanto forte, se não tivesse sido acompanhado por uma descrença imediata de tal afirmação. Ela se virou para Lucy com um espanto silencioso, incapaz de adivinhar o motivo ou objetivo de tal declaração, e embora seu rosto tenha ficado branco, ela permaneceu firme na incredulidade e não sentiu nenhum perigo de algum ataque histérico ou desmaio.

– Você pode estar surpresa – continuou Lucy –, já que, com certeza, não poderia ter nenhuma ideia disso antes, pois ouso dizer que ele nunca deu a menor sugestão disso para você ou para qualquer pessoa da sua família, uma vez que sempre foi um grande segredo, o qual tenho certeza que foi fielmente mantido por mim até este momento. Ninguém entre todos os meus conhecidos sabe disso, a não ser a Anne, e eu nunca deveria ter mencionado isso para você, se não tivesse confiança de que poderia manter o segredo. E realmente pensei que meu comportamento ao fazer tantas perguntas sobre a senhora Ferrars deve ter parecido muito estranho, por isso deveria ser explicado. E não penso que o senhor Ferrars ficará descontente quando souber que confiei em você, pois sei que ele tem uma excelente opinião sobre você e as outras senhoritas Dashwood e as vê praticamente como irmãs dele – ela fez uma pausa.

Elinor permaneceu em silêncio por alguns minutos. Seu espanto com o que tinha ouvido foi inicialmente grande demais para colocar em palavras, mas, finalmente se forçando a falar, e a falar com cautela, disse com uma calma que conseguia ocultar de maneira razoável sua surpresa e ansiedade:

– Posso perguntar se estão comprometidos há muito tempo?
– Estamos comprometidos há quatro anos.
– Quatro anos!
– Sim.
Elinor, embora muito chocada, ainda não era capaz de acreditar.
– Eu só soube outro dia que vocês se conheciam – disse ela.
– Nós nos conhecemos, no entanto, há muitos anos. Ele esteve sob os cuidados do meu tio, você sabe, por um bom tempo.
– Seu tio!
– Sim, o senhor Pratt. Você nunca o ouviu falar sobre o senhor Pratt?
– Acho que sim – respondeu Elinor, com um esforço de ânimo, ainda maior devido ao aumento da sua emoção.
– Ele ficou quatro anos com meu tio, que mora em Longstaple, perto de Plymouth. Foi lá que nos conhecemos, pois eu e minha irmã sempre estávamos com meu tio, e foi lá que nosso compromisso começou, apesar de só ter acontecido um ano depois que ele deixou de ser pupilo do meu tio. Mas, depois disso, ele estava quase sempre conosco. Eu não estava nada disposta a iniciar essa relação, como você pode imaginar, sem o conhecimento e a aprovação da mãe dele. Mas eu era muito jovem e o amava demais para ser tão prudente quanto deveria ter sido. Embora você não o conheça tão bem como eu, senhorita Dashwood, deve ter visto o suficiente para saber que é ele muito capaz de deixar uma mulher sinceramente apaixonada.
– Certamente – respondeu Elinor, sem saber o que dizia. Mas depois de um momento de reflexão, acrescentou, com a segurança revivida na honra e no amor de Edward, e na falsidade da senhorita Steele. – Comprometida com o senhor Edward Ferrars! Eu me confesso totalmente surpresa com o que você me contou, que realmente... Desculpe-me, mas certamente deve haver algum erro de pessoa ou nome. Não podemos estar falando do mesmo senhor Ferrars.
– Não podemos estar falando de nenhum outro – exclamou Lucy, sorrindo. – O senhor Edward Ferrars, filho mais velho da senhora Ferrars, de Park Street, e irmão de sua cunhada, a senhora John Dashwood, é a pessoa de quem estou falando. Você deve reconhecer que seja pouco provável que eu esteja enganada quanto ao nome do homem de quem depende toda minha felicidade.
– É estranho – respondeu Elinor, com uma perplexidade dolorosa – que nunca o tenha ouvido sequer mencionar seu nome.

– Não, considerando nossa situação, não é estranho. Nosso primeiro cuidado foi manter o assunto em segredo. Você não sabia nada de mim, nem da minha família e, portanto, não poderia haver ocasião para mencionar meu nome a você. E como Edward sempre teve medo de que a irmã suspeitasse de qualquer coisa, isso foi motivo suficiente para que ele não me mencionasse.

Ela ficou em silêncio. A segurança de Elinor afundou, mas seu autocontrole não afundou junto.

– Há quatro anos estão comprometidos – disse ela com uma voz firme.

– Sim, e Deus sabe quanto tempo teremos que esperar. Pobre Edward! Isso o deixa muito triste – então, tirando um pequeno porta-retratos do bolso, acrescentou: – Para evitar a possibilidade de erro, faça a gentileza de olhar para esse rosto. Não faz justiça a ele, mas acho que não pode se enganar quanto à pessoa que foi retratada. Tenho isso há mais de três anos.

Ela colocou o porta-retratos nas mãos de Elinor enquanto falava, e quando esta viu o desenho, desapareceram todas as dúvidas de que sua conclusão pudesse ser apressada ou seu desejo de que tudo fosse mentira, diante do rosto de mais ninguém do que o de Edward. Ela devolveu-o quase imediatamente, reconhecendo a semelhança.

– Nunca consegui – continuou Lucy – dar meu retrato em troca, o que me chateia muito, pois ele sempre quis muito um! Mas estou determinada a entregar na primeira oportunidade.

– Faça isso – respondeu calmamente Elinor. Elas seguiram alguns passos em silêncio. Lucy falou primeiro.

– Tenho certeza – disse ela –, não tenho a menor dúvida, de que você manterá este segredo, pois deve saber como é importante para nós que não chegue ao conhecimento da mãe dele, pois ela nunca aprovaria esse compromisso, ouso dizer. Não tenho fortuna e acho que ela é uma mulher extremamente orgulhosa.

– Eu certamente não procurei suas confidências – disse Elinor –, mas você não me faz mais do que justiça ao imaginar que pode confiar em mim. Seu segredo está seguro comigo, mas perdoe-me se eu expressar alguma surpresa em uma confissão tão desnecessária. Você deveria, pelo menos, ter sentido que meu conhecimento disso poderia diminuir sua segurança.

Ao dizer isso, ela olhou séria para Lucy, esperando descobrir algo em seu semblante. Talvez a falsidade da maior parte do que havia dito. Mas o semblante de Lucy não sofreu nenhuma mudança.

– Tinha medo de que você pensasse que eu estava tomando liberdade demais com você – disse ela – contando tudo isso. Não a conheço há muito tempo, é claro, pelo menos pessoalmente, mas ouço sobre você e toda sua família há muito tempo e, assim que a vi, senti quase como se fosse uma velha conhecida. Além disso, neste caso, realmente pensei que alguma explicação era devida depois de fazer tais indagações particulares sobre a mãe do Edward. E sou tão infeliz que não tenho ninguém para pedir conselhos. Anne é a única pessoa que sabe disso e ela não tem nenhum juízo. Na verdade, ela me faz muito mais mal do que bem, pois sinto um medo constante de que possa trair meu segredo. Ela não sabe como calar a boca, como você deve ter percebido, e pode ter certeza de que fiquei com muito medo no outro dia, quando o nome do Edward foi mencionado por *sir* John. Medo de que ela contasse tudo. Não sabe o quanto penso em tudo isso. Fico espantada por estar viva depois de tudo que sofri pelo bem de Edward nos últimos quatro anos. Tanto suspense e incerteza; e vendo-o tão raramente. Dificilmente podemos nos encontrar mais do que duas vezes por ano. É estranho que meu coração não esteja destruído.

Nesse momento, ela pegou seu lenço. Mas Elinor não sentiu muita compaixão.

– Às vezes – continuou Lucy, depois de enxugar os olhos –, penso se não seria melhor para nós dois terminarmos com tudo isso de uma vez. – Ao dizer isso, ela olhou diretamente para sua companhia. – Mas, em outras ocasiões, não tenho coragem suficiente para isso. Não consigo suportar a ideia de deixá-lo tão triste, como sei que a simples menção de tal coisa faria. E por mim mesma também, já que gosto tanto dele, não acho que conseguiria me levar a fazer isso. O que me aconselha a fazer nesse caso, senhorita Dashwood? O que você faria?

– Perdoe-me – respondeu Elinor, assustada com a pergunta –, mas não posso lhe dar nenhum conselho em tais circunstâncias. Seu próprio julgamento deve guiá-la.

– Com certeza – continuou Lucy, depois de alguns minutos de silêncio de ambos os lados – a mãe dele deve deixar algum dinheiro para ele em algum momento, mas o pobre Edward está tão triste por isso! Você não achou que ele estava com um péssimo humor quando esteve em Barton? Estava tão triste quando nos deixou em Longstaple, ao ir visitá-las, que eu temia que vocês achassem que ele estava doente.

– Ele vinha do seu tio, então, quando nos visitou?
– Ah, sim, ele ficou quinze dias conosco. Você achou que ele veio diretamente da cidade?
– Não – respondeu Elinor, mais sensível com cada nova circunstância da veracidade do que Lucy dizia. – Lembro que ele nos contou que ficara quinze dias com alguns amigos perto de Plymouth.

Ela se lembrou também da própria surpresa naquele momento, por ele não ter dito muito sobre esses amigos, permanecendo em silêncio absoluto até mesmo em relação aos seus nomes.

– Você não o achou deploravelmente desanimado? – repetiu Lucy.
– Achamos, de fato, especialmente quando chegou.
– Implorei para que ele se esforçasse, por temor de que vocês suspeitassem qual era o problema. Mas ele se sentia tão melancólico por não poder ficar mais de quinze dias conosco e por me ver tão afetada. Coitado! Receio que esteja exatamente igual agora; pois escreveu com um ânimo terrível. Recebi notícias dele logo antes de deixar Exeter – ela tirou uma carta do bolso e mostrou-a para Elinor. – Você conhece a letra dele, ouso dizer, e ela é charmosa, mas não está escrita tão bem como de costume. Ele estava cansado, ouso dizer, pois acabara de preencher a folha de papel o máximo possível para mim.

Elinor viu que era a letra dele e não pôde duvidar mais. O retrato, ela permitiu-se acreditar, poderia ter sido obtido acidentalmente. Talvez não tivesse sido um presente de Edward, mas uma correspondência entre eles só poderia existir mediante um envolvimento verdadeiro, não poderia ser explicada por nada mais. Por alguns momentos, ela quase perdeu o controle. Seu coração afundou dentro dela, e ela mal conseguiu permanecer de pé. Mas o esforço era absolutamente necessário, e ela lutou tão decididamente contra a opressão de seus sentimentos que seu sucesso foi rápido e, ao menos por aquele momento, completo.

– Trocar cartas – disse Lucy, guardando a carta no bolso – é o único conforto que temos em separações tão longas. Sim, tenho outro conforto no retrato, mas o pobre Edward não tem nem isso. Se ao menos tivesse o meu retrato, ele diz que seria mais fácil. Dei-lhe um cacho do meu cabelo em um anel quando ele estava em Longstaple na última vez, e isso lhe deu um pouco de conforto, foi o que disse, mas não é igual a um retrato. Talvez tenha notado o anel quando o viu?

– Notei – disse Elinor, com a voz serena, sob a qual estava escondida uma emoção e uma dor maior do que qualquer coisa que ela já sentira. Estava mortificada, chocada, confusa.

Felizmente para ela, tinham chegado ao chalé, e a conversa não poderia continuar mais. Depois de se sentarem com elas alguns minutos, as senhoritas Steele voltaram a Barton Park, e Elinor ficou livre para pensar e sofrer.

## Capítulo 23

Por menor que fosse a confiança de Elinor na veracidade do que dissera Lucy, após refletir com seriedade, ela decidiu que era impossível suspeitar dela naquele caso, pois nenhuma tentação poderia explicar a tolice de inventar uma falsidade tão grande. Portanto, Elinor não podia, não ousava continuar duvidando do que Lucy afirmara ser verdade, apoiada como estava de todos os lados por tais probabilidades e provas, e negada apenas por seus próprios desejos. A maneira como se conheceram na casa do senhor Pratt era a base para o resto, totalmente indiscutível e alarmante. E a visita de Edward perto de Plymouth, seu estado melancólico, sua insatisfação com as próprias perspectivas, seu comportamento incerto em relação a ela, o conhecimento íntimo das senhoritas Steele sobre Norland e suas conexões familiares, algo que a surpreendera muitas vezes, o retrato, a carta, o anel, formavam em conjunto tal evidência que superava todo o medo de condená-lo injustamente, e definiam como um fato, que nenhuma parcialidade poderia deixar de lado, a maneira desconsiderada como ele a tratara. Seu ressentimento diante de tal comportamento, sua indignação por ter sido enganada, fizeram por um curto período de tempo com que pensasse apenas em si mesma, mas outras ideias, outras considerações, logo surgiram. Edward estivera enganando-a intencionalmente? Teria ele fingido um afeto por ela que não sentia? Seu compromisso com Lucy era por amor? Não; o que quer que pudesse ter acontecido no passado, ela não podia acreditar que continuava no presente. O carinho dele era todo para ela. Não podia estar enganada sobre isso. Sua mãe, as irmãs, Fanny, todos reconheciam a consideração que ele tinha por ela em Norland. Não fora uma ilusão da sua própria vaidade. Ele certamente a amava. Como essa convicção amaciava seu coração! Quanto aquilo a tentava a perdoá-lo! Fora condenável, muito condenável por parte dele permanecer em Norland após sentir que a influência dela sobre ele era maior do que deveria ser. Nisso, ele não podia ser defendido, mas se a tinha machucado, feriria muito mais a si mesmo. Se o caso dela dava pena, o dele não tinha esperança. A imprudência dele a deixara triste por algum tempo, mas parecia tê-lo privado de todas as chances de se sentir de outra maneira. Ela conseguiria, com o tempo, recuperar a tranquilidade, mas ele, o que poderia esperar? Ele poderia ser feliz o suficiente com Lucy Steele? Ele poderia, se a afeição por ela estivesse fora de questão, com sua integridade, sua delicadeza e inteligência, ficar satisfeito com uma esposa como Lucy: iletrada, astuciosa e egoísta?

A paixão juvenil dos 19 anos naturalmente o cegaria a tudo, exceto à beleza e boa natureza dela, mas os quatro anos seguintes – anos que, se gastos racionalmente, melhoram a compreensão – deveriam ter aberto os olhos dele para os defeitos da educação dela, pois o mesmo período de tempo, gasto por ela em uma sociedade inferior e em atividades mais frívolas, talvez tivesse roubado aquela simplicidade que antes poderia ter dado um caráter interessante à sua beleza.

Se com a hipótese de querer se casar com Elinor as dificuldades com sua mãe pareciam grandes, quanto maiores seriam agora, quando a pessoa com quem estava comprometido era indubitavelmente inferior em relações e provavelmente em riqueza em comparação com ela mesma? De fato, tais dificuldades, diante de um coração tão alienado como o de Lucy, poderiam não pressionar muito a paciência dele, mas a melancolia, para uma pessoa que se encontrava na expectativa da oposição e da má vontade familiar, poderia ser sentida como um alívio!

À medida que essas considerações lhe ocorreram em uma dolorosa sucessão, ela chorou por ele, mais do que por si mesma. Apoiada pela convicção de não ter feito nada para merecer sua infelicidade atual e consolada pela crença de que Edward não fizera nada para perder sua estima, ela pensou que poderia mesmo agora, após esse primeiro golpe, controlar-se o suficiente para evitar que a mãe e as irmãs suspeitassem da verdade. E conseguiu tão bem corresponder às próprias expectativas que, quando se juntou a elas no jantar apenas duas horas depois de ter sofrido pela primeira vez o fim de todas suas mais queridas esperanças, ninguém poderia imaginar pela aparência das irmãs que Elinor estava secretamente de luto pelos obstáculos que a afastariam para sempre do objeto de seu amor, e que Marianne estivesse se torturando internamente pelas perfeições de um homem cujo coração ela sentia que possuía completamente e a quem esperava ver em cada carruagem que passava perto de sua casa.

## Razão e sensibilidade

A necessidade de ocultar da mãe e de Marianne o que lhe fora confiado, apesar de obrigá-la a um esforço incessante, não piorava a angústia de Elinor. Pelo contrário, era um alívio para ela ser poupada da comunicação do que teria causado forte aflição nelas e também ser poupada de ouvir a condenação de Edward, que provavelmente resultaria do excesso de afeto que sentiam por ela e era mais do que se sentia capaz de aguentar.

Ela sabia que não poderia receber nenhuma ajuda dos conselhos ou das conversas com elas, a ternura e tristeza delas aumentariam sua angústia, enquanto seu autocontrole não receberia incentivo ou elogios delas. Ela era mais forte sozinha, e seu próprio bom senso a apoiava tão bem que sua firmeza permaneceu tão inabalável e sua aparência de alegria tão invariável quanto era possível com arrependimentos tão pungentes e tão recentes.

Por mais que tivesse sofrido com a primeira conversa com Lucy sobre o assunto, ela logo sentiu um desejo sincero de renová-la, e tinha mais que um motivo para isso. Ela queria ouvir mais uma vez os detalhes do noivado deles, queria compreender com mais clareza o que Lucy realmente sentia por Edward, se havia alguma sinceridade em sua declaração de terno respeito por ele, e queria especialmente convencer Lucy, pela disposição a retomar o assunto e sua calma ao conversar a respeito, que estava interessada apenas como amiga, pois temia que sua agitação involuntária durante a conversa pela manhã pudesse ter deixado alguma dúvida. Que Lucy estava disposta a ficar com ciúmes dela, parecia muito provável: estava claro que Edward sempre a elogiara muito, não apenas pela confirmação de Lucy, mas por ela ter arriscado confiar a Elinor um segredo confessada e evidentemente tão importante, apesar de conhecê-la há tão pouco tempo, e até mesmo o espírito brincalhão de *sir* John deve ter tido algum peso. Mas, na verdade, enquanto Elinor permanecia tão segura em si mesma de ser de fato amada por Edward, não era necessário nenhum cálculo de probabilidades para aceitar naturalmente que Lucy deveria estar com ciúmes, e sua própria confidência era uma prova disso. Que outro motivo ela teria para a divulgação do caso, a não ser que Elinor deveria ser informada das reivindicações superiores de Lucy sobre Edward, e aprender a evitá-lo no futuro? Ela teve pouca dificuldade em entender as intenções da rival, e apesar de estar firmemente decidida a agir com ela como ditavam todos os princípios de honra e honestidade, a lutar contra o próprio carinho por Edward e a vê-lo o mínimo possível, ela não podia se negar o conforto de tentar convencer Lucy de que seu coração não estava magoado. E como agora não podia ouvir nada mais doloroso sobre o assunto do que o que já fora dito, ela não desconfiava da própria capacidade de ouvir com calma a repetição de todos os detalhes.

Mas Elinor não conseguiu uma oportunidade imediata para fazê-lo, embora Lucy estivesse tão disposta quanto ela para que acontecesse. O tempo não estava suficientemente bom para permitir que elas saíssem para caminhar, onde poderiam se separar dos outros, e apesar de se encontrarem quase todas as noites em Barton Park ou no chalé, principalmente na casa de *sir* John, não era esperado delas que se encontrassem para conversar. Tal pensamento jamais ocorreria a *sir* John ou lady Middleton e, portanto, muito pouco tempo era dedicado a uma conversa geral, e nenhum para algo em particular. Eles se encontravam para comer, beber e rir juntos, jogar cartas, consequências[1] ou qualquer outro jogo que fosse barulhento o suficiente.

Uma ou duas reuniões desse tipo tinham ocorrido sem que Elinor conseguisse ficar sozinha com Lucy quando *sir* John veio até o chalé uma manhã para implorar, em nome da caridade, que todas fossem jantar com lady Middleton naquele dia, pois ele precisava ir ao clube em Exeter, e de outro modo ela ficaria sozinha, exceto pela mãe e as duas senhoritas Steele. Elinor, que previu uma possibilidade maior para o que tinha em mente em uma reunião como essa, mais à vontade entre elas sob a direção tranquila e bem-educada de lady Middleton do que quando seu marido as reunia para alguma atividade barulhenta, aceitou imediatamente o convite. Margaret, com a permissão da mãe, também concordou, e Marianne, embora sempre pouco disposta a se juntar às reuniões deles, foi convencida pela mãe, que não suportava que ela se isolasse de qualquer tipo de diversão, a também ir.

As jovens foram para o jantar e lady Middleton foi felizmente preservada da assustadora solidão que a ameaçara. A insipidez da reunião era exatamente como Elinor esperara: não produzia nenhuma novidade de pensamento ou expressão, e nada podia ser menos interessante do que toda a conversa tanto na sala de jantar quanto na de estar. Nesta última, foram acompanhadas pelas crianças e, enquanto ficaram lá, ela estava tão convencida da impossibilidade de atrair a atenção de Lucy que nem

---

1. Jogo de salão tradicional inglês no qual cada participante escreve um trecho de uma frase sem ler o que foi escrito pelo participante anterior, resultando em uma frase composta por todos os participantes, em geral com resultados cômicos. (N. E.)

chegou a tentar. As crianças saíram somente com a retirada do chá. A mesa de cartas foi então montada e Elinor começou a se perguntar como tivera a esperança de encontrar tempo para a conversa em Barton Park. Todas se levantaram para uma partida de cartas.

— Estou feliz — disse lady Middleton para Lucy — que a senhorita não terminará a cesta da pequena Annamaria nesta noite, pois tenho certeza de que iria cansar seus olhos ao trabalhar nas filigranas à luz de velas. E vamos fazer algo amanhã para compensar a decepção da nossa pequena amada, então espero que ela não se importe muito.

A dica foi suficiente. Lucy lembrou-se imediatamente e respondeu:

— Na verdade, a senhora está muito enganada, lady Middleton. Só estou esperando para saber se podem jogar sem mim, ou já estaria trabalhando na filigrana. Não desapontaria aquele anjinho por nada no mundo e, se quiser minha presença da mesa de jogos agora, estou decidida a terminar a cesta depois da ceia.

— Você é muito boa, espero que isso não canse seus olhos. Poderia tocar o sino para pedir algumas velas de trabalho? Minha pobre menina ficaria muito decepcionada, eu sei, se a cesta não estivesse terminada amanhã, pois, embora eu tenha dito que certamente não estaria, tenho certeza de que ela acha que estará pronta.

Lucy puxou a mesa de trabalho para perto de si e voltou a se sentar com uma alegria e animação que pareciam indicar que não sentia prazer maior do que fazer uma cesta de filigrana para uma criança mimada.

Lady Middleton propôs uma rodada de casino[2] para as outras. Ninguém fez nenhuma objeção, a não ser Marianne, que, com sua desatenção habitual às formalidades da boa educação em geral, exclamou:

— Sua senhoria terá a bondade de me desculpar, a senhora sabe que detesto jogar cartas. Vou para o piano, não o toquei desde que foi afinado.

E sem mais cerimônia, virou-se e caminhou até o instrumento.

Lady Middleton olhou como se agradecesse aos céus por ela nunca ter falado algo tão rude.

— Marianne nunca consegue ficar longe desse instrumento, a senhora sabe — disse Elinor, tentando suavizar a ofensa —, e não me espanto muito com isso, pois é o piano mais bem afinado que já ouvi.

As cinco restantes começaram a jogar cartas.

---

2. Jogo similar ao *blackjack*, no qual as cartas mais valiosas são o dois de espadas e o dez de ouros. (N. E.)

– Talvez – continuou Elinor – se eu saísse, poderia ser útil para a senhorita Lucy Steele, enrolando os papéis para ela. Ainda há muito a ser feito na cesta, deve ser impossível para ela trabalhar sozinha, se quiser terminar nesta noite. Eu gostaria muito de ajudar, se ela me permitir participar.

– Na verdade, ficaria muito grata por sua ajuda – exclamou Lucy –, pois acho que há mais a fazer do que eu pensava e seria muito triste decepcionar a querida Annamaria, afinal de contas.

– Ah, seria terrível, realmente – disse a senhorita Steele. – Pequena querida, como a amo!

– A senhorita é muito gentil – disse lady Middleton a Elinor – e como gosta do trabalho, talvez também fique satisfeita em esperar outra partida, ou vai tentar a sorte agora?

Elinor concordou alegremente com a primeira proposta e, assim, com um pouco da cortesia que Marianne nunca poderia concordar em praticar, conquistou seu objetivo e agradou lady Middleton ao mesmo tempo. Lucy abriu espaço para ela com atenção e as duas belas rivais ficaram sentadas lado a lado na mesma mesa e, com a máxima harmonia, começaram a fazer o mesmo trabalho. O piano de Marianne que, envolvida por sua própria música e seus próprios pensamentos, já se esquecera naquela altura de que havia mais alguém na sala além dela mesma, estava felizmente tão perto delas que a senhorita Dashwood julgava agora que poderia, sob a proteção do som, falar com segurança sobre o assunto de interesse das duas sem nenhum risco de ser ouvida na mesa de cartas.

## Capítulo 24

Em um tom firme, embora cauteloso, Elinor começou.

– Eu deveria ser indigna da confiança com que você me honrou se não sentisse nenhum desejo de continuar ou não tivesse mais curiosidade sobre o assunto. Não vou pedir desculpas, portanto, por levantá-lo novamente.

– Obrigada – exclamou Lucy calorosamente – por quebrar o gelo. Você acalmou meu coração com isso, pois, de algum modo, tive medo de tê-la ofendido pelo que disse na segunda-feira.

– Ofender-me! Como poderia imaginar algo assim? Acredite em mim – e Elinor falou com a maior sinceridade –, nada poderia estar mais longe da minha intenção do que lhe dar tal ideia. Se você teve um motivo para a confiança, isso não seria uma honra e um elogio para mim?

– E, no entanto, eu asseguro – respondeu Lucy, seus olhos pequenos e alertas cheios de significado –, parece que houve uma frieza e um desagrado em sua maneira que me deixaram bastante desconfortável. Tive certeza de que estava brava comigo e me censuro desde então por ter tomado a liberdade de incomodá-la com meus assuntos. Mas estou feliz por saber que foi apenas uma impressão minha e que você não me culpa. Se soubesse que consolo foi para mim aliviar meu coração contando o que estou sempre pensando em cada momento da minha vida, sua compaixão faria com que negligenciasse todas as outras coisas, tenho certeza.

– Na verdade, posso acreditar que foi um grande alívio para você revelar sua situação para mim, e pode estar certa de que nunca terá motivo para se arrepender. Seu caso é muito infeliz. Para mim, você parece cercada de dificuldades e necessitará de toda a afeição entre vocês dois para aguentá-las. O senhor Ferrars, acredito, é totalmente dependente da mãe.

– Ele tem apenas duas mil libras de renda própria. Seria loucura se casar apenas com isso, embora, da minha parte, eu poderia desistir de todas as perspectivas demais sem um suspiro. Sempre estive acostumada a uma renda muito pequena e poderia enfrentar qualquer pobreza por ele. Mas eu o amo muito para ser o motivo egoísta que termine o privando, talvez, de tudo que a mãe poderia lhe dar se ele se casasse com alguém que a agrade. Devemos esperar, talvez por muitos anos. Com quase qualquer outro homem do mundo, seria uma perspectiva alarmante, mas nada pode me privar do carinho e da fidelidade de Edward, eu sei.

– Essa convicção deve ser tudo para você e, sem dúvida, ele também é apoiado pela mesma confiança em você. Se a força do apego recíproco falhar, como acontece entre muitas pessoas e, sob muitas circunstâncias, falharia naturalmente durante um compromisso de quatro anos, sua situação teria sido lastimável, sem dúvida.

Lucy levantou a cabeça; mas Elinor teve cuidado de proteger seu semblante de todas as expressões que pudessem levantar suspeitas quanto às suas palavras.

– O amor de Edward por mim – disse Lucy – já foi posto à prova por nossa ausência longa, muito longa, desde nosso compromisso, e passou tão bem no teste que, para mim, seria imperdoável duvidar dele agora. Posso dizer com segurança que, desde o começo, ele nunca me causou nenhuma preocupação em relação a isso.

Elinor mal sabia se sorria ou suspirava com essa afirmação.

Lucy continuou.

– Eu também tenho um temperamento ciumento por natureza, e por causa de nossas situações diferentes na vida, por ele ter uma posição superior à minha no mundo, e nossa separação contínua, eu estaria bastante inclinada a suspeitar, a descobrir a verdade em um instante se houvesse a menor alteração em seu comportamento quando nos encontramos, ou qualquer tristeza que eu não pudesse explicar, ou se ele tivesse falado mais de uma dama do que de outra, ou parecesse em qualquer aspecto menos feliz em Longstaple do que costumava ser. Não quero dizer que sou particularmente observadora ou perspicaz em geral, mas, nesse caso, tenho certeza de que não poderia ser enganada.

"Tudo isso" – pensou Elinor – "é muito bonito, mas não engana nenhuma das duas."

– Mas quais – disse ela depois de um breve silêncio – são seus planos? Ou você não tem nenhum a não ser esperar a morte da senhora Ferrars, que é algo extremo, melancólico e terrível? O filho dela está decidido a se submeter a isso e ao tédio dos muitos anos de suspense nos quais você pode estar envolvida, em vez de correr o risco de descontentar a mãe por algum tempo revelando a verdade?

– Se pudéssemos ter certeza de que seria apenas por um tempo! Mas a senhora Ferrars é uma mulher orgulhosa e obstinada, e em seu primeiro ataque de raiva ao ouvir isso, provavelmente não daria nada para Robert. Essa ideia, pelo bem de Edward, afasta toda minha inclinação por qualquer medida precipitada.

– E por seu próprio bem também, ou está levando seu desinteresse para além do razoável.

Lucy olhou para Elinor novamente e ficou em silêncio.

– Você conhece o senhor Robert Ferrars? – perguntou Elinor.

– De forma alguma. Nunca o vi, mas acho que ele é muito diferente do irmão, bobo e um grande dândi.

– Um grande dândi! – repetiu a senhorita Steele, cujo ouvido captara essas palavras em uma pausa repentina na música de Marianne. – Ah, elas estão falando de seus galanteadores favoritos, ouso dizer.

– Não, irmã – exclamou Lucy –, você está enganada, nossos galanteadores favoritos não são grandes dândis.

– Posso garantir que o da senhorita Dashwood não é – disse a senhora Jennings, rindo muito –, pois ele é um dos jovens mais modestos e mais bem-comportados que já vi, mas, quanto à Lucy, ela é uma criatura tão dissimulada, não há como descobrir de quem ela gosta.

– Ah – exclamou a senhorita Steele, olhando de forma significativa para elas –, ouso dizer que o pretendente de Lucy é tão modesto e bem-comportado quanto o da senhorita Dashwood.

Elinor corou mesmo sem querer. Lucy mordeu o lábio e olhou com raiva para a irmã. Houve um silêncio mútuo por algum tempo. Lucy falou primeiro em um tom mais baixo, embora Marianne tivesse voltado a dar a elas a proteção poderosa de um concerto magnífico.

– Vou contar honestamente sobre um esquema que comecei a pensar ultimamente, para resolver o assunto. Na verdade, contarei o segredo, pois você tem interesse nele. Ouso dizer que já viu o suficiente de Edward para saber que ele preferiria a Igreja a qualquer outra profissão. Meu plano é que ele deve ser ordenado assim que puder e então, por meio de sua intervenção, a qual tenho certeza de que você seria gentil o suficiente de fazer pela amizade com ele, e espero que por alguma consideração por mim, seu irmão poderia ser convencido a dar o benefício eclesiástico de Norland para que ele viva lá, já que entendo que é um lugar muito bom e o titular atual não deve viver por muito tempo. Isso seria o suficiente para que nos casássemos, e podemos confiar no tempo e na sorte para o resto.

– Eu ficaria feliz – respondeu Elinor – em mostrar qualquer sinal da minha estima e amizade pelo senhor Ferrars, mas você não percebe que minha intervenção nesse caso seria perfeitamente desnecessária? Ele é irmão da senhora John Dashwood... isto deve ser uma recomendação suficiente para o marido dela.

– Mas a senhora John Dashwood não aprovaria muito a entrada de Edward na Igreja.

– Então suspeito que minha participação não ajudaria muito.

Elas ficaram novamente em silêncio por vários minutos. Finalmente, Lucy exclamou com um profundo suspiro:

– Acredito que o mais sábio seria pôr fim ao assunto de uma vez, dissolvendo o compromisso. Parecemos tão assolados por dificuldades de todos os lados que, embora possamos sofrer por um tempo, talvez fiquemos mais felizes no final. Mas não vai me dar seu conselho, senhorita Dashwood?

– Não – respondeu Elinor, com um sorriso que dissimulava sentimentos muito agitados –, sobre tal assunto, certamente não vou. Você sabe muito bem que minha opinião não teria peso com você, a menos que estivesse de acordo com seus desejos.

– Na verdade, está sendo injusta – respondeu Lucy, com grande solenidade. – Não conheço ninguém cuja opinião eu respeite tanto quanto a sua, e acredito realmente que se você me dissesse: "Eu a aconselho, sem dúvida, a terminar seu compromisso com Edward Ferrars, será melhor para a felicidade dos dois", eu faria isso imediatamente.

Elinor corou pela falta de sinceridade da futura esposa de Edward e, então, respondeu:

– Este elogio me daria medo de manifestar qualquer opinião sobre o assunto, caso eu tivesse formado alguma. Ele valoriza demais a minha influência. O poder de separar duas pessoas tão ternamente ligadas é demais para uma pessoa alheia à situação.

– Justamente porque você é uma pessoa alheia à situação – disse Lucy, com algum ressentimento, e colocando ênfase especial nessas palavras – que seu julgamento poderia ter tanto peso para mim. Se você pudesse ser tendenciosa em qualquer aspecto por seus próprios sentimentos, sua opinião não teria valor.

Elinor achou mais sensato não responder, para não provocar um aumento inadequado da liberdade e da falta de reserva, e estava até mesmo parcialmente determinada a nunca mais tocar no assunto. Outra pausa de muitos minutos de duração veio depois dessa fala e Lucy foi de novo a primeira a quebrá-lo.

– Você estará na cidade neste inverno, senhorita Dashwood? – perguntou ela com toda a amabilidade habitual.

– Com certeza, não.

– Que pena – respondeu a outra, enquanto seus olhos se iluminavam com a informação –, teria me dado tanto prazer encontrá-la lá! Mas ouso dizer que você acabará indo. Certamente seu irmão e sua cunhada virão convidá-la para uma visita, caso façam a viagem.

– Eu não poderia aceitar o convite, caso eles o fizessem.

– Que pena! Eu tinha muita esperança de encontrá-la lá. Anne e eu devemos ir no final de janeiro visitar alguns conhecidos que pedem nossa presença há vários anos! Mas vou apenas para ver Edward. Ele estará lá em fevereiro, do contrário Londres não teria nenhum encanto para mim. Não tenho ânimo para isso.

Elinor logo foi chamada para a mesa de cartas após a conclusão da primeira partida, e a conversa confidencial das duas damas chegou ao fim, o qual ambas aceitaram sem nenhuma relutância, pois nada fora dito por nenhum dos lados que as fizesse gostar menos uma da outra do que antes. Elinor sentou-se à mesa de cartas com a melancólica convicção de que Edward não só não tinha afeição pela pessoa que seria sua esposa, como nem sequer tinha a chance de ser razoavelmente feliz no casamento, algo que o afeto sincero do lado dela teria dado, pois só um interesse egoísta poderia induzir uma mulher a manter um homem em um compromisso do qual ela parecia tão consciente que ele já se cansara.

Desse dia em diante, o assunto nunca foi revivido por Elinor e, quando era mencionado por Lucy, que raramente perdia a oportunidade de fazê-lo e tinha o cuidado particular de informar sua confidente sobre sua felicidade sempre que recebia uma carta de Edward, ele era tratado pela primeira com calma e cautela e desconsiderado assim que a educação permitia, pois Elinor sentia que tais conversas eram uma indulgência que Lucy não merecia, além de perigosas para si mesma.

A visita das senhoritas Steele a Barton Park se estendeu muito além do que o convite inicial implicava. O afeto que a família sentia por elas foi aumentando, não podiam deixar que fossem embora. *Sir* John nem queria ouvir falar da partida delas e, apesar de seus numerosos compromissos em Exeter, agendados há tempos, apesar da necessidade absoluta de retornar para cumpri-los imediatamente, a qual se tornava imperativa no final de cada semana, elas foram convencidas a permanecer quase dois meses em Barton e a ajudar na celebração daquele festival que exige uma parcela mais do que comum de bailes e grandes jantares para proclamar sua importância.

## Capítulo 25

Embora a senhora Jennings tivesse o hábito de passar uma grande parte do ano nas casas dos filhos e de amigos, ela possuía residência própria. Desde a morte do marido, que fora comerciante bem-sucedido em uma parte menos elegante da cidade, passava todos os invernos em sua residência em uma das ruas perto de Portman Square. Ela começou a pensar nessa casa com a aproximação de janeiro e um dia, abruptamente e sem que ninguém esperasse, convidou as senhoritas Dashwood mais velhas para acompanhá-la. Elinor, sem notar a mudança no rosto da irmã e o olhar animado que não demonstrava indiferença ao plano, imediatamente recusou de forma absoluta, porém grata em nome das duas, pois imaginava estar representando a opinião de ambas. O motivo alegado era a resolução decidida de não deixar a mãe sozinha naquela época do ano. A senhora Jennings recebeu a recusa com alguma surpresa e repetiu o convite.

– Ó, Senhor! Tenho certeza de que sua mãe pode ficar muito bem sem vocês, e imploro que me façam companhia, pois já estou decidida. Não imaginem que serão algum inconveniente para mim, pois não me atrapalharão nem um pouco. Só teremos que mandar Betty pela diligência, e acho que posso pagar isso. Nós três poderemos muito bem ir na minha carruagem e, quando estivermos na cidade, se não quiserem ir onde eu for, tudo bem, sempre poderão ir com uma das minhas filhas. Estou certa de que sua mãe não se oporá a isso, pois tive tanta sorte ao casar minhas próprias filhas que ela vai me achar uma pessoa muito apta para cuidar de vocês, e se não conseguir que pelo menos uma de vocês se case bem antes de seu retorno, não será minha culpa. Vou falar bem de vocês para todos os jovens, podem ter certeza disso.

– Imagino – disse *sir* John – que a senhorita Marianne não se oporia a tal esquema, se sua irmã mais velha concordasse. É muito duro que não possa se divertir um pouco, só porque a senhorita Dashwood não deseja. Portanto, aconselho que vocês duas partam para a cidade, quando estiverem cansadas de Barton, sem dizer uma palavra à senhorita Dashwood.

– Não! – exclamou a senhora Jennings. – Tenho certeza de que ficaria muito alegre com a companhia da senhorita Marianne, com ou sem a senhorita Dashwood, mas ficaria ainda mais feliz e acho que seria mais confortável para elas estarem juntas, pois, caso fiquem cansadas de mim, poderão conversar uma com a outra e rir dos meus velhos hábitos pelas minhas costas. Mas preciso de uma ou outra comigo, se não as duas. Deus me abençoe! Como acha que posso viver sozinha, eu que sempre estive acostumada, até este inverno, a ter Charlotte comigo. Vamos, senhorita Marianne, aceite o convite, e se a senhorita Dashwood mudar de ideia depois de um tempo, melhor ainda.

– Agradeço, senhora, agradeço sinceramente – disse Marianne, calorosa. – Seu convite garantiu minha gratidão para sempre, e me daria tanta felicidade, sim, quase a maior felicidade que sou capaz de sentir, se pudesse aceitá-lo. Mas minha mãe, minha querida e bondosa mãe, sinto a justiça do que Elinor falou, e se ela ficasse menos feliz, menos confortável com nossa ausência... Ah! Não, nada deve me tentar a deixá-la. Não deveria, não pode ser uma dificuldade.

A senhora Jennings voltou a afirmar que a senhora Dashwood ficaria perfeitamente bem, e Elinor, que agora entendia a irmã e via como ela era indiferente a quase todo o resto quando tomada pela ansiedade de estar novamente com Willoughby, não se opôs mais diretamente ao plano e simplesmente disse que a decisão caberia à mãe, sabendo, no entanto, que dificilmente receberia qualquer apoio em seu esforço para evitar uma visita que não achava conveniente para Marianne e que, para seu próprio bem, tinha motivos particulares para evitar. Tudo que quisesse Marianne, sua mãe estaria ansiosa para aceitar – ela não podia esperar influenciar cautela na irmã em um caso no qual ela nunca tinha sido capaz de lhe inspirar desconfiança. E não ousava explicar o motivo da sua própria falta de vontade de ir a Londres. Que Marianne, melindrosa como era, conhecendo os costumes da senhora Jennings e invariavelmente indignada com eles, ignorasse todas essas inconveniências, desconsiderasse tudo que ferisse mais intensamente seus sentimentos irritáveis, apenas para atingir tal objetivo, era uma prova muito forte e completa da importância de tal objetivo para ela, que Elinor, apesar de tudo o que tinha ocorrido, não estava preparada para testemunhar.

Ao ser informada do convite, a senhora Dashwood, convencida de que a viagem seria produtiva e muito divertida para as duas filhas, e percebendo, por trás da atenção afetuosa demonstrada a ela, o quanto o coração de Marianne queria aquilo, não iria aceitar a recusa da oferta por causa dela. Ela insistiu para que as duas aceitassem imediatamente e então começou a prever, com a alegria habitual, as várias vantagens que todas teriam com essa separação.

– Estou muito satisfeita com o plano – ela exclamou. – É exatamente o que eu poderia desejar. Margaret e eu seremos tão beneficiadas por ele quanto vocês. Quando vocês e os Middleton partirem, continuaremos muito silenciosas e felizes em companhia de nossos livros e nossa música! Vocês encontrarão Margaret tão crescida quando voltarem! Também tenho um pequeno plano de alteração para o quarto de vocês que agora poderá ser realizado sem nenhum inconveniente para ninguém. É certo que vocês devem ir para a cidade, toda jovem mulher de sua condição deveria estar familiarizada com as maneiras e diversões de Londres. Vocês estarão sob o cuidado de uma mulher boa e maternal, de cuja bondade em relação a vocês não posso duvidar. Com toda a probabilidade, verão seu irmão, e sejam quais forem os defeitos dele, ou de sua esposa, quando considero o filho de quem é, não posso suportar ter vocês tão afastadas dele.

– Apesar de, com sua ansiedade habitual por nossa felicidade – disse Elinor –, a senhora ter evitado todos os impedimentos que lhe ocorreram à continuidade desse plano, ainda há uma objeção que, na minha opinião, não pode ser tão facilmente vencida.

O rosto de Marianne se fechou.

– E o que – disse a senhora Dashwood – a minha querida e prudente Elinor vai sugerir? Que obstáculo formidável vai apresentar agora? Deixe-me ouvir uma palavra sobre isso.

– Minha objeção é esta: embora eu tenha em alto conceito as intenções da senhora Jennings, ela não é uma mulher cuja companhia pode nos oferecer prazer ou cuja proteção ajudará nossa posição.

– Isso é muito verdadeiro – respondeu a mãe –, mas vocês quase nunca estarão sozinhas com ela sem outras pessoas presentes e quase sempre aparecerão em público com lady Middleton.

– Se Elinor está com medo por não gostar da senhora Jennings – disse Marianne –, pelo menos não precisa impedir que eu aceite o convite. Não tenho tantos escrúpulos e estou segura de que poderia suportar todas as coisas desagradáveis desse tipo com pouco esforço.

Elinor não pôde evitar sorrir com essa mostra de indiferença em relação aos costumes de uma pessoa com quem ela muitas vezes tivera dificuldade em convencer Marianne a se comportar com uma cortesia tolerável. Elinor resolveu que, se a irmã insistisse em ir, ela também iria, pois não achava apropriado que Marianne fosse deixada sob a orientação do próprio julgamento ou que a senhora Jennings fosse abandonada à mercê de Marianne durante as horas domésticas. Ela aceitou mais facilmente essa determinação, lembrando que Edward Ferrars, pelo que Lucy falara, não deveria estar na cidade antes de fevereiro, e que a visita delas, sem nenhuma interrupção pouco razoável, estaria concluída antes disso.

– Vou mandar vocês duas para lá – disse a senhora Dashwood – essas objeções são absurdas. Vão se divertir muito em Londres, especialmente juntas. E se Elinor se permitir prever algum divertimento, verá como a cidade pode oferecer muitas fontes para isso. Inclusive, poderia esperar uma melhora na aproximação com a família de sua cunhada.

Elinor sempre desejara uma oportunidade de tentar enfraquecer a certeza da mãe em relação ao compromisso entre Edward e ela, assim o choque poderia ser menor quando toda a verdade fosse revelada. Mas agora, diante daquele ataque, apesar de quase sem esperança de sucesso, ela se forçou a começar essa tarefa, dizendo com a máxima calma que podia:

– Gosto muito de Edward Ferrars e sempre me alegrarei em vê-lo, mas quanto ao resto da família, é totalmente indiferente para mim se eu chegar a conhecê-la ou não.

A senhora Dashwood sorriu e não disse nada. Marianne levantou os olhos com espanto e Elinor pensou que poderia ter ficado calada.

Depois de uma pequena discussão, finalmente chegaram à conclusão de que o convite deveria ser aceito. A senhora Jennings recebeu a notícia com muita alegria e muitas garantias de generosidade e cuidado. E não foi a única a ficar feliz. *Sir* John ficou encantado, pois para um homem cuja ansiedade predominante era o medo de ficar sozinho, acrescentar duas pessoas ao número de moradores de Londres era algo significativo. Mesmo lady Middleton se deu ao trabalho de ficar encantada, o que era se desviar muito de seus modos habituais. Quanto às senhoritas Steele, especialmente Lucy, nunca tinham sentido tanta felicidade na vida como no momento em que ouviram a notícia.

Elinor submeteu-se à combinação que ia contra seus desejos com menos relutância do que esperara sentir. Quanto a ela, ir ou não para a cidade era uma questão que não importava mais, e quando viu a mãe tão satisfeita com o plano, e a irmã com o olhar, a voz e as maneiras extasiadas, sua animação habitual restaurada e elevada além de sua felicidade de sempre, não podia ficar insatisfeita com tudo aquilo, e dificilmente se permitira desconfiar das consequências.

A alegria de Marianne estava quase um grau acima da felicidade, tão grandes eram sua agitação e impaciência por partir. Sua falta de vontade de abandonar a mãe era a única coisa que lhe restaurava a calma e, no momento de partir, seu sofrimento foi excessivo. A tristeza da mãe não era menor, e Elinor era a única das três que parecia considerar a separação como algo que não duraria para sempre.

A partida aconteceu na primeira semana de janeiro. Os Middleton seguiriam cerca de uma semana depois. As senhoritas Steele continuaram em Barton Park e só partiriam com o resto da família.

## Capítulo 26

Elinor não conseguia se ver na carruagem com a senhora Jennings, começando uma viagem a Londres sob sua proteção, e como sua convidada, sem pensar em sua própria situação. Conhecia há tão pouco tempo essa senhora, eram tão diferentes em idade e temperamento, e tantas tinham sido suas objeções contra tal viagem apenas alguns dias antes! Mas todas essas objeções, com aquele feliz ardor da juventude que Marianne e sua mãe compartilhavam igualmente, tinham sido superadas ou negligenciadas, e Elinor, apesar de toda dúvida ocasional sobre a constância de Willoughby, não podia testemunhar o arrebatamento de expectativas deliciosas que enchiam a alma e faziam os olhos de Marianne cintilarem, sem que sentisse como sua própria perspectiva era vazia, como seu estado de espírito era infeliz em comparação e como gostaria de estar na mesma situação de Marianne tendo o mesmo objetivo animador em vista, a mesma possibilidade de esperança. Em pouco tempo, muito pouco tempo, no entanto, deveriam conhecer quais eram as intenções de Willoughby, pois era provável que ele já estivesse na cidade. A ansiedade de Marianne por partir mostrava sua intenção de encontrá-lo lá, e Elinor estava decidida não somente a descobrir qualquer novidade quanto ao seu caráter por meio da própria observação ou de informações que outras pessoas poderiam fornecer, mas também a observar com muita atenção o comportamento dele em relação à irmã, para determinar quem ele era e quais eram suas intenções, antes que se encontrassem muitas vezes. Se o resultado de suas observações fosse desfavorável, ela estava determinada, de qualquer maneira, a abrir os olhos da irmã. Caso contrário, seus esforços seriam de uma natureza diferente, ela deveria então aprender a evitar toda comparação egoísta e banir todos os arrependimentos que pudessem diminuir sua satisfação com a felicidade de Marianne.

Foram três dias de viagem e o comportamento de Marianne durante todo o caminho foi uma amostra feliz da futura complacência e companheirismo que se poderia esperar em relação à senhora Jennings. Ela ficou em silêncio quase todo o caminho, envolvida nas próprias meditações, e quase nunca falava voluntariamente, exceto quando algum objeto de beleza pitoresca surgia em sua visão, arrancando dela uma exclamação de deleite dirigida exclusivamente à irmã. Para corrigir essa conduta, portanto, Elinor assumiu imediatamente o posto de companhia agradável

## Razão e sensibilidade

ao qual se atribuíra, dedicando muita atenção à senhora Jennings, conversando e rindo com ela e escutando-a sempre que possível. E a senhora Jennings, por sua parte, tratou-as com todas as gentilezas possíveis, foi solícita em todas as ocasiões, visando à tranquilidade e ao prazer das irmãs, e só ficou perturbada que não pudesse fazê-las escolher o próprio jantar na pousada nem arrancar uma confissão do que preferiam: salmão ou bacalhau, frango cozido ou costeletas de vitela. Chegaram à cidade às três horas do terceiro dia, felizes por estarem livres, depois de tão longa viagem, do confinamento de uma carruagem e prontas para desfrutar todo o luxo de uma boa lareira.

A casa era bonita e com lindos móveis, e as jovens foram imediatamente levadas a um quarto muito confortável. Anteriormente, fora de Charlotte, e sobre a lareira ainda havia um quadro com uma paisagem colorida que ela pintara em seda, provando que ter passado sete anos em uma ótima escola na cidade surtira algum efeito.

Como o jantar só estaria pronto duas horas depois da chegada, Elinor decidiu empregar o intervalo escrevendo para a mãe e sentou-se para esse propósito. Pouco depois, Marianne fez o mesmo.

– Estou escrevendo para casa, Marianne – disse Elinor. – Não seria melhor adiar sua carta por um ou dois dias?

– Eu não vou escrever para mamãe – respondeu Marianne apressadamente, como se desejasse evitar mais perguntas. Elinor não disse mais nada. Soube imediatamente que deveria estar escrevendo para Willoughby, e a conclusão que se seguiu de imediato foi que, por mais misteriosamente que pudessem desejar conduzir o caso, deveriam estar noivos. Essa convicção, embora não inteiramente satisfatória, deu-lhe prazer, e ela continuou a carta com maior entusiasmo. Marianne terminou em poucos minutos. Não era mais do que um bilhete. Ela então o dobrou, selou e escreveu o endereço com uma rapidez ansiosa. Elinor achou que distinguira um grande W no endereço. Assim que terminou, Marianne, tocando a sineta, pediu ao criado que levasse a carta ao correio. Isso resolveu o assunto de imediato.

O humor de Marianne permanecia animado, mas uma oscilação nele impediu-a de proporcionar muito prazer à irmã, e essa agitação aumentou à medida que a noite se aproximava. Ela quase não conseguiu jantar e, mais tarde, quando voltaram para a sala de estar, parecia ouvir ansiosa o som de todas as carruagens.

Foi uma grande satisfação para Elinor que a senhora Jennings, tendo ficado no próprio quarto, pudesse ver pouco do que estava se passando. O chá foi servido, e Marianne já ficara decepcionada mais de uma vez com uma batida em uma porta vizinha quando, de repente, ouviram um barulho alto que não podia ser confundido como vindo de outra casa. Elinor sentiu-se segura de que era o anúncio da chegada de Willoughby, e Marianne, levantando-se, correu para a porta. Tudo estava em silêncio. Ela não aguentaria por muitos segundos. Abriu a porta, avançou alguns passos em direção às escadas e, depois de ouvir por meio minuto, voltou para a sala com toda a agitação que a convicção de tê-lo ouvido produziria naturalmente. No êxtase de seus sentimentos naquele instante, ela não pôde deixar de exclamar:

– Oh, Elinor, é realmente o Willoughby! – e parecia quase pronta para se atirar nos braços dele, quando o coronel Brandon apareceu.

Foi um choque muito grande para manter a calma, e ela saiu da sala imediatamente. Elinor também ficou decepcionada, mas, ao mesmo tempo, seu respeito pelo coronel Brandon garantiu que o recebesse; e sentiu-se particularmente triste ao ver que um homem que gostava tanto de sua irmã percebesse que ela sentia apenas tristeza e decepção ao vê-lo. Ela reparou instantaneamente que ele notara tudo isso, que até observara Marianne quando esta saiu da sala, com tanto espanto e preocupação que quase não se lembrou do que a civilidade exigia em relação a Elinor.

– Sua irmã está doente? – ele perguntou.

Elinor respondeu com alguma angústia que estava e depois falou de dores de cabeça, desânimo e cansaço, e de tudo que pudesse explicar decentemente o comportamento da irmã.

Ele ouviu-a com uma atenção sincera, mas pareceu se recompor, não tocou mais no assunto e começou a falar de seu prazer em vê-las em Londres, fazendo as perguntas habituais sobre a viagem e os amigos que tinham deixado para trás.

Dessa forma calma, com muito pouco interesse dos dois lados, os dois continuaram a conversar, ambos desanimados, com seus pensamentos voltados para outras coisas. Elinor desejava muito perguntar se Willoughby estava na cidade, mas tinha medo de magoá-lo por fazer perguntas sobre seu rival e, finalmente, para dizer algo, perguntou se ele estivera em Londres desde quando o vira pela última vez.

– Estive – ele respondeu, com um certo constrangimento – quase o tempo todo desde então; fui uma ou duas vezes a Delaford por alguns dias, mas nunca consegui voltar a Barton.

## Razão e sensibilidade

Isso e o modo como foi dito fizeram-na lembrar imediatamente todas as circunstâncias da partida dele daquele local, com a inquietação e as suspeitas que tinham despertado na senhora Jennings, e ela temia que seu questionamento sugerisse muito mais curiosidade sobre o assunto do que jamais sentira.

A senhora Jennings logo entrou.

– Ó! Coronel – disse ela, com sua alegria barulhenta habitual –, estou imensamente feliz em vê-lo. Desculpe, não pude vir antes, me perdoe, mas fui forçada a resolver alguns assuntos, pois faz tempo desde que estive em casa e o senhor sabe que sempre há um mundo de pequenas coisas a fazer depois que ficamos ausentes por algum tempo; portanto, estava com Cartwright resolvendo tudo. Deus, estive ocupada como uma abelha desde o jantar! Mas, coronel, como soube que eu estaria na cidade hoje?

– Tive o prazer de saber na casa do senhor Palmer, onde jantei.

–Ah, é mesmo. Bem, e como estão todos lá? Como está Charlotte? Garanto que ela deve estar ótima.

– A senhora Palmer parece bastante bem e fui encarregado de avisar que a senhora certamente a verá amanhã.

– Sim, com certeza, pensei nisso. Bem, coronel, trouxe duas jovens comigo, como pode ver. Quero dizer, o senhor vê apenas uma delas agora, mas há outra em algum lugar. Sua amiga, a senhorita Marianne, o senhor deve ficar feliz em saber. Não sei como o senhor e o senhor Willoughby resolverão a situação com ela. Sim, é uma coisa boa ser jovem e bonita. Bem! Já fui jovem uma vez, mas nunca fui muito bonita, que azar o meu. No entanto, consegui um marido muito bom e não acho que uma grande beleza pode fazer mais do que isso. Ah! Pobre homem! Está morto há mais de oito anos. Mas, coronel, onde o senhor esteve desde que nos separamos? E como andam seus negócios? Vamos, não devemos ter segredos entre amigos.

Ele respondeu às perguntas dela com a calma de sempre, porém sem satisfazê-la em nenhuma. Elinor começou a preparar o chá e Marianne foi obrigada a reaparecer.

Após sua entrada, o coronel Brandon ficou mais pensativo e silencioso do que antes, e a senhora Jennings não conseguiu o convencer a ficar mais. Nenhum outro visitante apareceu naquela noite, e as damas concordaram em ir cedo para a cama.

Marianne levantou-se na manhã seguinte com o ânimo recuperado e uma aparência feliz. A decepção da noite anterior parecia esquecida na expectativa do que aconteceria naquele dia. Mal tinham terminado o café da manhã quando a carruagem da senhora Palmer parou na porta e, em poucos minutos, ela entrou rindo na sala. Estava tão encantada em vê-las que era difícil dizer se estava mais feliz por encontrar a mãe ou as senhoritas Dashwood novamente. Ela ficara tão surpresa por terem vindo para a cidade, embora fosse o que esperara o tempo todo, e tão brava por terem aceitado o convite de sua mãe depois de recusar o dela, apesar de que, ao mesmo tempo, nunca teria perdoado as duas se não tivessem vindo!

– O senhor Palmer ficará tão feliz em vê-las – disse ela. – O que acham que ele disse quando ouviu falar da chegada de vocês com a mamãe? Esqueci o que foi agora, mas foi tão divertido!

Depois de uma ou duas horas passadas no que a mãe chamava de conversa confortável, ou em outras palavras, em toda a variedade de perguntas sobre todos os conhecidos do lado da senhora Jennings, com gargalhadas sem motivo da senhora Palmer, foi proposto por esta que todas deveriam acompanhá-la em algumas lojas às quais precisava ir naquela manhã, ao que a senhora Jennings e Elinor concordaram prontamente, pois também tinham algumas compras para fazer, e Marianne, embora se recusando no início, acabou convencida a ir.

Onde quer que fossem, Marianne estava evidentemente sempre procurando algo. Especialmente na Rua Bond, onde se encontrava a maior parte das lojas, seus olhos estavam em uma busca constante, e em todas as lojas que o grupo entrava, sua mente permanecia distraída de tudo que estava na frente delas, de tudo que interessava e ocupava as outras. Inquieta e insatisfeita em todos os lugares, Elinor nunca conseguia obter a opinião da irmã sobre qualquer artigo de compra, por mais que pudesse ser de interesse para as duas. Ela não estava interessada em nada. Só estava impaciente para voltar para casa e conseguia, com dificuldade, controlar sua irritação diante do tédio causado pela senhora Palmer, cujo olho era atraído por tudo que era bonito, caro ou novo, queria comprar tudo e não conseguia se decidir por nada, perdendo tempo entre a empolgação e a indecisão.

Já era o fim da manhã quando voltaram para casa, e assim que entraram Marianne subiu as escadas correndo, ansiosa. Quando Elinor a seguiu, encontrou-a afastando-se da mesa com um semblante doloroso, que mostrava que Willoughby não estivera ali.

– Não chegou nenhuma carta aqui para mim desde que saímos? – ela perguntou ao criado que entrava com os pacotes. A resposta foi negativa.

– Tem certeza? – ela insistiu. – Tem certeza de que nenhum criado, nenhum portador deixou nenhuma carta ou bilhete?

O homem respondeu que nada fora entregue.

– Que estranho! – disse ela, com uma voz baixa e decepcionada, ao se virar para a janela.

"Que estranho, realmente!" – repetiu Elinor para si mesma, vendo a irmã inquieta. "Se ela não soubesse que ele estava na cidade, não teria escrito para ele, como fez; teria escrito para Combe Magna; e se ele estiver na cidade, que estranho que não tenha respondido nem passado por aqui! Ah! Minha querida mãe, você deve estar errada ao permitir que um noivado entre uma filha tão jovem e um homem tão pouco conhecido tenha acontecido de forma tão duvidosa e misteriosa! Desejo indagar, mas como a minha interferência será vista?"

Ela determinou, depois de alguma consideração, que se a situação continuasse tão desagradável quanto agora por muitos dias, ela tentaria convencer a mãe, nos termos mais fortes possíveis, sobre a necessidade de alguma investigação séria sobre o assunto.

A senhora Palmer e duas senhoras idosas íntimas da senhora Jennings, que ela encontrara e convidara pela manhã, comeram com elas. A senhora Palmer deixou-as logo após o chá para atender seus compromissos da tarde e Elinor foi obrigada a jogar uíste com as outras. Marianne era inútil nessas ocasiões, pois nunca aprendera a jogar, mas, embora tivesse o tempo livre, a noite não foi mais agradável para ela do que para Elinor, pois foi gasta com toda a ansiedade da expectativa e a dor da decepção. Às vezes, tentava ler por alguns minutos, mas o livro logo era deixado de lado, e ela voltava à atividade mais interessante de caminhar de um lado para o outro pela sala, parando por um momento sempre que chegava perto da janela, na esperança de ouvir a tão esperada batida na porta.

## Capítulo 27

– Se esse tempo bom continuar – disse a senhora Jennings, quando se encontraram no café da manhã seguinte –, *sir* John não vai querer deixar Barton na semana que vem; é triste para os esportistas perderem um dia de prazer. Pobres coitados! Sempre tenho pena deles quando isso acontece, eles parecem levar essa perda muito a sério.

– Isso é verdade – exclamou Marianne, com uma voz alegre, caminhando até a janela para examinar o dia. – Não tinha pensado nisso. Esse clima manterá muitos esportistas no campo.

Foi uma lembrança afortunada, a qual restaurou todo seu bom humor.

– É um clima encantador para *eles*, de fato – continuou, enquanto se sentava à mesa do café com um rosto feliz. – Devem apreciar muito! Mas – com um pequeno retorno da ansiedade – não se pode esperar que dure muito tempo. Nesta época do ano e depois de uma série de dias chuvosos, certamente este clima não durará muito tempo. As geadas chegarão em breve e, com toda a probabilidade, serão severas. Mais um ou dois dias, talvez. Essa temperatura branda dificilmente poderá durar mais e talvez faça muito frio nesta noite!

– De qualquer modo – disse Elinor, desejando evitar que a senhora Jennings visse os pensamentos da irmã de maneira tão clara quanto ela –, ouso dizer que teremos *sir* John e lady Middleton na cidade até o final da semana que vem.

– Sim, minha querida, garanto que teremos. Mary sempre consegue o que quer.

"E agora" – Elinor conjecturou silenciosamente – "ela vai escrever para Combe Magna no correio de hoje".

Mas se Marianne fez isso, a carta foi escrita e enviada com uma discrição que evitou toda sua vigilância para ter certeza do fato. Seja qual fosse a verdade e por mais que Elinor não se sentisse plenamente satisfeita com isso, ao ver Marianne mais contente, não conseguia se sentir muito desconfortável. E Marianne estava contente. Feliz com o bom tempo e ainda mais feliz na expectativa de uma geada.

A manhã foi passada principalmente deixando cartões nas casas dos conhecidos da senhora Jennings para informá-los de que ela estava na cidade. E Marianne estava sempre ocupada observando a direção do vento, as variações do céu e imaginando uma alteração no ar.

– Não acha que está mais frio do que de manhã, Elinor? Parece-me que há uma diferença muito marcante. Quase não consigo esquentar minhas mãos, nem com meu regalo de peles. Não estava assim ontem, eu acho. As nuvens também parecem estar se abrindo, o sol sairá daqui a pouco e teremos uma tarde clara.

Elinor alternava entre o divertimento e a tristeza. Mas Marianne perseverava e via todas as noites, no brilho do fogo da lareira, e todas as manhãs, na aparência da atmosfera, os sintomas certos de que uma geada se aproximava.

As senhoritas Dashwood não tinham grandes motivos para estar insatisfeitas com o estilo de vida da senhora Jennings e seu grupo de conhecidos, nem com o comportamento dela em relação às duas, que era invariavelmente gentil. Tudo em seus arranjos domésticos era conduzido no plano mais liberal e, exceto alguns velhos amigos da cidade, que, para desgosto de lady Middleton, ela nunca abandonara, a senhora Jennings não visitou ninguém a quem uma apresentação pudesse desagradar suas jovens companhias. Feliz em se encontrar mais confortavelmente situada do que esperava neste ponto em particular, Elinor estava muito disposta a aceitar a falta de prazer real das festas noturnas, as quais, fossem em casa ou fora, consistiam apenas de jogos de cartas, o que a divertia pouco.

O coronel Brandon, que tinha um convite permanente para a casa, estava com elas quase todos os dias. Ele vinha para ver Marianne e conversar com Elinor, que muitas vezes sentia mais satisfação conversando com ele do que em qualquer outra atividade diária, mas que via ao mesmo tempo com muita preocupação que o interesse dele pela irmã continuava. Ela temia que estivesse crescendo. Ficava aflita ao ver a seriedade com que ele olhava para Marianne e sua tristeza estava pior do que quando estava em Barton.

Cerca de uma semana após a chegada delas, ficou claro que Willoughby também chegara. Seu cartão estava na mesa quando elas voltaram do passeio matinal.

– Bom Deus! – exclamou Marianne. – Ele passou por aqui enquanto estávamos fora.

Elinor, feliz por ter certeza da presença dele em Londres, arriscou-se agora a dizer:

– Pode ter certeza de que ele voltará amanhã.

Mas Marianne quase não a ouviu e, com a entrada da senhora Jennings, escapou com o cartão precioso.

Esse evento, apesar de deixar Elinor mais animada, restaurou em sua irmã, ainda mais do que antes, a antiga agitação. A partir daquele momento, sua mente nunca ficava quieta. A expectativa de vê-lo a cada hora do dia incapacitou-a de realizar qualquer outra atividade. Ela insistiu em ficar para trás, na manhã seguinte, quando as outras saíram.

Os pensamentos de Elinor estavam tomados pelo que poderia estar se passando na Rua Berkeley durante sua ausência, mas um olhar para a irmã quando voltou bastou para informá-la que Willoughby não fizera uma segunda visita. Um bilhete foi trazido e colocado sobre a mesa.

– Para mim! – gritou Marianne, avançando apressadamente.
– Não, senhorita, para a madame.
Mas Marianne, não convencida, pegou-o rapidamente.
– É mesmo para a senhora Jennings. Que irritante!
– Você está esperando uma carta, então? – perguntou Elinor, incapaz de ficar quieta.
– Sim, um pouco... não muito.
Após uma pequena pausa.
– Você não tem confiança em mim, Marianne.
– Não, Elinor, essa censura, vinda de você... Você que não confia em ninguém!
– Eu! – respondeu Elinor, um pouco confusa – Realmente, Marianne, não tenho nada para falar.
– Nem eu – respondeu Marianne com energia. – Nossas situações são semelhantes. Não temos nada para contar uma para a outra. Você, porque não se comunica, e eu porque não escondo nada.

Elinor, angustiada pelo segredo que carregava e que não tinha liberdade para contar, não sabia como, em tais circunstâncias, pressionar para conseguir maior franqueza de Marianne.

A senhora Jennings logo apareceu e, ao receber o bilhete, leu-o em voz alta. Era de lady Middleton, anunciando sua chegada na Rua Conduit na noite anterior e solicitando a companhia da mãe e das primas na noite seguinte. Alguns negócios da parte de *sir* John e um forte resfriado dela impediram que fossem à Rua Berkeley. O convite foi aceito, mas conforme a hora da visita se aproximava, apesar da civilidade com a senhora Jennings exigir que a acompanhassem, Elinor teve alguma dificuldade em convencer a irmã a ir, pois ela ainda não vira Willoughby, portanto não estava disposta a sair para se divertir e correr o risco de que ele voltasse em sua ausência.

Elinor descobriu, quando a noite terminou, que a disposição de uma pessoa não é alterada por uma mudança de residência, pois, embora mal acabara de chegar na cidade, *sir* John tivera a ideia de reunir ao seu redor cerca de 20 jovens e de organizar um baile para diverti-los. Era algo, no entanto, que lady Middleton não aprovava. No campo, um baile improvisado era permitido, mas em Londres, onde a reputação de elegância era mais importante e conseguida com menos facilidade, era arriscado demais, para a gratificação de algumas poucas moças, que lady Middleton desse um pequeno baile de oito ou nove pares, com dois violinos e uma pequena mesa com bufê.

O senhor e a senhora Palmer estavam na festa. Do primeiro, a quem não viam desde sua chegada à cidade, pois ele teve o cuidado de evitar demonstrar qualquer atenção à sogra e, portanto, nunca se aproximou dela, elas não receberam nenhuma mostra de reconhecimento ao entrarem. Ele olhou para elas um pouco, sem parecer saber quem eram, e simplesmente assentiu para a senhora Jennings do outro lado da sala. Marianne olhou ao redor do salão quando entrou: foi suficiente, pois ele não estava lá e sentou-se, igualmente indisposta para receber ou dar atenção a qualquer pessoa. Depois de estarem reunidos por cerca de uma hora, o senhor Palmer dirigiu-se para as senhoritas Dashwood para manifestar sua surpresa ao vê-las na cidade, embora o coronel Brandon tivesse sido informado pela primeira vez da chegada delas quando estava na casa dele, e ele mesmo dissera algo muito divertido quando soube que elas compareceriam.

– Pensei que as senhoritas estavam em Devonshire – disse ele.

– É mesmo? – respondeu Elinor.

– Quando vão voltar?

– Não sei – e assim terminou a conversa.

Nunca Marianne esteve tão indisposta a dançar na vida como naquela noite, e nunca se sentiu tão cansada pelo exercício. Ela se queixou quando voltaram para a Rua Berkeley.

– Sim, sim – disse a senhora Jennings –, nós sabemos o motivo de tudo isso muito bem. Se uma certa pessoa cujo nome não deve ser mencionado estivesse lá, você não estaria nem um pouco cansada. E para dizer a verdade, não foi muito elegante por parte dele não ter aparecido mesmo tendo sido convidado.

– Convidado! – exclamou Marianne.

– Foi o que minha filha Middleton me disse, pois parece que *sir* John o encontrou na rua nessa manhã.

Marianne não disse mais nada, mas parecia extremamente magoada. Impaciente por fazer algo que poderia aliviar sua irmã, Elinor resolveu escrever na manhã seguinte para a mãe na esperança de despertar seus medos pela saúde de Marianne, para obter as respostas há tanto tempo adiadas, e ficou ainda mais determinada a tomar tal medida ao perceber, depois do café da manhã no dia seguinte, que Marianne estava novamente escrevendo para Willoughby, pois não podia imaginar que fosse para qualquer outra pessoa.

Em torno do meio-dia, a senhora Jennings saiu sozinha para resolver alguns negócios e Elinor começou sua carta imediatamente, enquanto

Marianne, inquieta demais para fazer qualquer coisa, ansiosa demais para poder conversar, andava de uma janela para a outra ou se sentava perto da lareira em uma meditação melancólica. Elinor foi muito sincera na explicação para a mãe, relatando tudo que tinha se passado, suas suspeitas da inconstância de Willoughby, apelando ao dever e ao carinho maternal para que exigisse de Marianne um esclarecimento de sua situação real em relação a ele.

Ela mal terminara a carta quando uma batida na porta trouxe um visitante, e o coronel Brandon foi anunciado. Marianne, que o vira da janela e não queria nenhum tipo de companhia, deixou a sala antes que ele entrasse. O coronel parecia mais sério do que o normal, e embora expressasse satisfação por encontrar a senhorita Dashwood sozinha, como se tivesse algo especial para lhe contar, sentou-se por algum tempo sem dizer uma palavra. Elinor, convencida de que ele tinha algo para contar que envolvia sua irmã, esperava com impaciência que começasse a falar. Não era a primeira vez que pressentia algo assim. Mais de uma vez, começando com a observação de que "sua irmã parece estar mal hoje" ou "sua irmã parece triste", ele fora direto ao assunto, fosse revelando ou perguntando algo específico sobre ela. Depois de uma pausa de vários minutos, o silêncio foi quebrado quando ele perguntou com uma voz agitada quando lhe deveria felicitar por ganhar um cunhado. Elinor não estava preparada para tal pergunta e, não tendo nenhuma resposta pronta, foi obrigada a adotar o expediente simples e comum de perguntar o que ele queria dizer. Ele tentou sorrir quando respondeu:

– O noivado da sua irmã com o senhor Willoughby é muito conhecido.

– Não pode ser muito conhecido – falou Elinor –, pois sua própria família não sabe disso.

Ele pareceu surpreso e disse:

– Peço seu perdão, receio que minha pergunta tenha sido impertinente, mas não imaginei que houvesse a intenção de qualquer sigilo, já que eles se correspondem abertamente e todos falam do casamento.

– Como isso pode ser possível? Quem mencionou isso ao senhor?

– Muitas pessoas, algumas que a senhorita não conhece, outras com quem é mais íntima, a senhora Jennings, a senhora Palmer e os Middleton. Mas ainda assim eu não teria acreditado, pois onde a mente talvez não esteja disposta a se convencer, sempre encontrará algo para apoiar suas dúvidas, se eu não tivesse, quando o criado me deixou entrar hoje, visto acidentalmente uma carta na mão dele, dirigida ao senhor Willoughby com a letra da sua irmã. Vim perguntar, mas fui convencido antes que pudesse fazer a pergunta. Tudo está finalmente resolvido? É impossível que...? Mas não tenho direito e não poderia ter chances de ter sucesso. Desculpe-me, senhorita Dashwood. Acredito ter me equivocado falando tanto, mas quase não sei o que fazer e confio muito na sua prudência. Diga-me que está tudo completamente resolvido, que qualquer tentativa... que, em resumo, a dissimulação, se for possível, é tudo que me resta.

Essas palavras, que transmitiram a Elinor uma confissão direta do amor dele pela irmã, deixaram-na muito abalada. Ela não conseguiu dizer nada de imediato e, mesmo quando se recuperou, debateu por um curto período de tempo sobre qual seria a resposta mais apropriada. Ela conhecia tão pouco a situação real entre Willoughby e sua irmã que, ao tentar explicá-la, poderia acabar dizendo demais ou muito pouco. No entanto, como estava convencida do afeto de Marianne por Willoughby, não podia deixar que o coronel Brandon tivesse qualquer esperança de sucesso, independentemente da natureza daquele afeto, e ao mesmo tempo desejava evitar que a conduta de Marianne pudesse ser censurada, por isso achou mais prudente e gentil, depois de alguma consideração, dizer mais do que realmente sabia ou acreditava. Reconheceu, portanto, que, embora nunca tivesse sido informada por eles dos termos em que se encontravam um com o outro, não tinha dúvida do afeto mútuo e não se espantava da correspondência entre eles.

Ele ouviu-a com uma atenção silenciosa e, quando ela parou de falar, levantou-se imediatamente, pedindo licença e partindo depois de dizer com voz emocionada:

– Para sua irmã, eu desejo toda felicidade imaginável, e para Willoughby, que se esforce para merecê-la.

A conversa não proporcionou a Elinor nenhum conforto que diminuísse o seu mal-estar quanto a outros pontos. Pelo contrário, ficou com uma impressão melancólica da infelicidade do coronel Brandon e nem sequer conseguiu desejar eliminá-la, por conta da ansiedade causada pelo evento que a deveria confirmar.

## Capítulo 28

Nada ocorreu nos três ou quatro dias seguintes que fizesse Elinor se arrepender de escrever para sua mãe, pois Willoughby não veio, tampouco escreveu um bilhete. No final desse período, elas deveriam acompanhar lady Middleton a uma festa, a qual a senhora Jennings não pôde ir por conta da indisposição da filha mais nova; e para esta festa, Marianne, totalmente desanimada, descuidada de sua aparência e parecendo igualmente indiferente se fosse ou ficasse, arrumou-se sem um olhar de esperança ou uma expressão de prazer. Sentou-se junto à lareira na sala de estar depois do chá até o momento da chegada de lady Middleton, sem levantar uma única vez da poltrona, nem alterar sua atitude, perdida nos próprios pensamentos e insensível à presença da irmã. E quando enfim lhes disseram que lady Middleton esperava por elas na porta, ficou espantada como se tivesse esquecido de que esperavam alguém.

Chegaram na hora certa ao local de destino e, assim que a fila de carruagens na frente delas permitiu, desembarcaram, subiram as escadas, ouviram seus nomes anunciados ao passarem de uma sala para outra e entraram em uma sala esplendidamente iluminada, bastante cheia de pessoas e insuportavelmente quente. Depois de cumprirem os deveres de cortesia cumprimentando a dona da casa, foram autorizadas a se misturar com os convidados, recebendo seu quinhão de calor e desconforto, necessariamente aumentados por sua chegada. Depois de algum tempo falando pouco ou fazendo ainda menos, lady Middleton sentou-se para jogar casino e, como Marianne não estava com vontade de caminhar pela festa, ela e Elinor conseguiram encontrar cadeiras vagas não muito distantes da mesa.

Não estavam sentadas havia muito tempo quando Elinor viu Willoughby, parado a poucos metros delas, conversando seriamente com uma jovem muito elegante. Ele logo a viu e curvou-se imediatamente, mas sem tentar falar com Marianne nem se aproximar dela, embora certamente a tivesse visto, e continuou a conversa com a mesma dama. Elinor virou-se involuntariamente para Marianne para ver se ela não o vira. Naquele momento, Marianne o notou pela primeira vez e, com todo seu semblante brilhando com um prazer repentino, teria corrido para ele instantaneamente, se a irmã não a tivesse segurado.

– Deus do céu! – ela exclamou. – Ele está ali, ele está ali. Ah, por que não olha para mim, por que não posso falar com ele?

– Calma, calma, contenha-se – exclamou Elinor – e não mostre o que sente a todos os presentes. Talvez ele ainda não a tenha visto.

Isso, no entanto, era mais do que ela poderia acreditar ser capaz de fazer. E conter-se em tal momento não só estava além do alcance de Marianne, estava além de seu desejo. Ela se sentou em uma agonia de impaciência que tomava conta do seu rosto.

Por fim, ele virou-se de novo e olhou para as duas. Ela se levantou e, pronunciando seu nome com um tom de carinho, estendeu a mão para ele. Ele se aproximou e, falando para Elinor em vez de Marianne, como se desejasse evitar o olhar dela, e determinado a não observar sua atitude, indagou de maneira apressada pela senhora Dashwood e perguntou há quanto tempo estavam na cidade. Tal atitude fez com que Elinor perdesse toda a presença de espírito, e ela não conseguiu dizer uma palavra. Mas os sentimentos da irmã foram expressos instantaneamente. Seu rosto ficou vermelho e ela exclamou, com uma voz cheia de emoção:

– Bom Deus! Willoughby, qual é o significado disso? Você não recebeu minhas cartas? Não vai apertar minha mão?

Ele não pôde evitar o aperto, mas o toque de Marianne parecia doloroso e ele segurou a mão dela apenas por um momento. Durante todo esse tempo, ele estava evidentemente lutando para manter a compostura. Elinor observou seu semblante e viu sua expressão se tornar mais tranquila. Depois de um momento de pausa, ele falou com calma.

– Concedi-me a honra de ir à Rua Berkeley na terça-feira passada e lamentei muito não ter tido a sorte de encontrar vocês e a senhora Jennings em casa. Meu cartão não foi perdido, espero.

– Mas você não recebeu meus bilhetes? – exclamou Marianne com uma ansiedade descontrolada. – Houve algum engano aqui, tenho certeza, um engano terrível. Qual pode ser o significado disso? Diga-me, Willoughby. Pelo amor de Deus, diga-me, qual é o problema?

Ele não respondeu. Sua expressão mudou e todo seu constrangimento voltou. Mas, ao encontrar o olhar da moça com quem estava conversando anteriormente, fez um esforço e recuperou-se novamente, dizendo:

– Sim, tive o prazer de receber as informações da sua chegada na cidade, que a senhorita foi tão gentil de me enviar. – Depois, virou-se apressadamente com uma leve reverência e voltou para a amiga.

Marianne, agora terrivelmente branca e incapaz de ficar de pé, afundou na cadeira, e Elinor, esperando um desmaio a qualquer momento, tentou protegê-la da observação dos outros, reanimando-a com água de lavanda.

– Vá até ele, Elinor – ela exclamou, assim que conseguiu falar –, e force-o a voltar aqui. Diga que preciso vê-lo novamente, preciso falar com ele imediatamente. Não poderei descansar, não terei um momento de paz até que isso seja explicado. Deve ser algum mal-entendido terrível. Oh, vá até ele neste momento.

– Como posso fazer isso? Não, querida Marianne, você deve esperar. Este não é o lugar para explicações. Espere ao menos até amanhã.

Com dificuldade, porém, ela conseguiu evitar que Marianne o seguisse. E era impossível convencê-la a controlar sua agitação, a esperar, pelo menos com aparente compostura, até que pudesse conversar com ele com mais privacidade, pois Marianne continuou incessantemente a manifestar, com exclamações infelizes em voz baixa, seu sofrimento. Pouco tempo depois, Elinor viu Willoughby sair da sala pela porta em direção à escada e, dizendo a Marianne que ele havia partido, afirmou que era impossível conversar com ele novamente naquela noite, como um novo argumento para que ela ficasse calma. Marianne implorou para a irmã que pedisse a lady Middleton para levá-las para casa, já que estava muito triste para ficar mais um minuto sequer.

Lady Middleton, apesar de estar no meio de uma partida de *rubber*, ao ser informada de que Marianne estava indisposta, foi muito educada para se opor por um momento ao desejo dela de ir embora e, passando as cartas para uma amiga, partiram assim que a carruagem pôde ser encontrada. Quase nada foi dito durante a volta à Rua Berkeley. Marianne estava em uma agonia silenciosa, oprimida demais até mesmo para chorar. Mas como a senhora Jennings, por sorte, não voltara para casa, elas puderam ir diretamente para o quarto, onde um pouco de sal de amônio fez com que se sentisse melhor. Ela logo estava de roupa trocada e na cama, e como parecia querer ficar sozinha, Elinor a deixou, e enquanto esperava o retorno da senhora Jennings, teve tempo suficiente para pensar sobre o passado.

Ela não podia duvidar que algum tipo de compromisso existira entre Willoughby e Marianne, e parecia igualmente claro que Willoughby estava insatisfeito com aquilo. Pois, por mais que Marianne ainda pudesse alimentar os próprios desejos, ela não poderia atribuir esse comportamento a qualquer tipo de engano ou mal-entendido. Nada, além de uma mudança profunda de sentimento, poderia explicar o que acontecera. A indignação de Elinor teria sido ainda mais forte se ela não tivesse testemunhado o constrangimento dele, o qual parecia manifestar uma consciência de sua conduta imprópria e a impediu que acreditasse que ele tivesse tão poucos princípios a ponto de ter brincado com as afeições de sua irmã desde o começo, sem nenhum objetivo que justificasse tal comportamento. A distância poderia ter enfraquecido sua estima e a conveniência poderia ter lhe proporcionado a determinação para superá-la, mas ela não podia duvidar que tal estima existira anteriormente.

Quanto a Marianne, ela não conseguia pensar sem a mais profunda preocupação nas dores que um encontro tão infeliz já devia ter lhe causado, e naquelas ainda mais severas que poderiam esperá-la pelas suas prováveis consequências. Sua própria situação parecia melhor se comparada, pois, apesar de ela poder estimar Edward tanto quanto antes, por mais que pudessem ser separados no futuro, seu espírito sempre poderia suportar. Mas todas as circunstâncias que poderiam tornar mais amargo o sofrimento de Marianne pareciam se unir para aumentar sua tristeza, com uma separação definitiva de Willoughby, uma ruptura imediata e irreconciliável com ele.

## Capítulo 29

Antes que a criada tivesse acendido a lareira no dia seguinte ou o sol tivesse conseguido superar a manhã fria e sombria de janeiro, Marianne, apenas parcialmente vestida, estava ajoelhada em frente à bancada da janela para obter toda a luz que pudesse usar e escrevia tão rápido quanto o fluxo contínuo de lágrimas permitia. Foi nessa situação que Elinor, despertada por sua agitação e soluços, viu-a inicialmente; e depois de observá-la por alguns instantes em uma ansiedade silenciosa, disse, no tom mais gentil e atencioso:

– Marianne, posso perguntar...

– Não, Elinor – ela respondeu –, não pergunte nada. Logo você saberá.

O tipo de calma desesperada com a qual isso foi dito só durou enquanto ela falava e foi seguido imediatamente pela volta da mesma aflição excessiva. Demorou alguns minutos para ela conseguir continuar com a carta, e os frequentes suspiros de tristeza que ainda a obrigavam, em intervalos, a parar eram provas suficientes de que sentia que o mais provável fosse que estivesse escrevendo pela última vez para Willoughby.

Elinor prestou toda atenção silenciosa e discreta que podia, e teria tentado acalmá-la e tranquilizá-la ainda mais se Marianne não tivesse pedido, com toda a sinceridade da mais nervosa irritação, para que não falasse com ela em hipótese alguma. Naquelas circunstâncias, era melhor para ambas que não ficassem muito tempo juntas; e o estado inquieto da mente de Marianne não só a impediu de ficar no quarto um segundo depois de se vestir, como também exigia ao mesmo tempo solidão e uma mudança contínua de lugar, fazendo-a caminhar pela casa até o horário do café da manhã, evitando encontrar qualquer pessoa.

No café da manhã, ela não comeu nem tentou comer nada, e a atenção de Elinor foi então toda empregada, não para encorajá-la, nem para sentir pena dela, nem para observá-la, mas em se empenhar em atrair toda a atenção da senhora Jennings para si.

Como aquela era a refeição favorita da senhora Jennings, durava um tempo considerável, e elas tinham acabado de se sentar, depois do café, em volta da mesa de trabalho comum, quando uma carta foi entregue a Marianne, a qual ela pegou ansiosa da mão do criado e, adquirindo uma palidez cadavérica, saiu correndo da sala de imediato. Elinor, que entendeu tão claramente quanto se tivesse visto o remetente que deveria ser de Willoughby, sentiu de imediato uma dor no coração. Quase não conseguia levantar a cabeça e sentou-se tremendo tanto que era impossível esconder da senhora Jennings. Aquela boa senhora, no entanto, só viu que Marianne recebera uma carta de Willoughby, o que parecia para ela uma boa piada, e tratou-a assim, esperando, com uma risada, que ela gostasse do que estava escrito. Ela não percebeu a angústia de Elinor, pois estava ocupada demais medindo fios de lã para seu tapete para ver qualquer coisa. Continuando de maneira calma a conversa, assim que Marianne desapareceu, ela disse:

– Dou minha palavra, nunca vi uma jovem tão desesperadamente apaixonada na minha vida! Minhas filhas não eram nada em comparação com ela e, ainda assim, eram bastante tolas. Mas a senhorita Marianne é uma criatura bastante alterada. Espero que, do fundo do meu coração, ele não a deixe esperando muito mais, pois é bastante doloroso vê-la com essa aparência tão doente e desamparada. Afinal, quando eles vão se casar?

Elinor, embora nunca menos disposta a conversar do que naquele momento, obrigou-se a responder a tal provocação, tentando sorrir.

– E a senhora realmente está convencida de que minha irmã está comprometida com o senhor Willoughby? Achei que fora apenas uma piada, mas uma pergunta tão séria parece implicar mais. E devo implorar, portanto, que não se engane mais. Asseguro que nada me surpreenderia mais do que ouvir que eles vão se casar.

– Que vergonha, que vergonha, senhorita Dashwood! Como pode falar isso? Não sabemos todos que eles vão se casar, que estavam completamente apaixonados um pelo outro desde o primeiro momento em que se conheceram? Não os vi juntos em Devonshire todos os dias, o dia todo, e não sei que sua irmã veio para a cidade comigo com o objetivo de comprar o enxoval? Ora, ora, isto não funcionará. Porque você é tão dissimulada, acha que ninguém mais percebe nada. Mas não é assim, posso dizer, pois isso é conhecido em toda a cidade há muito tempo. Conto para todos sobre esse fato e a Charlotte também.

– Na verdade, senhora – disse Elinor, muito séria –, está enganada. Na verdade, está fazendo uma coisa muito desagradável divulgando essa notícia e vai descobrir isso, mesmo que não acredite em mim agora.

A senhora Jennings riu novamente, mas Elinor não tinha ânimo para falar mais nada, e ansiosa para saber o que Willoughby havia escrito, correu para o quarto delas, onde, ao abrir a porta, viu Marianne esticada na cama, quase sufocada pelo sofrimento, uma carta na mão, e duas ou três outras caídas ao lado dela. Elinor aproximou-se, mas sem dizer uma palavra, e sentando-se na cama, pegou a mão dela, beijou-a carinhosamente várias vezes, e então foi tomada pelas lágrimas, que no começo foram quase tão violentas quanto as de Marianne. Esta, embora incapaz de falar, parecia sentir toda a ternura desse gesto, e depois de algum tempo assim, em uma aflição conjunta, colocou todas as cartas nas mãos de Elinor. Depois, cobrindo o rosto com seu lenço, quase gritou de agonia. Elinor, que sabia que tal sofrimento, por mais chocante de se testemunhar, devia seguir seu curso, observou-a até que esse excesso de sofrimento diminuísse um pouco e depois se virou ansiosa para a carta de Willoughby, a qual dizia:

*Rua Bond, janeiro.*
*Minha querida senhorita,*
*Acabei de ter a honra de receber sua carta, pela qual agradeço sinceramente. Fico muito preocupado por saber que houve algo em meu comportamento na noite passada que não recebeu sua aprovação, e apesar de não entender de que maneira pude ser tão infeliz a ponto de ofendê-la, peço seu perdão pelo que lhe asseguro que foi totalmente sem intenção. Nunca posso pensar sobre minha antiga amizade com sua família em Devonshire sem o prazer mais grato e espero que não seja rompida por qualquer erro ou*

*incompreensão das minhas ações. Minha estima por toda sua família é muito sincera, mas se fui infeliz e alimentei uma crença em mais do que sentia ou pretendia expressar, devo me censurar por não ter sido mais resguardado nas minhas declarações dessa estima. Você reconhecerá que nunca manifestei mais do que isso quando entender que meu afeto estava comprometido há muito tempo com outra pessoa, e não demorarão muitas semanas, acredito, para que este compromisso seja cumprido. É com grande pesar que obedeça a seu pedido de devolver as cartas com as quais fui honrado por você, e o cacho de cabelo, que me concedeu de forma tão amável.*
*Sou, querida senhorita,*
*Seu mais humilde e obediente servo,*
*John Willoughby.*

 É possível imaginar com que indignação uma carta como essa foi lida pela senhorita Dashwood. Embora ciente, antes de começar, que ela deveria trazer uma confissão da inconstância de Willoughby e confirmar a separação deles para sempre, ela não sabia que tal linguagem poderia ser usada para este anúncio. Nem poderia ter imaginado que Willoughby seria capaz de se afastar tanto de todos os sentimentos honestos e delicados – tão longe do decoro comum de um cavalheiro, para enviar uma carta tão insolentemente cruel: uma carta que, em vez de trazer qualquer declaração de arrependimento, não reconhecia nenhuma quebra de palavra, negava qualquer afeto especial, uma carta na qual cada linha era um insulto e proclamava que seu autor estava mergulhado profundamente em uma vilania bastante insensível.

 Ela fez uma pausa por algum tempo com um assombro indignado, depois leu novamente várias vezes, mas todas as leituras apenas serviram para aumentar sua aversão ao homem, e tão amargos eram seus sentimentos contra ele que não ousava confiar em si mesma para falar, pois poderia ferir Marianne ainda mais fundo tratando o fim do compromisso não como uma perda de algo bom, mas como uma fuga do pior e mais irremediável de todos os males, uma conexão, para toda a vida com um homem sem princípios, como a maior das libertações, a mais importante bênção.

 Nas suas meditações sinceras sobre o conteúdo da carta, sobre a depravação daquela mente capaz de ditá-la, e, provavelmente, sobre a mente muito diferente de uma pessoa muito diferente, que não tinha nenhuma outra conexão com o caso além do que o coração de Marianne lhe atribuíra,

Elinor esqueceu o sofrimento imediato da irmã, esqueceu que tinha três cartas em seu colo ainda não lidas, e esqueceu tão completamente há quanto tempo estava no quarto que, quando ouviu uma carruagem chegar na porta, foi até a janela para ver quem poderia chegar tão absurdamente cedo. Ficou admirada ao ver a carruagem da senhora Jennings, a qual ela sabia que só tinha sido pedida para a uma da tarde. Determinada a não abandonar Marianne, embora sem esperança de ajudar, no momento, a diminuir sua dor, ela apressou-se a se desculpar com a senhora Jennings, explicando que não poderia sair porque a irmã não se sentia bem. Demonstrando uma bem-humorada preocupação com o mal-estar da jovem, a senhora aceitou a desculpa prontamente, e Elinor, depois de vê-la partir em segurança, voltou para Marianne, a quem encontrou tentando se levantar da cama, chegando bem a tempo de impedir que ela caísse no chão, enfraquecida e tonta por uma longa falta de descanso e alimentação adequados, pois fazia muitos dias que ela não tinha nenhum apetite e muitas noites desde que dormira realmente. E agora, quando sua mente não era mais mantida pela febre do suspense, a consequência de tudo isso era sentida em uma cabeça dolorida, um estômago debilitado e uma fraqueza nervosa geral. Uma taça de vinho, que Elinor fez com que ela bebesse, deixou-a mais confortável e, finalmente, Marianne conseguiu expressar um pouco do reconhecimento pelo afeto da irmã, dizendo:

– Pobre Elinor, como a deixo infeliz!

– Eu só gostaria – respondeu a irmã – que houvesse alguma coisa que eu pudesse fazer para lhe confortar.

Isso, como se daria com qualquer outra coisa, foi demais para Marianne, que só conseguiu exclamar, na angústia do seu coração:

– Ah! Elinor, estou muito triste, realmente – antes que sua voz se perdesse em meio aos soluços.

Elinor não podia mais testemunhar em silêncio a torrente de tristeza à qual a irmã se entregava sem nenhuma resistência.

– Faça um esforço, querida Marianne – ela exclamou –, se não quiser se matar e também todos que a amam. Pense em sua mãe, pense na tristeza dela enquanto você sofre: pelo bem dela, você deve se esforçar.

– Não consigo, não consigo – gritou Marianne –, deixe-me, deixe-me, se eu a atormento; deixe-me, odeie-me, esqueça-me, mas não me torture tanto. Ah! Como é fácil para aqueles que não sentem tristeza falar de esforço! Feliz, feliz Elinor, você não pode ter ideia do quanto estou sofrendo.

– Você me chama de feliz, Marianne? Ah! Se você soubesse! E como pode acreditar que sou feliz ao vê-la tão triste!

– Perdoe-me, perdoe-me – colocando os braços ao redor do pescoço da irmã –, sei que sofre por mim, sei que tem um bom coração, mas ainda assim você é... você deve ser feliz, Edward a ama. O que, ah, o que pode matar essa felicidade?

– Muitas circunstâncias – disse Elinor, solenemente.

– Não, não, não – gritou Marianne descontrolada –, ele a ama, e só você. Você não pode sentir tristeza.

– Não posso ser feliz enquanto a vejo neste estado.

– E você nunca me verá de outra maneira. A minha é uma tristeza que nada pode eliminar.

– Não deve falar assim, Marianne. Você não tem conforto? Não tem amigos? Sua perda é tal que não deixa nenhuma abertura para consolo? Por mais que sofra agora, pense no que teria sofrido se a descoberta do caráter dele tivesse acontecido depois. Se o compromisso tivesse continuado por meses e meses, como poderia ter sido, antes que ele tivesse decidido acabar com tudo. Cada dia adicional de confiança infeliz, ao seu lado, tornaria o golpe ainda mais terrível.

– Compromisso! – exclamou de forma contundente Marianne. – Não havia nenhum compromisso.

– Não havia compromisso!

– Não, ele não é tão indigno quanto você acredita. Ele não quebrou nenhum compromisso comigo.

– Mas ele disse que a amava.

– Sim... não... nunca absolutamente. Estava implícito todos os dias, mas ele nunca declarou abertamente. Às vezes, eu pensava que tinha, mas nunca o fez.

– Mas você escreveu para ele?

– Sim... Isso poderia ser errado depois de tudo que acontecera? Mas não posso falar.

Elinor não disse mais nada e, voltando-se para as três cartas que agora provocavam uma curiosidade muito mais forte do que antes, leu todas. A primeira, que era a que a irmã tinha enviado para ele ao chegarem à cidade, dizia:

*Rua Berkeley, janeiro.*
*Como você ficará surpreso, Willoughby, ao receber este bilhete, e acho que sentirá algo mais do que surpresa quando souber que estou na cidade. Uma oportunidade de vir para cá, embora com a senhora Jennings, foi uma tentação à qual não conseguimos resistir. Espero que possa receber isso a tempo de vir aqui nesta noite, mas não sei se será possível. De qualquer forma, espero você amanhã. Por enquanto, adieu.*
*M.D.*

A segunda carta, que fora escrita na manhã seguinte ao baile nos Middleton, continha as seguintes palavras:

*Não consigo expressar minha decepção por não ter encontrado você anteontem, nem meu espanto ao não ter recebido nenhuma resposta a uma carta que mandei há mais de uma semana. Fico ansiosa para ter notícias suas e ainda mais para vê-lo, a cada hora do dia. Por favor, venha aqui novamente o mais rápido possível e explique o motivo de minha espera ter sido em vão. É melhor você vir mais cedo na próxima vez, pois geralmente saímos à uma hora. Estivemos ontem à noite na casa de lady Middleton, onde houve um baile. Disseram que você foi convidado para a festa. Mas como pode ser? Você deve estar bastante mudado desde que nos separamos, caso seja este o caso, e não esteve presente. Mas não vou supor que isso seja possível e espero muito receber em breve sua garantia pessoal de que tenha sido outra coisa.*
*M.D.*

O conteúdo da última carta para ele era:

*O que devo imaginar, Willoughby, pelo seu comportamento ontem à noite? Mais uma vez, exijo uma explicação. Estava preparada para encontrá-lo com o prazer que a nossa separação naturalmente provocou, com a familiaridade que a nossa intimidade em Barton me pareceu justificar. Fui realmente repelida! Passei uma noite miserável tentando encontrar uma desculpa para uma conduta que dificilmente pode ser classificada como menos do que insultante, mas, embora*

*ainda não tenha sido capaz de formular nenhuma desculpa razoável para seu comportamento, estou perfeitamente pronta para ouvir sua justificativa. Você talvez tenha sido mal informado, ou deliberadamente enganado, quanto a algo a meu respeito, o que pode ter diminuído sua opinião sobre mim. Diga-me o que foi, explique os motivos para sua atitude e ficarei satisfeita em poder lhe dar explicações. De fato, seria muito triste ser obrigada a pensar mal de você, mas se devo fazê-lo, se eu souber que você não é o que até agora acreditávamos que era, que o seu respeito por nós era insincero, que seu comportamento comigo tinha o objetivo apenas de enganar, peço que me informe o quanto antes. Meus sentimentos estão no presente em um estado de terrível indecisão. Desejo absolvê-lo, mas a certeza de qualquer lado amenizará o que estou sofrendo agora. Se os seus sentimentos não são mais o que eram, peço que devolva minhas cartas e o cacho do meu cabelo que está em sua posse.*
*M.D.*

Pelo bem de Willoughby, Elinor não queria acreditar que tais cartas, tão cheias de carinho e confiança, não tivessem sido respondidas. Mas sua condenação dele não a cegou contra a impropriedade de terem sido escritas, e ela estava silenciosamente triste pela imprudência que arriscara tais provas não solicitadas de ternura, não garantidas por qualquer coisa precedente, e mais severamente condenadas pelo que ocorrera, quando Marianne, percebendo que ela terminara as cartas, observou que não continham nada além do que qualquer um teria escrito na mesma situação.

– Eu senti – ela acrescentou – que estava tão solenemente comprometida com ele quanto se o pacto legal mais estrito nos tivesse unido.

– Posso acreditar – disse Elinor –, mas, infelizmente, ele não tinha o mesmo sentimento.

– Ele tinha, Elinor. Por semanas e semanas ele sentiu isso. Sei que sim. O que quer que possa ter mudado agora (e nada mais do que um trabalho contra mim pode ter feito isso), já fui tão querida por ele como minha própria alma poderia desejar. Esse cacho de cabelo, do qual agora abriu mão tão prontamente, ele me implorou com a súplica mais sincera. Se tivesse visto seu olhar, sua maneira, se tivesse ouvido sua voz naquele momento! Você esqueceu a última noite que estivemos juntos em Barton? A manhã em que nos separamos também! Quando ele me disse que talvez se passassem muitas semanas antes de nos encontrarmos novamente... A angústia dele... Como poderei esquecer a angústia dele?

Por um momento ou dois, ela não conseguiu falar mais nada, mas quando essa emoção passou, ela acrescentou, num tom mais firme:

– Elinor, fui cruelmente usada, mas não por Willoughby.

– Querida Marianne, por quem, senão por ele? Por quem ele pode ter sido instigado?

– Por todo mundo, não pelo próprio coração. Prefiro acreditar que todas as pessoas que conheço se juntaram para arruinar a opinião que ele tinha sobre mim a acreditar que sua natureza seja capaz de tal crueldade. Essa mulher que ele menciona... quem quer que seja... ou qualquer um, em suma, exceto você, mamãe e Edward, poderia ter sido cruel o suficiente para mentir sobre mim. Exceto vocês três existe qualquer outra pessoa no mundo de quem eu não preferiria suspeitar de fazer o mal em vez de Willoughby, cujo coração eu conheço tão bem?

Elinor não queria contestar e apenas respondeu:

– Quem quer que tenha sido seu tão detestável inimigo, deixe-o ser traído pelo próprio triunfo maligno dele, querida irmã, ao ver com que nobreza a consciência da sua própria inocência e boas intenções sustentam seu espírito. É um orgulho razoável e louvável que resiste a essa malevolência.

– Não, não – exclamou Marianne –, miséria como a minha não tem orgulho. Eu não me importo com quem saiba que estou infeliz. O triunfo de me ver assim pode estar visível a todo o mundo. Elinor, Elinor, os que sofrem pouco podem se sentir tão orgulhosos e independentes quanto quiserem, podem resistir ao insulto ou retribuir a mortificação, mas eu não posso. Devo sentir... devo ficar infeliz... e eles podem desfrutar do que conseguiram fazer.

– Mas pelo bem da minha mãe e pelo meu...

– Eu faria qualquer coisa. Mas parecer feliz quando estou tão triste... Ó, quem pode exigir isso?

Mais uma vez, ficaram em silêncio. Elinor ficou caminhando pensativamente da lareira para a janela, da janela para a lareira, sem perceber que recebia calor de uma, ou que discernia objetos por causa da outra. E Marianne, sentada aos pés da cama, com a cabeça apoiada em uma de suas colunas, voltou a pegar a carta de Willoughby e, depois de estremecer com a leitura de cada uma das frases, exclamou:

– É demais! Ah, Willoughby, Willoughby, como pôde escrever isso? Cruel, cruel, nada poderá absolvê-lo. Elinor, nada pode desculpá-lo.

O que quer que ele possa ter ouvido contra mim, não deveria ter duvidado? Não deveria ter me falado disso, ter me dado a possibilidade de me explicar? "O cacho de cabelo – repetindo o que estava na carta – que você me concedeu de forma tão amável". Isso é imperdoável. Willoughby, onde estava seu coração quando escreveu estas palavras? Seu bárbaro insolente! Elinor, ele pode ser justificado?

– Não, Marianne, de nenhuma maneira possível.

– E, no entanto, essa mulher, quem sabe qual pode ter sido sua artimanha? Por quanto tempo ela pode ter premeditado e o quanto a deve ter elaborado! Quem é ela? Quem pode ser? Quem ele citou como sendo jovem e atraente entre suas amigas? Ninguém, ninguém. Ele só me falava de mim.

Outra pausa se seguiu. Marianne estava muito agitada e terminou da seguinte maneira:

– Elinor, devo ir para casa. Preciso ir e confortar mamãe. Não podemos ir embora amanhã?

– Amanhã, Marianne!

– Sim, por que eu deveria ficar aqui? Vim apenas por Willoughby, e agora quem se importa comigo? Quem tem consideração por mim?

– Seria impossível ir amanhã. Devemos à senhora Jennings muito mais que a boa educação. E a do tipo mais comum deve evitar uma partida tão precipitada como essa.

– Bem, então, mais um ou dois dias, talvez, mas não posso ficar aqui por muito tempo, não posso ficar para suportar as perguntas e observações de todas essas pessoas. Os Middleton e os Palmer. Como posso suportar a pena deles? A piedade de uma mulher como lady Middleton! Ah, o que ele diria disso!

Elinor aconselhou-a a se deitar novamente, e por um momento ela concordou, mas nada a deixava tranquila e, na dor irrequieta da mente e do corpo, movia-se de um lado para outro, até que, ficando cada vez mais histérica, sua irmã não conseguia mantê-la na cama, e por algum tempo receou que seria obrigada a pedir ajuda. Algumas gotas de lavanda, no entanto, as quais Marianne foi enfim convencida a tomar, foram úteis; e desse momento até a volta da senhora Jennings, ela ficou na cama, calma e imóvel.

## Capítulo 30

A senhora Jennings veio imediatamente para o quarto delas ao voltar e, sem esperar que respondessem a seu pedido de licença, abriu a porta e entrou com um olhar de preocupação autêntica.

– Como você está, minha querida? – perguntou com uma voz de grande compaixão por Marianne, que virou o rosto sem tentar responder.

– Como ela está, senhorita Dashwood? Coitadinha, parece muito mal. Não me espanta. Sim, é bem verdade. Ele vai se casar muito em breve... um sujeito imprestável! Não tenho paciência com ele. A senhora Taylor contou-me tudo há meia hora, e ela foi informada por uma amiga particular da própria senhorita Grey, do contrário eu não teria acreditado, com certeza. E quase desmaiei. Bem, eu disse, tudo que posso dizer é que, se isso for verdade, ele usou de forma abominável uma jovem que eu conheço, e desejo com toda a minha alma que sua esposa o faça infeliz. E como sempre digo, minha querida, você pode contar com isso. Não aceito que os homens façam isso, e se alguma vez eu o reencontrar, vou lhe dar uma bronca como poucas que recebeu na vida. Mas há um conforto, querida senhorita Marianne. Ele não é o único jovem do mundo que vale a pena, e com seu rosto bonito nunca faltarão admiradores. Bem, coitadinha! Não a incomodarei mais, pois é melhor que chore de uma vez e termine com isso. Felizmente os Parry e os Sanderson virão hoje à noite, sabe, e a visita deles vai diverti-la.

Ela então saiu do quarto, caminhando na ponta dos pés, como se achasse que a aflição de sua jovem amiga pudesse aumentar com o barulho.

Marianne, para a surpresa da irmã, decidiu jantar com as visitas. Elinor até aconselhou-a contra isso. Mas "não, ela iria descer; poderia aguentar muito bem a situação e a agitação em torno dela seria menor". Elinor, feliz por ela ter encontrado um motivo para se controlar, embora acreditando que não fosse possível que ela conseguisse chegar ao final do jantar, não disse mais nada. Ajeitando o vestido de Marianne o máximo que podia, enquanto ela permanecia na cama, estava pronta para ajudá-la a ir para a sala de jantar assim que fossem chamadas.

Uma vez lá, embora parecendo muito triste, Marianne comeu mais e estava mais calma do que a irmã esperara. Se ela tivesse tentado falar ou tivesse tido consciência da metade das boas atenções, apesar de inoportunas, da senhora Jennings, essa calma não poderia ter sido mantida. Mas nenhuma palavra escapou de seus lábios e a abstração de seus pensamentos a manteve alheia a tudo o que acontecia ao seu redor.

Elinor, que fez justiça à gentileza da senhora Jennings, embora suas efusões fossem muitas vezes angustiantes e, às vezes, quase ridículas, agradeceu e retribuiu aquelas demonstrações de educação, o que a irmã não conseguia fazer ou retribuir por conta própria. Sua boa amiga viu que Marianne estava infeliz e sentia que deveria fazer de tudo para deixá-la menos triste. Ela tratou-a, portanto, com todo o carinho indulgente de uma mãe com a filha favorita no último dia de férias. Marianne deveria ter o melhor lugar junto à lareira, ser tentada a comer todas as iguarias na casa e ser distraída com todas as notícias do dia. Se Elinor, no rosto triste da irmã, não tivesse visto uma contenção para todos os prazeres, poderia ter se divertido com os esforços da senhora Jennings para curar uma decepção amorosa com uma variedade de doces e azeitonas, além de uma boa lareira. No entanto, assim que a consciência de tudo isso lhe foi imposta pelo excesso de insistência, Marianne não conseguiu ficar mais. Com uma exclamação rápida de tristeza e um sinal para que a irmã não a seguisse, ela levantou-se de imediato e saiu correndo da sala.

– Pobre alma! – exclamou a senhora Jennings, assim que ela saiu. – Como me aflige vê-la assim! E ela foi embora sem terminar seu vinho! E as cerejas secas também! Senhor! Nada parece fazer bem a ela. Tenho certeza de que se eu soubesse o que ela quer, mandaria procurar por toda a cidade. Bem, é a coisa mais estranha para mim que um homem use uma menina tão bonita dessa maneira! Mas quando há muito dinheiro de um lado e nenhum do outro, Deus lhe ajude! Eles não se importam mais com esse tipo de coisa!

– A dama então... senhorita Grey, acho que era o nome dela... é muito rica?

– Cinquenta mil libras, querida. Você já a viu? Uma moça inteligente e elegante, dizem, mas não é bonita. Lembro-me bem de sua tia, Biddy Henshawe. Ela casou-se com um homem muito rico. Mas a família é toda abastada. Cinquenta mil libras! E até onde sei, vai chegar bem a tempo, pois dizem que ele está na ruína. Não é de admirar! Passeando por aí com sua carruagem e cães de caça! Bem, não vale a pena falar disso. Mas quando um jovem, seja quem for, vem e se apaixona por uma garota linda e promete casamento, ele não deve abandonar sua palavra apenas porque fica pobre e uma garota mais rica está pronta para ele. Por que ele, nesse caso, não vende seus cavalos, deixa sua casa, despede seus criados e faz uma reforma completa em sua vida? Asseguro a você que a senhorita Marianne estaria pronta para esperar até que ele tivesse condições. Mas isso não serve. Os jovens de hoje não abandonam os prazeres por nada deste mundo.

– Sabe que tipo de moça é a senhorita Grey? Dizem que ela é agradável?

– Nunca ouvi nada ruim sobre ela. Na verdade, quase nunca a ouvi ser mencionada, exceto que a senhora Taylor disse nessa manhã que um dia a senhorita Walker insinuou para ela que acreditava que o senhor e a senhora Ellison não lamentariam se a senhorita Grey se casasse, pois ela e a senhora Ellison nunca se entenderam muito bem...

– E quem são os Ellison?

– Os tutores dela, minha querida. Mas agora ela é maior de idade e pode escolher por si mesma, e que linda escolha ela fez! E agora – depois de pausar por um momento – sua pobre irmã foi para seu quarto, suponho, para chorar sozinha. Não há nada que alguém possa conseguir para confortá-la? Coitada, parece bem cruel deixá-la sozinha. Bem, de vez em quando teremos alguns amigos, e isso a divertirá um pouco. O que podemos jogar? Ela odeia uíste, eu sei. Mas não há um jogo que ela goste?

– Querida senhora, essa bondade é bastante desnecessária. Marianne, ouso dizer, não vai sair do quarto novamente nesta noite. Eu devo persuadi-la, se puder, a ir cedo para a cama, pois tenho certeza de que gostaria de descansar.

– Sim, acredito que será melhor para ela. Deixe que escolha sua ceia e vá para a cama. Senhor! Não é de admirar que ela estivesse com uma aparência tão ruim e triste essas últimas semanas, pois este assunto, suponho, esteve em sua cabeça nesse tempo todo. E então, a carta que recebeu hoje terminou com tudo! Pobre alma! Estou certa de que, se tivesse noção disso, não teria brincado com ela por nada desse mundo. Mas, sabe, como adivinharia algo assim? Tinha certeza de que não era mais do que uma carta de amor comum, e você sabe que os jovens gostam que riam delas. Senhor! Como *sir* John e minhas filhas ficarão preocupados quando ouvirem isso! Se eu estivesse com a cabeça no lugar, poderia ter passado pela Rua Conduit no caminho para casa e contado tudo. Mas vou vê-los amanhã.

– Seria desnecessário que você avisasse à senhora Palmer e ao *sir* John para que não mencionem o senhor Willoughby, e que nem façam a menor alusão ao que passou, na frente da minha irmã. A própria boa natureza deles deve indicar a crueldade que seria demonstrar que sabem qualquer coisa a respeito quando ela estiver presente. E quanto menos eu tiver que falar sobre o assunto, mais meus sentimentos serão poupados, como a querida senhora facilmente entenderá.

– Ó! Senhor! Sim, claro. Deve ser terrível para você ouvir falar disso, e quanto à sua irmã, tenho certeza de que não mencionaria uma palavra a ela por nada desse mundo. Viu que não falei nada durante o jantar. Tampouco o faria *sir* John, nem minhas filhas, pois são todos atenciosos e gentis. Especialmente se eu os avisar, como certamente farei. De minha parte, penso que, quanto menos essas coisas forem mencionadas, melhor e mais cedo será esquecido. E de que serve falar disso?

– Neste caso, só pode prejudicar, talvez mais do que em muitos casos parecidos, pois foi cercado por circunstâncias que, por causa de todos os envolvidos, é impróprio que seja comentado em público. É preciso fazer justiça nesse sentido ao senhor Willoughby. Ele não quebrou nenhum compromisso com minha irmã.

– Minha querida! Não tente defendê-lo. Nenhum compromisso! Depois de levá-la até Allenham House e mostrar os quartos em que iriam morar!

Elinor, pelo bem da irmã, não podia forçar mais o assunto e esperava que não fosse obrigada a isso pelo bem de Willoughby, já que, embora Marianne pudesse perder muito, ele não ganharia nada com a defesa da verdade. Depois de um breve silêncio de ambos os lados, a senhora Jennings, com toda sua hilariante naturalidade, voltou ao assunto.

– Bem, querida, há males que vêm para o bem, pois será melhor para o coronel Brandon. Ele finalmente conseguirá conquistá-la. Sim, vai mesmo. Ouça o que digo, eles estarão casados até o meio do verão. Senhor! Como ele vai ficar feliz com essa notícia! Espero que venha nesta noite. Será realmente um par melhor para sua irmã. Duas mil libras por ano sem dívidas ou desvantagens, exceto a filha, na verdade. Sim, eu esquecera dela, mas ela pode ser enviada para ser aprendiz de alguém a um custo baixo, e o que isto significará então? Delaford é um lugar agradável, posso dizer, exatamente o que chamo de um bom lugar à moda antiga, cheio de confortos e conveniências. É bem fechado, com um jardim cercado por grandes muros e coberto pelas melhores árvores frutíferas do país. E que amoreira em um canto! Senhor! Como Charlotte e eu comemos amoras na única vez em que estivemos lá! Então, há um pombal, alguns tanques deliciosos e um canal muito bonito. Resumindo, tudo que se poderia desejar. E, além disso, fica perto da igreja, e apenas a quatrocentos metros da estrada, de modo que nunca é tedioso, pois se você se sentar debaixo de um dos teixos atrás da casa, poderá ver todas as carruagens que passam. Ah! É um lugar agradável. Há um açougue na aldeia, e a casa da paróquia fica muito perto. Para mim, é mil vezes mais bonito do que Barton Park, onde as pessoas precisam viajar quase cinco quilômetros para comprar carne, e não há nenhum vizinho mais próximo do que sua mãe. Bem, vou animar o coronel assim que puder. E você sabe, rei morto, rei posto. Se pudermos tirar Willoughby da cabeça dela!

– Ah, se pudermos fazer isso, senhora – disse Elinor –, passaremos muito bem, com ou sem o coronel Brandon. – Então, levantando-se, foi se juntar a Marianne, a quem encontrou, como esperava, em seu quarto, deitada em uma tristeza silenciosa na frente dos restos do fogo da lareira que, até a entrada de Elinor, fora sua única luz.

– É melhor me deixar – foi tudo que a irmã ouviu dela.

– Deixarei você – disse Elinor –, se você for para a cama.

Mas, levada pela má vontade momentânea causada pelo sofrimento impaciente, Marianne se recusou. Entretanto, a persuasão sincera, mas delicada da irmã logo a tranquilizou e fez com que concordasse, e Elinor viu-a pousar a cabeça dolorida no travesseiro e, como esperava, prestes a descansar tranquilamente antes de deixá-la.

Na sala de estar, para onde foi, Elinor logo recebeu a companhia da senhora Jennings, com uma taça de vinho na mão.

– Minha querida – disse ela, entrando –, acabei de me lembrar que tenho na casa um dos melhores vinhos de Constantia jamais provados, então trouxe uma taça para a sua irmã. Meu pobre marido! Como ele gostava desse vinho! Sempre que tinha um ataque de gota, dizia que isso ajudava mais do que qualquer outra coisa no mundo. Leve para sua irmã.

– Querida senhora – respondeu Elinor, sorrindo para a diversidade dos males para os quais o vinho era recomendado –, quanta bondade! Mas acabo de deixar Marianne na cama e, espero, quase dormindo. E como acho que nada a ajudará mais do que descansar, se me permitir, eu mesma beberei o vinho.

A senhora Jennings, embora lamentando que não tivesse vindo cinco minutos antes, ficou satisfeita com o acordo. E Elinor, assim que tomou um gole, refletiu que, embora seus efeitos sobre a gota fossem, no momento, de pouca importância para ela, seus poderes de cura sobre um coração decepcionado poderiam ser testados tanto no dela quanto no da irmã.

## Jane Austen

O coronel Brandon entrou quando tomavam chá, e pela maneira que olhou ao redor da sala procurando por Marianne, Elinor imaginou imediatamente que ele não esperava nem desejava vê-la ali e, em suma, que já estava ciente do motivo de sua ausência. A senhora Jennings não teve o mesmo pensamento, pois logo após a entrada dele, atravessou a sala até a mesa de chá onde estava Elinor e sussurrou:

– O coronel parece tão sério como sempre. Ele não sabe de nada. Conte a ele, querida.

Pouco depois, ele puxou uma cadeira perto dela e, com um olhar que assegurava perfeitamente que já sabia tudo, perguntou pela irmã de Elinor.

– Marianne não está bem – disse ela. – Esteve indisposta o dia todo e a convencemos a ir para a cama.

– Talvez, então – ele respondeu hesitante –, o que ouvi nessa manhã pode ser... pode haver mais verdade nisso do que eu poderia acreditar.

– O que o senhor ouviu?

– Que um cavalheiro, que eu tinha motivos para pensar... resumindo, que um homem, que eu sabia que estava comprometido... Mas como devo contar? Se já sabe disso, como deve com certeza, posso ser poupado.

– Está falando – respondeu Elinor, com uma calma forçada – do casamento do senhor Willoughby com a senhorita Grey. Sim, nós sabemos de tudo isso. Este parece ter sido um dia de elucidação geral, pois nessa mesma manhã ficamos sabendo de tudo. O senhor Willoughby é insondável! Onde ouviu isso?

– Em um bazar no Pall Mall, onde eu tinha negócios. Duas senhoras estavam esperando sua carruagem, e uma delas contava à outra sobre o casal, sem nem tentar esconder o que falava que foi impossível não ouvir tudo. O nome de Willoughby, John Willoughby, frequentemente repetido, chamou minha atenção. E o que se seguiu foi uma afirmação positiva de que tudo estava finalmente resolvido sobre seu casamento com a senhorita Grey. Não era mais um segredo e ocorreria mesmo dentro de algumas semanas. As damas falaram com muitos detalhes sobre os preparativos e outros assuntos. Uma coisa, especialmente, eu me lembro, pois serviu para identificar o homem ainda mais: assim que a cerimônia terminasse, eles deveriam ir para Combe Magna, a casa dele em Somersetshire. Que espanto! Mas seria impossível descrever o que senti. A senhora comunicativa, fiquei sabendo por perguntar, pois fiquei na loja depois que elas saíram, era a senhora Ellison, que, como fui informado, é o nome da tutora da senhorita Grey.

— É mesmo. Mas o senhor também ouviu que a senhorita Grey tem cinquenta mil libras? Disso, mais que em qualquer outra coisa, podemos encontrar uma explicação.

— Pode ser, mas Willoughby é capaz, pelo menos eu acho... — ele parou um momento, depois acrescentou com uma voz que parecia desconfiar de si mesma. — E sua irmã, como ela...

— Seu sofrimento tem sido muito intenso. Só espero que seja proporcionalmente curto. Tem sido uma aflição muito cruel. Até ontem, acredito, ela nunca duvidou da consideração dele. E mesmo agora, talvez, mas estou quase convencida de que ele nunca esteve realmente apaixonado por ela. Ele agiu com muita falsidade! E, em alguns pontos, parece ter um coração muito frio.

— Ah! — exclamou o coronel Brandon. — Sem dúvida! Mas sua irmã não... Acho que a senhorita disse isso... Ela não pensa exatamente como a senhorita?

— O senhor conhece a disposição dela e pode acreditar o quanto ela gostaria de justificá-lo, se pudesse.

Ele não respondeu e, logo depois, pela retirada do chá e pelo arranjo da mesa de cartas, o assunto foi necessariamente deixado de lado. A senhora Jennings, que os observou com prazer enquanto conversavam, e esperava ver uma alegria instantânea no coronel Brandon devido à comunicação da senhorita Dashwood, deixando-o como um homem na flor da juventude, esperançoso e feliz, viu com espanto como ele ficou a noite toda: ainda mais sério e pensativo do que o habitual.

## *Capítulo 31*

Após uma noite em que dormiu mais do que esperava, Marianne acordou na manhã seguinte com a mesma sensação de tristeza com que fechara os olhos.

Elinor a encorajou o máximo possível para que falasse sobre o que sentia, e antes que o café da manhã estivesse pronto, elas repassaram o assunto várias vezes. Elinor manteve a mesma convicção constante e conselhos carinhosos, enquanto Marianne continuou com os mesmos sentimentos impetuosos e opiniões variadas. Às vezes, ela conseguia acreditar que Willoughby era tão infeliz e inocente quanto ela, e, em outras, perdia todo consolo ao concluir que era impossível absolvê-lo. Em um momento, ela era absolutamente indiferente à observação do mundo, em outro ela se isolava dele para sempre, e em um terceiro podia resistir a ele com determinação. Em uma coisa, no entanto, ela continuava igual, quando a questão era evitar, o máximo possível, a presença da senhora Jennings e, quando isso era impossível, fechava-se em um silêncio absoluto. Seu coração estava endurecido contra a ideia de que a senhora Jennings pudesse sentir qualquer compaixão por seu sofrimento.

– Não, não, não, não pode ser – ela exclamou –, ela não pode sentir nada. Sua bondade não é simpatia. Sua boa vontade não é ternura. Tudo que ela quer é uma fofoca, e só gosta de mim agora, pois sou uma fonte para ela.

Elinor não precisava disso para ter certeza da injustiça que sua irmã cometia em relação aos outros, tanto pelo irritante refinamento de sua própria mente quanto pela excessiva importância que atribuía às delicadezas de uma grande sensibilidade e a graça das boas maneiras. Como metade do mundo, se mais da metade for esperta e boa, Marianne, com excelentes habilidades e disposição, não era nem razoável nem justa. Ela esperava de outras pessoas as mesmas opiniões e sentimentos que os seus, e julgava os motivos dos demais pelo efeito imediato das ações deles sobre ela. Assim, ocorreu uma circunstância, enquanto as irmãs estavam juntas em seu quarto após o café da manhã, que piorou ainda mais a opinião de Marianne sobre a senhora Jennings, pois, por sua própria fraqueza, acabou sendo uma nova fonte de dor, embora a senhora estivesse agindo com a máxima boa vontade.

Com uma carta na mão estendida e um olhar sorridente, por imaginar que estava trazendo consolo, ela entrou no quarto, dizendo:

– Aqui, minha querida, trago algo que estou certa de que lhe fará bem.

Marianne ouviu o suficiente. Em um instante, sua imaginação colocou diante dela uma carta de Willoughby, cheia de ternura e remorso, explicando tudo que acontecera de maneira satisfatória e convincente, seguida imediatamente pelo próprio Willoughby, entrando ansioso no quarto para reforçar, aos pés dela, pela eloquência de seus olhos, o que dizia sua carta. A ilusão de um momento foi destruída pelo momento seguinte. A letra de sua mãe, nunca antes indesejável, estava diante dela. E, na decepção profunda que seguiu àquele êxtase que era mais do que uma esperança, ela sentiu como se nunca sofrera até aquele instante.

Não havia palavras para expressar a crueldade da senhora Jennings, mesmo em seus momentos de mais expressiva eloquência. E agora ela só conseguia censurá-la por meio das lágrimas que caíam de seus olhos com uma violência apaixonada. Uma censura, no entanto, tão absolutamente incompreendida pela senhora Jennings que, depois de muitas expressões de piedade, ela se retirou, ainda recomendando que Marianne lesse a carta reconfortante. Mas a carta, quando estava calma o suficiente para lê-la, trouxe pouco conforto. Willoughby preenchia todas as páginas. Sua mãe, ainda confiante no compromisso, e acreditando com a firmeza de sempre na lealdade dele, havia recebido a carta de Elinor e pedia a Marianne que fosse sincera com as duas. E isso era dito com tanta ternura por ela, tanto carinho por Willoughby, e tal convicção da felicidade futura dos dois, que ela chorou de agonia durante toda a leitura.

Toda sua impaciência em voltar para casa voltou nesse instante. Sua mãe era mais querida do que nunca, mais ainda pelo excesso de sua confiança equivocada em Willoughby, e Marianne foi imperiosa quanto a ir embora. Elinor, incapaz de determinar se era melhor para Marianne ficar em Londres ou ir para Barton, não ofereceu nenhum conselho, exceto paciência até que os desejos da mãe pudessem ser conhecidos. E, por fim, obteve o consentimento da irmã para aguardar.

A senhora Jennings saiu mais cedo do que o habitual, pois só ficaria tranquila quando os Middleton e os Palmer estivessem sofrendo tanto quanto ela. E, recusando-se a aceitar a companhia oferecida por Elinor, saiu sozinha pelo resto da manhã. Elinor, com o coração muito pesado, ciente da dor que ia comunicar, e percebendo, pela carta para Marianne, que não conseguira preparar a mãe para o que acontecera, sentou-se para escrever para a mãe sobre um relato do que ocorrera e pedir suas orientações para o futuro. Enquanto isso, Marianne, que entrou na sala de estar quando a senhora Jennings saiu, ficou sentada na mesa em que Elinor escrevia, observando o avanço da pena, afligindo-se por causa da dificuldade de uma tarefa como aquela, e ainda mais pelo efeito que causaria em sua mãe.

Elas permaneceram assim por cerca de quinze minutos, quando Marianne, cujos nervos não podiam suportar nenhum ruído súbito, foi surpreendida por uma batida na porta.

– Quem pode ser? – exclamou Elinor. – Tão cedo também! Pensei que estávamos seguras.

Marianne foi até a janela.

– É o coronel Brandon! – disse ela, com certa irritação. – Nunca estamos a salvo dele.

– Ele não entrará, pois a senhora Jennings não está em casa.
– Não tenho confiança nisso – indo para seu quarto. – Um homem que não tem nada a fazer com o próprio tempo não tem consciência de como se intromete no dos outros.

O que aconteceu em seguida provou que a conjectura estava correta, embora fundada em injustiça e erro, pois o coronel Brandon realmente entrou. E Elinor, que estava convencida de que ele viera por preocupação com Marianne, e que viu aquela atenção em seu olhar perturbado e melancólico e em suas perguntas ansiosas, embora breves, sobre a irmã, não conseguia perdoá-la por não dar valor àquele homem.

– Encontrei a senhora Jennings na Rua Bond – disse ele, depois de cumprimentá-la – e ela me encorajou a vir. Senti-me mais encorajado pois achei provável que poderia encontrá-la sozinha, o que era meu desejo. Meu objetivo... meu desejo... meu único desejo ao querer isso... espero, acredito que seja... é ser um meio de dar conforto... não, não devo dizer conforto... não conforto real... mas convicção, uma convicção duradoura para a mente da sua irmã. Minha consideração por ela, por você, pela sua mãe... você me permitirá provar isso, relatando algumas circunstâncias que nada além de uma consideração muito sincera... nada além de um desejo sincero de ser útil... acho que estou justificado... embora tenha passado muitas horas tentando me convencer de que estou certo, existe algum motivo para temer que eu esteja errado? – Ele parou.

– Eu o entendo – disse Elinor. – O senhor tem algo para me contar sobre o senhor Willoughby que revelará ainda mais seu caráter. Contar isso será o maior ato de amizade que pode ser demonstrado por Marianne. Asseguro minha imediata gratidão por qualquer informação que cumpra com esse objetivo, e a dela será conquistada com o tempo. Por favor, conte-me.

– Certo. E, para ser breve, quando deixei Barton em outubro passado... mas isso não lhe ajudará a entender, devo voltar mais no tempo. Vai descobrir que sou um narrador muito desajeitado, senhorita Dashwood. Quase não sei por onde começar. Um resumo de minha história, acredito, será necessário, e será breve. Não fico muito tentado – suspirando pesado – a falar sobre esse assunto.

Entretanto, ele parou um momento para se recompor e, então, com outro suspiro, prosseguiu.

## Razão e sensibilidade

– A senhorita provavelmente já se esqueceu por completo de uma conversa, a qual não devo supor que possa ter causado qualquer impressão sobre a senhorita... Uma conversa entre nós uma noite em Barton Park... foi a noite de um baile, na qual mencionei uma senhora que conheci uma vez que lembrava, em alguma medida, sua irmã Marianne.
– Na verdade – respondeu Elinor –, não esqueci.
Ele pareceu satisfeito com essa lembrança e acrescentou:
– Se não me engano pela incerteza, pela parcialidade dessa tenra lembrança, há uma semelhança muito forte entre elas, tanto em espírito como em termos físicos. O mesmo coração bondoso, a mesma força de imaginação e veemência de espírito. Essa dama era uma parente muito próxima, uma órfã desde a infância, sob a tutela de meu pai. Nossas idades eram quase as mesmas e fomos amigos e brincávamos juntos desde nossos primeiros anos. Não me lembro do tempo em que não amei Eliza, e meu carinho por ela, quando crescemos, era tal que, talvez, julgando pela minha atual tristeza e seriedade, você pode me achar incapaz de já ter sentido. O amor dela por mim, era, acredito, fervoroso como o apego de sua irmã pelo senhor Willoughby e, apesar de ter uma causa diferente, não menos infeliz. Aos 17 anos, perdi-a para sempre. Ela casou... contra a vontade com meu irmão. A fortuna dela era grande e nossa propriedade familiar, muito onerosa. E isso, receio, é tudo que pode ser dito sobre a conduta daquele que foi ao mesmo tempo seu tio e tutor. Meu irmão não a merecia; nem sequer a amava. Eu esperava que a consideração dela por mim pudesse ser um apoio em todas as dificuldades, e por algum tempo funcionou assim. Mas, por fim, a tristeza da situação dela, pois aguentava grandes indelicadezas, superou toda sua determinação e, apesar de ela ter me prometido que nada... Mas estou contando mal! Nunca contei como isso foi provocado. Estávamos a poucas horas de fugir juntos para a Escócia. A perfídia ou a loucura da criada da minha prima nos traiu. Fui banido para a casa de um parente muito distante, e ela não teve direito à liberdade, nem companhia, nem diversão, até que o desejo do meu pai fosse cumprido. Eu confiara demais na fortaleza dela, e o golpe foi severo, mas se o seu casamento terminasse sendo feliz, eu era tão jovem que em alguns meses teria aceitado isso, ou pelo menos não deveria lamentá-lo agora. Isso, contudo, não foi o caso. Meu irmão não tinha nenhuma consideração por ela. Seus prazeres não eram os que deveriam ser, e desde o começo tratou-a com crueldade. A consequência disso, para uma mente tão jovem, tão viva, tão inexperiente como a da senhora Brandon,

foi apenas natural. Ela se resignou primeiro a todo o sofrimento da sua situação, a qual teria sido feliz se não tivesse superado a tristeza que sentia sempre que pensava em mim. Mas como não imaginar que, com um marido que só provocava inconstância, e sem um amigo que lhe desse conselhos ou amparo (pois meu pai viveu apenas mais alguns meses depois do casamento e eu estava com meu regimento nas Índias Orientais), ela iria desabar? Se eu tivesse ficado na Inglaterra, talvez... mas queria promover a felicidade dos dois afastando-me dela, e por esse motivo pedi minha transferência. O choque que seu casamento me causou – ele continuou, com a voz muito agitada – foi até leve... não foi nada em comparação com o que senti quando, cerca de dois anos depois, soube de seu divórcio. Foi isso que me jogou nessa tristeza... até agora, a lembrança do que sofri...

Ele não podia dizer mais nada e, levantando-se rapidamente, caminhou por alguns minutos pela sala. Elinor, afetada por sua narrativa, e ainda mais por sua angústia, não conseguia falar. Ele viu a preocupação dela e, aproximando-se, pegou sua mão, pressionou-a e beijou-a com um respeito grato. Mais alguns minutos de esforço silencioso permitiram que continuasse com compostura.

– Quase três anos depois desse período infeliz, eu voltei à Inglaterra. Meu primeiro cuidado, quando cheguei, foi, naturalmente, procurar por ela. Mas a busca foi tão infrutífera quanto melancólica. Não consegui localizá-la além do primeiro sedutor, e havia todo motivo para temer que ela tivesse se afastado dele só para afundar ainda mais em uma vida de pecado. Sua pensão legal não era adequada à sua fortuna, nem suficiente para mantê-la de forma confortável, e descobri por meio do meu irmão que o direito de recebê-la tinha sido transferido alguns meses antes para outra pessoa. Ele imaginou, e com que calma fazia isso, que sua extravagância e consequente sofrimento a obrigaram a vender seus direitos para ter algum alívio imediato. Por fim, no entanto, e depois de estar há seis meses na Inglaterra, consegui encontrá-la. Preocupado com um antigo criado meu, que desde então caíra na desgraça, fui visitá-lo em uma casa de detenção onde ele estava confinado por dívidas. E lá, no mesmo lugar, pelo mesmo motivo, estava minha infeliz cunhada. Tão alterada, tão pálida, desgastada por todo tipo de sofrimento profundo! Mal consegui acreditar que a figura melancólica e doentia na minha frente era os restos da menina adorável, linda e saudável que eu amara um dia. O quanto sofri ao vê-la... mas não tenho o direito de ferir seus sentimentos tentando descrever... já a fiz sofrer muito. Que ela estivesse, ao que parecia, na última etapa de seu sofrimento, era... sim, em tal situação, era o meu maior consolo. A vida não podia fazer nada por ela, além de lhe dar tempo para se preparar melhor para a morte, e isso foi feito. Coloquei-a em acomodações confortáveis e com cuidados apropriados. Visitei-a todos os dias durante o resto de sua curta vida. E estive ao seu lado nos últimos momentos.

Mais uma vez, ele parou para se recuperar, e Elinor, com uma exclamação de ternura preocupada, manifestou seus sentimentos pelo destino de sua infeliz amiga.

– Sua irmã, eu espero, não ficará ofendida – disse ele – pela semelhança que imaginei entre ela e minha parente pobre e desafortunada. Os destinos delas, suas sinas, não podem ser iguais, e se o temperamento naturalmente doce da minha prima tivesse sido protegido por uma mente mais firme ou um casamento mais feliz, ela poderia ter sido tudo o que a senhorita deseja que sua irmã seja. Mas ao que tudo isso leva? Parece que a estou incomodando por nada. Ah! Senhorita Dashwood, um assunto como este, intocado por 14 anos. É perigoso trazê-lo à tona! Serei mais contido... mais conciso. Ela deixou aos meus cuidados sua única filha, uma menina, fruto de sua primeira conexão proibida, que tinha cerca de três anos de idade na época. Ela amava a criança e sempre a manteve ao seu lado. Foi uma demonstração de confiança valiosa e preciosa para mim, e com prazer eu teria me encarregado de satisfazê-la no sentido mais estrito, cuidando eu mesmo da sua educação, se minha condição permitisse. Mas eu não tinha família e nem um lar, e minha pequena Eliza foi, portanto, colocada na escola. Eu a visitava sempre que podia, e depois da morte do meu irmão (que aconteceu há cerca de cinco anos e me deixou a posse da propriedade da família), ela me visitava em Delaford. Eu dizia que era uma parente distante, mas estou ciente de que, em geral, todos suspeitam de uma conexão muito mais próxima com ela. Agora, faz três anos (ela acabara de completar 14 anos) que a retirei da escola para colocá-la sob a responsabilidade de uma mulher muito respeitável, residente em Dorsetshire, que tinha sobre sua tutela quatro ou cinco outras meninas da mesma idade. E por dois anos tive todas as razões para ficar satisfeito com a situação dela. Mas em fevereiro passado, quase um ano atrás, ela desapareceu de repente. Eu permitira (de forma imprudente, como agora sei) que ela fosse a Bath com uma de suas jovens amigas, que fora para lá fazer companhia ao pai por motivos de saúde. Eu sabia que ele era um homem muito bom, e gostava de sua filha... mais do que ela merecia, pois, com o sigilo mais obstinado e imprudente, não contou nada, não deu nenhuma pista, embora decerto soubesse de tudo. Ele, o pai dela, um homem bem-intencionado, mas não muito inteligente, não tinha por certo, acredito, nenhuma informação, pois em geral estava confinado em sua casa, enquanto as meninas caminhavam pela cidade e se relacionavam com quem quisessem. E ele tentou me convencer, tanto quanto ele próprio estava convencido, de que a filha não tinha nada a ver com a questão. Resumindo, não descobri nada além de que ela desaparecera. O resto, por oito longos meses, foram apenas conjecturas. O que eu pensava, o que eu temia, pode ser imaginado. E também o quanto sofri.

– Deus do céu! – exclamou Elinor – pode ter sido... poderia Willoughby...

– A primeira notícia que recebi dela – continuou o coronel – veio em uma carta da própria Eliza, em outubro passado. Foi enviada para mim de Delaford e a recebi na manhã do nosso passeio frustrado a Whitwell. E essa foi a razão para eu ter deixado Barton de modo tão repentino, o que tenho certeza de que, na época, pareceu estranho para todo mundo, e acredito que tenha ofendido algumas pessoas. O senhor Willoughby não imaginou, suponho, quando seus olhares me censuraram pela falta de educação ao deixar o passeio, que fui chamado para aliviar alguém que ele tinha deixado triste e abandonada. Mas se soubesse, que bem resultaria disso? Ele teria ficado menos alegre ou menos feliz com os sorrisos de sua irmã? Não, ele já fizera aquilo, algo que nenhum homem capaz de sentir compaixão por outro faria. Ele deixara a menina cuja juventude e inocência seduzira em uma situação de profundo sofrimento, sem casa digna, sem ajuda, sem amigos, sem saber onde ele estava! Ele a deixara, prometendo voltar. Mas não voltou, nem escreveu, nem a ajudou.

– Isso é inconcebível! – exclamou Elinor.

– O caráter dele está agora diante de você. Gastador, depravado e pior ainda. Sabendo de tudo, como já sei há várias semanas, imagine o que devo ter sentido ao ver sua irmã tão apaixonada por ele e ao ouvir a confirmação de que iriam se casar: imagine o que devo ter sentido por todas vocês. Quando vim até aqui na semana passada e a encontrei sozinha, cheguei decidido a descobrir a verdade, embora sem saber o que faria quando a soubesse. Meu comportamento deve ter parecido estranho naquele momento, mas agora a senhorita vai entender. Permitir que vocês fossem tão enganadas, ver a sua irmã... mas o que eu poderia fazer? Não tinha esperança de interferir com sucesso e cheguei a pensar, às vezes, que a influência de sua irmã ainda poderia recuperá-lo. Mas agora, depois de um ato tão desonroso, quem pode dizer quais eram as intenções dele com ela? No entanto, seja lá quais tenham sido, ela pode agora e, sem dúvida, de agora em diante, irá se sentir grata pela condição em que está quando a comparar com a situação da minha pobre Eliza, quando considerar a situação miserável e sem esperança desta pobre menina, e quando a imaginar sentindo um carinho tão forte por aquele homem, que permanece tão forte quanto o dela, e com uma mente atormentada pelo remorso, a qual deve acompanhá-la por toda a vida. Decerto essa comparação deve ser útil para ela. Ela sentirá que seu próprio sofrimento não é nada. Não é resultado de nenhuma má conduta e não pode trazer nenhuma desgraça. Pelo contrário, todo amigo se tornará ainda mais amigo por conta dele. A preocupação com sua infelicidade e o respeito por sua força diante dele devem aumentar todo apego. Use seu próprio critério, no entanto, ao comunicar a ela o que lhe contei. A senhorita deve saber melhor qual será seu efeito. Mas se eu não tivesse acreditado com seriedade, do fundo do coração, que poderia ser útil, que poderia diminuir os arrependimentos dela, não teria me obrigado a incomodá-la com esse relato das minhas aflições familiares, com uma narrativa que pode parecer intencionada a me vangloriar à custa dos outros.

Este discurso foi seguido pelos agradecimentos sinceros de Elinor, acompanhados também pela garantia de que ela achava que ajudaria Marianne, quando esta soubesse o que ocorrera.

– Sinto mais dor – disse ela – pelos esforços de Marianne para absolvê-lo do que por todo o resto, pois isso a perturba muito mais do que a convicção absoluta da indignidade dele. Agora, embora no início ela possa sofrer muito, estou certa de que logo se tornará mais fácil. O senhor – ela continuou, depois de um breve silêncio – chegou a ver o senhor Willoughby desde que o deixou em Barton?

– Sim – ele respondeu sério –, uma vez. Um encontro com ele foi inevitável.

Elinor, assustada pelos modos dele, olhou-o ansiosamente, dizendo:

– O quê? Você o encontrou para...

– Não poderia encontrá-lo de outra maneira. Eliza confessara para mim, embora com relutância, o nome de seu amante. E quando ele voltou para a cidade, quinze dias depois de mim, marcamos um duelo, ele para se defender, eu para punir sua conduta. Retornamos sem feridas, e o encontro, portanto, não chegou ao conhecimento de ninguém.

Elinor suspirou diante da necessidade daquilo, mas como falava com um homem e um soldado, presumiu que não o deveria censurar.

– Essa – disse o coronel Brandon, depois de uma pausa – foi a semelhança infeliz entre o destino da mãe e da filha! E falhei por completo na obrigação que ela me confiara!

– Ela ainda está na cidade?

– Não, assim que se recuperou do repouso, pois a encontrei próxima do parto, levei-a, com o bebê, para o interior, onde permanece.

Lembrando, logo depois, que provavelmente estava afastando Elinor da irmã, ele encerrou a visita, recebendo de novo os mesmos agradecimentos e deixando-a cheia de compaixão e estima por ele.

## Capítulo 32

Quando os detalhes desta conversa foram repetidos pela senhorita Dashwood para a irmã, como logo aconteceu, o efeito sobre esta não foi inteiramente o esperado. Não que Marianne parecesse desconfiar da verdade de qualquer parte dela, pois ouviu tudo com a atenção mais firme e submissa, não fez nenhuma objeção ou observação, não tentou defender Willoughby e pareceu mostrar com suas lágrimas que achava aquilo impossível. Mas, apesar de tal comportamento ter assegurado a Elinor que Marianne fora convencida da culpa dele, embora visse com satisfação tal efeito, ao ver a irmã não evitar mais o coronel Brandon quando as visitava, conversando e até mesmo tomando a iniciativa de falar com ele, com uma espécie de respeito compassivo, e embora também visse seu ânimo menos irritado do que antes, não a via menos triste. A mente dela ficou mais calma, mas com um triste abatimento. Ela sentiu a perda do caráter de Willoughby de maneira ainda mais do que sentira a perda de seu coração. A forma como ele seduzira e abandonara a senhorita Williams, o sofrimento da pobre garota, e a dúvida sobre quais poderiam ter sido as intenções dele em relação a ela atacaram tanto seu estado de espírito, que ela não conseguia descrever o que sentia nem mesmo para Elinor. Remoendo em silêncio suas dores, causou mais sofrimento à irmã do que poderia ser transmitido por meio da confissão mais aberta e mais frequente delas.

Expressar os sentimentos ou as palavras da senhora Dashwood ao receber e responder a carta de Elinor seria apenas uma repetição do que suas filhas já tinham sentido e dito. Uma decepção dificilmente menos dolorosa que a de Marianne, e uma indignação ainda maior que a de Elinor. Longas cartas dela chegaram rapidamente, de maneira sucessiva, contando tudo o que estava sofrendo e pensando, expressando sua ansiosa preocupação com Marianne e rogando para que ela mantivesse a fortaleza diante de tal desgraça. De fato, a natureza do sofrimento de Marianne deveria ser terrível para que a mãe falasse de fortaleza! Mortificante e humilhante devia ser a origem desses lamentos, aos quais ela desejava que não se entregasse!

Contra o interesse do próprio conforto individual, a senhora Dashwood determinara que seria melhor para Marianne estar em qualquer lugar, naquele momento, menos em Barton, onde tudo que veria traria de volta o passado da maneira mais forte e sofrida, colocando com frequência Willoughby na frente dela, como sempre o vira lá. Ela recomendou para as filhas, portanto, que não encurtassem de forma alguma a visita à senhora Jennings, cuja duração, apesar de nunca ter sido exatamente determinada, era esperada por todos que fosse de pelo menos cinco ou seis semanas. Uma variedade de ocupações, de objetivos e de companhias, que não poderiam ser encontradas em Barton, seria inevitável na cidade e até poderia, ela esperava, enganar Marianne em algumas ocasiões, deixando-a interessada em algo, e até diverti-la, por mais que ela rejeitasse essas ideias agora.

Quanto ao perigo de ver Willoughby de novo, a mãe considerou que estaria tão segura na cidade quanto no campo, já que a amizade com ele deveria ser abandonada por todos que se diziam seus amigos. O destino nunca poderia colocar um no caminho do outro, a negligência nunca poderia deixá-los expostos a uma surpresa e o acaso tinha menos chances na multidão de Londres do que na reclusão de Barton, onde poderia impor uma aparição dele diante dela quando fizesse uma visita a Allenham quando se casasse, algo que a senhora Dashwood, achando no começo que seria um evento provável, passara a considerar como certo.

Ela tinha mais uma razão para desejar que as filhas permanecessem onde estavam. Uma carta de seu enteado informara que ele e a esposa deveriam estar na cidade antes de meados de fevereiro, e ela julgou que deveriam ver o irmão de vez em quando.

Marianne prometera ser orientada pela opinião da mãe e, portanto, aceitou-a sem nenhuma oposição, embora fosse o contrário daquilo que desejava e esperava. Ela a considerava totalmente errada, elaborada com base em fundamentos equivocados, e pensava que exigir sua permanência em Londres a privava do único alívio possível para sua tristeza, o conforto da mãe, e a condenava a companhias e cenas que não lhe impediriam de conseguir um momento sequer de descanso.

Mas era um grande consolo para ela que aquilo que trazia o mal para si mesma traria o bem para a irmã. E Elinor, por outro lado, suspeitando que não conseguiria evitar Edward, confortou-se pensando que, embora ficar mais tempo prejudicaria sua própria felicidade, então seria melhor para Marianne do que um retorno imediato a Devonshire.

Seu cuidado em proteger a irmã de ouvir até mesmo uma menção ao nome de Willoughby não foi em vão. Marianne, embora sem saber disso, foi muito beneficiada, pois nem a senhora Jennings, nem *sir* John, nem mesmo a própria senhora Palmer voltaram a falar dele na frente dela. Elinor desejava que o mesmo cuidado fosse estendido a ela, mas aquilo era impossível, e era obrigada a ouvir dia após dia a indignação de todos.

*Sir* John não podia acreditar. Um homem de quem sempre teve tanta razão para pensar bem! Um sujeito com uma natureza tão boa! Não acreditava que havia um cavaleiro mais ousado na Inglaterra! Foi algo inexplicável. Ele desejou com todo coração que fosse para o inferno. Não falaria mais nenhuma outra palavra com ele, onde quer que o encontrasse, de jeito nenhum! Não, nem se estivessem lado a lado no abrigo de caçadores de Barton e fossem mantidos juntos vigiando por duas horas. Um canalha! Um cão enganador! Na última vez que se encontraram, ele lhe oferecera um dos filhotes da Folly! E isso foi a gota d'água!

A senhora Palmer estava igualmente brava. Estava determinada a cortar todo contato de imediato e sentia-se muito agradecida de nunca ter sido amiga dele. Desejava com todo o coração que Combe Magna não ficasse tão perto de Cleveland, mas não significava muito, pois estava longe demais para visitas. Odiava-o tanto que estava determinada a nunca mais mencionar o nome dele e contaria a todos que encontrasse como ele era um imprestável.

O resto da simpatia da senhora Palmer foi demonstrada na obtenção de todos os detalhes que conseguia sobre o futuro casamento, e em comunicá--los a Elinor. Em pouco tempo, sabia até qual empresa estava construindo a carruagem nova, que pintor estava fazendo o retrato do senhor Willoughby e em qual loja o vestido da senhorita Grey podia ser visto.

A despreocupação calma e educada de lady Middleton, na ocasião, foi um feliz alívio para o ânimo de Elinor, muitas vezes oprimido pela bondade ruidosa dos outros. Foi um grande conforto para ela saber que pelo menos *uma* pessoa entre seu círculo de amigos não ficara interessada, um grande conforto saber que havia *uma* pessoa que a encontraria sem sentir nenhuma curiosidade por detalhes da história ou qualquer ansiedade pela saúde da irmã.

Toda qualificação é por vezes avaliada, pelas circunstâncias do momento, acima do seu valor real. E, às vezes, ela se via forçada pelas condolências intrometidas a considerar a boa criação como mais indispensável para o consolo do que uma boa índole.

Lady Middleton expressava sua visão do caso uma vez por dia, ou duas vezes, se o assunto aparecesse com frequência, dizendo: "É muito chocante, realmente!". E por meio desse desabafo contínuo e gentil, conseguiu não só ver as senhoritas Dashwood desde o começo sem a menor emoção, como em pouco tempo conseguia vê-las sem se lembrar de uma palavra sobre a questão. E tendo assim apoiado a dignidade do próprio sexo e mostrado sua censura decidida do que estava errado no outro, pensou que já estava livre para atender aos próprios interesses e, portanto, decidiu (embora contra a opinião de *sir* John) que, como a senhora Willoughby seria ao mesmo tempo uma mulher de elegância e fortuna, levaria seu cartão de visita para ela assim que se casasse.

As perguntas delicadas e discretas do coronel Brandon nunca eram mal recebidas pela senhorita Dashwood. Ele conquistara plenamente o privilégio de uma conversa íntima sobre a decepção de sua irmã, pelo zelo amigável com o qual tentara suavizá-la, e eles sempre conversavam com confiança. A principal recompensa pelo doloroso esforço de revelar as dores passadas e as humilhações presentes era dada pelo olhar piedoso com que Marianne às vezes o observava, e a gentileza de sua voz sempre que (embora não acontecesse com frequência) ela era obrigada ou se obrigava a falar com ele. Isso lhe assegurava que seus esforços tinham produzido um aumento da boa vontade em relação a ele, e isso dava a Elinor a esperança de que ela poderia aumentar com o tempo, mas a senhora Jennings, que não sabia nada de tudo isso, que só sabia que o coronel continuava tão sério como sempre, e que não podia convencê-lo a fazer a proposta, tampouco a aceitar que ela o fizesse em seu nome, começou a pensar que, depois de dois dias, que em vez de em meados do verão, eles não estariam casados antes da Festa de São Miguel, e no final de uma semana, que nunca formariam um par. O bom entendimento entre o coronel e a senhorita Dashwood parecia antes declarar que todas as honras da amoreira, do canal e das árvores seriam feitas para ela, e a senhora Jennings, por algum tempo, deixou completamente de pensar na senhora Ferrars.

No início de fevereiro, uma quinzena depois da chegada da carta de Willoughby, Elinor teve a dolorosa tarefa de contar para a irmã que ele estava casado. Teve cuidado para providenciar que a notícia fosse comunicada a ela assim que souberam que a cerimônia estava encerrada, pois desejava que Marianne não ficasse sabendo da novidade pelos jornais que ela examinava com ansiedade todas as manhãs.

Marianne recebeu a notícia com uma compostura firme, não fez nenhuma observação a respeito e, no começo, não derramou nenhuma lágrima. Mas, depois de um curto período de tempo, elas transbordaram e, durante o resto do dia, ela ficou em um estado nada menos lamentável do que quando descobrira pela primeira vez sobre o evento.

Os Willoughby deixaram a cidade assim que se casaram, e Elinor agora esperava, como não podia haver nenhum perigo de que visse nenhum deles, conseguir convencer a irmã, que não saíra da casa desde quando recebera o golpe, a começar aos poucos a sair de novo, como fizera antes.

Por volta desta época, as duas senhoritas Steele chegaram à casa dos primos em Bartlett's Buildings, Holborn, e apresentaram-se novamente para os parentes mais nobres nas ruas Conduit e Berkeley, sendo recebidas por todos com grande cordialidade.

Só Elinor ficou triste ao vê-las. A presença delas sempre lhe causava dor, e ela quase não soube como responder de maneira graciosa à alegria avassaladora que Lucy demonstrou ao encontrá-la ainda na cidade.

– Eu teria ficado bastante decepcionada se não encontrasse você ainda aqui – disse ela repetidas vezes, com uma forte ênfase na palavra "ainda".
– Mas sempre achei que a encontraria, tinha quase certeza de que você não deixaria Londres tão cedo, embora, como sabe, tenha me dito em Barton que não ficaria mais do que um mês. Mas pensei, na época, que era provável que você mudasse de ideia quando estivesse aqui. Seria uma grande pena ter ido embora antes da chegada de seu irmão e sua cunhada. E agora tenho certeza de que você não terá nenhuma pressa em ir embora. Estou muito feliz por não ter mantido sua palavra.

Elinor compreendeu-a perfeitamente, e foi obrigada a usar todo seu autocontrole para parecer que não a compreendera.

– Bem, minha querida – disse a senhora Jennings –, como foi a viagem?
– Não numa diligência, asseguro – respondeu a senhorita Steele, com um júbilo repentino. – Fizemos a viagem inteira na carruagem do correio e tivemos um jovem muito elegante para nos entreter. O doutor Davies estava vindo para a cidade então pensamos em nos unir a ele na carruagem postal, e ele se comportou como um cavalheiro e pagou dez ou doze xelins mais do que nós.
– Uau! – exclamou a senhora Jennings. – Muito bonito, de fato! E o doutor é um homem solteiro, aposto.
– Aí está – disse a senhorita Steele, sorrindo afetadamente –, todos riem tanto de mim quando falo sobre o doutor, e não consigo entender por quê. Minhas primas dizem que têm certeza de que fiz uma conquista. Mas, de minha parte, declaro que nunca penso nele a todo momento. "Deus! Aqui vem seu pretendente, Nancy", minha prima disse outro dia, quando o viu atravessando a rua para casa. Meu pretendente, até parece, eu disse... não sei de quem você está falando. O doutor não é meu pretendente.
– Sim, sim, é tudo muito bonito. Mas não me convence. O doutor é o homem, estou vendo.
– Não, realmente! – respondeu sua prima, com uma sinceridade afetada.
– E imploro que negue, se ouvir alguém falar isso.
A senhora Jennings deu-lhe a gratificante garantia de que decerto não faria isso e deixou a senhorita Steele completamente feliz.
– Suponho que você ficará com seu irmão e sua cunhada, senhorita Dashwood, quando eles vierem para a cidade – disse Lucy, voltando ao ataque, após uma pausa nas insinuações hostis.
– Não, acho que não vamos.
– Ah, sim, ouso dizer que vão.
Elinor não a estimularia com mais oposição.
– Que coisa encantadora que a senhora Dashwood possa ficar longe de vocês duas por tanto tempo!
– Tanto tempo! Honestamente! – interrompeu a senhora Jennings. – A visita delas apenas começou!
Lucy ficou em silêncio.
– Pena que não podemos ver sua irmã, senhorita Dashwood – disse a senhorita Steele. – Lamento que ela não esteja bem – pois Marianne deixara a sala quando elas chegaram.

– Você é muito gentil. Minha irmã também ficará chateada por perder a chance de vê-la. Mas ela tem sofrido muito ultimamente com dores de cabeça fortes, o que a deixa incapacitada para companhia ou conversa.
–Puxa, querida, é uma grande pena! Mas velhas amigas como Lucy e eu! Acho que ela poderia nos ver, e com certeza não falaríamos uma palavra.

Elinor, com bastante educação, recusou a proposta. Sua irmã talvez estivesse deitada na cama, ou de camisola e, portanto, não poderia descer para vê-las.

– Se for isso – exclamou a senhorita Steele –, podemos subir para vê-la.

Elinor começou a achar essa impertinência irritante, mas foi salva de ter que pôr fim a ela pela repressão enfática de Lucy, que agora, como em muitas ocasiões, apesar de não atribuir muita doçura aos modos de uma irmã, tinha a vantagem de governar as da outra.

## Capítulo 33

Depois de alguma oposição, Marianne cedeu às súplicas da irmã e concordou em sair com ela e a senhora Jennings uma manhã durante meia hora. Ela condicionou expressamente, no entanto, que não fossem feitas visitas e que apenas acompanharia as duas até a joalheria Gray, na Rua Sackville, onde Elinor estava negociando a venda de algumas joias antigas da mãe.

Quando pararam na porta, a senhora Jennings lembrou que havia uma dama no final da rua a quem deveria visitar, e como não tinha nada para fazer na joalheira, decidiu que, enquanto suas jovens amigas resolvessem seus assuntos, ela faria a visita e voltaria para encontrar com elas.

Ao subir a escada, as senhoritas Dashwood encontraram tantas pessoas antes delas na loja que não havia nenhum funcionário livre para atendê-las e foram obrigadas a esperar. Tudo que podiam fazer era se sentar na extremidade do balcão que parecia prometer um atendimento mais rápido. Só havia um cavalheiro parado ali, e era provável que Elinor tivesse a esperança de despertar seu cavalheirismo para que ele resolvesse seu caso mais rápido e elas pudessem ser atendidas. Mas a precisão do seu olhar e a delicadeza de seu gosto provaram estar além da cortesia. Ele estava encomendando um paliteiro, e até que tamanho, formato e ornamentos fossem determinados, após cada paliteiro da loja ter sido examinados e debatidos por quinze minutos, todos eles foram por fim organizados segundo a imaginação criativa do cavalheiro, não teve tempo de dedicar às duas senhoritas mais do que três ou quatro olhares nada sutis; uma espécie de observação que despertou em Elinor a lembrança de uma pessoa de grande, natural e notável insignificância, apesar de vestido de acordo com a última moda.

Marianne foi poupada dos sentimentos incômodos de desprezo e ressentimento em relação ao exame impertinente que ele fez delas e da futilidade de sua maneira de discutir todos os diferentes horrores que eram os paliteiros apresentados à sua inspeção permanecendo alheia a tudo aquilo, pois era capaz de se perder em seus pensamentos e ignorar o que estava ocorrendo ao seu redor, tanto na joalheria como em seu próprio quarto.

Finalmente, uma decisão foi tomada. O marfim, o ouro e a madrepérola, todos foram escolhidos, e o cavalheiro, depois de informar qual era o último dia em que sua existência poderia continuar sem a posse do paliteiro, colocou suas luvas de maneira despreocupada e, dirigindo outro olhar para as senhoritas Dashwood, que parecia mais exigir que manifestar admiração, saiu com um ar feliz de presunção real e indiferença afetada.

Elinor não perdeu tempo para falar o que a trouxera ali e estava a ponto de concluir quando outro cavalheiro parou ao seu lado. Ela olhou para o rosto dele e ficou surpresa ao ver que era seu irmão.

O carinho e o prazer de se encontrarem foram suficientes para valer a pena terem ido até a loja do senhor Gray. John Dashwood estava longe de sentir-se mal por ver as irmãs novamente. Esse carinho e o afeto deram a elas satisfação, e as perguntas que ele fez sobre a mãe delas foram bastante respeitosas e atentas.

Elinor descobriu que ele e Fanny estavam na cidade havia dois dias.

– Quis muito visitá-las ontem – disse ele –, mas foi impossível, pois fomos obrigados a levar Harry para ver os animais selvagens na Exeter Exchange e passamos o resto do dia com a senhora Ferrars. Harry ficou muito satisfeito. Nessa manhã, eu tinha a intenção de visitá-las, se pudesse encontrar uma meia hora livre, mas sempre há tanta coisa a se fazer quando se chega na cidade. Vim aqui para encomendar um sinete para Fanny. Mas, amanhã, acho que certamente poderei ir até a Rua Berkeley e ser apresentado à sua amiga, senhora Jennings. Sei que é uma mulher de grande fortuna. E os Middleton também, vocês devem me apresentar a eles. Como estão relacionados com minha madrasta, ficarei feliz em mostrar-lhes todo meu respeito. São vizinhos excelentes de vocês no campo, fiquei sabendo.

– Excelentes, de fato. A atenção pelo nosso conforto, sua simpatia em cada detalhe, é maior do que posso expressar.

– Fico muito feliz em ouvir isso, dou minha palavra, extremamente feliz. Mas deveria ser assim. Eles são pessoas de grande fortuna, são parentes seus e era esperado que oferecessem todas as demonstrações de cortesia e acomodações para tornar sua situação agradável. Portanto, estão confortáveis no seu chalé e não falta nada! Edward nos disse que o lugar é encantador, o mais completo que poderia existir, e que vocês pareciam gostar do lugar mais do que qualquer outra coisa. Asseguro que foi uma grande satisfação para nós ouvir isso.

Elinor sentiu um pouco de vergonha do irmão e não lamentou o fato de ser poupada de respondê-lo pela chegada do criado da senhora Jennings, que veio dizer que a patroa as esperava na porta.

O senhor Dashwood acompanhou-as descendo a escada, foi apresentado à senhora Jennings à porta de sua carruagem e, repetindo seu desejo de poder visitá-las no dia seguinte, partiu.

A visita foi devidamente realizada. Ele veio com um pedido de desculpas da cunhada delas por não ter vindo também.

– Ela estava tão envolvida com a mãe que não tinha mesmo tempo para ir a lugar algum.

A senhora Jennings, no entanto, assegurou-o que ela não faria tanta cerimônia, pois eram todos primos, ou algo parecido, e ela decerto visitaria a senhora John Dashwood em breve e levaria as cunhadas para vê-la. Os modos dele com as irmãs, apesar de calmos, eram perfeitamente gentis. Com a senhora Jennings, foi muito educado, e no momento em que o coronel Brandon chegou, logo depois, olhou para ele com uma curiosidade que parecia dizer que só queria saber se era rico, para ser também educado com ele.

Depois de ficar meia hora com eles, o senhor Dashwood pediu a Elinor que o acompanhasse à Rua Conduit e o apresentasse a *sir* John e lady Middleton. O clima estava notavelmente bom e ela aceitou de imediato. Assim que saíram da casa, as perguntas começaram.

– Quem é o coronel Brandon? É um homem rico?

– Sim, tem uma excelente propriedade em Dorsetshire.

– Fico feliz por isso. Ele parece um verdadeiro cavalheiro, e imagino, Elinor, que posso felicitá-la pela perspectiva de uma situação muito respeitável na vida.

– Eu, irmão! O que quer dizer?
– Ele gosta de você. Observei-o bem e estou convencido disso. De quanto é sua fortuna?
– Acredito que cerca de duas mil libras por ano.
– Duas mil libras por ano – e então, esforçando-se para chegar a uma generosidade entusiasmada, acrescentou: – Elinor, queria com todo meu coração que fosse o dobro disso, para seu bem.
– Agradeço muito – respondeu Elinor –, mas tenho certeza de que o coronel Brandon não tem o menor desejo de casar comigo.
– Você está enganada, Elinor, está muito enganada. Muito pouco de esforço de sua parte bastaria para assegurá-lo. Talvez, no momento, ele possa estar indeciso. A limitação da sua fortuna pode desencorajá-lo. Os amigos dele podem o aconselhar contra isso. Mas algumas dessas pequenas atenções e encorajamentos que as jovens podem dar com facilidade irão convencê-lo, apesar de suas dúvidas. E não há razão para que você não tente. Não se deve supor que algum afeto anterior do seu lado... Em suma, você sabe que um afeto como esse está completamente fora de questão, as objeções são insuperáveis... Você é muito inteligente para não ver tudo isso. O coronel Brandon deve ser o escolhido, e não faltará nenhuma civilidade de minha parte para deixá-lo satisfeito com você e sua família. É uma combinação que deve satisfazer a todos. Resumindo, é o tipo de coisa que – baixando a voz até um sussurro importante – será muito bem recebida por todas as partes. – Recompondo-se, no entanto, acrescentou: – Isto é, quero dizer, seus amigos estão ansiosos para vê-la bem estabelecida, em especial Fanny, pois ela quer muito o seu bem, asseguro-lhe. E a mãe dela também, a senhora Ferrars, uma mulher muito boa, tenho certeza de que isso lhe daria grande prazer. Ela disse isso outro dia.

Elinor não queria dar nenhuma resposta.

– Seria algo notável, na verdade – continuou ele –, um pouco divertido, se Fanny tivesse um irmão e eu tivesse uma irmã que se casassem ao mesmo tempo. E, no entanto, não é muito improvável.

– O senhor Edward Ferrars – perguntou Elinor, com determinação – vai se casar?

– Na verdade, não está resolvido, mas está sendo cogitado. Ele tem uma mãe excelente. A senhora Ferrars, com a máxima generosidade, lhe dará mil libras por ano se o casamento for realizado. A dama é a honorável senhorita Morton, única filha do falecido lord Morton, com um dote de trinta mil libras. Uma união muito desejada pelos dois lados, e não tenho dúvida de que será concretizada no devido tempo. Mil libras por ano é uma quantia considerável para uma mãe, mas a senhora Ferrars tem um espírito nobre. Para dar outro exemplo de sua generosidade: outro dia, assim que chegamos à cidade, ciente de que o dinheiro não poderia ser muito abundante para nós agora, ela colocou duzentas libras nas mãos da Fanny. E foi extremamente bem-vindo, pois teremos muitas despesas enquanto estivermos aqui.

Ele fez uma pausa esperando aprovação e simpatia, e ela se forçou a dizer:

– Suas despesas, tanto na cidade como no campo, decerto devem ser consideráveis, mas sua renda é grande.

– Não é tão grande, ouso dizer, quanto muitas pessoas supõem. Não quero reclamar, no entanto. É, sem dúvida, confortável, e espero que, com o tempo, seja melhor. Estamos cercando a área de Norland Common e isso aumenta muitos os gastos. E fiz uma pequena compra neste semestre. A fazenda East Kingham, você deve se lembrar do lugar, onde o velho Gibson costumava morar. A terra era tão conveniente para mim, em todos os aspectos, tão adjacente à minha propriedade, que senti o dever de comprá-la. Não poderia ter ficado com a consciência tranquila se a tivesse deixado cair em outras mãos. Um homem deve pagar por sua conveniência, e isso custou muito caro.

– Mais do que você considera ser o seu valor real.

– Ah, espero que não. Eu poderia ter vendido de novo, no dia seguinte, por mais do que paguei: mas, no que diz respeito ao dinheiro, poderia ter sido muito infeliz, pois as ações estavam tão baixas na época que, se eu não tivesse a soma necessária nas mãos do meu banqueiro, teria sido obrigado a vendê-las com grande prejuízo.

Elinor só podia sorrir.

– Tivemos outras despesas grandes e inevitáveis quando nos mudamos para Norland. Nosso respeitado pai, como você sabe, legou todos os pertences de Stanhill que permaneciam em Norland (e que eram muito valiosos) para sua mãe. Longe de mim me queixar por ele ter feito isso. Tinha o direito inquestionável de dispor de seus bens como quisesse, mas, como consequência disso, fomos obrigados a fazer grandes compras de roupas de cama e mesa, porcelana, etc., para suprir o que foi levado do lugar. Você pode adivinhar, depois de todas essas despesas, o quanto estamos longe de sermos ricos e como é bem-vinda a bondade da senhora Ferrars.

– Certamente – disse Elinor. – E ajudado por sua generosidade, espero que ainda possam viver em melhores circunstâncias.

– Mais um ou dois anos e podemos chegar a isso – ele respondeu sério. – No entanto, ainda há muito a ser feito. Nem mesmo um tijolo foi colocada para a estufa da Fanny, e o projeto do jardim de flores só foi demarcado.

– Onde será a estufa?

– Sobre a colina atrás da casa. As velhas nogueiras serão todas cortadas para abrir espaço para ela. Será um objeto muito bonito visto de muitas partes do parque, e o jardim de flores descerá logo na frente dele e ficará extremamente bonito. Removemos todos os velhos espinheiros que cresciam sobre o cume.

Elinor escondeu sua preocupação e sua revolta, e agradeceu muito que Marianne não estivesse presente para compartilhar a provocação.

Tendo dito o suficiente para deixar sua pobreza clara e eliminar a necessidade de comprar um par de brincos para cada uma das irmãs, na visita seguinte à joalheria do senhor Gray ele pensou em coisas mais alegres e começou a felicitar Elinor por ter uma amiga como a senhora Jennings.

– Ela parece uma mulher de grande valor, realmente. Sua casa, seu estilo de vida, tudo indica uma renda muito boa, e é uma amizade que não apenas tem sido de muita utilidade até agora, mas que também, no final, pode ser materialmente vantajosa. O convite dela para vir à cidade é decerto uma grande coisa a seu favor e, de fato, demonstra uma grande consideração por vocês, assim, com toda probabilidade, quando ela morrer, não serão esquecidas. Ela deverá deixar uma boa herança.

– Não deixará nada, prefiro supor, pois ela tem apenas a sua pensão, que ficará para as filhas.

– Mas não se deve imaginar que ela gaste toda sua renda. Poucas pessoas prudentes fazem isso, e ela poderá dispor do que guarda.

– E você não acha que é mais provável que ela deixe para as filhas do que para nós?

– Suas filhas estão muito bem casadas e, portanto, não entendo a necessidade de que deixe mais para elas. Ao mesmo tempo que, na minha opinião, ela teve tanta consideração por vocês, e tratando-as desta forma, ela concedeu a vocês uma espécie de direito de reivindicação sobre os planos futuros dela, o que uma mulher consciensiosa não negligenciaria. Nada pode ser mais amável do que o comportamento dela, e ela dificilmente pode fazer isso sem estar ciente da expectativa que gera.

– Mas ela não gera nada entre as pessoas mais interessadas. Na verdade, irmão, sua ansiedade por nosso bem-estar e prosperidade vai longe demais.
– Ora, com certeza – disse ele, parecendo se recompor. – Algumas pessoas têm pouco, muito pouco em seu poder. Mas, querida Elinor, qual é o problema com Marianne? Ela parece muito mal, perdeu a cor e está bastante magra. Ela está doente?
– Ela não está bem, tem um problema nervoso há várias semanas.
– Sinto muito por isso. Em sua idade, qualquer doença atrapalha a jovialidade para sempre! A dela não durou muito! Ela era uma menina tão bonita em setembro passado, como nunca tinha visto, e com grandes probabilidades de atrair os homens. Havia algo em seu estilo de beleza que os agradaria particularmente. Lembro que Fanny costumava dizer que se casaria mais cedo e melhor do que você. Não que ela não gostasse muito de você, mas era o que pensava na época. No entanto, ela se enganou. Eu me pergunto se Marianne *agora* vai se casar com um homem com mais de quinhentas ou seiscentas libras por ano, no máximo, e estarei muito enganado se *você* não conseguir algo melhor. Dorsetshire! Conheço muito pouco de Dorsetshire, mas, querida Elinor, ficarei muito feliz em conhecer mais e acho que posso afirmar que Fanny e eu estaremos entre os primeiros e mais satisfeitos visitantes.

Elinor tentou convencê-lo com muita seriedade de que não havia a menor possibilidade de se casar com o coronel Brandon, mas era uma expectativa muito agradável para que ele a abandonasse, e estava decidido a conquistar a intimidade daquele cavalheiro e promover o casamento de qualquer maneira. Sentia remorso suficiente por não ter feito nada pelas irmãs, por isso estava muito ansioso para que os outros fizessem algo, e uma proposta do coronel Brandon, ou um legado da senhora Jennings, era o meio mais fácil de compensar sua própria negligência.

Eles tiveram a sorte de encontrar lady Middleton em casa, e *sir* John chegou antes que a visita terminasse. Houve uma abundância de boa educação dos dois lados. *Sir* John estava sempre disposto a gostar de qualquer um e, embora o senhor Dashwood não parecesse entender muito de cavalos, ele logo decidiu que era um homem muito simpático, enquanto lady Middleton observou que ele era suficientemente elegante para que valesse conquistar sua amizade, e o senhor Dashwood partiu encantado com os dois.

– Tenho boas novidades para contar a Fanny – disse ele, enquanto caminhava de volta com a irmã. – Lady Middleton é uma mulher muito elegante! Tenho certeza de que Fanny ficará feliz em conhecer uma mulher como ela. E a senhora Jennings também, uma mulher de excelentes modos embora não tão elegante quanto a filha. Sua cunhada não precisa ter nenhum escrúpulo em visitá-la, o que, para dizer a verdade, foi uma preocupação muito natural. Pois só sabíamos que a senhora Jennings era a viúva de um homem que ganhou todo seu dinheiro de uma maneira indigna, e Fanny e a senhora Ferrars estavam muito predispostas a pensar que nem ela nem suas filhas eram o tipo de mulheres com as quais Fanny gostaria de estar associada. Mas agora posso falar muito bem das duas para ela.

## Capítulo 34

A senhora John Dashwood tinha tanta confiança no julgamento de seu marido que, no dia seguinte, visitou tanto a senhora Jennings quanto a filha dela. E sua confiança foi recompensada por descobrir que mesmo a primeira, a mulher com quem suas cunhadas estavam hospedadas, não era uma pessoa indigna. Quanto a lady Middleton, considerou-a uma das mulheres mais encantadoras do mundo!

Lady Middleton também ficou satisfeita com a senhora Dashwood. Havia uma espécie de egoísmo frio dos dois lados que as atraía mutuamente, e elas simpatizaram uma com a outra graças a uma insípida decência de comportamento e uma falta geral de compreensão.

Os mesmos modos, no entanto, que recomendaram a senhora John Dashwood para a boa opinião de lady Middleton não se adequavam ao gosto da senhora Jennings, e para ela, a senhora John Dashwood pareceu apenas uma mulher orgulhosa e antipática, que não demonstrou nenhum carinho pelas cunhadas, e parecia não ter nada a dizer para elas. Durante os quinze minutos passados na Rua Berkeley, ela permaneceu pelo menos sete minutos e meio sentada em silêncio.

Elinor queria muito saber, embora decidisse não perguntar, se Edward estava na cidade, mas nada teria induzido Fanny a mencionar de maneira voluntária o nome dele na frente dela até que pudesse dizer que o casamento com a senhorita Morton estava decidido, ou até que as expectativas do marido em relação ao coronel Brandon fossem confirmadas, pois ela acreditava que os dois ainda estavam muito apegados um ao outro, de modo que nenhum esforço deveria ser poupado para mantê-los separados em todas as ocasiões. No entanto, a informação que ela não daria logo chegou de outra fonte. Lucy veio muito rapidamente solicitar a compaixão de Elinor por não poder ver Edward, embora ele tivesse chegado à cidade com o senhor e a senhora John Dashwood. Ele não ousou ir a Bartlett's Buildings por medo de ser visto e, apesar da impaciência mútua em se encontrar, eles não podiam fazer nada no momento além de se corresponder.

Em pouco tempo, o próprio Edward assegurou a elas que estava na cidade, visitando duas vezes a Rua Berkeley. Duas vezes seu cartão foi encontrado sobre a mesa, quando elas voltaram dos compromissos da manhã. Elinor ficou satisfeita por ele ter vindo e ainda mais satisfeita por não terem se encontrado.

Os Dashwood estavam tão encantados com os Middleton que, embora não tivessem o hábito de receber ninguém, decidiram convidá-los para um jantar, e logo depois do começo da amizade, convidaram todos para jantar na Rua Harley, onde tinham alugado uma casa muito boa por três meses. Suas irmãs e a senhora Jennings também foram convidadas, e John Dashwood teve o cuidado de incluir o coronel Brandon, que, sempre feliz por estar onde estavam as senhoritas Dashwood, recebeu esta civilidade sincera com alguma surpresa, mas muito mais prazer. Eles conheceriam a senhora Ferrars, mas Elinor não conseguiu descobrir se os filhos dela estariam na festa. A expectativa de vê-la, no entanto, era suficiente para deixá-la interessada no compromisso, pois apesar de que agora poderia conhecer a mãe de Edward sem aquela forte ansiedade que antes prometia acompanhar tal apresentação, totalmente indiferente quanto à opinião que ela teria a seu respeito, seu desejo de estar na companhia da senhora Ferrars, a curiosidade de saber como ela era, era mais forte do que nunca.

O interesse com que esperou a festa aumentou logo depois, de maneira mais angustiante do que agradável, ao saber que as senhoritas Steele também estariam presentes.

Elas tinham agradado tanto lady Middleton, tão admiráveis tinham sido seus esforços que, embora Lucy decerto não fosse tão elegante e sua irmã nem mesmo fosse educada, a senhora estava tão disposta quanto *sir* John a convidá-las a passar uma ou duas semanas na Rua Conduit. E aconteceu que foi particularmente conveniente para as senhoritas Steele, quando o convite dos Dashwood foi conhecido, que a visita deveria começar alguns dias antes da festa.

Para a senhora John Dashwood, o fato de serem as sobrinhas do cavalheiro que durante muitos anos cuidara de seu irmão talvez não tivesse feito muito, no entanto, para conseguir um lugar à sua mesa. Mas como convidadas de lady Middleton, deveriam ser bem-vindas. E Lucy, que há muito queria conhecer pessoalmente a família, ter uma visão mais próxima do caráter deles e de suas próprias dificuldades, e ter uma oportunidade de se esforçar para agradá-los, raramente ficara mais feliz em sua vida do que ao receber o cartão da senhora John Dashwood.

Em Elinor o efeito foi muito diferente. Ela de imediato começou a pensar que Edward, que morava com a mãe, deveria ser convidado, assim como a mãe, para uma festa dada pela irmã. E vê-lo pela primeira vez, depois de tudo que acontecera, na companhia de Lucy! Ela não sabia como poderia suportar aquilo!

Essas apreensões, talvez, não fossem fundadas inteiramente na razão, e decerto de modo algum na verdade. No entanto, foram aliviadas, não por sua própria lembrança, mas pela boa vontade de Lucy, que acreditava estar causando uma decepção severa quando lhe disse que Edward com certeza não estaria na Rua Harley na terça-feira, e até esperava estar infligindo ainda mais dor convencendo-a de que ele era mantido afastado pelo extremo carinho que sentia por ela, algo que não conseguia ocultar quando estavam juntos.

A importante terça-feira chegou e as duas jovens foram apresentadas à formidável sogra.

– Tenha pena de mim, querida senhorita Dashwood! – disse Lucy, enquanto subiam as escadas juntas, pois os Middleton chegaram logo depois da senhora Jennings e todos seguiram o criado ao mesmo tempo. – Não há ninguém aqui além de você que possa sentir pena de mim. Digo que dificilmente posso aguentar. Meu Deus! Em um momento, verei a pessoa de quem depende a minha felicidade. Que será minha sogra!

Elinor poderia ter proporcionado alívio imediato a ela, sugerindo a possibilidade de que era a sogra da senhorita Morton, e não dela, que estavam prestes a conhecer. Mas, em vez de fazer isso, disse, com grande sinceridade, que se compadecia dela – para o espanto absoluto de Lucy que, mesmo sentindo-se muito desconfortável, esperava pelo menos ser objeto da inveja irreprimível de Elinor.

A senhora Ferrars era uma mulher pequena e magra, ereta, muito formal em sua aparência, e séria, até mesmo amarga, em seu aspecto. Sua pele era pálida e seus traços pequenos, sem beleza e naturalmente sem expressão; mas uma contração afortunada da testa evitava que seu semblante parecesse insípido, dando-lhe os fortes traços de orgulho e mau humor. Não era uma mulher de muitas palavras, pois, ao contrário das pessoas em geral, ela as distribuía de acordo com o número de suas ideias. E das poucas palavras que escaparam dela, nenhuma foi dirigida à senhorita Dashwood, a quem olhou com a determinação de não gostar dela de nenhuma maneira.

 Elinor não podia se sentir infeliz agora com esse comportamento. Alguns meses antes, isso a teria machucado muito, mas a senhora Ferrars não tinha mais o poder de magoá-la agora, e a diferença de suas maneiras com as senhoritas Steele, uma diferença que pareceu feita de propósito para humilhá-la mais, apenas a divertiu. Ela pôde apenas sorrir ao ver a graça da mãe e da filha justamente em relação à pessoa – pois Lucy foi tratada de forma especial – que, entre todas as outras, se soubessem tanto quanto Elinor, estariam ansiosas para afligir; enquanto ela, que comparativamente não tinha nenhum poder para feri-las, era claramente desprezada por ambas. Mas enquanto sorria diante de uma amabilidade tão mal aplicada, não podia pensar na loucura perversa que a originava, nem observar as atenções estudadas com que as senhoritas Steele bajulavam a senhora Ferrars e a senhora John Dashwood, sem desprezar as quatro por completo.

 Lucy estava exultante por ser tratada de maneira tão distinta, e a senhorita Steele apenas precisava ser provocada sobre o doutor Davies para ficar perfeitamente feliz.

 O jantar foi suntuoso, os criados eram numerosos e tudo indicava a inclinação da dona da casa para a ostentação e a capacidade do senhor de pagar por isso. Apesar das reformas e ampliações que estavam fazendo em Norland, e apesar de seu proprietário ter ficado a poucos milhares de libras de ser obrigado a vendê-la com prejuízo, não havia nenhum sintoma dessa indigência que ele tentou insinuar. Nenhuma pobreza de qualquer tipo, exceto de conversa, apareceu. Mas, nesse ponto, a deficiência foi considerável. John Dashwood não tinha muito a dizer que valesse a pena ouvir, e sua esposa menos ainda. Mas não havia nenhuma desgraça especial nisso, pois era também o caso da maioria dos visitantes. Quase todos incorriam em uma ou outra dessas desqualificações para ser agradável: falta de sensatez, natural ou por educação, falta de elegância, falta de ânimo ou falta de caráter.

 Quando as senhoras se retiraram para a sala de estar depois do jantar, esta pobreza ficou particularmente evidente, pois os cavalheiros tinham dado alguma variedade à conversa falando sobre política, as terras vizinhas às suas propriedades e sobre o adestramento de cavalos. Mas tudo acabou, e um único assunto dominou a conversa das senhoras até a chegada do café: a comparação da altura de Harry Dashwood com a do segundo filho de lady Middleton, William, que tinham quase a mesma idade.

Se as duas crianças estivessem lá, o caso poderia ter sido determinado com facilidade medindo-os de uma vez, mas como só Harry estava presente, havia apenas conjecturas de ambos os lados. E todas tinham o direito de serem igualmente categóricas em sua opinião e repeti-la quantas vezes quisessem.

Os lados ficaram assim: as duas mães, embora cada uma estivesse convencida de que seu próprio filho era o mais alto, decidiram educadamente a favor do outro. As duas avós, com não menos parcialidade, mas maior sinceridade, eram do mesmo modo firmes no apoio dos próprios descendentes.

Lucy, que não queria agradar uma das mães mais do que a outra, achava que os meninos eram incrivelmente altos para sua idade e não podia conceber que houvesse a menor diferença entre eles. E a senhorita Steele, com ainda mais determinação falava, o mais rápido que podia, ora a favor de um, ora do outro.

Elinor, ao dar sua opinião a favor de William, ofendendo a senhora Ferrars e Fanny ainda mais, não viu a necessidade de reforçá-la dizendo mais nada. E Marianne, quando convocada a se manifestar, ofendeu a todos, declarando que não tinha opinião para dar, pois nunca pensara a respeito.

Antes de deixar Norland, Elinor pintara um par de telas muito bonitas para a cunhada, que tendo acabado de ser emolduradas e trazidas para casa, ornamentavam sua sala de estar atual. E esses quadros, chamando a atenção de John Dashwood quando seguiu os outros cavalheiros até a sala, foram entregues oficiosamente ao coronel Brandon para que os admirasse.

– Foram feitos pela minha irmã mais velha – disse ele –, e você, como um homem de bom gosto, ouso dizer, saberá apreciá-los. Não sei se você já viu algum de seus quadros antes, mas ela é, em geral, vista como uma excelente pintora.

O coronel, apesar de renunciar a todas as pretensões de conhecedor, admirou com fervor as telas, como teria feito com qualquer coisa pintada pela senhorita Dashwood. E tendo obviamente despertado a curiosidade dos outros, todos se entregaram a uma inspeção geral. A senhora Ferrars, sem saber que eram o trabalho de Elinor, pediu para vê-las, e depois de terem recebido a aprovação de lady Middleton, Fanny entregou-os para a mãe, informando-a, ao mesmo tempo, que tinham sido feitos pela senhorita Dashwood.

– Hum – disse a senhora Ferrars –, muito bonitos – e sem olhá-los, devolveu-os à filha.

Talvez Fanny tivesse pensado por um momento que a mãe fora bastante rude, pois, ficando um pouco vermelha, disse de imediato:

– São muito bonitos, senhora, não são? – Mas, novamente, o medo de ter sido muito educada, muito encorajadora, decerto a tomou, pois acrescentou: – A senhora não acha que são parecidos com o estilo de pintura da senhorita Morton? Ela pinta da forma mais encantadora! Como é linda a sua última paisagem!

– Realmente linda! Mas ela faz tudo bem.

Marianne não podia suportar aquilo. Já estava muito descontente com a senhora Ferrars, e esses elogios tão inoportunos a outra pessoa, à custa de Elinor, embora ela não tivesse nenhuma noção dos motivos, fizeram com que logo falasse com veemência:

– Esta é uma admiração de um tipo muito especial! O que é a senhorita Morton para nós? Quem conhece ou se importa com ela? É sobre Elinor que estamos pensando e falando.

E, assim dizendo, tirou as telas das mãos da cunhada para admirá-las como mereciam.

A senhora Ferrars parecia extremamente irritada e, ficando mais rígida do que nunca, deu esta resposta amarga:

– A senhorita Morton é a filha de lord Morton.

Fanny também parecia muito irritada, e seu marido estava com medo da audácia da irmã. Elinor ficou muito mais ferida pela veemência de Marianne do que ficara com o fato que a provocara. Mas os olhos do coronel Brandon, que estavam fixos em Marianne, demonstravam que ele só notava o que havia de amável na atitude dela, o coração afetuoso que não podia suportar ver uma irmã minimamente desprezada.

Os sentimentos de Marianne não pararam ali. A fria insolência do comportamento geral da senhora Ferrars em relação à sua irmã parecia prever as mesmas dificuldades e angústias para Elinor que seu coração dolorido lhe ensinara a temer. E encorajada por um forte impulso de sensibilidade afetuosa, aproximou-se da cadeira da irmã depois de um momento e, colocando um braço em volta do pescoço dela e aproximando seu rosto do dela, disse em voz baixa, mas firme:

– Querida Elinor, não se importe com elas. Não deixe que elas *a* façam infeliz.

Ela não podia dizer mais nada, seu humor fora totalmente derrotado, e escondendo o rosto no ombro de Elinor, começou a chorar. A atenção de todos se voltou para ela, e quase todos ficaram preocupados. O coronel Brandon levantou-se e foi até elas sem saber o que estava fazendo. A senhora Jennings, com um "Ah! Pobrezinha" muito inteligente, entregou-lhe de imediato seus sais, e *sir* John sentiu-se tão desesperadamente enfurecido contra o autor dessa angústia nervosa que no mesmo instante mudou de lugar para perto de Lucy Steele e deu-lhe, num sussurro, uma breve descrição de todo o caso chocante.

Em poucos minutos, no entanto, Marianne estava recuperada o suficiente para acabar com a agitação e sentar-se entre os demais, embora, durante toda a noite, seu humor mantivesse a impressão do que acontecera.

– Pobre Marianne! – disse o irmão dela ao coronel Brandon, em voz baixa, assim que conseguiu chamar sua atenção. – Ela não está em tão boa saúde quanto a irmã, está muito nervosa, não tem a constituição de Elinor. E deve-se reconhecer que é muito perturbador para uma jovem que já foi uma beleza perder seus atrativos pessoais. Você não pensaria, talvez, mas Marianne era notavelmente bonita alguns meses atrás. Tão bonita quanto Elinor. Agora, você vê que tudo desapareceu.

## Capítulo 35

A curiosidade de Elinor em conhecer a senhora Ferrars foi satisfeita. Ela vira nela tudo que poderia tender a tornar indesejável uma ligação maior entre as famílias. Ela vira o bastante do seu orgulho, da sua maldade e de seu preconceito resoluto contra ela para compreender todas as dificuldades que atrapalhariam o compromisso e atrasariam o casamento entre Edward e ela, caso ele estivesse livre. E vira quase o suficiente para agradecer, pelo seu próprio bem, que um obstáculo maior tivesse evitado que sofresse com qualquer ato da senhora Ferrars, preservando-a de toda dependência de seus caprichos ou de qualquer necessidade de conquistar sua boa opinião. Ou, pelo menos, se não conseguia se alegrar por Edward estar comprometido com Lucy, ela determinou que, se Lucy fosse mais amável, ela deveria ter se alegrado.

Ela se perguntou se o ânimo de Lucy teria sido muito aumentado pela civilidade da senhora Ferrars, se o seu interesse e sua vaidade iriam cegá-la a ponto de considerar um elogio a atenção dedicada a ela apenas porque não era Elinor ou que permitisse que ela se sentisse encorajada por uma preferência que só lhe fora concedida porque sua situação real era desconhecida. Mas foi assim, o que fora demonstrado não apenas pelos olhos de Lucy no momento, mas novamente declarado de maneira mais aberta na manhã seguinte, pois lady Middleton, atendendo o desejo da jovem, levou-a para a Rua Berkeley na esperança de encontrar Elinor sozinha para lhe dizer o quanto estava feliz.

A esperança não foi em vão, pois uma mensagem da senhora Palmer, logo depois de sua chegada, tirou a senhora Jennings de casa.

– Minha querida amiga – exclamou Lucy, assim que elas estavam sozinhas –, venho contar a você minha felicidade. Alguma coisa poderia ser mais lisonjeira do que a maneira como a senhora Ferrars me tratou ontem? Foi amável até demais! Você sabe como eu temia a ideia de vê-la, mas no instante em que fui apresentada, houve tanta amabilidade em seu comportamento que até era possível dizer que ela gostou bastante de mim. Não foi assim? Você viu tudo e não ficou impressionada com isso?

– Ela realmente foi muito educada com você.

– Educada! Você não viu nada além de educação? Eu vi muito mais. Tanta bondade dedicada a mais ninguém além de mim! Sem orgulho, sem altivez, e sua cunhada exatamente o mesmo, toda doçura e afabilidade!

Elinor desejava falar de outra coisa, mas Lucy ainda a pressionou para que concordasse que havia motivos para sua felicidade e Elinor foi obrigada a continuar.

– Sem dúvida, se elas soubessem sobre seu compromisso com Edward – disse ela –, nada poderia ser mais lisonjeiro do que o tratamento dedicado a você, mas como não era o caso...

– Achei que você diria isso – respondeu Lucy rapidamente –, mas não havia nenhuma razão no mundo para que a senhora Ferrars fingisse gostar de mim, caso não gostasse, e é maravilhoso que ela goste de mim. Você não vai estragar minha satisfação. Estou certa de que tudo acabará bem e não haverá nenhuma dificuldade, ao contrário do que costumava pensar. A senhora Ferrars é uma mulher encantadora, e sua cunhada também.

São mulheres adoráveis, sem dúvida! Pergunto-me por que nunca a ouvi dizer o quanto a senhora John Dashwood é agradável!

Elinor não tinha resposta para isso e nem tentou inventar uma.

– Você está doente, senhorita Dashwood? Parece triste, não fala nada... Com certeza não está bem.

– Nunca estive melhor de saúde.

– Estou feliz com isso de todo meu coração, mas na verdade você não parece bem. Eu ficaria muito triste se você ficasse doente. Você, que tem sido o maior conforto para mim no mundo! Só Deus sabe o que eu teria feito sem sua amizade...

Elinor tentou dar uma resposta educada, embora duvidando do próprio sucesso. Mas pareceu satisfazer Lucy, pois ela respondeu de imediato:

– Na verdade, estou plenamente convencida da sua consideração por mim e, ao lado do amor de Edward, isso é o maior conforto que tenho. Pobre Edward! Mas agora há uma coisa boa: poderemos nos encontrar, e com mais frequência, pois lady Middleton está encantada com a senhora Dashwood, então estaremos sempre na Rua Harley, ouso dizer, e Edward passa a metade do tempo com a irmã. Além disso, lady Middleton e a senhora Ferrars vão se visitar a partir de agora, e a senhora Ferrars e sua cunhada foram tão boas ao dizer mais de uma vez que sempre estariam felizes em me ver. São mulheres tão encantadoras! Tenho certeza de que, se você contar à sua cunhada o que penso dela, não seria capaz de demonstrar o quanto a aprecio.

Mas Elinor não lhe daria nenhum incentivo para esperar que ela falaria algo para a cunhada. Lucy continuou.

– Tenho certeza de que teria percebido de imediato se a senhora Ferrars não tivesse gostado de mim. Se ela tivesse me feito apenas uma cortesia formal, por exemplo, sem dizer uma palavra, nem me notado depois e nunca me olhado de maneira agradável... você sabe o que quero dizer... se eu tivesse sido tratada dessa forma intimidante, desistiria de tudo, em desespero. Eu não suportaria. Pois quando ela não gosta de algo, sei que é bem violenta.

Elinor foi impedida de dar qualquer resposta a esse triunfo civilizado, pois a porta se abriu, o criado anunciou o senhor Ferrars, e Edward entrou imediatamente.

Foi um momento embaraçoso, e a fisionomia de todos mostrou isso. Nenhum deles sabia o que fazer, e Edward parecia tão inclinado a sair quanto a entrar na sala. A própria circunstância, da maneira mais desagradável, que cada um deles queria muito evitar, estava acontecendo. Não só estavam os três juntos, mas estavam juntos sem o alívio de qualquer outra pessoa. As senhoritas se recuperaram primeiro. Lucy não tomaria a iniciativa, e a aparência de sigilo ainda deveria ser mantida. Ela poderia, portanto, apenas olhar seu amado, e depois de cumprimentá-lo brevemente, não disse mais nada.

Elinor, no entanto, tinha mais a fazer, e estava tão ansiosa para atuar bem, pelo bem dele e de si mesma, que se obrigou, depois de um momento de indecisão, a dar-lhe as boas-vindas, com um olhar e uma maneira que eram quase naturais e espontâneos, os quais conseguiu melhorar com mais um pouco de empenho e esforço. Ela não permitiria que a presença de Lucy, nem a consciência de alguma injustiça contra ela própria, a impedisse de dizer que estava feliz em vê-lo e que era uma pena que não estivesse em casa quando ele visitara a Rua Berkeley anteriormente. Ela não se sentiria ameaçada de dedicar a ele as atenções que, como amigo e quase parente, eram devidas, por causa dos olhos observadores de Lucy, apesar de logo ter percebido que eles a vigiavam muito atentamente.

Seus modos deram certa tranquilidade a Edward, e ele teve coragem suficiente para se sentar. Mas seu constrangimento ainda era maior que o das senhoritas, o que era algo compreensível, embora fosse mais raro nos homens. Pois seu coração não tinha a indiferença do de Lucy, nem sua consciência poderia ter a tranquilidade da de Elinor.

Lucy, com um ar recatado e acomodado, parecia determinada a não contribuir para o conforto dos outros e não dizia uma palavra. Quase tudo que foi dito veio de Elinor, que foi obrigada a oferecer todas as informações sobre a saúde da mãe, sua chegada à cidade, etc., sobre o que Edward deveria ter perguntado, mas nunca o fez.

Seus esforços não pararam ali, pois logo depois ela se sentiu tão heroicamente disposta a ponto de decidir, sob a pretensão de buscar Marianne, deixar os outros sozinhos; e fez mesmo isso, e da maneira mais elegante, pois demorou vários minutos no patamar escada, com a mais generosa força de espírito, antes de ir buscar a irmã. Quando isso foi feito, no entanto, era hora de cessar os arrebatamentos de Edward, pois a alegria de Marianne fez com que ela corresse de imediato para a sala de estar. O prazer dela em vê-lo era como todos seus outros sentimentos: fortes em si mesmos e expressos abertamente. Ela o encontrou, apertou sua mão e falou com uma voz que expressava o carinho de uma cunhada.

– Caro Edward! – ela exclamou. – Este é um momento de grande felicidade! Isso quase compensaria tudo!

Edward tentou retribuir a gentileza como merecia, mas, na frente de tais testemunhas, não ousava dizer metade do que realmente sentia. Mais uma vez, todos se sentaram, e por um momento ou dois todos ficaram em silêncio enquanto Marianne olhava com muita ternura, algumas vezes para Edward e outras para Elinor, lamentando apenas que o prazer mútuo fosse comprometido pela presença indesejada de Lucy. Edward foi o primeiro a falar, e foi para notar que Marianne estava diferente e expressar seu medo de que Londres não tivesse sido boa para ela.

– Ah, não pense em mim! – ela respondeu com uma sinceridade animada, apesar de seus olhos estarem cheios de lágrimas quando falou isso. – Não pense na minha saúde. Elinor está bem, você vê. Isso deve ser suficiente para nós.

Esta observação não foi calculada para acalmar Edward ou Elinor, nem conciliar a boa-vontade de Lucy, que olhou para Marianne com uma expressão nada bondosa.

– Você gosta de Londres? – perguntou Edward, disposto a dizer qualquer coisa que pudesse introduzir outro assunto.

– De jeito nenhum. Esperava me divertir muito, mas não aconteceu nada disso. Sua visita, Edward, é o único conforto que tive. E graças aos céus, você continua exatamente o mesmo!

Ela fez uma pausa – ninguém falou.

– Eu acho, Elinor – ela acrescentou –, que podemos pedir que Edward nos acompanhe em nosso retorno a Barton. Em uma semana ou duas, suponho, vamos partir. E, eu confio, Edward não estará muito relutante em aceitar a incumbência.

O pobre Edward murmurou algo, mas ninguém soube o que falou, nem ele mesmo. Mas Marianne, que viu sua agitação, e poderia explicá-la facilmente com qualquer motivo que mais a agradasse, estava bastante satisfeita e logo falou de outra coisa.

– Mas que dia tivemos ontem, Edward, na Rua Harley! Tão maçante, tão abominavelmente maçante! Mas tenho muitas coisas a lhe dizer a respeito que não podem ser ditas agora.

E com essa admirável discrição, ela adiou a confirmação de que achava seus parentes em comum mais desagradáveis do que nunca, e de que estava particularmente desgostosa com a mãe dele, até que estivessem em um momento mais privado.

– Mas por que você não estava lá, Edward? Por que não foi?

– Eu tinha outro compromisso.

– Compromisso! Mas o que poderia ser, se seus grandes amigos estavam lá?

– Talvez, senhorita Marianne – exclamou Lucy, ansiosa para se vingar dela –, você ache que os jovens nunca assumem compromissos quando não têm interesse em cumpri-los, tanto os pequenos quanto os grandes.

Elinor ficou muito brava, mas Marianne pareceu inteiramente insensível ao ataque, pois respondeu com calma:

– Não é assim, de fato, pois, falando sério, tenho certeza de que apenas a consciência evitou que Edward estivesse na Rua Harley. E realmente acredito que ele tem a consciência mais delicada do mundo, a mais escrupulosa em manter todos os seus compromissos, por menores que sejam, e por mais que possam se opor ao seu interesse ou prazer. Ele é quem mais teme causar dor, ferir expectativas, e é o mais incapaz de ser egoísta, entre todas as pessoas que jamais conheci. Edward, essa é a verdade, e é o que direi. O quê! Você nunca foi elogiado assim! Então não deve ser meu amigo, pois aqueles que aceitam meu amor e minha estima devem aceitar meus elogios sinceros.

A natureza de seu elogio, no presente caso, no entanto, foi particularmente inadequada para os sentimentos de dois terços dos ouvintes, e foi tão incômoda para Edward que ele logo se levantou para ir embora.

– Ir embora tão cedo! – disse Marianne. – Meu querido Edward, não pode ser.

E, afastando-o um pouco, sussurrou sua certeza de que Lucy não poderia ficar muito mais tempo. Mas mesmo esse encorajamento fracassou, pois ele foi embora, e Lucy, que teria ficado mais tempo do que Edward, mesmo que sua visita durasse duas horas, foi embora logo depois.

– O que pode trazê-la aqui com tanta frequência? – perguntou Marianne quando Lucy as deixou. – Será que ela não viu que queríamos que fosse embora?! É uma provocação para Edward!

– Por quê? Éramos todos amigos dele e Lucy é quem o conhece há mais tempo. É natural que ele goste de vê-la tanto quanto gosta de nos ver.

Marianne olhou para ela com firmeza e disse:

– Sabe, Elinor, esse é o tipo de conversa que não aguento. Se você só espera ter sua afirmação contrariada, como devo supor ser o caso, deve lembrar que serei a última pessoa no mundo a fazê-lo. Não posso me rebaixar a ponto de ser enganada por afirmações que não são desejadas.

Ela então saiu da sala e Elinor não ousou segui-la para falar mais, pois como estava presa por sua promessa de sigilo a Lucy, não podia dar nenhuma informação que convencesse Marianne. E por mais dolorosas que fossem as consequências de continuar insistindo em um erro, ela era obrigada a se submeter a ele. Tudo que poderia esperar era que Edward não expusesse com frequência nem a ela e nem a si próprio ao sofrimento de ouvir o carinho equivocado de Marianne, nem à repetição de qualquer outra parte da dor que acompanhara seu encontro recente e ela tinha todas as razões para esperar isso.

## Capítulo 36

Poucos dias depois do encontro, os jornais anunciaram ao mundo que a esposa do excelentíssimo senhor Thomas Palmer dera à luz, em segurança, um filho e herdeiro. Um parágrafo muito interessante e satisfatório, pelo menos para todos os amigos íntimos que já sabiam disso.

Esse evento, muito importante para a felicidade da senhora Jennings, produziu uma alteração temporária na disponibilidade de seu tempo e influenciou, de modo semelhante, os compromissos de suas jovens amigas, pois, como desejava estar o máximo que pudesse com Charlotte, ia ao encontro dela todas as manhãs assim que estava vestida e não voltava até o final da tarde. E as senhoritas Dashwood, a pedido dos Middleton, passavam todo o dia na Rua Conduit. Para o próprio conforto, elas prefeririam permanecer, pelo menos durante toda a manhã, na casa da senhora Jennings, mas não podiam ir contra os desejos de todos. Suas horas, portanto, foram transferidas para lady Middleton e as duas senhoritas Steele, para quem sua companhia, de fato, era tão pouco apreciada quanto declaradamente procurada.

Elas eram muito inteligentes para serem companhias desejáveis para a primeira. E eram consideradas pelas últimas com um olhar invejoso, como se estivessem se intrometendo no território delas, compartilhando a bondade que elas queriam monopolizar. Embora nada pudesse ser mais educado do que o comportamento de lady Middleton com Elinor e Marianne, ela realmente não gostava delas. Como nunca a elogiavam, nem seus filhos, ela não podia acreditar que eram boas pessoas. E como gostavam de ler, achava-as satíricas, talvez sem saber muito bem o que era ser satírica, mas isso não importava. Era uma censura de uso comum e fácil de ser usada.

A presença delas era uma restrição tanto para lady Middleton quanto para Lucy. Mostrava a ociosidade de uma e as ocupações da outra. Lady Middleton tinha vergonha de não fazer nada na frente delas, e Lucy temia ser desprezada por elas por conta dos elogios que tinha orgulho de pensar e demonstrar em outros momentos. A senhorita Steele era a menos perturbada das três pela presença das Dashwood, e estava no poder delas fazê-la com que a aceitasse. Bastaria que alguma delas lhe fizesse um relato completo e minucioso de todo o caso entre Marianne e o senhor Willoughby e ela pensaria que estaria amplamente recompensada pelo sacrifício de ceder o melhor lugar junto à lareira após o jantar, o que a chegada delas ocasionou. Mas essa reconciliação não era garantida, pois, apesar de ter demonstrado a Elinor a piedade que sentia por sua irmã, e mais de uma vez refletido sobre a inconstância dos galanteadores na frente de Marianne, isso não produziu nenhum efeito, apenas um olhar de indiferença da primeira e de desgosto da segunda. Um esforço ainda mais leve das senhoritas Dashwood poderia ter feito que se tornassem amigas. Se apenas rissem com ela sobre o doutor! Mas elas estavam tão pouco dispostas, assim como os outros, a agradá-la, que se *sir* John jantasse fora de casa, ela poderia passar um dia inteiro sem ouvir nenhuma provocação referente ao assunto, exceto aquelas que ela própria tinha a gentileza de fazer com si mesma.

Todos esses ciúmes e descontentamentos, no entanto, não eram percebidos pela senhora Jennings, que achava ótimo para as meninas estarem juntas e geralmente parabenizava todas as noites suas jovens amigas por terem escapado por tanto tempo da companhia de uma velha estúpida. Ela as encontrava algumas vezes na casa de *sir* John, outras na própria casa, mas onde quer que fosse, sempre chegava muito animada, cheia de alegria e importância, atribuindo o bem-estar de Charlotte aos seus próprios cuidados, e pronta para fazer um relato tão exato e tão minucioso da situação de sua filha que apenas a senhorita Steele tinha curiosidade o suficiente para desejar. Uma coisa conseguia perturbá-la e ela se queixava disso todos os dias. O senhor Palmer mantinha a opinião comum entre os homens, mas pouco paternal, de que todos os bebês são iguais. E embora ela pudesse perceber, em momentos diferentes, a semelhança marcante entre o bebê, o pai e a mãe, não havia como convencer o pai disso. Não conseguia convencê-lo a acreditar que não era exatamente como qualquer outro bebê da mesma idade, nem poderia levá-lo a reconhecer a simples proposição de que era a criança mais linda do mundo.

Venho agora contar um infortúnio, que nesse tempo acometeu a senhora John Dashwood. Aconteceu que, enquanto suas duas cunhadas a visitaram pela primeira vez na Rua Harley com a senhora Jennings, uma conhecida de Fanny havia chegado, uma circunstância que, por si só, aparentemente não causaria nenhum mal a ela. Mas enquanto a imaginação de outras pessoas as levar a fazer julgamentos errados sobre nossa conduta e a tomar decisões baseados em aparências superficiais, a felicidade de alguém sempre estará, em certa medida, à mercê do acaso. Na atual situação, essa mulher, que chegou por último, permitiu que sua imaginação fosse tão além da verdade e da probabilidade que, apenas por ouvir o nome das senhoritas Dashwood, e compreendendo que eram as irmãs do senhor Dashwood, concluiu de imediato que estavam hospedadas na Rua Harley, e essa conclusão incorreta produziu, um ou dois dias depois, cartões de convite para elas, bem como para seu irmão e cunhada, para uma pequena festa musical em sua casa. A consequência disso foi que a senhora John Dashwood foi obrigada a se submeter não só à grande inconveniência de enviar sua carruagem para as senhoritas Dashwood, mas, o que ainda era pior, a se submeter a todo o incômodo de manter a aparência de tratá-las com atenção. E quem poderia dizer que elas talvez não esperassem sair com ela uma segunda vez? O poder de decepciná-las, era verdade, sempre seria de Fanny. Mas isso não foi o suficiente, pois quando as pessoas estão determinadas a adotar um modo de conduta que sabem ser errado, sentem-se feridas pela expectativa de qualquer coisa melhor delas.

Naquela altura, Marianne fora levada aos poucos a recuperar o hábito de sair todos os dias, mas era indiferente para ela se saísse ou não. E ela se arrumava silenciosa e mecanicamente para todos os eventos noturnos, embora sem esperar a menor diversão de qualquer um deles, e muitas vezes sem saber, até o último momento, para onde seria levada.

Ela tornara-se tão indiferente em relação à própria roupa e aparência que, durante todo tempo gasto em se arrumar, dava a elas metade da atenção que recebiam da senhorita Steele nos primeiros cinco minutos em que estavam juntas, depois de estar pronta. Nada escapava à observação minuciosa e à curiosidade geral dela, que via tudo e perguntava sobre tudo. Só parava quando sabia o preço de cada peça do vestuário de Marianne, sabia o número dos vestidos dela melhor do que a própria Marianne e não perdia a esperança de descobrir, antes de se separarem, quanto custava a lavagem das roupas por semana e quanto ela gastava consigo mesma todos os anos. A impertinência desse tipo de questionamento, além do mais, era em geral concluída com um elogio que, apesar da intenção de manifestar doçura, era considerado por Marianne como a maior impertinência de todas, já que depois de se submeter a um exame do valor e de como o vestido fora feito, da cor dos sapatos e do arranjo dos cabelos, ela tinha praticamente certeza de que ouviria "dou minha palavra que está muito elegante e ouso dizer que fará muitas conquistas".

Com tal encorajamento, Marianne se despediu e seguiu para a carruagem do irmão, na qual estavam prontas para embarcar cinco minutos depois de ter parado na porta, uma pontualidade não muito agradável para sua cunhada, que fora antes delas para a casa de sua conhecida, e esperava que houvesse algum atraso que pudesse ser um inconveniente para ela ou para seu cocheiro.

Os acontecimentos daquela noite não foram muito notáveis. A festa, como outras noitadas musicais, incluía um grande número de pessoas que tinham um gosto real pelo espetáculo, e muitas mais que não tinham nenhum. E os próprios artistas eram, como de costume, em sua própria opinião e na de seus amigos próximos, os melhores artistas amadores em toda a Inglaterra.

Como Elinor não tinha talento musical, nem fingia ter, não teve nenhum escrúpulo de desviar a atenção do piano de cauda sempre que quisesse, nem mesmo contida pela presença de uma harpa e um violoncelo, prestando atenção com mais prazer em qualquer outro objeto na sala. Em uma dessas digressões, ela reparou, entre um grupo de jovens, no homem que dera uma aula sobre paliteiros na joalheria. Percebeu logo depois que ele olhava para ela e conversava com seu irmão com familiaridade. E mal acabara de decidir descobrir o nome dele quando ambos vieram em sua direção e o senhor Dashwood apresentou-o como o senhor Robert Ferrars.

Ele dirigiu-se a ela com uma educação tranquila e abaixou a cabeça em uma saudação que assegurou a Elinor de maneira tão clara quanto as palavras poderiam ter feito que ele era exatamente o dândi que Lucy descrevera. Ela teria ficado feliz se seu afeto por Edward dependesse menos de seu próprio mérito do que do mérito de seus parentes próximos! Pois a saudação de seu irmão seria o golpe final no mau humor que sua mãe e irmã ainda tivessem. Mas enquanto pensava nas diferenças entre os dois irmãos, não achou que o vazio da presunção de um ofuscava tanto a modéstia e o valor do outro. O próprio Robert disse para ela o quanto eram diferentes nos quinze minutos que conversaram, pois, falando do irmão, e lamentando a *gaucherie* extrema que ele realmente acreditava que o impedia de se inserir na sociedade, ele atribuiu, com franqueza e generosidade, muito menos a qualquer deficiência natural do que ao infortúnio de uma educação privada. Enquanto ele, embora provavelmente sem nenhuma superioridade particular e importante por natureza, apenas com a vantagem de uma escola pública, estava tão bem preparado para se inserir no mundo como qualquer outro homem.

– Palavra de honra – acrescentou ele. – Acredito que não é nada mais que isso, e é o que costumo dizer à minha mãe quando ela está sofrendo com isso. "Minha querida senhora", sempre digo a ela, "acalme-se. O mal é agora irremediável, e foi tudo culpa sua. Por que foi convencida por meu tio, *sir* Robert, contra seu próprio julgamento, a colocar Edward sob um tutor privado, no momento mais crítico de sua vida? Se o tivesse enviado para Westminster como eu, em vez de enviá-lo para o senhor Pratt, tudo isso teria sido evitado". Esta é a maneira pela qual sempre considero o assunto e minha mãe está perfeitamente convencida de seu erro.

Elinor não se oporia à opinião dele, porque, qualquer que fosse sua consideração sobre a vantagem de uma escola pública, ela não podia pensar com satisfação em Edward morando com a família do senhor Pratt.

– A senhorita mora em Devonshire, se não me engano – foi a observação seguinte dele – em um chalé perto de Dawlish.

Elinor corrigiu essa informação, e pareceu bastante surpreendente para ele que alguém pudesse viver em Devonshire sem viver perto de Dawlish. Contudo, ele deu sua aprovação, independentemente do tipo de casa em que moravam.

– De minha parte – disse ele –, gosto muito de um chalé. Há sempre tanto conforto, tanta elegância neles. E afirmo, se tivesse algum dinheiro sobrando, compraria um pouco de terra e construiria um para mim, a uma curta distância de Londres, para onde poderia ir a qualquer momento, levar alguns amigos comigo e ser feliz. Aconselho a todo mundo que vai construir a erguer um chalé. Meu amigo lord Courtland me procurou outro dia com o propósito de pedir meu conselho e colocou na minha frente três plantas diferentes de Bonomi. Eu deveria decidir qual era a melhor. "Querido Courtland", eu disse, jogando de imediato todas na lareira, "não escolha nenhuma delas, mas construa um chalé, por favor". E acredito que, com isso, tenha encerrado o assunto. Algumas pessoas imaginam que não pode haver acomodações nem espaço em um chalé, mas isso é um erro. Estive no mês passado no chalé do meu amigo Elliott, perto de Dartford. Lady Elliott queria dar um baile. "Mas como pode ser feito?", perguntou ela. "Querido Ferrars, diga-me como pode ser organizado. Não há uma sala neste chalé onde caibam dez casais e onde a ceia possa ser servida?" Imediatamente, vi que não havia dificuldade nisso, então disse: "Querida lady Elliott, não fique preocupada. A sala de jantar admite dezoito casais com facilidade, as mesas de cartas podem ser colocadas na sala de estar. A biblioteca pode ser aberta para o chá e outros refrescos, e a ceia pode ser organizada no salão." Lady Elliott ficou encantada com minha ideia. Medimos a sala de jantar e descobrimos que caberiam exatamente dezoito casais, e a festa foi organizada segundo meu plano. De modo que, de fato, você vê, se as pessoas souberem como organizar, todo conforto pode ser desfrutado tanto em um chalé quanto em uma casa mais espaçosa.

Elinor concordou com tudo, pois não achava que ele merecia o elogio da oposição racional.

Como John Dashwood não sentia mais prazer com a música do que a irmã, sua mente estava também livre para pensar em qualquer outra coisa, e ele teve uma ideia naquela noite, a qual comunicou à esposa, para aprovação dela, quando chegaram em casa. A consideração do erro da senhora Dennison, ao supor que suas irmãs eram suas convidadas, sugerira o decoro de que fossem realmente convidadas para ficar na casa deles, enquanto os compromissos da senhora Jennings a mantivessem fora de casa. Os gastos seriam poucos, a inconveniência seria ainda menor, e era uma atenção que a delicadeza de sua consciência apontou como um requisito para sua completa emancipação da promessa ao pai. Fanny ficou espantada com a proposta.

– Não vejo como isso pode ser feito – disse ela – sem ofender lady Middleton, pois suas irmãs passam todos os dias com ela. Do contrário, eu ficaria extremamente feliz. Sabe que estou sempre pronta para prestar-lhes qualquer atenção em meu poder, como demonstrei levando-as à festa hoje. Mas são hóspedes de lady Middleton. Como posso pedir que a deixem?

Seu marido, mesmo com grande humildade, não conseguiu enxergar a força de sua objeção.

– Elas já passaram uma semana desta maneira na Rua Conduit, de modo que lady Middleton não poderia ficar ofendida se dedicassem o mesmo número de dias a parentes tão próximos.

Fanny parou um momento e, revigorada, disse:

– Meu amor, eu gostaria de convidá-las, do fundo do coração, se estivesse no meu poder. Mas tinha acabado de decidir convidar as senhoritas Steele a passar alguns dias conosco. Elas são muito bem comportadas, boas moças, e acho que devemos lhes dedicar atenção, já que seu tio cuidou tão bem de Edward. Podemos convidar suas irmãs um outro ano, sabe, mas as senhoritas Steele podem não estar mais na cidade. Tenho certeza de que você gostará delas. Na verdade, você gosta delas, sabe, assim como minha mãe, e Harry gosta tanto delas!

O senhor Dashwood foi convencido. Ele logo viu a necessidade de convidar as senhoritas Steele, e sua consciência foi pacificada pela resolução de convidar as irmãs outro ano. Ao mesmo tempo, no entanto, suspeitava em segredo que outro ano tornaria o convite inútil, pois Elinor viria para a cidade como a esposa do coronel Brandon, e Marianne como hóspede deles.

Fanny, regozijando-se com sua manobra e orgulhosa da astúcia rápida que a concretizara, escreveu na manhã seguinte para Lucy, solicitando sua companhia e a da sua irmã, por alguns dias, na Rua Harley, assim que lady Middleton pudesse liberá-las. Isso foi suficiente para deixar Lucy real e adequadamente feliz. A senhora John Dashwood parecia estar mesmo trabalhando a favor dela; estimando as todas suas esperanças e promovendo suas intenções! Tal oportunidade de estar com Edward e sua família era, acima de tudo, extremamente importante para seu interesse, e esse convite, o mais gratificante para seus sentimentos. Era uma oportunidade que não poderia ser reconhecida com gratidão suficiente, nem utilizada com muita rapidez. E a visita a lady Middleton, que antes não tinha limites precisos, logo passou a ser vista como se sempre estivesse destinada a terminar em dois dias.

Quando o bilhete foi mostrado a Elinor, dez minutos após sua chegada, ele fez com que, pela primeira vez, ela compartilhasse parte das expectativas de Lucy, pois tal sinal de gentileza incomum, concedida a uma amizade tão recente, parecia declarar que a boa vontade com Lucy era fruto de algo mais do que apenas um rancor contra Elinor, e que o tempo e a dedicação poderiam fazer com que Lucy conquistasse tudo que desejava. Seus elogios já tinham suavizado o orgulho de lady Middleton e deixado uma marca no coração fechado da senhora John Dashwood, e tais efeitos abriam a possibilidade de algo maior.

As senhoritas Steele se mudaram para a Rua Harley, e tudo que chegou aos ouvidos de Elinor sobre a influência delas ali reforçou suas suposições. *Sir* John, que as visitou mais de uma vez, trazia para casa relatos do favoritismo que gozavam, algo impressionante para todos. A senhora John Dashwood nunca ficara tão satisfeita com outras jovens em sua vida, como estava com elas. Ela dera a cada uma delas um porta-agulhas feito por alguma imigrante, chamava Lucy pelo nome de batismo e não sabia se poderia se separar delas algum dia.

## Capítulo 37

A senhora Palmer estava tão bem depois de quinze dias que então sua mãe sentiu que não era mais necessário dedicar todo seu tempo a ela e, contentando-se em visitá-la uma ou duas vezes por dia, voltou para a própria casa e a própria rotina, encontrando as senhoritas Dashwood muito dispostas a retomar a antiga convivência.

Na terceira ou quarta manhã depois de terem voltado para a Rua Berkeley, a senhora Jennings, ao retornar de sua visita diária à senhora Palmer, entrou com um ar de importância tão urgente na sala de estar, onde Elinor estava sentada sozinha, que parecia prepará-la para ouvir algo maravilhoso e, dando-lhe tempo apenas para que essa ideia se formasse, começou a justificá-la prontamente, dizendo:

– Meu Deus! Querida senhorita Dashwood! Já ouviu a novidade?

– Não, senhora. O que foi?

– Algo tão estranho! Mas você ouvirá tudo. Quando cheguei à casa do senhor Palmer, encontrei Charlotte muito preocupada com a criança. Ela tinha certeza de que estava muito doente... Ela chorava irritada e estava cheia de manchas vermelhas. Então, olhei bem para a criança e disse: "Por Deus! Minha querida, isso não é nada, ela está apenas com a gengiva inflamada", e a babá disse o mesmo. Mas Charlotte não ficou satisfeita, então o senhor Donavan foi chamado e, por sorte, ele acabara de voltar da Rua Harley, de modo que entrou de imediato. Quando ele examinou a criança, disse o mesmo que nós, que não era nada sério, apenas uma inflamação da gengiva, então Charlotte se acalmou. E assim, quando ele estava indo embora, me ocorreu perguntar, tenho certeza de que não sei como pensei nisso, mas ocorreu-me perguntar se havia alguma novidade. Ele sorriu malicioso, riu e ficou sério, parecia saber de algo, e por fim contou em um sussurro: "Por medo de que qualquer notícia desagradável chegue às jovens sob seu cuidado quanto à indisposição da cunhada delas, acho aconselhável dizer que acredito que não há grandes motivos para alarme. Creio que a senhora Dashwood ficará muito bem."

– O quê? Fanny está doente?

– Isso foi exatamente o que eu perguntei, minha querida. "Meu Deus!", falei, "a senhora Dashwood está doente?" Então, foi tudo esclarecido e o assunto, por tudo que fiquei sabendo, parece ser esse. O senhor Edward Ferrars, justamente o jovem sobre quem eu costumava brincar com você (mas, na verdade, estou muito feliz de saber que nunca houve nada de verdade), o senhor Edward Ferrars, ao que parece, está comprometido há mais de um ano com minha prima Lucy! Para você ver, minha querida! E ninguém sabia nada sobre o assunto, exceto Nancy! Você poderia acreditar em algo assim? Não me admira que gostem um do outro, que o assunto já estivesse tão adiantado entre eles, e sem que ninguém suspeitasse! Isso é estranho! Nunca os vi juntos, ou tenho certeza de que teria descoberto de imediato. Bem, portanto, isso foi mantido como um grande segredo, por medo da senhora Ferrars, e nem ela nem seu irmão ou sua cunhada suspeitavam de nada: até esta manhã, a pobre Nancy, que, você sabe, é uma criatura bem-intencionada, mas nenhuma prestidigitadora, deixou escapar tudo. "Meu Deus!" – ela pensou – "todos gostam tanto da Lucy, com certeza não criarão problemas em relação a isso". Então, ela aproximou-se da sua cunhada, que estava sentada sozinha bordando um tapete, sem suspeitar o que estava por vir, pois acabara de dizer ao seu irmão, apenas cinco minutos antes, que estava pensando em casar Edward com a filha de algum lorde, de quem não consigo me lembrar. Então, você pode imaginar o golpe que isto foi para toda sua vaidade e orgulho. Ela logo ficou histérica, gritando tão alto que chegou aos ouvidos do seu irmão, quando ele estava sentado no vestiário no andar de baixo, pensando em escrever uma carta para o administrador de sua propriedade no campo. Ele subiu correndo e aconteceu uma terrível cena, pois Lucy também apareceu naquele momento, sem imaginar o que estava acontecendo. Pobre alma! Tenho pena dela. E devo dizer que acho que recebeu uma censura muito forte, pois sua cunhada a repreendeu com tal fúria que logo a fez desmaiar. Nancy caiu de joelhos e chorou amargamente. E seu irmão ficou andando pela sala e disse que não sabia o que fazer. A senhora Dashwood declarou que não deveriam ficar um minuto a mais na casa, e seu irmão também foi obrigado a *se* ajoelhar para convencê-la a deixá-las ficar até que tivessem arrumado suas roupas. Então ela ficou histérica de novo, e ele ficou tão assustado que mandou chamar o senhor Donavan, e o médico encontrou a casa no meio de todo esse alvoroço. A carruagem estava na porta, pronta para levar embora minhas pobres primas, e elas estavam embarcando quando o médico saiu da casa. A pobre Lucy, em tal condição, disse ele, mal podia andar, e Nancy estava quase tão mal quanto ela. Devo dizer que não tenho paciência com sua cunhada. E espero, do fundo do coração que o casamento ocorra contra a vontade dela. Meu Deus! Em que estado ficará o pobre senhor Edward quando souber disso! Ter seu amor tratado tão desdenhosamente! Pois dizem que ele gosta muito dela, e pode ser verdade. Não me admiraria se ele estivesse muito apaixonado! E o senhor Donavan pensa da mesma maneira. Conversamos muito sobre isso, e o melhor de tudo é que ele voltou para a Rua Harley, para estar por perto quando contarem para a senhora Ferrars, pois ela foi chamada assim que minhas primas saíram da casa, uma vez que sua cunhada tinha certeza de que ela também ficaria histérica; e pode ser que fique, mas não me importa. Não tenho pena de nenhuma delas. Não entendo por que as pessoas fazem tanto alarde por causa de dinheiro e grandeza. Não há motivo na terra pelo qual o senhor Edward e Lucy não devam se casar, pois tenho certeza de que a senhora Ferrars pode se dar ao luxo de ajudar bastante o filho, e embora Lucy não tenha quase nada, ela sabe melhor do que qualquer um como tirar o máximo de tudo. Ouso dizer que se a senhora Ferrars só concedesse a ele quinhentas libras por ano, ela faria tanto quanto qualquer outro faria com oitocentas. Meu Deus! Como eles viveriam confortáveis em um chalé como o de vocês, ou um pouco maior, com duas criadas e dois empregados. E acredito que poderia ajudá-los com uma empregada, pois minha Betty tem uma irmã desempregada, que seria perfeitamente adequada para eles.

Aqui a senhora Jennings parou, e como Elinor teve tempo suficiente para organizar seus pensamentos, conseguiu dar a resposta e fazer com naturalidade as observações que o assunto deveria produzir. Feliz por descobrir que não era suspeita de ter nenhum interesse extraordinário no assunto, que a senhora Jennings (como esperara muitas vezes recentemente que fosse o caso) deixara de imaginá-la comprometida com Edward.

E feliz acima de tudo que, na ausência de Marianne, sentiu-se muito capaz de falar do caso sem constrangimento e dar sua opinião com imparcialidade, como acreditava, sobre a conduta de todos os envolvidos.

Ela com dificuldade conseguia determinar qual era sua própria expectativa em relação ao ocorrido, embora tivesse tentado sinceramente afastar a ideia de que por fim poderia terminar com algo que não fosse o casamento de Edward e Lucy. Ela estava ansiosa para ouvir o que diria e faria a senhora Ferrars, apesar de não haver dúvida de sua natureza, e ainda mais ansiosa para saber como Edward se comportaria. Sentia muita compaixão por ele, por Lucy muito pouca, e era necessário algum esforço até mesmo para isso, e pelo resto do grupo, nenhuma.

Como a senhora Jennings não falava de nenhum outro assunto, Elinor logo viu a necessidade de preparar Marianne para a discussão. Não havia tempo a perder para contar tudo a ela, mostrar a verdade real e tentar conseguir que ouvisse os comentários dos outros sem trair que sentia alguma inquietação pela irmã ou algum ressentimento contra Edward.

A tarefa de Elinor era dolorosa. Ela removeria o que realmente acreditava ser o principal consolo da irmã, daria detalhes sobre Edward, os quais temia que arruinariam para sempre a boa opinião que a irmã tinha sobre ele e corria o risco de que Marianne, pela semelhança da situação de ambas, que seria muito reforçada em sua fantasia, voltaria a sentir toda sua decepção. Mas, por mais indesejável que fosse tal tarefa, era necessária, portanto Elinor teve pressa em realizá-la.

Ela estava longe de querer se debruçar sobre os próprios sentimentos ou mostrar que estava sofrendo muito. Qualquer coisa diferente do autocontrole que mantivera desde quando soubera do noivado de Edward poderia indicar a Marianne como ela poderia se comportar. Sua narrativa foi clara e simples, e embora não pudesse ser feita sem emoção, não foi acompanhada por nenhuma agitação violenta ou sofrimento profundo. Isso pertencia à ouvinte, pois Marianne ouviu com horror e chorou muito. Elinor deveria confortar os outros tanto nas próprias angústias quanto nas deles. E ofereceu todo o conforto que poderia ser dado pela sua força interior, além de uma defesa muito sincera de qualquer acusação contra Edward, exceto a de imprudência.

Mas Marianne, por algum tempo, não deu nenhum crédito a isso. Edward parecia ser um segundo Willoughby, e reconhecendo, como Elinor, que ela o *amara* com sinceridade, como poderia sentir menos do que ela! Quanto a Lucy Steele, ela a considerava tão totalmente desagradável, tão absolutamente incapaz de conquistar um homem sensato que de início não podia ser convencida a acreditar, e depois a perdoar, qualquer afeto anterior de Edward por ela. Marianne nem sequer queria admitir que fora algo natural, e Elinor não conseguiu convencê-la disso, pois só um melhor conhecimento da humanidade poderia fazê-lo.

A primeira vez que tentou contar o ocorrido, Elinor não conseguiu ir além de falar sobre o noivado e há quanto tempo ele existia. Neste ponto, os sentimentos de Marianne foram arrasados e impediram que ela explicasse os detalhes. Por algum tempo, tudo que conseguiu fazer foi acalmar a angústia da irmã, diminuir seus temores e combater seu ressentimento. A primeira pergunta feita por Marianne, que invocou mais detalhes, foi:

– Há quanto tempo você sabe disso, Elinor? Ele escreveu para você?

– Eu sei há quatro meses. Quando Lucy veio pela primeira vez a Barton Park em novembro passado, ela me contou sobre seu noivado, em segredo.

Com essas palavras, os olhos de Marianne expressaram a perplexidade que seus lábios não conseguiram pronunciar. Depois de uma pausa espantada, ela exclamou:

– Quatro meses! Você sabe disso há quatro meses?

Elinor confirmou.

– O quê! Enquanto me acudia em todo meu sofrimento, isso tem estado em seu coração? E eu a censurava por ser feliz!

– Não ajudaria que você soubesse o quanto era o contrário!

– Quatro meses! – exclamou Marianne de novo. – Tão calma! Tão alegre! Como conseguiu suportar?

– Sentindo que estava cumprindo o meu dever. Minha promessa a Lucy me obrigou a manter o segredo. Eu devia isso a ela, portanto, para evitar dar qualquer indício da verdade. E devia à minha família e amigos não criar neles nenhuma preocupação comigo, algo que eu não poderia satisfazer.

Marianne parecia muito chocada.

– Muitas vezes desejei contar para você e para minha mãe – acrescentou Elinor – e tentei fazê-lo uma ou duas vezes. Mas sem trair minha palavra, nunca conseguiria convencê-las.

– Quatro meses! E ainda assim você o amava!

– Sim. Mas não amava apenas ele e, apesar do conforto dos outros ter sido importante para mim, fiquei feliz por poupá-los de saber como me sentia. Agora, posso pensar e falar sobre isso com menos emoção. Não gostaria que você sofresse por minha causa, pois asseguro que não sofro muito mais. Tenho várias coisas em que me apoiar. Não estou consciente de ter provocado a decepção por qualquer imprudência minha, aguentei o máximo possível sem contar a ninguém. Absolvo Edward de má conduta. Desejo que seja muito feliz, e tenho tanta certeza de que ele sempre cumprirá seu dever que, embora possa sentir agora algum arrependimento, no final ele será feliz. Lucy não necessita de juízo, e essa é a base sobre a qual tudo de bom pode ser construído. E, afinal de contas, Marianne, apesar de tudo que é fascinante na ideia de um amor único e constante, e de tudo que se pode dizer da felicidade de alguém dependendo inteiramente de uma pessoa específica, não quer dizer... não é adequado... não é possível que deva ser assim. Edward vai se casar com Lucy. Ele se casará com uma mulher superior, em aspecto e inteligência, à metade das outras mulheres. O tempo e o hábito vão ensiná-lo a esquecer que jamais considerou algum dia que outra fosse superior a ela.

– Se esta é sua maneira de pensar – disse Marianne –, se a perda daquilo que é mais valorizado é com facilidade compensado por outra coisa, sua determinação e seu autocontrole talvez sejam menos espantosos. Estão mais próximos da minha compreensão.

– Eu a entendo. Você acha que nunca senti muita coisa. Durante quatro meses, Marianne, tive tudo isso na minha mente, sem ter a liberdade de falar a respeito com ninguém, sabendo que você e minha mãe ficariam muito infelizes quando soubessem, mas incapaz de prepará-las para isso, de maneira alguma. Contaram a mim... De certo modo foi uma informação imposta pela própria pessoa, cujo compromisso anterior arruinou todas as minhas perspectivas. E ela me contou isso, como pensei, com triunfo. Portanto, precisei evitar que essa pessoa suspeitasse de qualquer coisa, esforçando-me para parecer indiferente, quando estava profundamente interessada, e não foi apenas uma vez. Tive que ouvir suas esperanças e exultações repetidas vezes. Sei que estou afastada de Edward para sempre, sem ter ouvido uma única circunstância que pudesse me fazer desejar menos esta ligação. Nada nele provou ser indigno, tampouco indicou que fosse indiferente a mim. Tive que enfrentar a crueldade da irmã e a insolência da mãe dele, e sofri o castigo de uma ligação sem desfrutar de suas vantagens. E tudo isso aconteceu em um momento no qual, como você sabe muito bem, esta não era minha única infelicidade. Se você consegue achar que sou de sentir, decerto pode imaginar agora o quanto sofri. A tranquilidade que tenho no momento para considerar o assunto e o consolo que tenho aceitado são resultados de um empenho constante e doloroso. Eles não surgiram sozinhos, não surgiram para aliviar meu ânimo no início. Não, Marianne. Na época, se eu não tivesse jurado permanecer em silêncio, talvez nada teria me impedido, nem mesmo o que devia aos meus queridos amigos, de mostrar abertamente que eu estava muito infeliz.

Marianne ficou bastante consternada.

– Ah! Elinor – ela exclamou –, você me fez me odiar para sempre. Como fui má com você! Você, que tem sido meu único conforto, que me apoiou durante todo meu sofrimento, que parecia sofrer apenas por mim! Essa é a minha gratidão? É a única recompensa que posso oferecer? Você deve chorar nos meus ombros, assim como eu fiz!

O carinho mais delicado seguiu-se a essa confissão. No estado de espírito que Marianne estava, Elinor não teve dificuldade em obter a promessa que queria e, a seu pedido, Marianne se comprometeu a nunca falar sobre o caso com ninguém demonstrando qualquer amargura, a encontrar-se com Lucy sem trair que sentia uma aversão minimamente maior por ela e mesmo a ver o próprio Edward, se o acaso os reunisse, sem qualquer diminuição de sua cordialidade habitual. Eram grandes concessões, mas, quando Marianne sentia que tinha feito algum mal, nenhuma reparação poderia ser demais para ela.

Marianne cumpriu de modo admirável a promessa de ser discreta. Ela ouviu com uma expressão imutável tudo o que a senhora Jennings tinha a dizer sobre o assunto, não discordou de nada e foi ouvida falando três vezes: "Sim, senhora." Ela ouviu seus elogios a Lucy apenas mudando de uma cadeira para outra, e quando a senhora Jennings falou sobre o carinho de Edward, isso lhe custou apenas um espasmo na garganta. Tais avanços heroicos da irmã fizeram com que Elinor se sentisse igualmente forte.

A manhã seguinte trouxe um desafio ainda maior, com a visita de seu irmão, que veio com um aspecto muito sério conversar sobre o terrível caso e trazer notícias da esposa.

– Vocês já ouviram, suponho – disse ele com grande solenidade, assim que se sentou –, a descoberta de algo muito chocante que ocorreu na nossa casa ontem.

Todas assentiram. Parecia um momento muito horrível para falar.

– Sua cunhada – ele continuou – sofreu terrivelmente. A senhora Ferrars também. Resumindo, foi uma cena de angústia muito complicada, mas espero que a tempestade possa ser superada sem que fiquemos abalados demais.

Pobre Fanny! Ela ficou histérica o dia inteiro ontem. Mas não precisam se alarmar. Donavan afirmou que não há nada físico a temer, a constituição dela é boa e sua determinação pode enfrentar qualquer coisa. Ela suportou tudo com a fortaleza de um anjo! Diz que nunca mais acreditará em ninguém, e é fácil entender isso, depois de ter sido tão enganada! Encontrar tanta ingratidão, depois de demonstrar tanta gentileza, de depositar tanta confiança! Foi por benevolência de seu coração que ela convidara essas jovens para nossa casa, apenas porque achava que mereciam alguma atenção, eram meninas inofensivas e bem-comportadas, e seriam companhias agradáveis, pois, do contrário, nós dois desejávamos convidar você e Marianne para ficar conosco enquanto sua amável amiga estava cuidando da filha. E veja que recompensa! "Desejaria, do fundo do coração", disse a pobre Fanny de maneira afetuosa, "que tivéssemos convidado suas irmãs em vez das duas".

Neste ponto, ele parou para ser agradecido, o que foi feito, e continuou.

– O que a pobre senhora Ferrars sofreu, quando Fanny contou a ela, não deve ser descrito. Enquanto ela, com o afeto mais verdadeiro, planejava uma conexão mais conveniente para ele, Edward estava o tempo todo comprometido secretamente com outra pessoa! Ela nunca poderia ter suspeitado disso! Se suspeitasse de qualquer ligação com outra pessoa, não poderia ser *dali*. "Ali, com certeza", disse ela, "eu achava que estava segura". Ficou bastante agoniada. Pensamos juntos, no entanto, o que deveria ser feito, e por fim ela determinou que Edward deveria ser chamado. Ele veio. Mas lamento contar o que aconteceu. Tudo o que a senhora Ferrars poderia ter dito para convencê-lo a terminar com o compromisso, auxiliada também, como podem supor, por meus argumentos e pelas súplicas de Fanny, foi inútil. Dever, carinho, tudo foi desconsiderado. Eu nunca pensara que Edward fosse tão teimoso, tão insensível. A mãe lhe explicou suas intenções generosas, caso se casasse com a senhorita Morton. Disse que o estabeleceria na propriedade de Norfolk, a qual, depois de pagos os impostos, rende boas mil libras por ano. Até mesmo ofereceu, quando as coisas ficaram desesperadas, 1.200 libras. E, ao contrário, se ele ainda persistisse nessa união pouco vantajosa, descreveu a penúria certa que resultaria da união. As duas mil libras que são dele, ela afirmou, seriam tudo que ganharia. Ela nunca mais o veria e estaria tão determinada a não lhe oferecer o menor auxílio que, caso ele entrasse em qualquer profissão com o objetivo de melhorar sua renda, ela faria tudo em seu poder para impedir que fosse bem-sucedido.

Neste ponto, Marianne, demonstrando um êxtase de indignação, bateu as mãos e exclamou:

– Deus misericordioso! Como pode ser possível?

– Você pode muito bem se surpreender, Marianne – respondeu seu irmão –, com a obstinação que poderia resistir a argumentos como esses. Sua exclamação é muito natural.

Marianne ia responder, mas se lembrou de suas promessas e desistiu.

– Tudo isso, no entanto – ele continuou –, foi em vão. Edward disse muito pouco, mas o que disse, foi da maneira mais determinada. Nada o convenceria a desistir do compromisso. Ele o manteria, não importava a que custo.

– Então – exclamou a senhora Jennings com uma sinceridade direta, não conseguindo mais ficar quieta – ele atuou como um homem honesto! Perdoe-me, senhor Dashwood, mas, se ele tivesse feito outra coisa, eu pensaria que era um patife. Tenho uma pequena preocupação nessa situação, assim como o senhor, pois Lucy Steele é minha prima, e acredito que não há melhor moça no mundo, tampouco alguma que seja mais merecedora de um bom marido.

John Dashwood ficou atônito, mas sua natureza era calma e não estava aberta a provocações, e ele nunca desejava ofender ninguém, especialmente alguém de boa fortuna. Ele respondeu, portanto, sem demonstrar nenhum ressentimento:

– De maneira alguma eu falaria de maneira desrespeitosa de qualquer parente da senhora. A senhorita Lucy Steele é, ouso dizer, uma jovem muito merecedora, mas no presente caso, a senhora sabe, o casamento deve ser impossível. E ter entrado em um compromisso secreto com um jovem sob o cuidado de seu tio, o filho de uma mulher de tão grande fortuna como a senhora Ferrars, talvez seja um pouco extraordinário. Resumindo, não quero refletir sobre o comportamento de qualquer pessoa que seja de sua consideração, senhora Jennings. Todos desejamos que ela seja extremamente feliz, e a conduta da senhora Ferrars em todo esse assunto foi a mesma que toda mãe consciente e boa, em circunstâncias semelhantes, adotaria. Foi digna e generosa. Edward jogou com a sorte e temo que não será bom para ele.

Marianne suspirou, manifestando a mesma apreensão, e o coração de Elinor se contorceu pelos sentimentos de Edward, enquanto enfrentava as ameaças da mãe, por uma mulher que não podia recompensá-lo.

– Bem, senhor – disse a senhora Jennings –, e como terminou?

– Lamento dizer, madame, em uma ruptura muito infeliz: Edward foi afastado para sempre da mãe. Ele deixou a casa dela ontem, mas para onde foi, ou se ainda está na cidade, eu não sei, pois nós, é claro, não podemos fazer nenhuma pergunta.

– Pobre jovem! E o que será dele?

– O quê, de fato, senhora? É uma consideração melancólica. Nascido com a perspectiva de tal riqueza! Não posso pensar em uma situação mais deplorável. Os juros de duas mil libras: como um homem pode viver com isso? E quando acrescentarmos a isso a lembrança de que ele poderia, se não fosse sua loucura, em três meses receber 2.500 libras por ano (pois a senhorita Morton possui trinta mil libras), não consigo imaginar uma condição mais miserável. Todos sentimos por ele, e ainda mais por estar totalmente fora de nosso poder ajudá-lo.

– Pobre jovem! – exclamou a senhora Jennings. – Garanto que ele será muito bem-vindo para dormir e se hospedar na minha casa. E falaria isso a ele se pudesse encontrá-lo. Não é adequado que esteja vivendo sozinho agora, em alojamentos e tavernas.

O coração de Elinor agradeceu a ela por essa bondade em relação a Edward, embora não pudesse deixar de sorrir diante da maneira que fora manifestada.

– Se ele ao menos tivesse se saído tão bem por conta própria – disse John Dashwood – quanto todos os seus amigos estavam dispostos a fazer por ele, poderia agora estar em uma situação adequada e não precisaria de nada. Mas, como escolheu outro caminho, está fora do poder de qualquer um ajudá-lo. E há mais uma coisa preparada contra ele, que deve ser a pior: sua mãe determinou, com um espírito muito natural, passar de imediato aquela propriedade para Robert, a qual deveria ser de Edward em condições apropriadas. Eu a deixei nessa manhã com seu advogado, para discutir o assunto.

– Bem! – disse a senhora Jennings. – Essa é a vingança dela. Todo mundo tem uma maneira própria. Mas não acho que a minha seria tornar um filho independente porque outro me atormentou.

Marianne levantou-se e caminhou pela sala.

– Pode algo ser mais vergonhoso para o espírito de um homem – continuou John – do que ver o irmão mais novo em posse de uma propriedade que poderia ter sido sua? Pobre Edward! Sinto por ele, sinceramente.

Mais alguns minutos foram gastos no mesmo tipo de lamentação e a visita foi concluída. E com repetidas garantias às irmãs de que realmente acreditava que não havia perigo real na indisposição de Fanny e que não precisavam, portanto, ficar preocupadas com isso, ele foi embora, deixando as três damas com opiniões unânimes sobre o que ocorrera, pelo menos em relação à conduta da senhora Ferrars, dos Dashwood e de Edward.

A indignação de Marianne explodiu assim que ele saiu da sala e, como sua veemência tornava a reserva impossível para Elinor e desnecessária para a senhora Jennings, todas se juntaram em uma crítica muito animada sobre os envolvidos.

## Capítulo 38

A senhora Jennings foi muito calorosa em seu elogio à conduta de Edward, mas apenas Elinor e Marianne entenderam seu verdadeiro mérito. Só elas sabiam o quão pouco ele tivera para tentá-lo a ser desobediente, e o quanto o consolo era pequeno, além da consciência de fazer a coisa certa, que poderia lhe restar após a perda de amigos e fortuna. Elinor glorificou sua integridade e Marianne perdoou todas as suas ofensas por compaixão pelo seu castigo. Embora a confiança entre elas tivesse sido restaurada à condição apropriada por esta revelação pública, não era um assunto sobre o qual gostassem de falar quando estavam sozinhas. Elinor evitava por princípio, tendendo a fixar-se ainda mais em seus pensamentos, pois preferia que desaparecessem as certezas calorosas e positivas de Marianne, que ainda achava que Edward gostava dela. E a coragem de Marianne logo desapareceu, ao tentar falar sobre um assunto que sempre a deixava mais insatisfeita do que nunca consigo mesma, pela comparação que necessariamente produzia entre a conduta de Elinor e a dela.

Ela sentiu toda a força dessa comparação, mas não como esperava a irmã, de uma maneira que a obrigasse a se esforçar agora. Ela a sentia com toda a dor da autorreprovação contínua, lamentando com mais amargura do que nunca ter se esforçado antes, mas isso trouxe apenas a tortura da penitência, sem a esperança da reparação. Sua mente estava tão enfraquecida que ainda achava que qualquer esforço no momento era impossível, de modo que isso apenas a desanimava mais.

Por um ou dois dias, não ficaram sabendo de mais nada dos assuntos na Rua Harley ou em Bartlett's Buildings. Mas, embora já soubessem tanto sobre o assunto que a senhora Jennings poderia ter bastante o que fazer para espalhar o que sabia sem precisar averiguar mais nada, ela decidira desde o começo fazer uma visita de conforto e perguntas às primas assim que possível. E nada além de uma quantidade maior de visitantes do que o habitual a impedira que fosse até elas.

O terceiro dia depois de tomarem conhecimento dos detalhes foi um domingo tão agradável, tão lindo, que atraiu muitas pessoas para os Jardins de Kensington, embora fosse apenas a segunda semana de março. A senhora Jennings e Elinor juntaram-se à multidão, mas Marianne, que sabia que os Willoughby estavam novamente na cidade, e tinha um medo constante de encontrá-los, preferiu ficar em casa a se aventurar em um lugar tão público.

Uma amiga íntima da senhora Jennings juntou-se a elas logo após entrarem nos jardins, e Elinor não lamentou que continuasse com elas, pois concentrando toda a conversa da senhora Jennings, permitiu que se dedicasse à reflexão. Ela não viu os Willoughby nem Edward e, por algum tempo, ninguém que, por algum acaso, sério ou alegre, a interessasse. Mas, por fim, com alguma surpresa, foi abordada pela senhorita Steele, que, apesar de parecer um pouco tímida, expressou grande satisfação em encontrá-las e, encorajada pela bondade singular da senhora Jennings, deixou seu grupo por algum tempo para se juntar ao delas. A senhora Jennings sussurrou de imediato para Elinor:

– Tire o máximo dela, minha querida. Ela lhe dirá qualquer coisa se você perguntar. Você vê que não posso deixar a senhora Clarke.

Contudo, foi um golpe de sorte para a curiosidade da senhora Jennings, e também a de Elinor, que ela contou tudo sem ser perguntada, pois de outra maneira não saberiam de nada.

– Estou tão feliz em encontrá-la – disse a senhorita Steele, tomando-a familiarmente pelo braço –, pois o que mais desejava era ver vocês. – E então, baixando a voz: – Suponho que a senhora Jennings já saiba de tudo. Ela está brava?

– De jeito nenhum, acredito, com você.

– Isto é bom. E lady Middleton, ela está brava?

– Não posso supor que estaria.

– Fico muito feliz por isso. Bom Deus! Tenho passado por tantas coisas! Nunca vi Lucy tão furiosa na minha vida. Inicialmente, jurou que nunca mais decoraria um chapéu meu, nem voltaria a fazer nada por mim, enquanto vivesse. Mas agora ela recobrou a razão e somos boas amigas como sempre. Veja, ela fez esse laço no meu chapéu, e colocou a pena na noite passada. Agora, você também vai rir de mim. Mas por que eu não deveria usar fitas cor-de-rosa? Não me importa se é a cor favorita do doutor. Garanto que nunca saberia que ele gosta mais de uma cor do que de outra se ele não tivesse dito por acaso. Minhas primas têm me irritado tanto! Afirmo que, às vezes, não sei para onde olhar quando estou com elas.

Ela tinha divergido para um assunto sobre o qual Elinor não tinha nada para dizer, de modo que logo julgou oportuno encontrar o caminho de volta para o primeiro assunto.

– Bem, mas, senhorita Dashwood – falando triunfante –, as pessoas podem dizer o que quiserem sobre o senhor Ferrars, declarando que não se casaria com Lucy, pois posso lhe dizer que não é este o caso, e é uma pena que comentários tão mal-intencionados sejam espalhados por aí. Ninguém tem o direito de definir com precisão o que quer que Lucy esteja pensando sobre o assunto, você sabe.

– Nunca ouvi nenhuma insinuação desse tipo, posso lhe assegurar – disse Elinor.

– Ah, não? Mas foi dito, sei muito bem, e por mais de uma pessoa. A senhorita Godby disse à senhorita Sparks que ninguém em seu bom juízo poderia esperar que o senhor Ferrars desistisse de uma mulher como a senhorita Morton, com uma fortuna de trinta mil libras, por Lucy Steele, que não tem nada. E ouvi isso da própria senhorita Sparks. Além disso, meu primo Richard disse que estava com medo de que o senhor Ferrars viesse a desistir quando chegasse a hora. E quando Edward não nos visitou por três dias, fiquei sem saber o que pensar. E acredito do fundo do coração que Lucy achava que tudo estava perdido, pois saímos na quarta-feira da casa do seu irmão e não vimos Edward na quinta-feira, na sexta-feira e no sábado, e não sabíamos o que acontecera com ele. Em um momento, Lucy pensou em escrever, mas depois seu ânimo fez com que desistisse. No entanto, nesta manhã, ele apareceu justamente quando chegamos em casa da igreja e explicou tudo, como fora chamado na quarta-feira até a Rua Harley, como fora duramente repreendido pela mãe e por todos os outros, como declarara diante deles que não amava mais ninguém além de Lucy e que se casaria apenas com ela. E como ficara tão preocupado com o que aconteceu que pegou seu cavalo assim que saiu da casa da mãe e cavalgara para algum lugar no campo, e como passara toda a quinta--feira e sexta-feira em uma pousada, com o propósito de pensar melhor.

E depois de pensar muito, ele contou, parecia que, agora que não tinha fortuna, nem nenhuma outra coisa, seria muito indelicado obrigá-la a manter o compromisso, pois seria uma perda para ela, já que ele só tinha duas mil libras, e nenhuma esperança de conseguir mais nada. Se ele fosse ordenado, como chegara a cogitar, não poderia conseguir nenhuma posição além de assistente de paróquia, e como poderiam viver com isso? Ele não podia suportar a ideia de que ela poderia conseguir algo melhor, e então implorou para que ela, caso tivesse o mínimo de bom senso, terminasse o assunto de uma vez, permitindo que ele seguisse seu caminho sozinho. Eu o ouvi dizer tudo isso tão claro como poderia ser. E foi inteiramente pelo bem dela, e por consideração por ela, que ele falou em desistir, e não por ele. Juro que Edward nunca disse uma palavra sobre estar cansado dela ou querer casar-se com a senhorita Morton ou qualquer coisa do gênero. Mas, com certeza, Lucy não daria ouvidos a esse tipo de conversa, então ela disse (com muito doçura e amor, você sabe, e tudo o mais. Ah! Não se pode repetir esse tipo de coisa, você sabe), ela falou sem vacilar que não tinha nenhuma intenção de terminar o compromisso, pois poderia viver com ele com uma ninharia, e que ficaria muito feliz com o que quer que ele tivesse, você sabe, ou algo do gênero. Então, ele ficou muito feliz e falou por algum tempo sobre o que eles deveriam fazer, e concordaram que ele deveria ser ordenado de imediato e deveriam esperar para se casar até que ele tivesse uma posição. E então, não consegui ouvir mais nada, pois minha prima me chamou do andar de baixo para me dizer que a senhora Richardson chegara com sua carruagem e nos levaria para os Jardins de Kensington. Com isso, fui forçada a entrar na sala e interrompê-los para perguntar a Lucy se gostaria de ir, mas ela não queria deixar Edward, então subi as escadas, coloquei um par de meias de seda e saí com os Richardson.

– Não entendo o que quer dizer com interrompê-los – disse Elinor. – Você estava na mesma sala que eles, não estava?

– Não, na verdade, não estava. Ah! Senhorita Dashwood, você acha que as pessoas falam palavras de amor quando tem alguém por perto? Ah, que vergonha! Tenho certeza de que você deve saber disso – ela riu com afetação. – Não, não. Eles estavam fechados na sala de estar sozinhos, e tudo o que ouvi foi só por escutar atrás da porta.

– Como! – exclamou Elinor. – Você está me repetindo o que descobriu ouvindo atrás da porta? Lamento não ter sabido antes disso, pois decerto não teria permitido que você me desse detalhes de uma conversa que você mesma não deveria ter ouvido. Como pode se comportar tão injustamente com sua irmã?

– Ah! Não há nada de mal nisso. Só estava à porta e ouvi o que podia. E tenho certeza de que Lucy teria feito o mesmo por mim, pois há um ou dois anos, quando Martha Sharpe e eu tínhamos tantos segredos juntas, ela não fez a menor questão de ocultar que se escondia em um armário ou atrás da grade da lareira, com o propósito de ouvir o que dizíamos.

Elinor tentou falar de outra coisa, mas a senhorita Steele só podia ficar uns poucos minutos sem falar do que mais a preocupava.

– Edward fala de ir para Oxford em breve – disse ela –, mas agora está hospedado no número... na Pall Mall. Que mãe desnaturada é a dele, não? E seu irmão e sua cunhada não foram muito gentis! No entanto, não devo dizer nada contra eles para você, e saiba que eles nos enviaram para casa em sua própria carruagem, que era mais do que eu esperava. E de minha parte, eu estava com medo de que sua cunhada nos pedisse de volta as caixas de costura que nos deu um dia ou dois antes. No entanto, nada foi dito sobre elas, e tomei o cuidado de me manter fora de vista. Edward disse que tinha algum assunto a tratar em Oxford, então precisa ir para lá por algum tempo. E depois disso, assim que encontrar um bispo, será ordenado. Pergunto-me que paróquia ele vai conseguir! Bom Deus! – rindo enquanto falava. – Eu daria tudo para saber o que minhas primas dirão quando ouvirem isso. Vão me dizer que eu deveria escrever para o doutor, para que Edward consiga a paróquia onde levará sua nova vida. Sei que dirão isso, mas estou certa de que não faria tal coisa por nada do mundo. "Ah!", serei bem direta, "Como podem pensar em tal coisa? Escrever para o doutor, francamente!"

– Bem – disse Elinor –, é um conforto estar preparado para o pior. Você já tem sua resposta pronta.

A senhora Steele ia falar sobre isso, mas a aproximação de seu grupo a obrigou a mudar de assunto.

– Oh! Aí vêm os Richardson. Tinha muito mais a lhe dizer, mas não devo ficar mais tempo longe deles. Garanto que são pessoas muito gentis. O marido ganha muito dinheiro, e possuem a própria carruagem. Não tenho tempo para falar com a senhora Jennings pessoalmente sobre este assunto, mas, por favor, diga a ela que estou muito feliz por saber que ela não está irritada conosco, e o mesmo para lady Middleton. E caso aconteça algo que faça com que você e sua irmã tenham que ir embora, e a senhora Jennings quiser companhia, asseguro que ficaríamos muito felizes em ficar com ela pelo tempo que ela quiser. Imagino que lady Middleton não nos pedirá mais nada desta vez. Adeus. Lamento que a senhorita Marianne não esteja aqui. Dê minhas saudações a ela. Ah! Você está com seu vestido de musselina de bolinhas! Pergunto-me se não está com medo de rasgá-lo.

Essa era sua preocupação na despedida, pois, depois disso, apenas teve tempo para cumprimentar a senhora Jennings, antes que sua companhia fosse reivindicada pela senhora Richardson. E Elinor foi deixada em posse de informações que poderiam alimentar suas reflexões por algum tempo, embora tivesse descoberto pouco mais do que já previra ou imaginara. O casamento de Edward com Lucy estava tão decidido, e o momento de sua realização permanecia tão incerto quanto ela concluíra que aconteceria: tudo dependia, exatamente como era sua expectativa, de que ele conseguisse alguma posição, algo que, no presente, não parecia haver a menor chance.

Assim que voltaram para a carruagem, a senhora Jennings estava bastante ansiosa por informações, mas como Elinor desejava divulgar o mínimo possível daquilo que, em primeiro lugar, fora obtido tão injustamente, ela limitou-se à breve repetição de simples detalhes, aqueles que sabia que Lucy, devido aos próprios interesses, gostaria de divulgar. Tudo que comunicou foi a continuidade do compromisso deles e os meios que poderiam ser tomados para que se casassem, o que produziu a seguinte observação da senhora Jennings:

– Esperar que ele tenha uma posição! Sim, todos sabemos como isso vai acabar: eles esperarão por um ano e, quando descobrirem que isso não vai funcionar, vão se estabelecer em uma paróquia de cinquenta libras por ano, com os juros das duas mil libras dele e o pouco que o senhor Steele e o senhor Pratt puderem dar a ela. E terão uma criança todos os anos! E que Deus os ajude! Como serão pobres! Devo ver o que posso dar para ajudar a mobiliar a casa deles. Duas criadas e dois empregados, na verdade! Como falei outro dia. Não, não, eles devem ter uma menina robusta para todos os trabalhos. A irmã da Betty nunca serviria para eles agora.

A manhã seguinte trouxe a Elinor uma carta da própria Lucy, por meio do correio expresso. Ela dizia:

# JANE AUSTEN

*Bartlett's Building, março.*
*Espero que a querida senhorita Dashwood perdoe minha liberdade de escrever-lhe, mas sei que sua amizade por mim fará com que fique satisfeita ao ouvir boas notícias de mim e do meu querido Edward depois de todos os problemas que enfrentamos ultimamente. Portanto, não pedirei mais desculpas e contarei que, graças a Deus, apesar de termos sofrido tanto, ambos estamos bem agora e tão felizes como sempre devemos estar com o amor um do outro. Tivemos grandes provações e grandes perseguições, entretanto, ao mesmo tempo, reconhecemos com gratidão muitos amigos, e você não é a menor entre eles, de cuja grande bondade sempre me lembrarei, assim como Edward, com quem falei a respeito. Tenho certeza de que você ficará contente em saber, assim como a querida senhora Jennings, que passei duas horas felizes com ele na tarde de ontem. Ele não queria ouvir falar da nossa separação, embora eu, como achava que meu dever exigia, insisti ansiosamente por causa da prudência, e teria me separado dele para sempre no ato, se ele consentisse. Mas ele disse que isso nunca aconteceria, que não se importava com a raiva da mãe enquanto pudesse ter minha afeição. Nossas perspectivas não são muito brilhantes, com certeza, mas devemos aguardar e esperar o melhor. Ele será ordenado em breve, e se estiver em seu poder recomendá-lo a alguém que tenha um trabalho a oferecer, tenho certeza de que não se esquecerá de nós. E também a querida senhora Jennings, confio que falará bem de nós para sir John ou o senhor Palmer, ou para qualquer amigo que possa nos ajudar. A pobre Anne foi muito culpada pelo que fez, mas fez por bem, então não digo nada. Espero que a senhora Jennings não ache muito complicado nos visitar, caso venha para cá alguma manhã, seria uma grande gentileza, e minhas primas ficariam orgulhosas de conhecê-la. O papel me lembra que devo concluir, e imploro que transmita minhas lembranças respeitosas e gratas a ela, sir John, lady Middleton e seus queridos filhos, quando você tiver a chance de vê-los, e carinho para a senhorita Marianne,*
*Sua, etc., etc.*

Assim que Elinor terminou, ela fez o que concluiu que fosse o objetivo real da remetente, colocando a carta nas mãos da senhora Jennings, que a leu em voz alta com muitos comentários de satisfação e louvor.

– Muito bem, de fato! Como escreve de maneira graciosa! Sim, foi muito correto permitir que ele desistisse do casamento se assim desejasse. Lucy é exatamente assim. Pobre alma! Gostaria de poder conseguir um trabalho para ele, de todo meu coração. Ela me chama de querida senhora Jennings, como pode ver. Ela é a jovem de melhor coração que já viveu. Muito bem, na minha opinião. Essa frase está muito bem colocada. Sim, sim, vou vê-la, com certeza. Como ela é atenciosa, pensando em todo mundo! Obrigada, minha querida, por me mostrar. É a carta mais bonita que já vi, e a cabeça e o coração de Lucy possuem grande mérito.

## Capítulo 39

As senhoritas Dashwood já estavam havia mais de dois meses na cidade, e a impaciência de Marianne para partir aumentava todos os dias. Ela suspirava pelo ar, pela liberdade, pelo silêncio do campo e achava que, se algum lugar pudesse aliviá-la, deveria ser Barton. Elinor não estava menos ansiosa do que ela para partir e apenas menos inclinada a realizá-la de imediato, pois estava consciente das dificuldades de uma jornada tão longa, algo que Marianne não conseguia entender. Começou, contudo, a pensar seriamente na realização da viagem, e já mencionara seus desejos para sua amável anfitriã, que resistiu com toda a eloquência de sua boa vontade quando foi sugerido um plano que, apesar de atrasar a ida delas para casa por ainda mais algumas semanas, pareceu para Elinor muito melhor do que qualquer outro. Os Palmer iam para Cleveland no final de março, para a Páscoa, e a senhora Jennings, com suas duas hóspedes, recebeu um convite muito caloroso de Charlotte para acompanhá-los. Isso não seria suficiente, por si só, para a delicadeza da senhorita Dashwood, mas foi reforçado com tanta polidez autêntica pelo próprio senhor Palmer que, somada ao quanto ele corrigira sua atitude em relação a elas desde que soube que sua irmã estava infeliz, a induziu a aceitar o convite com prazer.

Quando disse a Marianne o que fizera, no entanto, a primeira resposta não foi muito auspiciosa.

– Cleveland! – ela exclamou, com grande agitação. – Não, não posso ir para Cleveland.

– Você esquece – disse Elinor gentilmente – que sua localização não é... que não fica perto de...

– Mas fica em Somersetshire. Não posso ir para Somersetshire. Lá, para onde eu esperava ir... Não, Elinor, você não pode esperar que eu vá para lá.

Elinor não discutiria a conveniência de superar tais sentimentos, apenas tentava enfraquecê-los, despertando outros. Portanto, apresentava a viagem como uma medida que diminuiria o tempo de sua volta para a querida mãe, a quem tanto desejava ver, de uma maneira mais possível, mais confortável, do que qualquer outro plano poderia fazer, e talvez sem um grande atraso. De Cleveland, que ficava a poucos quilômetros de Bristol, a distância para Barton não era mais do que um dia, embora um longo dia de viagem. E o criado de sua mãe poderia com facilidade chegar lá para ajudá-las. E como não haveria nenhum motivo para ficarem mais do que uma semana em Cleveland, agora poderiam estar em casa em pouco mais de três semanas. Como o amor de Marianne pela mãe era sincero, ele deveria triunfar com pouca dificuldade sobre os males imaginários que a ida a Cleveland tinham despertado nela.

A senhora Jennings encontrava-se tão longe de estar cansada das convidadas que as pressionou com sinceridade para que voltassem com ela novamente de Cleveland. Elinor estava agradecida pela atenção, mas ela não podia alterar seu plano, e tendo logo obtido a aprovação da mãe, tudo relativo ao retorno delas foi organizado na medida do possível. E Marianne encontrou um pouco de alívio calculando as horas que ainda a separavam de Barton.

– Ah! Coronel, sinceramente não sei o que você e eu faremos sem as senhoritas Dashwood – foi como a senhora Jennings se dirigiu a ele quando veio visitá-la pela primeira vez depois que a partida delas estava resolvida –, pois estão decididas a ir para casa depois da viagem com os Palmer, e como ficaremos solitários quando eu voltar! Senhor! Vamos nos sentar e olhar um para o outro tão aborrecidos quanto dois gatos.

Talvez a senhora Jennings tivesse a esperança, com este esboço vigoroso de seu futuro tédio, de provocá-lo a fazer o pedido que poderia livrá-lo desse destino. E, em caso afirmativo, pouco depois ela teve boas razões para pensar que seu objetivo fora alcançado, pois, quando Elinor foi até a janela para calcular melhor as dimensões de um quadro que copiaria para sua amiga, ele a seguiu com um olhar cheio de significado e conversou com ela por vários minutos. O efeito dessa conversa sobre Elinor não podia escapar da observação da senhora Jennings, pois, embora fosse muito honrada para escutar, e até tivesse mudado de cadeira, para que não pudesse ouvir, para perto do piano que Marianne estava tocando, não conseguiu evitar ver que Elinor mudou de cor, ficou agitada e estava atenta demais ao que ele dizia para continuar tirando as medidas do quadro. Confirmando ainda mais suas esperanças, no intervalo que Marianne mudou de uma partitura para outra, algumas palavras do coronel inevitavelmente chegaram ao ouvido dela, nas quais ele parecia se desculpar pelo mau estado de sua casa. Isso colocou a questão acima de qualquer dúvida. Ela perguntou-se, na verdade, por que ele considerara necessário fazer aquilo, mas supôs que era apropriado de acordo com a etiqueta. O que Elinor respondeu, ela não conseguia distinguir, mas julgando pelo movimento de seus lábios, não achava que fosse alguma objeção e a senhora Jennings elogiou-a em seu coração por ser tão honesta. Eles então conversaram por mais alguns minutos sem que ela ouvisse uma palavra, quando outra parada de Marianne no ponto exato trouxe essas palavras na voz calma do coronel:

– Tenho medo de que não possa acontecer tão em breve.

Surpreendida e chocada com um discurso tão pouco carinhoso, ela estava quase pronta para gritar: "Senhor, o que o impede?", mas contendo seu desejo, limitou-se a esta exclamação silenciosa:

– Isso é bastante estranho! Claro que ele não precisa esperar ficar mais velho.

Este atraso do lado do coronel, no entanto, não parecia ofender ou envergonhar nem um pouco sua bela companhia, pois, ao terminarem com a conversa logo depois e indo para lados diferentes, a senhora Jennings ouviu muito bem Elinor dizer e com uma voz que mostrava que sentia o que estava falando:

– Sempre serei muito grata ao senhor.

A senhora Jennings ficou encantada com a gratidão dela e só estranhou que depois de ouvir tal frase o coronel pudesse, com o máximo de sangue frio, despedir-se delas, como fez de imediato, sem dar nenhuma resposta a Elinor. Não achava que seu velho amigo pudesse se mostrar um pretendente tão indiferente.

O que na realidade acontecera entre eles foi o seguinte:

– Ouvi dizer – ele falou com grande compaixão – sobre a injustiça que seu amigo, o senhor Ferrars, sofreu da própria família, pois, se entendi bem o assunto, ele foi totalmente rejeitado por perseverar no compromisso com uma jovem muito merecedora. Fui informado de maneira correta? Foi isso?

Elinor contou que foi.

– A crueldade, a crueldade insensível – ele respondeu, com grande sentimento – de separar, ou tentar separar, dois jovens ligados um ao outro é terrível. A senhora Ferrars não sabe o que está fazendo, o que pode obrigar seu filho a fazer. Vi o senhor Ferrars duas ou três vezes na Rua Harley, e gostei muito dele. Ele não é um jovem com quem alguém possa ficar íntimo em pouco tempo, mas já vi o suficiente dele para desejar seu bem, e como é seu amigo, desejo ainda mais. Entendo que ele pretende se ordenar. A senhorita faria a gentileza de dizer a ele que a paróquia de Delaford, que acabou de ficar vaga, como fui informado pelo correio de hoje, é dele, se achar que vale a pena aceitá-la, mas acho que não haverá dúvida quanto a isso, considerando a situação tão infeliz em que ele se encontra. Só gostaria que o valor fosse maior. É uma casa paroquial, mas pequena. O antigo incumbente, acredito, não ganhava mais de duzentas libras por ano, e embora seja decerto capaz de melhorar, receio que não melhore o suficiente para uma quantia que lhe dê uma renda muito confortável. No entanto, terei muito prazer em oferecê-la a ele. Por favor, assegure-o disso.

O espanto de Elinor com esse pedido dificilmente poderia ter sido maior, mesmo se o coronel tivesse de fato pedido sua mão em casamento. A posição, que apenas dois dias antes ela considerara impossível para Edward, já fora concedida para permitir que ele se casasse e ela, entre todas as pessoas no mundo, estava encarregada de concedê-la! Sua emoção foi tanta que a senhora Jennings a atribuiu a uma causa muito diferente, mas, ainda que sentimentos menores e menos puros, menos agradáveis, pudessem ter uma participação naquela emoção, a estima que sentiu pela benevolência geral e a gratidão pela amizade, que somadas levaram o coronel Brandon a este ato, foram intensas e calorosamente expressadas. Ela o agradeceu com todo seu coração, falou sobre os princípios e a disposição de Edward com o louvor que sabia que mereciam e prometeu transmitir com prazer a oferta, se fosse desejo do coronel incumbir outra pessoa de uma tarefa tão agradável. Mas, ao mesmo tempo, não podia deixar de pensar que ninguém poderia executá-la tão bem quanto ele próprio. Era um encargo, resumindo, do qual, não querendo dar a Edward o constrangimento de receber uma obrigação dela, ela ficaria muito feliz de ser poupada, mas o coronel Brandon, por motivos de igual delicadeza, também recusando-a, parecia tão desejoso que a notícia fosse transmitida por ela que ela não iria, em nenhuma circunstância, se opor a isso. Edward, ela acreditava, ainda estava na cidade e, felizmente, Elinor fora informada do endereço dele pela senhorita Steele. Ela poderia se comprometer, portanto, a informá-lo sobre a oferta no decorrer do dia. Depois de decidido isso, o coronel Brandon começou a falar das vantagens de ter um vizinho tão respeitável e agradável, e então ele mencionou com desagrado que a casa era pequena e simples; um mal ao qual Elinor, como a senhora Jennings supôs, não deu muita importância, pelo menos em relação ao seu tamanho.

– Quanto a ser uma casa pequena – disse ela –, não consigo imaginar nenhum inconveniente para eles, pois será proporcional à sua família e sua renda.

Dessa forma, o coronel ficou surpreso ao descobrir que ela estava considerando o casamento do senhor Ferrars como a consequência certa de sua proposta, pois ele não achava possível que o benefício de Delaford pudesse proporcionar uma renda que alguém acostumado ao estilo de vida dele se arriscasse a aceitar, e disse isso.

– Esta pequena paróquia não pode fazer mais do que deixar o senhor Ferrars confortável como solteiro; não pode permitir que ele se case. Lamento dizer que meu patrocínio termina com isso e não posso fazer muito mais. Se, no entanto, por um acaso imprevisto, estiver em meu poder servi-lo melhor, teria de pensar de modo muito diferente em relação a ele do que penso agora, para não estar pronto a ser-lhe útil no futuro, como sinceramente gostaria de poder ser no presente. De fato, o que estou fazendo agora não parece nada, já que pode ajudá-lo tão pouco no que deve ser seu objetivo de felicidade principal e único. Seu casamento ainda deverá ser algo distante... Pelo menos, receio que não possa acontecer tão em breve.

Tal foi a frase que, quando incompreendida, ofendeu com justiça os delicados sentimentos da senhora Jennings. Mas depois do relato da verdadeira conversa entre o coronel Brandon e Elinor, enquanto estavam na janela, a gratidão expressa por ela quando se separaram talvez possa parecer não menos razoavelmente empolgada nem menos apropriadamente manifestada do que se tivesse surgido de uma proposta de casamento.

## Capítulo 40

– Bem, senhorita Dashwood – disse a senhora Jennings, com um sorriso sagaz, assim que o cavalheiro se retirou –, não vou perguntar o que o coronel esteve falando com você, mas juro pela minha honra que, embora tenha tentado não ouvir, não pude evitar capturar o suficiente para entender o que ele queria. E asseguro que nada me agradou mais na vida e desejo-lhe a felicidade com todo o meu coração.

– Obrigada, senhora – disse Elinor. – É uma grande alegria para mim e sinto profundamente a bondade do coronel Brandon. Não há muitos homens que agiriam como ele. Poucas pessoas têm um coração tão compassivo! Nunca fiquei tão surpresa na minha vida.

– Por Deus! Minha querida, você é muito modesta. Não estou nem um pouco surpresa, pois tenho pensado muito nisso ultimamente, e não havia nada mais provável de acontecer.

– A senhora julgou pelo seu conhecimento da benevolência geral do coronel, mas pelo menos não poderia prever que a oportunidade surgiria tão cedo.

– Oportunidade! – repetiu a senhora Jennings – Oh! Quanto a isso, quando um homem já se decidiu por tal coisa, de alguma forma ele encontrará uma oportunidade. Bem, minha querida, desejo-lhe mais uma vez muita felicidade, e se alguma vez houver um casal feliz no mundo, acho que logo vou saber onde procurar por eles.

– A senhora quer dizer ir para Delaford visitá-los, suponho – disse Elinor com um leve sorriso.

– Ah, minha querida, estou falando disso. E quanto à má qualidade da casa, não sei o que o coronel quis dizer, pois é muito boa, como eu mesma vi.

– Ele falou que precisava ser reformada.

– Bem, e de quem é a culpa? Por que ele não a reforma? Quem deveria fazer isso, a não ser ele mesmo?

Elas foram interrompidas pela entrada do criado para anunciar que a carruagem estava na porta, e a senhora Jennings, preparando-se naquele instante para ir, disse:

– Bem, minha querida, devo ir antes de falar a metade do que queria dizer. No entanto, podemos terminar à noite, pois estaremos completamente sozinhas. Não peço que venha comigo, pois ouso dizer que sua mente está ocupada demais com esse assunto para se preocupar com companhia. Além disso, você deve estar ansiosa para contar tudo para sua irmã.

Marianne deixara a sala antes que a conversa começasse.

– Certamente, senhora, contarei à Marianne. Mas, por enquanto, não mencionarei para mais ninguém.

– Ah, muito bem – disse a senhora Jennings, bastante decepcionada. – Então você não quer que eu conte para a Lucy, pois penso em ir até Holborn hoje.

– Não, senhora, nem mesmo para Lucy, por favor. O atraso de um dia não será muito sério, e até que eu escreva para o senhor Ferrars, acho que não deve ser mencionado para mais ninguém. Farei isso de imediato. É importante não perder tempo para contar a ele, pois terá, naturalmente, muito a fazer em relação à sua ordenação.

No início, estas palavras intrigaram muito a senhora Jennings. Ela não compreendeu de imediato por que Elinor deveria escrever sobre aquilo para o senhor Ferrars com tanta pressa. Alguns momentos de reflexão, no entanto, produziram uma ideia muito feliz, e ela exclamou:

– Ah, sim! Eu entendo. O senhor Ferrars deve ser a pessoa indicada. Bem, tanto melhor para ele. Com certeza, ele deve ser ordenado de imediato, e estou muito feliz pelas coisas estarem tão avançadas entre vocês. Mas, minha querida, isso não é um pouco estranho? Não deveria o próprio coronel escrever? Tenho certeza de que ele é a pessoa adequada.

Elinor não entendeu bem as primeiras palavras da senhora Jennings, tampouco pensou que valesse a pena indagar e, portanto, apenas respondeu à sua conclusão.

– O coronel Brandon é um homem tão delicado que preferiu que outra pessoa anunciasse suas intenções ao senhor Ferrars.

– E então você é forçada a fazer isso. Bem, isso é um tipo estranho de delicadeza! No entanto, não vou incomodá-la – vendo que ela se preparava para escrever. – Você conhece seus assuntos melhor que ninguém. Então, até logo, minha querida. Não ouvi falar de nada que me alegrasse tanto desde quando Charlotte teve o bebê.

E ela saiu, mas voltando novamente um momento depois, disse:

– Acabei de pensar na irmã da Betty, minha querida. Eu ficaria muito feliz por conseguir uma patroa tão boa para ela. Mas se ela seria uma boa dama de companhia, não posso dizer. É uma excelente criada e trabalha muito bem com a agulha. No entanto, você pensará sobre isso quando quiser.

– Certamente, senhora – respondeu Elinor, sem ouvir muito o que ela dizia e mais ansiosa para estar sozinha e cumprir sua obrigação.

Como deveria começar, como deveria se expressar em seu bilhete para Edward, era agora toda sua preocupação. As circunstâncias particulares entre eles criaram uma dificuldade naquilo que, para qualquer outra pessoa, teria sido a coisa mais fácil do mundo. Mas ela também temia dizer demais ou muito pouco, e se sentou deliberando sobre o papel, com a pena na mão, até que foi interrompida pela entrada do próprio Edward.

Ele encontrara a senhora Jennings na porta quando ela seguia para a carruagem, pois viera deixar seu cartão de despedida, e ela, depois de se desculpar por não voltar, obrigou-o a entrar, dizendo que a senhorita Dashwood estava em casa e queria falar com ele sobre questões bastante particulares.

Elinor acabava de se parabenizar, em meio à própria perplexidade, dizendo-se que, por mais difícil que fosse se expressar de maneira correta por carta, era pelo menos preferível do que dar a informação pessoalmente, quando seu visitante entrou, obrigando-a a um dos maiores esforços de sua vida. Seu espanto e confusão foram muito grandes diante dessa aparição tão repentina. Ela ainda não o vira depois que seu compromisso se tornara público e, portanto, não depois que ele soube que a informação era de conhecimento dela. Isso, com a consciência do que estivera pensando e o que ela tinha para lhe dizer, fez com que se sentisse particularmente desconfortável por alguns minutos. Ele também estava muito angustiado, e sentaram-se juntos em um estado que prometia muito constrangimento. Ele não conseguia lembrar se pedira perdão a ela por sua intromissão quando entrara na sala, mas determinado a sentir-se mais seguro, reiterou a desculpa formal assim que conseguiu dizer qualquer coisa, depois de se sentar.

– A senhora Jennings me contou – disse ele – que você queria falar comigo, pelo menos foi o que entendi, ou decerto não teria lhe incomodado de tal maneira. Contudo, ao mesmo tempo, eu ficaria muito triste de partir de Londres sem ter visto a senhorita e sua irmã, em especial porque, provavelmente, levará algum tempo... Não é provável que eu tenha o prazer em vê-las de novo tão cedo. Vou para Oxford amanhã.

– Mas o senhor não partiria – disse Elinor, recuperando-se e determinada a superar o que tanto temia o mais rápido possível –, sem antes receber nossos melhores votos, mesmo se não fôssemos capazes de dá-los pessoalmente. A senhora Jennings estava certa no que disse. Tenho algo importante para informá-lo e estava a ponto de comunicar por escrito. Estou encarregada de informar algo muito agradável – respirando mais rápido do que o habitual enquanto falava. – O coronel Brandon, que estava aqui havia apenas dez minutos, pediu-me para dizer que, sabendo que você pretende se ordenar, ele teria grande prazer em oferecer-lhe a paróquia de Delaford, recentemente vaga, e só desejaria que o benefício fosse melhor. Permita-me felicitá-lo por ter um amigo tão respeitável e de bom julgamento e juntar-me ao desejo dele de que a remuneração, cerca de duzentas libras por ano, fosse muito mais considerável e que, se fosse, pudesse capacitá-lo mais, uma vez que pode vir a ser uma acomodação mais do que temporária para você... Resumindo, que pudesse satisfazer todos os seus desejos de felicidade.

O que Edward sentiu, como ele mesmo não podia dizer, não se podia esperar que alguém dissesse por ele. Ele parecia sentir todo o espanto que uma informação tão inesperada, tão impensável, não poderia deixar de despertar, mas disse apenas estas duas palavras:

– Coronel Brandon!

– Sim – continuou Elinor, reunindo mais determinação, já que um pouco do pior já tinha passado –, o coronel Brandon quer que isso seja um testemunho da sua preocupação com o que aconteceu recentemente, com a situação cruel em que a conduta injustificável de sua família o colocou... Uma preocupação que estou certa de que Marianne, eu e todos os seus amigos devemos compartilhar. E também como prova da alta estima que ele tem pelo seu caráter geral e a particular aprovação de seu comportamento no presente caso.

– O coronel Brandon me ofereceu uma posição! Pode ser possível?

– A crueldade de seus próprios parentes faz com que fique atônito ao encontrar amizade em qualquer lugar.

– Não – ele respondeu, com súbita consciência –, não de encontrar isso em você, pois não posso ignorar que devo tudo isso a você, à sua bondade. Eu sinto, gostaria de expressar se pudesse, mas, como você sabe, não sou um orador.

– O senhor está muito enganado. Garanto que deve isso inteiramente, pelo menos quase inteiramente, ao seu próprio mérito e ao discernimento do coronel Brandon. Não tive nada a ver com isso. Eu nem sabia, até que ele me contou seus planos, que a paróquia estava vazia. Nem me ocorreu que ele pudesse lhe conceder esse trabalho. Como meu amigo, da minha família, ele pode, talvez... de fato, sei que ele sente grande prazer em ajudá--lo. Mas dou minha palavra de que não deve nada a algum pedido meu.

A verdade a obrigou a reconhecer uma pequena participação no caso, mas ela estava ao mesmo tempo tão pouco disposta a aparecer como a benfeitora de Edward que reconheceu com hesitação, o que, de maneira provável, contribuiu para sedimentar a suspeita que surgira recentemente na cabeça dele. Por um curto período de tempo, ele ficou sentado pensativo, depois que Elinor parou de falar. Por fim, e como se fosse um esforço, ele disse:

– O coronel Brandon parece um homem de grande valor e respeito. Sempre ouvi todos falarem isso, e seu irmão, eu sei, tem grande estima por ele. Sem dúvida, ele é um homem sensato e um perfeito cavalheiro em suas maneiras.

– Realmente – respondeu Elinor –, acredito que você descobrirá, ao se tornarem mais íntimos, que ele é tudo que ouviu falar dele, e como serão vizinhos tão próximos, pois entendo que a paróquia fica perto da mansão, é especialmente importante que ele seja tudo isso.

Edward não respondeu, mas quando ela virou a cabeça, lançou-lhe um olhar tão sério, tão sincero, tão infeliz, que parecia estar dizendo que poderia desejar a partir de agora que a distância entre a paróquia e a mansão fosse muito maior.

– O coronel Brandon, acredito, está hospedado na Rua St. James – disse ele logo depois, levantando-se da cadeira.

Elinor informou-lhe o número da casa.

– Devo me apressar então, para agradecê-lo, já que a senhorita não quer permitir que eu agradeça a você. Quero afirmar que ele me fez um homem muito, extremamente feliz.

Elinor não quis detê-lo e eles se separaram, depois que ela declarou seus desejos mais profundos de felicidade em cada mudança que pudesse acontecer com ele. Do lado dele, com uma tentativa de retribuir os mesmos desejos, sem o mesmo poder de expressão.

– Quando eu voltar a vê-lo – disse Elinor para si mesma, quando a porta se fechou –, será como o marido da Lucy.

E com essa antecipação agradável, ela sentou-se para reconsiderar o passado, lembrar as palavras e se esforçar para compreender todos os sentimentos de Edward. Além disso, claro, para refletir sozinha sobre o próprio descontentamento.

## Razão e sensibilidade

Quando a senhora Jennings chegou em casa, embora voltasse de um encontro com pessoas que nunca vira antes, e de quem, portanto, deveria ter muitas coisas para contar, sua mente estava muito mais preocupada com o importante segredo em sua posse do que com qualquer outra coisa. Portanto, voltou a falar sobre o assunto assim que Elinor apareceu.

– Bem, minha querida – ela exclamou –, mandei o jovem subir. Não fiz a coisa certa? E suponho que você não teve grande dificuldade. Você não o encontrou indisposto a aceitar sua proposta?

– Não, senhora, isso não seria muito provável.

– Bem, e em quanto tempo ele estará pronto? Pois parece que tudo depende disso.

– Na verdade – disse Elinor –, conheço tão pouco desse tipo de formalidade que dificilmente consigo conjecturar o tempo ou a preparação necessária, mas suponho que dentro de dois ou três meses poderá completar sua ordenação.

– Dois ou três meses! – exclamou a senhora Jennings. – Meu Deus, minha querida, como você fala disso com calma, e o coronel pode esperar dois ou três meses! Deus me abençoe! Tenho certeza de que isso me deixaria impaciente! E embora eu ficaria muito feliz em fazer uma gentileza ao pobre senhor Ferrars, acho que não vale a pena aguardar dois ou três meses por ele. Com certeza, poderia encontrar outra pessoa que faria tão bem quanto ele. Alguém que já seja ordenado.

– Minha querida senhora – disse Elinor –, de que pode estar pensando? Afinal, o único objetivo do coronel Brandon é ser útil ao senhor Ferrars.

– Deus a abençoe, minha querida! Claro que você não quer me convencer de que o coronel só se casa com você para dar dez guinéus ao senhor Ferrars!

A farsa não poderia continuar depois disso, e uma explicação logo foi dada, a qual deixou as duas muito espantadas por um momento, sem nenhuma diminuição considerável de felicidade, pois a senhora Jennings apenas trocou uma forma de alegria por outra, sem abandonar a expectativa da primeira.

– Sim, sim, a paróquia é pequena – disse ela, depois que a primeira ebulição de surpresa e satisfação terminou – e muito provavelmente pode estar precisando de reformas. Mas ouvir um homem se desculpando, como pensei, por uma casa que, até onde me lembro, tem cinco salas de estar no piso térreo e acho que a governanta me disse que poderia acomodar até quinze camas! E para você também, que estava acostumada com o chalé de Barton! Parece bastante ridículo. Mas, minha querida, devemos falar com o coronel para fazer alguma coisa na paróquia e torná-la confortável para eles antes de Lucy ir para lá.

– Mas o coronel Brandon não parece achar que a remuneração seja suficiente para permitir que eles se casem.

– O coronel é um tolo, minha querida. Como tem duas mil libras por ano só para ele, acha que ninguém pode se casar com menos. Aceite quando digo que, se eu estiver viva, vou fazer uma visita à Paróquia de Delaford antes da Festa de São Miguel, e tenho certeza de que não irei se Lucy não estiver lá.

Elinor concordava com sua opinião quanto à probabilidade de que eles não esperariam mais nada.

## Capítulo 41

Edward, depois de agradecer ao coronel Brandon, seguiu com sua felicidade ao encontro de Lucy, e tal sentimento era tão excessivo quando chegou a Bartlett's Buildings que Lucy pôde afirmar à senhora Jennings, que a visitou de novo no dia seguinte para lhe dar os parabéns, que nunca o vira tão animado em sua vida.

A felicidade dela e seu próprio ânimo eram no mínimo inquestionáveis. E ela se juntou muito calorosamente à senhora Jennings na expectativa de que estariam muito confortáveis juntos na paróquia de Delaford antes da Festa de São Miguel. Ela estava tão longe, ao mesmo tempo, de qualquer constrangimento em atribuir a Elinor o crédito que Edward queria lhe dar, que falou da amizade por ambas com a gratidão mais calorosa, e estava pronta a reconhecer toda a dívida que tinham em relação a ela, e declarou de maneira aberta que não se surpreenderia com nenhum esforço por parte da senhorita Dashwood, no presente ou no futuro, para ajudá-los, pois acreditava que ela era capaz de fazer qualquer coisa pelas pessoas que realmente valorizava. Quanto ao coronel Brandon, ela não estava apenas preparada para adorá-lo como um santo, mas, além disso, estava mesmo ansiosa para tratá-lo como tal em todas as preocupações mundanas, ansiosa para que seus dízimos aumentassem ao máximo e secretamente decidida a se aproveitar, em Delaford, tanto quanto pudesse, de seus criados, sua carruagem, suas vacas e suas galinhas.

Já passara mais de uma semana desde que John Dashwood visitara a Rua Berkeley, e desde então não tinham recebido nenhuma notícia sobre a indisposição de sua esposa, a não ser indiretamente, e Elinor começou a achar necessário visitá-la. Era uma obrigação, no entanto, que não só se opunha à sua própria vontade, mas que não tinha nenhum encorajamento de suas companhias. Marianne, não satisfeita com a recusa absoluta de acompanhá-la, empenhou-se em impedir que a irmã fosse, e a senhora Jennings, embora sua carruagem sempre estivesse à disposição de Elinor, não gostava nada da senhora John Dashwood, tanto que nem a curiosidade de ver como ela estava depois da última descoberta, nem seu forte desejo de afrontá-la ficando do lado de Edward poderiam superar sua falta de vontade de estar novamente em sua companhia. A consequência foi que Elinor saiu sozinha para a visita, já que na verdade ninguém poderia estar menos inclinado a acompanhá-la e correr o risco de um *tête-à-tête* com uma mulher que nenhum dos outros tinha tantos motivos para desgostar.

A senhora John Dashwood não podia recebê-la, mas, antes que a carruagem fosse embora, seu marido saiu de casa por acaso. Então, ele expressou grande prazer em encontrar Elinor, disse-lhe que estava indo à Rua Berkeley e, assegurando que Fanny ficaria muito feliz em vê-la, convidou-a a entrar.

Subiram as escadas para a sala de estar. Não havia ninguém lá.

– Fanny está em seu quarto, suponho – disse ele. – Vou buscá-la, pois tenho certeza de que ela não terá a menor objeção no mundo em vê-la. Muito ao contrário, na verdade. Agora, especialmente, de qualquer maneira, você e Marianne sempre foram as favoritas. Por que Marianne não veio também?

Elinor inventou a desculpa que conseguiu.

– Não estou infeliz por vê-la sozinha – ele respondeu –, pois tenho muito a lhe dizer. Essa posição do coronel Brandon pode ser verdade? Ele realmente a deu a Edward? Ouvi isso ontem, por acaso, e estava indo visitá-la com a intenção de indagar mais sobre isso.

– É a mais pura verdade. O coronel Brandon deu a posição de Delaford para Edward.

– É mesmo! Bem, isso é muito surpreendente! Nenhum relacionamento! Nenhuma conexão entre eles! E agora que as posições aumentaram! Qual era o valor?

– Cerca de duzentas libras por ano.
– Muito bem... e para a próxima oferta de uma posição desse valor... Supondo que o antigo incumbente estivesse velho e doente, e provavelmente ficasse desocupada em breve, ele poderia ter conseguido, ouso dizer, 1.400 libras. E como ele não resolveu essa questão antes da morte dessa pessoa? Agora, de fato, seria tarde demais para vendê-la, mas um homem razoável como o coronel Brandon! Pergunto-me se ele é tão negligente em um assunto tão comum, tão natural! Bem, estou convencido de que existe muita inconsistência em quase todos os seres humanos. Suponho, no entanto, em retrospecto, que o caso provavelmente seja esse. Edward manterá a posição apenas até que a pessoa a quem o coronel realmente vendeu a nomeação tenha idade suficiente para assumi-la. Sim, sim, foi isso que aconteceu, tenho certeza.

Elinor negou, contudo, com bastante veemência, e relatando que ela própria fora encarregada de transmitir a oferta do coronel Brandon a Edward, de modo que, portanto, sabia bem os termos sob os quais fora feita, obrigou-o a se submeter à sua autoridade.

– É verdadeiramente surpreendente! – ele exclamou, depois de ouvir o que ela disse. – Qual poderia ser o motivo do coronel?

– Um muito simples: ser útil ao senhor Ferrars.

– Bem, bem, seja qual for o motivo do coronel Brandon, Edward é um homem muito sortudo. Você não vai mencionar o assunto para Fanny, no entanto, pois apesar de eu já ter lhe contado, e ela ter aceitado muito bem, acho que não gostaria de ouvir falar muito disso.

Elinor teve alguma dificuldade para se abster de observar que achava que Fanny poderia aguentar com compostura um aumento da renda para seu irmão, por meio da qual nem ela nem seu filho poderiam ser possivelmente empobrecidos.

– A senhora Ferrars – acrescentou ele, baixando a voz para o tom apropriado para um assunto tão importante – não sabe nada sobre isso no momento, e acredito que será melhor mantê-lo em segredo pelo tempo que for possível. Quando o casamento ocorrer, receio que ela precisará saber de tudo.

– Mas por que essa precaução? Embora não devamos supor que a senhora Ferrars possa ter a menor satisfação em saber que o filho tem dinheiro suficiente para se sustentar, pois isso deve estar completamente fora de questão, ainda assim, por que, depois de seu comportamento recente, ela deveria sentir algo? Ela rompeu com o filho, expulsou-o para sempre e obrigou todos aqueles sobre os quais tinha alguma influência a fazerem o mesmo. Decerto, depois de fazer isso, ninguém pode imaginar que ela sinta a menor tristeza ou alegria pelo filho mais velho. Ela não pode se interessar por nada que lhe aconteça. Não seria tão fraca a ponto de jogar fora o conforto de um filho e ainda assim manter a ansiedade de uma mãe!

– Ah! Elinor – disse John –, seu raciocínio é muito bom, mas é baseado na ignorância da natureza humana. Quando o infeliz casamento de Edward ocorrer, tenho certeza, sua mãe sentirá tanto quanto se nunca o tivesse banido e, portanto, todas as circunstâncias que possam acelerar esse terrível evento devem ser escondidas dela o máximo possível. A senhora Ferrars nunca poderá esquecer que Edward é seu filho.

– Você me surpreende. Eu pensaria que ele deve quase ter escapado da lembrança dela a essa altura.

– Está sendo extremamente injusta com ela. A senhora Ferrars é uma das mães mais afetuosas do mundo.

Elinor ficou em silêncio.

– Pensamos agora – disse o senhor Dashwood, depois de uma pequena pausa – que Robert poderia se casar com a senhorita Morton.

Elinor, sorrindo diante da seriedade e importância decisiva do tom de seu irmão, respondeu com calma:

– A senhorita, suponho, não tem escolha no caso.

– Escolha! Como assim?

– Só quero dizer que suponho, pela sua maneira de falar, que deve dar no mesmo para a senhorita Morton casar-se com Edward ou Robert.

– Certamente, não pode haver diferença, pois Robert será agora, para todos os efeitos, considerado o filho mais velho, e em relação a qualquer outra coisa, ambos são jovens muito agradáveis. Não creio que um seja superior ao outro.

Elinor não disse mais nada e John também ficou por um instante em silêncio. Suas reflexões terminaram assim:

– De uma coisa, querida irmã – pegando a mão dela com gentileza e falando num sussurro horrível –, posso lhe assegurar e o farei, pois sei que deve satisfazê-la. Tenho bons motivos para pensar... Na verdade, soube por uma fonte muito confiável, ou não repetiria isso, pois de outro modo seria muito errado dizer qualquer coisa a respeito, mas soube pela fonte mais confiável de todas... não que tenha ouvido a senhora Ferrars dizer isso exatamente, mas a filha dela ouviu, e ouvi isso dela... que, resumindo, quaisquer que fossem as objeções que poderia existir contra uma certa... uma certa conhecida, você me entende... teria sido muito preferível para ela, pois não teria causado metade da irritação que isso causou. Fiquei muito satisfeito ao saber que a senhora Ferrars pensava isso. Uma circunstância muito gratificante para todos nós, você sabe. "Teria sido sem comparação", disse ela, "dos males o menor, e ela ficaria feliz em conseguir agora o mal menor". Mas no entanto, está tudo fora de questão, não deve ser pensado ou mencionado. Quanto a qualquer compromisso, você sabe, nunca poderia acontecer. Tudo isso ficou para trás. Mas pensei que deveria contar isso, pois sabia o quanto iria agradá-la. Não que você tenha algum motivo para se arrepender, querida Elinor. Não há dúvida de que está indo muito bem, ou até melhor, talvez, considerando tudo. O coronel Brandon esteve com você recentemente?

Elinor ouvira o suficiente, se não para satisfazer sua vaidade e aumentar sua autoestima, para mexer com seus nervos e ocupar sua cabeça. Portanto, ficou feliz em ser poupada da necessidade de responder e do perigo de ouvir algo mais do irmão, pela entrada do senhor Robert Ferrars. Depois de alguns momentos de conversa, John Dashwood, lembrando que Fanny ainda não fora informada sobre a presença da irmã, saiu da sala em busca dela e Elinor foi deixada para melhorar sua amizade com Robert. Assim, pôde confirmar a opinião desfavorável que tinha sobre sua mente e seu coração, pela despreocupação alegre, a autocomplacência feliz de seus modos, desfrutando de uma divisão tão injusta do amor e da generosidade da mãe em detrimento do irmão banido, um privilégio conquistado apenas por sua vida degenerada, sem se preocupar nem um pouco com a integridade do irmão.

Mal tinham passado dois minutos a sós quando ele começou a falar sobre Edward, pois também ouvira falar do emprego e estava muito curioso sobre o assunto. Elinor repetiu os detalhes, como os contara ao irmão, e seu efeito sobre Robert, embora muito diferente, não foi menos impressionante do que fora para John. Ele riu sem nenhuma moderação. A ideia de Edward como clérigo e vivendo em uma pequena casa de paróquia divertiu-o muito, e quando foi adicionada a imagem fantasiosa de Edward lendo orações com uma sobrepeliz branca e publicando os proclamas de casamento entre John Smith e Mary Brown, ele não conseguiu conceber nada mais ridículo.

Elinor, enquanto esperava em silêncio e com uma seriedade impassível a conclusão de tal zombaria, não conseguia impedir que seus olhos ficassem fixos nele com um olhar que mostrava todo o desprezo que sentia. Era um olhar, no entanto, muito bem direcionado, pois aliviou seus próprios sentimentos sem que ele percebesse suas intenções. Robert foi obrigado a abandonar a ironia e mais uma vez ficar sério, não por alguma repreensão dela, mas por sua própria sensibilidade.

– Podemos tratar como uma piada – disse ele, por fim, recuperando-se do riso afetado que se estendera consideravelmente além da alegria genuína do momento –, mas, dou minha palavra, é um negócio muito sério. Pobre Edward! Está arruinado para sempre. Sinto muito por isso, pois sei que é uma criatura de bom coração, além de ser um homem bem-intencionado, talvez como nenhum outro no mundo. Você não deve julgá-lo, senhorita Dashwood, por conhecê-lo tão pouco. Pobre Edward! Seus modos decerto não são os mais finos. Mas nós não nascemos, você sabe, com o mesmo dom, os mesmos poderes, a mesma postura. Pobre homem! Vê-lo em um círculo de estranhos! Certamente isso já provoca muita pena, mas dou minha palavra, acredito que ele tem um coração tão bom quanto qualquer outro no reino, e afirmo e protesto que nunca fiquei tão chocado na minha vida como quando tudo veio à tona. Não conseguia acreditar. Minha mãe foi a primeira pessoa que me contou. E eu, sentindo-me chamado a agir com determinação, disse a ela de imediato: "Minha querida senhora, não sei o que pode pretender fazer na ocasião, mas quanto a mim, devo dizer que, se Edward se casar com essa jovem, nunca mais o verei". Isso foi exatamente o que eu disse. Fiquei muito chocado, na verdade! Pobre Edward! Ele mesmo se prejudicou, se afastou para sempre de toda a sociedade decente! Mas, como eu disse para minha mãe, não estou nem um pouco surpreso. Pelo seu estilo de educação, era algo a se esperar. Minha pobre mãe estava meio frenética.

– Você já conheceu a senhorita?

– Sim, uma vez, enquanto estava hospedada nesta casa, por acaso passei aqui por dez minutos e vi o suficiente dela. Uma menina simples e desajeitada do interior, sem estilo ou elegância, e quase sem beleza. Lembro-me dela perfeitamente. Bem o tipo de moça que eu deveria supor que poderia cativar o pobre Edward. Ofereci-me de imediato, assim que minha mãe me contou sobre o assunto, para falar com ele e dissuadi-lo do casamento, mas já era tarde demais, descobri, para fazer qualquer coisa, pois, desafortunadamente, eu não cheguei aqui até depois do rompimento, quando não havia mais, você sabe, como interferir. Mas se tivesse sido informado algumas horas antes, acho que seria muito provável que pudesse ter feito algo. Eu decerto teria argumentado com Edward em um tom muito forte. "Meu querido", eu teria dito, "considere o que você está fazendo. Está se comprometendo a uma união muito vergonhosa e que toda sua família é unânime em desaprovar". Não posso deixar de pensar, resumindo, que poderia encontrar alguma maneira de convencê-lo. Mas agora é tarde demais. Ele deve estar morrendo de fome, você sabe, muita fome.

Ele mal acabara de dizer aquilo com grande compostura quando a entrada da senhora John Dashwood encerrou o assunto. Mas, embora ela nunca falasse sobre isso fora da própria família, Elinor podia ver como o assunto influenciava sua mente pelo ar de certa confusão no rosto e por uma tentativa de cordialidade em seu comportamento em relação a ela. Até chegou a ficar triste ao descobrir que Elinor e a irmã partiriam logo da cidade, pois esperava vê-las mais vezes. Falou isso com um esforço que seu marido, que a trouxera do quarto e acompanhava fascinado o que ela falava, parecia perceber como a maior manifestação de afeto e graça.

## Capítulo 42

Outra breve visita à Rua Harley, na qual Elinor recebeu os parabéns do irmão por viajarem até Barton sem nenhuma despesa, e pelo fato de que o coronel Brandon as seguiria até Cleveland em um ou dois dias, encerrou o contato entre os irmãos na cidade. E um convite vago de Fanny para que fossem a Norland sempre que estivessem de passagem, que era uma das coisas mais improváveis de acontecer, com uma garantia mais calorosa, apesar de menos pública, de John para Elinor, de que logo iria vê-la em Delaford, era tudo que anunciava qualquer reunião no campo.

Ela divertiu-se ao observar que todos os seus amigos pareciam determinados a enviá-la para Delaford – um lugar que, entre todos, era o que ela agora menos gostaria de visitar ou residir, pois não só era considerado como seu futuro lar pelo seu irmão e pela senhora Jennings, como até mesmo a própria Lucy, quando se despediram, fez o convite para que a visitasse lá.

## Razão e sensibilidade

Nos primeiros dias de abril, e toleravelmente cedo, os dois grupos da Praça de Hanover e da Rua Berkeley partiram de suas respectivas casas para se encontrarem, como tinham marcado, na estrada. Para a conveniência de Charlotte e seu filho, demoraram mais de dois dias na viagem, e o senhor Palmer, viajando mais rapidamente com o coronel Brandon, deveria se juntar a elas em Cleveland pouco depois que chegassem.

Marianne, apesar das poucas horas de felicidade que teve em Londres, e ansiosa há muito tempo para ir embora logo, não conseguiu, quando chegou a hora, despedir-se sem grande dor da casa na qual, pela última vez, desfrutara da esperança e da confiança em Willoughby, que agora estavam extintas para sempre. Nem poderia deixar a cidade em que Willoughby ficaria, ocupado com novos compromissos e novos planos, dos quais *ela* não tomaria parte, sem derramar muitas lágrimas.

A satisfação de Elinor, no momento da partida, era mais positiva. Ela não tinha nenhum motivo para pensar na cidade, não deixava ninguém para trás de quem estivesse se separando para sempre e que pudesse lhe despertar algum momento de arrependimento, ficou satisfeita por se livrar da perseguição da amizade de Lucy, sentia-se grata por ter evitado que a irmã fosse vista por Willoughby depois de seu casamento e tinha esperança de que alguns meses de tranquilidade em Barton poderiam restaurar a paz de espírito de Marianne e fortalecer a sua própria.

A viagem foi realizada com segurança. O segundo dia trouxe-os para o querido, ou proibido, condado de Somerset, de acordo com as mudanças na imaginação de Marianne. E na manhã do terceiro, chegaram enfim a Cleveland.

Cleveland era uma casa espaçosa, de construção moderna, situada numa encosta gramada. Não tinha parque, mas o espaço verde era bastante extenso e, como todas as propriedades de igual importância, tinha muitos arbustos e uma trilha na floresta próxima, uma estrada de cascalho liso que circundava uma plantação e levava até a entrada. O gramado era pontuado por árvores, a casa era guardada por abetos, eucaliptos e acácias, e uma área espessa com estas árvores, intercaladas por grandes álamos da Lombardia, cobria a área de serviço.

Marianne entrou na casa com o coração cheio de emoção por saber que estava a apenas 130 quilômetros de Barton, e a menos de 50 de Combe Magna. E antes que passasse cinco minutos dentro de suas paredes, enquanto as outras estavam ocupadas ajudando Charlotte a mostrar o filho à governanta, ela saiu de novo, correndo entre os arbustos sinuosos, que agora começavam a revelar sua beleza, até chegar a um monte distante, onde havia um templo grego. Dali, seus olhos, vagando por uma grande extensão de campo para o sudeste, poderiam descansar com carinho na serra mais distante das colinas no horizonte e imaginar que, de seus cumes, Combe Magna poderia ser vista.

Em tais momentos de tristeza preciosa e inestimável, ela regozijou em lágrimas de agonia por estar em Cleveland. E quando voltou por um caminho diferente para a casa, sentindo todo o privilégio feliz da liberdade do campo, de vagar de um lado para outro com uma solidão livre e luxuosa, ela resolveu passar quase todas as horas dos dias enquanto estivesse com os Palmer dedicando-se a essas caminhadas solitárias.

Ela voltou bem a tempo de se juntar às outras, que saíam da casa em uma excursão pelos arredores, e o resto da manhã passou rápido, enquanto caminhavam ao redor do quintal, examinando a floração em suas paredes e ouvindo as lamentações do jardineiro pelas pragas, passando pela estufa, onde a perda de suas plantas favoritas, indevidamente expostas e atacadas pela geada persistente, causou riso em Charlotte, e ao visitar o galinheiro, onde, nas esperanças decepcionadas da criada pelas galinhas abandonando os ninhos ou sendo comidas por uma raposa, ou na rápida diminuição de uma ninhada promissora, encontrou outros motivos para rir.

A manhã estava agradável e seca, e Marianne, em seu plano de passar bastante tempo ao ar livre, não calculara nenhuma mudança no clima durante a permanência em Cleveland. Com grande surpresa, portanto, foi impedida por uma forte chuva de sair de novo depois do jantar. Ela queria dar uma caminhada ao entardecer até o templo grego, e talvez por todo o jardim, e uma noite simplesmente fria ou úmida não a teria dissuadido, mas com uma chuva pesada, nem mesmo ela poderia fingir que aquele era um clima seco e agradável para caminhar.

O grupo era pequeno e as horas passavam silenciosamente. A senhora Palmer tinha seu filho e a senhora Jennings fazia um tapete. Eles falaram dos amigos que deixaram para trás, organizaram os compromissos de lady Middleton e perguntaram se o senhor Palmer e o coronel Brandon iriam mais longe do que a Reading naquela noite. Elinor, apesar de pouco preocupada com isso, juntou-se à conversa, e Marianne, que tinha o dom de encontrar o caminho em todas as casas até a biblioteca, por mais que fosse evitada pela família em geral, logo se enterrou em um livro. A senhora Palmer não deixava nada a desejar no que dizia respeito ao que seu bom humor constante e amigável pudesse fazer para que se sentissem bem-vindas. A abertura e a generosidade de suas maneiras mais do que reparavam aquela falta de compostura e elegância que a tornavam quase mal-educada. Sua bondade, endossada por um rosto tão bonito, era envolvente. Sua superficialidade, embora evidente, não era repulsiva, pois não era presunçosa, e Elinor poderia ter perdoado tudo menos sua risada.

Os dois cavalheiros chegaram no dia seguinte já tarde para o jantar, proporcionando uma agradável ampliação do grupo e uma variedade muito bem-vinda de assuntos, a qual uma longa manhã da mesma chuva contínua reduzira muito.

Elinor vira tão pouco o senhor Palmer, e nesse pouco vira tanta variedade no modo como tratava sua irmã e ela própria, que não sabia o que esperar ao encontrá-lo na própria família. No entanto, ele se comportou como um perfeito cavalheiro com todos os seus visitantes, e apenas ocasionalmente rude com a esposa e a sogra. Ela considerou-o muito capaz de ser uma companhia agradável, e a única coisa que o impedia de ser sempre assim era sua grande habilidade de se imaginar muito superior às pessoas em geral, como deveria se sentir em relação à senhora Jennings e Charlotte. O resto de seu caráter e hábitos eram marcados, até onde Elinor podia perceber, por traços nada incomuns em homens de sua idade. Ele tinha boas maneiras à mesa, apesar de não ser pontual, gostava do filho, apesar de fingir ignorá-lo, e passava as manhãs jogando bilhar, sendo que deveria dedicá-las aos negócios. Ela gostava dele, no entanto, de modo geral, muito mais do que esperara, e em seu coração não se arrependia de não poder gostar mais dele. Não lamentava que a observação de seu epicurismo, seu egoísmo e sua presunção a levasse a lembrar com complacência do temperamento generoso de Edward, seu gosto simples e sentimentos modestos.

De Edward, ou pelo menos de algumas de suas preocupações, Elinor recebia agora informações do coronel Brandon, que estivera recentemente em Dorsetshire, e que, tratando-a ao mesmo tempo como uma amiga desinteressada do senhor Ferrars e uma confidente amável, contou muito sobre a paróquia em Delaford, descreveu suas deficiências e disse o que queria fazer para solucioná-las. Seu comportamento em relação a ela, assim como em todos os outros aspectos, seu prazer evidente ao reencontrá-la após uma ausência de apenas dez dias, sua prontidão para conversar com ela e o respeito por sua opinião poderiam muito bem justificar a ideia da senhora Jennings sobre a existência de um afeto por parte dele, e teriam sido suficientes para levantar suspeitas nela mesma, se Elinor não soubesse, desde o começo que Marianne era a verdadeira favorita do coronel. No entanto, como pensava desse modo, tal ideia quase nunca entrava na sua cabeça, exceto pela sugestão da senhora Jennings, e ela não podia deixar de acreditar que era a melhor observadora das duas, pois reparava no olhar dele, enquanto a senhora Jennings pensava apenas em seu comportamento. E como seu desvelo ansioso quando Marianne começou a sentir o início de um forte resfriado com dores de cabeça e de garganta escapou inteiramente à observação da senhora Jennings, Elinor pôde perceber nos olhos dele os sentimentos precipitados e a preocupação desnecessária de um homem apaixonado.

Duas caminhadas deliciosas durante o crepúsculo na terceira e na quarta noites em que ela estava lá, não apenas no cascalho seco dos arbustos, mas por todo o terreno, e em especial nas partes mais distantes, onde havia algo mais selvagem do que no resto, onde as árvores eram mais antigas e a grama era mais alta e mais úmida, auxiliadas pela imprudência ainda maior de ficar com seus calçados e meias molhadas, provocaram em Marianne um resfriado tão violento que, embora por um ou dois dias ela o tivesse menosprezado ou negado, o mal-estar cada vez maior deixou todos preocupados, inclusive ela mesma. As prescrições vieram de todos os lados e, como de costume, foram todas recusadas. Embora pesada e febril, com dor nas pernas e nos braços, tosse e dor de garganta, uma boa noite de sono deveria curá-la completamente. E foi com dificuldade que Elinor a convenceu, quando ela foi para a cama, a experimentar um ou dois remédios mais simples.

## *Capítulo 43*

Marianne se levantou na manhã seguinte no horário de sempre. A cada pergunta, respondia que estava melhor e tentava provar, dedicando-se a seus trabalhos habituais. Mas um dia sentada tremendo perto da lareira com um livro na mão, o qual não conseguia ler, ou deitada, cansada e sem forças, em um sofá, não falava muito em favor de sua melhora. E quando, por fim, ela foi cedo para a cama, cada vez mais indisposta, o coronel

Brandon ficou espantado com a tranquilidade de sua irmã, que, embora atendendo e cuidando dela o dia todo, contra a vontade de Marianne, e forçando-a a tomar os medicamentos adequados à noite, confiava, como Marianne, na certeza e eficácia do sono, e não se sentia alarmada.

Uma noite muito inquieta e febril, no entanto, decepcionou a expectativa das duas, e quando Marianne, depois de insistir em se levantar, confessou-se incapaz de se sentar e voltou voluntariamente para a cama, Elinor estava pronta para aceitar o conselho da senhora Jennings de chamar o farmacêutico dos Palmer.

Ele veio, examinou a paciente e, embora tenha encorajado a senhorita Dashwood a esperar que alguns dias restaurassem a saúde da irmã, acabou falando que a doença dela era uma tendência infecciosa. Quando deixou escapar a palavra "infecção", ativou um alarme instantâneo na senhora Palmer, por causa do bebê. A senhora Jennings, que desde o começo achava, mais que Elinor, que a doença de Marianne era algo sério, agora parecia muito preocupada com o relatório do senhor Harris, e confirmando os medos e a cautela de Charlotte, exortou a necessidade de que partisse de imediato com o bebê. O senhor Palmer, embora tratando suas apreensões com desdém, achou a ansiedade e a insistência de sua esposa grandes demais para que fossem ignoradas. A partida dela, portanto, foi organizada, e uma hora depois da chegada do senhor Harris, ela partiu, com seu garotinho e a babá, para casa de uma parente próxima da senhora Palmer, que morava alguns quilômetros do outro lado de Bath, para onde o marido prometeu, por causa da insistência ansiosa dela, ir em um dia ou dois. E ela também pediu que sua mãe a acompanhasse. A senhora Jennings, no entanto, com uma bondade de coração que fez Elinor realmente amá-la, declarou sua resolução de não partir de Cleveland enquanto Marianne estivesse doente e de se esforçar, com o máximo de seus cuidados, para cumprir o papel da mãe de quem a afastara. E Elinor considerou-a em todas as ocasiões uma ajudante disposta e ativa, desejosa de compartilhar todo seu cansaço, e muitas vezes pela maior experiência em cuidar de pessoas doentes, o que tinha grande utilidade.

A pobre Marianne, lânguida e abatida pela natureza de sua doença, e sentindo-se muito indisposta, não podia mais ter a esperança de que estaria recuperada no dia seguinte, e a ideia do que teria acontecido nesse dia seguinte, se não fosse por aquela doença desafortunada, aumentou ainda mais sua indisposição, pois naquele dia deveriam ter começado a viagem para casa e, acompanhadas durante todo o trajeto por um criado da senhora Jennings, teriam pego a mãe de surpresa na manhã seguinte. O pouco que disse foi só para lamentar esse atraso inevitável, embora Elinor tenha tentado levantar seu ânimo fazendo-a acreditar, como ela própria realmente acreditava naquele momento, que seria um atraso muito curto.

No dia seguinte, houve pouca ou nenhuma alteração no estado da paciente. Ela claramente não estava melhor e, exceto pelo fato de que não houvera nenhuma mudança, não parecia pior. O grupo estava agora ainda mais reduzido, pois o senhor Palmer, embora muito pouco disposto a partir por verdadeiro espírito humanitário e bom coração, além de não querer que pensassem que a esposa o amedrontara, foi por fim convencido pelo coronel Brandon a cumprir a promessa de segui-la, e enquanto se preparava para partir, o próprio coronel, com um esforço muito maior, começou a falar em também ir embora. Aqui, no entanto, a gentileza da senhora Jennings se interpôs de forma muito aceitável, pois mandar o coronel embora enquanto sua amada sofria tanto por conta da irmã seria privar os dois, pensou ela, de todo o conforto. Então, dizendo que sua permanência em Cleveland era necessária para ajudá-la, que ela poderia querer que ele jogasse piquet à noite, enquanto a senhorita Dashwood estivesse cuidando da irmã, etc., insistiu tanto para que ficasse que ele, cumprindo exatamente o que desejava seu coração ao aceitar, não poderia nem mesmo fingir uma objeção. Em especial porque a súplica da senhora Jennings foi calorosamente apoiada pelo senhor Palmer, que afirmou que ficaria mais aliviado ao partir se deixasse ali uma pessoa tão capaz de ajudar ou aconselhar a senhorita Dashwood em qualquer situação de emergência.

Marianne não ficou sabendo, é claro, de todos esses arranjos. Não sabia que obrigara os donos de Cleveland a partir sete dias depois de terem chegado. Não lhe surpreendeu que não visse a senhora Palmer e, como não ficou preocupada com isso, nunca mencionou o nome dela.

Dois dias depois da partida do senhor Palmer, a condição dela continuava, com pouca variação, a mesma. O senhor Harris, que a atendia todos os dias, ainda falava com firmeza de uma recuperação rápida, e a senhorita Dashwood também estava otimista, mas a expectativa dos outros não era tão boa. A senhora Jennings convencera-se desde o começo da crise que Marianne nunca se recuperaria, e o coronel Brandon, que era obrigado a ouvir os pressentimentos da senhora Jennings, não estava em um estado de espírito no qual pudesse resistir à sua influência. Ele tentou eliminar seus medos com a razão, temores estes que o julgamento do farmacêutico parecia mostrar que eram absurdos, mas as muitas horas de cada dia que passava inteiramente sozinho foram muito favoráveis para a admissão de toda ideia melancólica, e ele não conseguia expulsar de sua mente a convicção de que não voltaria a ver Marianne.

Na manhã do terceiro dia, no entanto, as previsões sombrias de ambos foram quase eliminadas, pois, quando o senhor Harris chegou, ele declarou que sua paciente estava muito melhor. Seu pulso estava muito mais forte e todos os sintomas mais favoráveis do que na visita anterior. Elinor, com todas as esperanças agradáveis confirmadas, era toda alegria. Estava satisfeita por, em suas cartas para a mãe, ter incluído seu próprio juízo e não o de sua amiga, fazendo pouco caso da indisposição que as mantinha em Cleveland e quase marcando a data em que Marianne poderia viajar.

Mas o dia não terminou tão auspicioso quanto tinha começado. Ao anoitecer, Marianne piorou outra vez, ficou mais febril, inquieta e desconfortável do que antes. Sua irmã, no entanto, ainda estava otimista e disposta a atribuir a mudança a nada mais que o cansaço de ter se sentado para que a cama dela fosse arrumada. E administrando com cuidado os remédios prescritos, viu, com satisfação, como ela por fim dormia, algo que esperava que trouxesse efeitos mais benéficos. Seu sono, embora não tão calmo quanto Elinor desejava ver, durou um tempo considerável. E ansiosa para observar o resultado, ela resolveu ficar ao seu lado até a hora que despertasse. A senhora Jennings, sem saber nada de qualquer mudança na paciente, foi inusitadamente cedo para a cama. Sua criada, que era uma das principais enfermeiras, estava descansando no quarto da governanta e Elinor permaneceu sozinha com Marianne.

O sono de Marianne foi ficando cada vez mais agitado, e a irmã, que assistia com uma atenção incessante à sua contínua mudança de posição e ouvia os sons queixosos frequentes, mas inarticulados que passavam por seus lábios, estava quase desejando despertá-la de um sono tão doloroso quando Marianne, acordada de repente por algum barulho acidental na casa, levantou-se apressada e, com uma agitação febril, exclamou:

– A mamãe está vindo?

– Ainda não – respondeu a outra, escondendo seu terror e ajudando Marianne a deitar-se novamente –, mas ela estará aqui logo, espero. É longo o caminho, você sabe, daqui até Barton.

– Mas ela não deve passar por Londres – exclamou Marianne, da mesma forma inquieta. – Eu nunca mais a verei, se ela for por Londres.

Elinor percebeu com preocupação que ela estava delirando e, enquanto tentava acalmá-la, sentiu ansiosamente seu pulso. Estava mais fraco e rápido do que nunca! E como Marianne continuava falando de maneira descontrolada sobre a mãe, Elinor ficou ainda mais alarmada, o que a fez decidir mandar chamar de imediato o senhor Harris e enviar um mensageiro a Barton para avisar sua mãe, e assim que tomou a decisão, pensou em consultar o coronel Brandon sobre os melhores meios para realizar a segunda tarefa. E, assim que chamou a empregada para tomar seu lugar ao lado de sua irmã, correu até a sala de estar, onde sabia que ele seria encontrado até muito mais tarde.

Não havia tempo para hesitar. Seus medos e suas dificuldades foram logo apresentadas a ele. Ele não teve coragem nem confiança para tentar eliminar os medos de Elinor. Ouviu-os em um desespero silencioso, mas as dificuldades dela foram logo abreviadas, pois, com uma prontidão que parecia certa para a ocasião, e o serviço pré-organizado em sua mente, ele se ofereceu para ser o mensageiro que buscaria a senhora Dashwood. Elinor não opôs nenhuma resistência que não tenha sido facilmente superada. Ela agradeceu com palavras breves, embora fervorosas, e enquanto ele foi apressar o criado a levar uma mensagem para o senhor Harris, e uma ordem para selar os cavalos imediatamente, ela escreveu algumas linhas para a mãe.

Como se sentiu grata pelo consolo de ter um amigo como o coronel Brandon naquele momento – e tal acompanhante para sua mãe! Uma companhia cujo julgamento guiaria, cuja ajuda aliviaria e cuja amizade poderia acalmá-la! A presença dele, suas maneiras e sua ajuda *poderiam* diminuir o choque para ela, na medida do possível.

*Ele*, enquanto isso, independentemente do que estava sentindo, agiu com toda a firmeza de uma mente tranquila, fez todos os arranjos necessários com a máxima rapidez e calculou com exatidão em quanto tempo ela poderia esperar seu retorno. Nem um minuto foi perdido. Os cavalos chegaram antes do esperado, e o coronel Brandon apenas apertou sua mão com um olhar solene, disse poucas palavras com uma voz tão baixa que quase não chegaram ao seu ouvido e correu para a carruagem. Era quase meia-noite, e ela voltou para o quarto da irmã para aguardar a chegada do farmacêutico e observá-la pelo resto da noite. Foi uma noite de sofrimento quase igual para as duas. As horas foram passando com Marianne acordada em sua dor e delírio, enquanto Elinor sentia a ansiedade mais cruel, até a chegada do senhor Harris. As suas apreensões, uma vez aumentadas, pagaram pelo excesso de toda sua segurança anterior, e a criada que a acompanhava, pois não permitiu que a senhora Jennings fosse chamada, apenas a torturou mais, insinuando o que sua patroa sempre pensara.

Os pensamentos de Marianne permaneciam fixados incoerentemente na mãe, e sempre que mencionava seu nome, o coração da pobre Elinor sentia um aperto, que, acusando a si mesma de não ter dado importância a tantos dias de doença e sofrendo por algum alívio imediato, imaginava que um restabelecimento poderia em breve ser em vão, que tudo fora adiado por muito tempo, e imaginava sua sofrida mãe chegando tarde demais para ver a filha querida ou vê-la lúcida.

Ela estava a ponto de chamar novamente o senhor Harris, ou se *ele* não pudesse vir, algum outro auxílio, quando o farmacêutico, só depois das cinco da manhã, chegou. Sua opinião, no entanto, compensou a demora, pois, embora reconhecesse uma alteração muito inesperada e desfavorável em sua paciente, afirmou que não havia perigo e contou sobre um novo tratamento que deveria causar alívio, com uma confiança que, em menor grau, foi transmitida a Elinor. Ele prometeu voltar no decorrer de três ou quatro horas, e deixou a paciente e sua ansiosa irmã mais calmas do que no momento em que as encontrara.

Com forte preocupação e com muitas reprovações por não ter sido chamada para ajudar, a senhora Jennings ouviu de manhã o que ocorrera. Suas antigas apreensões, agora restauradas com maior razão, não deixaram dúvidas sobre o evento e, apesar de tentar confortar Elinor, sua convicção do perigo que a irmã corria não permitia oferecer nenhum tipo de esperança. Seu coração estava realmente triste. O rápido declínio, a morte precoce de uma menina tão jovem, tão adorável como Marianne, afetaria até mesmo uma pessoa menos próxima. Mas a compaixão da senhora Jennings era muito mais profunda. Ela fora sua companheira por três meses, ainda estava sob seus cuidados e todos sabiam que fora muito magoada e estava infeliz havia muito tempo. O sofrimento da irmã também, a quem se apegara muito nos últimos tempos, estava ali na sua frente. E quanto à mãe delas, quando a senhora Jennings considerou que Marianne talvez fosse para ela o que Charlotte era para ela própria, sua simpatia com o sofrimento dela era muito sincera.

## Jane Austen

O senhor Harris foi pontual em seu retorno, mas a esperança com a qual deixara a visita anterior foi frustrada. Seus remédios haviam falhado, a febre não baixava e Marianne, apenas mais calma, sem recuperar consciência, permanecia em um estupor pesado. Elinor, percebendo todos os receios do farmacêutico, e ainda mais, propôs que pedissem conselhos a outros médicos. Ele, no entanto, julgou desnecessário: ainda tinha algo a tentar, uma aplicação mais nova, de cujo sucesso ele estava tão confiante quanto o último, e sua visita terminou com garantias encorajadoras que chegaram ao ouvido, mas não conseguiram entrar no coração da senhorita Dashwood. Ela estava calma, exceto quando pensava na mãe, mas quase sem esperanças, e continuou nesse estado até o meio-dia, quase sem sair da cabeceira da cama, com os pensamentos vagando por uma imagem de tristeza, de uma amiga sofrendo para outra, e com a alma oprimida ao máximo pela conversa da senhora Jennings, que não se esquivou de atribuir a gravidade e o perigo desta doença às muitas semanas de indisposição anterior causadas pela decepção de Marianne. Elinor achou a ideia razoável e isso fez piorar seu sofrimento.

Por volta do meio-dia, no entanto, ela começou (mas com cautela, com um medo de decepcionar-se que, durante algum tempo, a manteve em silêncio, até para sua amiga) a sentir, a ter esperança de que percebia uma leve melhora no pulso da irmã. Ela esperou, observou e examinou-o outra vez e, por fim, com uma agitação mais difícil de disfarçar sob a calma exterior do que toda a angústia anterior, arriscou-se a comunicar suas esperanças. A senhora Jennings, apesar de forçada, depois de examiná-la, a reconhecer uma recuperação temporária, tentou evitar que sua jovem amiga pensasse que aquilo continuaria. E Elinor, rejeitando todas as admoestações para que desconfiasse, disse a si mesma para também não alimentar esperanças. Mas era tarde demais. A esperança já entrara em seu coração, e sentindo todo seu alvoroço ansioso, curvou-se sobre a irmã para observar... ela mal sabia o quê. Meia hora passou e o sintoma favorável ainda a abençoava. Outros até surgiram para confirmá-lo. Sua respiração, sua pele, seus lábios, todos transmitiam a Elinor sinais de melhora, e Marianne fixou os olhos nela com um olhar racional, embora cansado. A ansiedade e a esperança agora a oprimiam em graus iguais e não permitiram nenhum momento de tranquilidade até a chegada do senhor Harris, às quatro horas, quando suas garantias, suas felicitações pela recuperação da irmã, mesmo superando suas expectativas, deram-lhe confiança, conforto e lágrimas de alegria.

Marianne estava melhor em todos os aspectos e ele a declarou completamente fora de perigo. A senhora Jennings, talvez satisfeita com a justificativa parcial de seus pressentimentos que tinham sido expressos na preocupação recente delas, permitiu-se confiar no julgamento dele e admitiu, com alegria verdadeira, e em seguida eufórica, a probabilidade de uma recuperação completa.

Elinor não podia se sentir eufórica. Sua alegria era de um tipo diferente que causava qualquer coisa menos euforia. Marianne recuperada para a vida, a saúde, os amigos e sua mãe dedicada era uma ideia que preenchia seu coração com intenso conforto e o expandia em uma gratidão fervorosa, mas não levou a demonstrações externas de alegria, tampouco palavras ou sorrisos. Tudo dentro do peito de Elinor era satisfação, silenciosa e forte.

Ela continuou ao lado da irmã, com poucas interrupções durante toda a tarde, aplacando cada medo, satisfazendo todas as perguntas de seu espírito enfraquecido, fornecendo toda ajuda e observando quase todos os olhares e cada respiração. A possibilidade de uma recaída, naturalmente, em alguns momentos, ocorreu para lembrá-la do que era a ansiedade, mas quando viu, em seu exame frequente e minucioso, que todos os sintomas de recuperação continuavam, e viu Marianne mergulhar às seis horas em um sono calmo, pesado e, ao que parecia, confortável, todas as dúvidas foram silenciadas.

Aproximava-se a hora em que a volta do coronel Brandon era esperada. Às dez horas, ela acreditava, ou pelo menos não muito depois disso, sua mãe seria aliviada do terrível suspense com o qual agora deveria estar viajando até eles. O coronel também! Ele não era menos merecedor de compaixão! Ah! Como passava lentamente o tempo que ainda os mantinha sem informações!

Às sete horas, deixando Marianne ainda entregue a um sono tranquilo, Elinor juntou-se à senhora Jennings na sala de estar para o chá. Ela não tomara o café da manhã devido à sua angústia e não comera muito no jantar por causa da mudança súbita. O chá, portanto, com sentimentos tão felizes quanto os que sentia, era particularmente bem-vindo. A senhora Jennings quis convencê-la, depois do chá, a descansar um pouco antes da chegada da mãe e permitir que ela tomasse seu lugar ao lado de Marianne. Mas Elinor não sentia cansaço nem tinha capacidade de dormir naquele momento, e não queria ficar longe da irmã por um instante desnecessário. A senhora Jennings acompanhou-a até o quarto da enferma para ter certeza de que tudo continuava bem, depois a deixou mais uma vez sozinha com seus pensamentos e cuidados, e se retirou para seu próprio quarto para escrever cartas e dormir.

A noite estava fria e chuvosa. O vento rugia em volta da casa e a chuva batia contra as janelas, mas Elinor, com toda sua felicidade interior, não prestava atenção nisso. Marianne dormia apesar de todos os trovões, e os viajantes teriam uma rica recompensa lhes aguardando para compensar os inconvenientes que estavam enfrentando.

O relógio marcou oito horas. Se fossem dez, Elinor teria se convencido de que, naquele momento, ouvia uma carruagem aproximando-se da casa. E tão forte foi a certeza de que realmente a ouviu, apesar da quase impossibilidade de já terem chegado, ela foi até o quarto de vestir ao lado e abriu a cortina de uma janela para se convencer da verdade. Viu prontamente que seus ouvidos não a haviam enganado. As lamparinas incandescentes de uma carruagem foram logo vistas. Por causa da luz fraca, pensou que poderia estar sendo puxada por quatro cavalos. E isso, apesar de mostrar o excesso de preocupação da sua pobre mãe, deu uma explicação àquela rapidez inesperada.

Nunca na vida Elinor achou tão difícil ficar calma como naquele momento. O conhecimento do que sua mãe deveria estar sentindo quando a carruagem parou na porta – de sua dúvida – seu medo, e talvez seu desespero! E do que ela tinha que contar! Com tal conhecimento, era impossível ficar calma. Tudo o que restava a ser feito era se apressar e, portanto, depois de esperar apenas até que pudesse deixar a criada da senhora Jennings com a irmã, desceu correndo as escadas.

A agitação no saguão, ao passar pela antessala interior, assegurou-a de que já estavam na casa. Ela correu para a sala de estar, entrou e deparou-se apenas com Willoughby.

## Capítulo 44

Elinor, recuando com um olhar de horror ao vê-lo, obedeceu ao primeiro impulso de seu coração, virando-se para sair da sala de imediato, e sua mão já estava na maçaneta quando sua ação foi suspensa pelo rápido avanço dele, dizendo, em uma voz mais de comando do que de súplica:

– Senhorita Dashwood, por meia hora, por dez minutos, imploro a você que fique.

– Não, senhor – respondeu ela com firmeza –, não vou ficar. Seus assuntos não podem ser comigo. Os criados, suponho, esqueceram-se de lhe dizer que o senhor Palmer não estava em casa.

– Se tivessem me dito – ele exclamou com veemência – que o senhor Palmer e todos os seus parentes estavam com o diabo, não teriam me afastado da porta. Meu assunto é com a senhorita e apenas com a senhorita.

– Comigo! – com o maior espanto. – Bom, senhor, seja rápido e, se puder, menos violento.

– Sente-se, e serei as duas coisas.

Ela hesitou, não sabia o que fazer. Pensou na possibilidade de o coronel Brandon chegar e encontrá-la ali. Mas ela prometera ouvi-lo, e sua curiosidade, não menos que sua honra, estava envolvida. Depois de um momento de reflexão, portanto, concluindo que era necessário ter prudência, e que seu consentimento seria a melhor maneira de praticá-la, caminhou silenciosamente em direção à mesa e sentou-se. Ele tomou a cadeira oposta e, por meio minuto, nenhuma palavra foi dita.

– Seja rápido, senhor – disse Elinor com impaciência. – Não tenho tempo de sobra.

Ele estava sentado em uma atitude de meditação profunda e parecia não escutá-la.

– Sua irmã – disse ele, abruptamente, um momento depois – está fora de perigo. O criado me disse. Deus seja louvado! Mas é mesmo verdade?

Elinor não falou nada. Ele repetiu a pergunta com maior ansiedade.

– Pelo amor de Deus, diga-me, ela está fora de perigo ou não está?

– Esperamos que esteja.

Ele se levantou e caminhou pela sala.

– Se eu soubesse há meia hora... mas já que estou aqui – falando com uma vivacidade forçada quando voltou ao seu lugar. – O que isso significa? Por uma vez, senhorita Dashwood, e talvez seja a última vez, vamos ficar alegres juntos. Estou disposto para isso. Diga-me honestamente: – um brilho mais profundo se espalhou por seu rosto – você me acha mais um patife ou um idiota?

Elinor olhou para ele com mais espanto do que nunca. Começou a pensar que ele deveria estar alcoolizado, a estranheza de tal visita e de tais maneiras não parecia compreensível de outro modo e, com essa impressão, ela se levantou de imediato, dizendo:

– Senhor Willoughby, aconselho-o que volte agora para Combe. Não tenho tempo para ficar mais tempo aqui com o senhor. Seja o que for que quiser me dizer, será melhor se recompor e me explicar amanhã.

– Eu a entendo – ele respondeu, com um sorriso expressivo e uma voz perfeitamente calma. – Sim, estou muito bêbado. Uma caneca de cerveja escura com rosbife em Marlborough foi o suficiente para me deixar um tanto confuso.

– Em Marlborough! – exclamou Elinor, cada vez entendendo menos o que ele queria.

– Sim. Deixei Londres esta manhã às oito horas, e os únicos dez minutos que passei fora da minha carruagem desde então foram quando parei para uma refeição em Marlborough.

A firmeza de sua atitude e a inteligência de seus olhos enquanto falava convenceram Elinor de que qualquer que fosse a loucura imperdoável que o trouxera a Cleveland, não fora a intoxicação, e ela disse, depois de um momento de reflexão:

– Senhor Willoughby, você deveria saber, e decerto sabe, que, depois do que aconteceu, sua vinda aqui dessa maneira, e forçando-me a recebê-lo, exige um bom motivo. O que você realmente quer?

– Eu quero – ele falou, sério e enérgico –, se eu puder, que me odeie um grau a menos do que odeia agora. Quero oferecer algum tipo de explicação, algum tipo de desculpa, pelo passado. Abrir todo meu coração para você e, convencendo-a de que, apesar de ter sido sempre um tolo, nem sempre fui um patife, para obter algo como o perdão de Ma..., de sua irmã.

– Esse é o verdadeiro motivo de sua vinda?

– Juro pela minha alma que é – foi sua resposta, com uma força que a fez lembrar do velho Willoughby e, a contragosto, acreditou que ele estava sendo sincero.

– Se isso é tudo, já pode estar satisfeito, pois Marianne já... ela já o perdoou há muito tempo.

– Ela perdoou? – ele exclamou, com o mesmo tom ansioso. – Então ela me perdoou antes de saber por que deveria. Mas ela me perdoará novamente e por motivos mais razoáveis. Agora a senhorita vai me ouvir?

Elinor assentiu.

– Eu não sei – disse ele, depois de uma pausa de expectativa por parte dela e de ponderação por parte dele – como a senhorita pode ter explicado meu comportamento em relação à sua irmã ou que motivo diabólico pode ter me imputado. Dificilmente a senhorita vai pensar o melhor de mim, mas vale a pena tentar e você deve ouvir tudo. Quando fiquei íntimo de sua família, não tive outra intenção, nenhum outro objetivo na amizade do que passar meu tempo de maneira agradável enquanto era obrigado a ficar em Devonshire, mais agradável do que nunca antes. A adorável personalidade de sua irmã e seus modos encantadores não podiam deixar de me agradar. E seu comportamento comigo quase desde o princípio, era de um tipo... é surpreendente, quando reflito sobre como ela me tratava e o que ela era, como meu coração pôde ter sido tão insensível! Mas, primeiro, devo confessar, minha vaidade só aumentou com aquilo. Despreocupado com a felicidade dela, pensando apenas no meu próprio prazer, dando lugar a sentimentos que sempre tive o costume de cultivar, procurei, por todos os meios ao meu alcance, tornar-me agradável a ela, sem qualquer vontade de retribuir seu carinho.

A senhorita Dashwood, neste momento, voltando os olhos para ele com o desprezo mais irritado, interrompeu-o, dizendo:

– Não vale a pena, senhor Willoughby, que continue relatando ou que eu ouça mais. Um começo como esse não levará a lugar algum. Não me deixe sofrer ao ouvir qualquer outra coisa sobre o assunto.

– Insisto que ouça tudo – ele respondeu. – Minha fortuna nunca foi grande e sempre gastei muito, sempre tive o hábito de me associar com pessoas de melhor renda do que a minha. Todos os anos, desde a minha maioridade, ou mesmo antes, acredito, fui acumulando dívidas. E embora a morte de minha velha prima, a senhora Smith, pudesse me libertar, ainda que esse evento fosse incerto e, possivelmente, distante, já havia algum tempo minha intenção era restabelecer minha situação casando-me com uma mulher de fortuna. Unir-me com sua irmã, portanto, era algo impensável, e eu estava agindo dessa maneira mesquinha, egoísta e cruel, que nenhum olhar indignado ou desdenhoso, até mesmo o seu, senhorita Dashwood, poderia me censurar o suficiente, tentando conquistar a consideração dela, sem pensar em correspondê-la. Mas uma coisa pode ser dita a meu favor: mesmo naquele estado horrível de vaidade egoísta, eu não sabia a extensão do dano que causaria, pois não sabia então o que era amar. Mas será que soube algum dia? Pode-se duvidar muito disso, pois, se realmente amei, poderia ter sacrificado meus sentimentos pela vaidade, pela avareza? Ou, mais ainda, poderia ter sacrificado os dela? Mas foi o que fiz. Para evitar uma pobreza relativa, cujos horrores teriam sido eliminados pelo afeto e a companhia dela, eu, ao preferir a riqueza, perdi tudo o que poderia tornar este amor uma bênção.

– O senhor realmente – disse Elinor, um pouco mais suave – sentiu-se em algum momento atraído por ela?

– Ter resistido a tais atrativos, ter resistido a tal ternura! Existe um homem na Terra que poderia ter feito isso? Sim, gradual e inconscientemente comecei mesmo a gostar dela, e as horas mais felizes da minha vida foram as que passei com ela quando senti que minhas intenções eram honradas e meus sentimentos, irrepreensíveis. Mesmo, no entanto, quando determinado em cortejá-la, eu me permiti, de forma imprópria, adiar, todos os dias, o momento de fazer isso, provavelmente levado pela hesitação de assumir um compromisso enquanto minha situação era tão complicada. Não vou argumentar aqui, nem vou parar para que a senhorita fale sobre o absurdo, e pior do que o absurdo, o escrúpulo de envolver minha fé onde minha honra já estava comprometida. O evento provou que eu era um idiota astuto, seriamente voltado a conseguir uma possível oportunidade de me tornar desprezível e miserável para sempre. Por fim, no entanto, minha decisão foi tomada, e resolvi que, assim que pudesse me encontrar a sós com sua irmã, justificaria as atenções que invariavelmente dediquei a ela e de maneira clara garantiria meu carinho que tanto sofrera para demonstrar. Mas, neste ínterim, em um intervalo de poucas horas, antes que eu pudesse ter uma oportunidade de falar com ela em particular, aconteceu algo... algo infeliz... que arruinou toda minha resolução e, com ela, todo meu conforto. Uma descoberta ocorreu – aqui ele hesitou e abaixou a cabeça. – A senhora Smith, de alguma forma, fora informada, imagino por algum parente distante, cujo interesse era me privar de seu favor, de um caso, uma relação... mas não preciso me explicar mais – acrescentou, olhando para ela com o rosto vermelho e inquisitivo –, você provavelmente já ouviu toda a história há muito tempo por seu amigo íntimo.

– Ouvi – respondeu Elinor, ficando vermelha também, e endurecendo seu coração novamente contra qualquer compaixão por ele. – Ouvi tudo. E como você explicará qualquer parte da sua culpa naquele assunto terrível, confesso que está além da minha compreensão.

– Lembre-se – exclamou Willoughby – de quem contou tudo à senhorita. Poderia ser imparcial? Reconheço que eu deveria ter respeitado a situação e o caráter da moça. Não quero me justificar, mas, ao mesmo tempo, não posso deixá-la supor que não tenho nada a dizer, que, por ter sido machucada ela era irrepreensível e porque, como eu fui um libertino, ela deveria ser uma santa. Se a violência da paixão daquela jovem, a fraqueza de seu caráter... Não quero, no entanto, me defender. O carinho dela por mim merecia um tratamento melhor, e muitas vezes, com grande remorso, lembro a ternura que, por um curto espaço de tempo, teve o poder de criar uma correspondência em mim. Eu gostaria, gostaria mesmo que nunca tivesse ocorrido. Mas me feri mais do que ela, e feri alguém cujo carinho por mim (posso dizer?) era pouco menor do que o dela. E cuja mente! Ah! Como era infinitamente superior!

– Sua indiferença, no entanto, em relação àquela infeliz moça... Devo dizer, por mais desagradável que possa ser para mim a discussão de tal assunto... sua indiferença não é desculpa para sua cruel negligência com ela. Não se considere desculpado por qualquer fraqueza, qualquer defeito natural de compreensão por parte dela, com a crueldade desleixada tão evidente na sua maneira de ver a situação. Você deve ter sabido que, enquanto estava se divertindo em Devonshire procurando novos ambientes alegres, ela estava reduzida à extrema indigência.

– Mas, juro por minha alma, *não* sabia disso – ele respondeu calorosamente. – Eu não me lembro de não ter dado a ela meu endereço, e o bom senso poderia ter lhe dito como descobri-lo.

– Bem, senhor, e o que disse a senhora Smith?

– Ela me puniu de imediato pela ofensa, e minha confusão pode ser adivinhada. A pureza da vida dela, a formalidade de suas ideias, sua ignorância do mundo, tudo estava contra mim. Eu não podia negar a questão em si, e todo esforço para suavizá-la era inútil. Ela já estava previamente disposta, acredito, a duvidar da moralidade da minha conduta em geral e, além disso, estava descontente com a pouca atenção, a pouca parcela do meu tempo que concedera a ela na minha visita. Resumindo, terminou em um rompimento total. Eu só poderia me salvar tomando uma única medida. No auge de sua moralidade... que boa mulher!... ela se ofereceu para perdoar o passado se me casasse com Eliza. Isso não poderia acontecer, e fui formalmente afastado de seu favor e de sua casa. A noite seguinte a este caso (eu deveria partir na manhã seguinte) passei deliberando qual deveria ser minha futura conduta. A luta foi grande, mas terminou cedo demais. Meu afeto por Marianne, minha profunda convicção de seu apego por mim: tudo era insuficiente para superar aquele pavor da pobreza ou se sobressair àquelas falsas ideias sobre a necessidade de riquezas, as quais eu estava naturalmente inclinado a ter e foram aumentadas pela companhia de pessoas ricas. Tive motivos para acreditar que ficaria em segurança com minha atual esposa, se eu escolhesse casar com ela, e me convenci a pensar que não havia nada mais prudente a fazer. No entanto, uma cena dolorosa me aguardava, antes que eu pudesse deixar Devonshire: eu deveria jantar com vocês naquele mesmo dia. Alguma desculpa era, portanto, necessária para romper esse compromisso. Mas se eu deveria mandar a desculpa por escrito, ou ir pessoalmente, foi um ponto de longo debate. Ver Marianne, eu senti, seria terrível, e até duvidava se poderia voltar a vê-la e manter minha resolução. Nesse ponto, no entanto, subestimei minha própria capacidade, como os fatos demonstraram. Pois eu fui, eu a vi, sei que ficou muito triste e a deixei mesmo assim... Parti com a esperança de que nunca mais voltaria a vê-la.

– Por que foi até nossa casa, senhor Willoughby? – perguntou Elinor, censurando-o. – Um bilhete teria sido o suficiente. Por que era necessário vir?

– Era necessário para meu próprio orgulho. Não podia suportar a ideia de deixar o campo de uma maneira que poderia levar a senhorita, ou o resto dos vizinhos, a suspeitar de qualquer parte do que realmente se passara entre a senhora Smith e eu, então resolvi passar no chalé, a caminho de Honiton. A visão de sua querida irmã, no entanto, foi mesmo terrível e, para piorar a situação, encontrei-a sozinha. Vocês todas tinham saído, não sei para onde. Eu deixara-a na noite anterior tão plena e firmemente resolvido dentro de mim de que deveria fazer a coisa certa! Em algumas horas eu teria me comprometido com ela para sempre, e lembro-me como estava feliz, como estava animado, enquanto caminhava do chalé para Allenham, satisfeito comigo mesmo, encantado com todo mundo! Mas naquele nosso último encontro como amigos, aproximei-me dela com uma sensação de culpa que quase me tirou o poder de dissimular. Sua tristeza, sua decepção, seu profundo arrependimento, quando disse a ela que tinha sido obrigado a deixar Devonshire tão imediatamente... Nunca me esquecerei disso nem de toda confiança depositada em mim! Ó, Deus! Que patife sem coração eu fui!

Ambos ficaram em silêncio por alguns instantes. Elinor falou primeiro.

– O senhor disse a ela que retornaria em breve?

– Não sei o que disse a ela – ele respondeu impaciente. – Menos do que o passado exigia, sem dúvida, e com toda a probabilidade muito mais do que era justificado pelo futuro. Não consigo pensar nisso. Não vou pensar. Então veio sua querida mãe para me torturar ainda mais, com toda sua gentileza e confiança. Deus do céu! Aquilo foi uma tortura. Fiquei profundamente infeliz. Senhorita Dashwood, não pode ter ideia do conforto que me dá olhar para meu próprio sofrimento. Sinto tanto rancor por mim mesmo, pela loucura estúpida e perversa do meu próprio coração, que todos os meus sofrimentos passados sob ele são agora apenas triunfos e exaltação para mim. Bem, fui embora, deixei tudo que amava e fui ao encontro daqueles por quem, na melhor das hipóteses, sentia apenas indiferença. Minha viagem para a cidade... viajando com meus próprios cavalos e, portanto, muito tediosa... nenhuma criatura com quem falar... minhas próprias reflexões tão alegres... quando ansiava por tantas coisas tão convidativas! Quando olhava para trás, para Barton, a imagem era tão reconfortante! Ah, foi uma viagem abençoada!

Ele parou.

– Bem, senhor – disse Elinor que, apesar de compadecida, estava impaciente para que ele partisse. – Isso é tudo?

– Ah! Não! A senhorita esqueceu o que aconteceu na cidade? Aquela carta infame? Ela mostrou para a senhorita?

– Sim, vi todas as cartas enviadas.

– Quando recebi a primeira (e a recebi de imediato, pois estava na cidade o tempo todo), o que senti, usando a linguagem comum, não pode ser expressado. De uma forma mais simples, talvez simples demais para transmitir qualquer emoção, meus sentimentos foram muito, muito dolorosos. Cada linha, cada palavra foi... em uma metáfora vulgar cujo querido autor ela me proibiria de mencionar caso estivesse aqui... uma adaga no meu coração. Saber que Marianne estava na cidade era, na mesma linguagem, como um raio. Raios e adagas! Que reprovação ela me daria! Seu gosto, suas opiniões... acredito que conheço mais os gostos dela do que os meus próprios, e estou certo de que os aprecio mais.

O coração de Elinor, que sofrera muitas mudanças no decorrer dessa conversa extraordinária, agora foi suavizado de novo – contudo, ela sentia que era seu dever evitar que ele falasse certas coisas.

– Isso não está certo, senhor Willoughby. Lembre-se de que está casado. Conte apenas o que na sua consciência considera necessário que eu ouça.

– A carta de Marianne, assegurando que eu ainda era tão estimado por ela como nos dias anteriores, que apesar das muitas, muitas semanas que passáramos separados, ela era tão constante em seus próprios sentimentos, e tão cheia de fé na constância dos meus como sempre, despertou todo o meu remorso. Digo que despertou, pois o tempo e Londres, a agitação e a devassidão tinham, em certa medida, aquietado, e eu estava me tornando um vilão bem endurecido, fingindo ser indiferente a ela e escolhendo imaginar que ela também deveria ter se tornado indiferente em relação a mim. Falando para mim mesmo de meu apego passado como um passatempo insignificante, encolhendo os ombros para provar que era assim e silenciando cada censura, superando todos os escrúpulos, dizendo em segredo de vez em quando: "Ficarei muito contente ao ouvir que ela está bem casada". Mas aquela carta fez com que me conhecesse melhor. Senti que eu a amava infinitamente mais do que qualquer outra mulher do mundo, e que a estava usando de uma maneira infame. Mas tudo já estava estabelecido entre a senhorita Grey e mim. Recuar era impossível. Tudo o que eu tinha a fazer era evitar vocês duas. Não enviei nenhuma resposta a Marianne, tentando com isso me poupar de outras comunicações por parte dela, e por algum tempo estava mesmo determinado a não visitar a Rua Berkeley. Mas, por fim, julgando mais sábio fingir uma amizade fria e comum do que qualquer outra coisa, observei vocês todas saírem da casa certa manhã e deixei meu cartão.

– Observou-nos quando saímos de casa!

– Isso mesmo. A senhorita ficaria surpresa em ouvir com que frequência eu as observava, com que frequência estive a ponto de me encontrar com vocês. Entrei muitas vezes em lojas para evitar que me vissem, quando a carruagem passava. Como estava hospedado na Rua Bond, não havia dia em que não visse uma de vocês duas, e nada além da vigilância mais constante de minha parte, uma imperiosa determinação de ficar longe da vista das senhoritas, poderia ter nos mantido tanto tempo afastados. Evitei os Middleton tanto quanto possível, bem como todo mundo que provavelmente tivesse uma amizade em comum. Não sabendo que estavam na cidade, no entanto, encontrei-me com *sir* John, acredito, no primeiro dia de sua chegada, e um dia depois de ter ido até a casa da senhora Jennings. Ele convidou-me para uma festa, um baile na sua casa à noite. Mesmo se ele não tivesse me dito como um incentivo que as senhoritas estariam lá, eu tinha tanta certeza de que estariam presentes que me abstive de ir. A manhã seguinte trouxe outro pequeno bilhete de Marianne, ainda carinhosa, aberta, ingênua, confidente, tudo que poderia tornar minha conduta mais odiosa. Não consegui responder. Tentei, mas não consegui escrever uma frase. Mas pensava nela, acredito, a cada momento do dia.

Se puder ter pena de mim, senhorita Dashwood, tenha pena da minha situação como era naquele momento. Com a cabeça e o coração cheios de sentimentos por sua irmã, fui forçado a fingir estar apaixonado por outra mulher! Aquelas três ou quatro semanas foram piores do que tudo. Bem, por fim, como não preciso dizer, fui obrigado a falar com as senhoritas, e que impressão devo ter causado! Que noite de agonia! Marianne, linda como um anjo de um lado, chamando-me de Willoughby com aquele tom! Ó, Deus! Estendendo sua mão para mim, pedindo-me uma explicação, com aqueles olhos fascinantes fixos no meu rosto, com tamanha solicitude evidente! E Sophia, ciumenta como o diabo, de outro lado, olhando tudo aquilo... Bem, isso não importa mais, acabou agora. Que noite! Fugi de vocês assim que consegui, mas não antes de ter visto o doce rosto de Marianne branco como a morte. *Aquela* foi a última visão que tive dela. A última maneira em que ela apareceu para mim. Foi uma visão horrível! No entanto, quando pensei que ela poderia estar morrendo hoje, para mim, foi uma espécie de conforto imaginar que eu sabia exatamente como seria sua aparência para aqueles que a vissem por último neste mundo. Ela estava na minha frente, o tempo todo enquanto eu viajava, com o mesmo aspecto e palidez.

Houve uma breve pausa enquanto os dois pensavam. Willoughby, animando-se primeiro, rompeu o silêncio.

– Bem, preciso ir embora. Sua irmã está mesmo melhor, fora de perigo?

– Asseguraram-nos que sim.

– Pobre da sua mãe, também! Que tanto ama Marianne.

– Mas a carta, senhor Willoughby, sua própria carta. Não tem nada a dizer sobre isso?

– Sim, sim, especialmente sobre ela. Sua irmã me escreveu de novo, você sabe, na manhã seguinte. A senhorita viu o que ela falou. Eu estava tomando café da manhã com os Ellison e a carta dela, com algumas outras, foi levada para lá de onde eu estava hospedado. Por acaso, Sophia a viu antes de mim, e o tamanho, a elegância do papel, a caligrafia, tudo isso logo a deixou desconfiada. Alguma vaga informação já chegara a ela sobre o meu apego a uma jovem senhorita em Devonshire, e o que acontecera na frente de seus olhos na noite anterior definira quem era a jovem e deixou-a mais ciumenta do que nunca. Fingindo um ar brincalhão, portanto, que é delicioso na mulher que se ama, ela abriu a carta imediatamente e leu seu conteúdo. Ela pagou caro por sua imprudência. Leu o que a deixou muito triste. Sua tristeza eu poderia ter suportado, mas sua ira... sua maldade... Em todos os casos, foi preciso acalmá-la. E, resumindo, o que você acha do estilo literário da minha esposa? Delicado, tenro, verdadeiramente feminino, não?

– Sua esposa! Mas a carta tinha a sua letra!

– Sim, mas só tive o crédito de copiar servilmente frases que tive vergonha de assinar com meu nome. O original foi todo dela, seus próprios pensamentos felizes e sutil redação. Mas o que eu poderia fazer? Estávamos noivos, tudo em preparação, o dia quase marcado... mas estou falando como um idiota. Preparação! Dia! Honestamente, o dinheiro dela era necessário para mim, e em uma situação como a minha, qualquer coisa deveria ser feita para evitar uma ruptura. E, afinal, o que significou para meu caráter na opinião de Marianne e seus amigos a linguagem com a qual minha resposta foi formulada? Devia servir apenas a um propósito. Minha função era me declarar um canalha, e não importava se o fizesse com uma reverência ou uma bravata. "Estou arruinado para sempre na opinião delas", disse para mim mesmo. "Estou banido para sempre da companhia delas. Já me acham um sujeito sem princípios, esta carta só fará com que me vejam como um vilão." Tais eram meus pensamentos, enquanto, em uma espécie de negligência tranquila, copiei as palavras da minha esposa e me despedi das últimas relíquias de Marianne. As três cartas dela... desgraçadamente, estavam todas na minha caderneta, ou teria negado a existência delas e guardado todas para sempre... Fui forçado a devolvê-las e nem pude beijá-las. E o cacho de cabelo, que também sempre carregava comigo na mesma caderneta, a qual foi revistada pela madame com a virulência mais prazerosa... o querido cacho... tudo, todas as lembranças foram arrancadas de mim.

– Você está muito errado, senhor Willoughby, suas palavras são muito condenáveis – disse Elinor, enquanto sua voz, apesar de tentar evitar, traía sua emoção compassiva. – Não deveria falar assim, nem da senhora Willoughby nem da minha irmã. Você fez sua própria escolha. Ela não lhe foi imposta. Sua esposa tem o direito de reivindicar sua cortesia, seu respeito, pelo menos. Ela deve sentir afeto por você, ou não teria se casado com o senhor. Tratá-la de forma indigna, falar dela com desprezo não é compensação para Marianne, nem posso supor que seja um alívio para sua própria consciência.

– Não me fale da minha esposa – disse ele com um suspiro pesado. – Ela não merece sua compaixão. Ela sabia que eu não a amava quando nos casamos. Bem, estávamos casados e fomos para Combe Magna para sermos felizes e depois vamos retornar à cidade para nos divertir. E agora você sente pena de mim, senhorita Dashwood? Ou contei tudo isso inutilmente? Sou, mesmo que um pouco, menos culpado em sua opinião do que era antes? Minhas intenções nem sempre foram erradas. Justifiquei alguma parte da minha culpa?

– Sim, você decerto a diminuiu... um pouco. Provou ser, no geral, menos falso do que eu acreditara. Provou que seu coração é menos perverso, muito menos perverso. Mas é difícil saber... A tristeza que você causou... Não consigo pensar como poderia ser pior.

– Você repetirá para sua irmã, quando ela estiver recuperada, o que contei a você? Que a opinião dela em relação a mim melhore um pouco, assim como a sua. Você me disse que ela já me perdoou. Permita-me imaginar que um melhor conhecimento do meu coração e dos meus sentimentos presentes conseguirá despertar nela um perdão mais espontâneo, mais natural, mais gentil, menos formal. Conte a ela sobre meu sofrimento e minha penitência, diga que meu coração nunca foi inconstante em relação a ela, e se quiser, que neste momento ela é mais importante para mim do que nunca.

– Vou dizer a ela tudo que for necessário para o que pode ser chamado relativamente de sua justificativa. Mas o senhor não me explicou o motivo particular da sua vinda agora, tampouco como ouviu falar da doença dela.

– Na noite passada, no saguão do Drury Lane, encontrei *sir* John Middleton, e quando ele viu quem eu era, falou comigo pela primeira vez em dois meses. Que ele tivesse cortado a relação comigo desde meu casamento, eu vira sem surpresa nem ressentimento. Agora, no entanto, sua alma boa, honesta e estúpida, cheia de indignação contra mim e de preocupação por sua irmã, não conseguiu resistir à tentação de me dizer o que sabia que deveria, embora provavelmente não pensasse que me deixaria tão irritado. Tão sem rodeios quanto podia, portanto, ele me contou que Marianne Dashwood estava morrendo de uma febre infecciosa em Cleveland... uma carta da senhora Jennings recebida naquela manhã declarou que o perigo era iminente, que os Palmer partiram com medo, etc. Fiquei muito chocado para ser capaz de me passar como insensível mesmo para o imponderado *sir* John. Seu coração foi suavizado ao ver o meu sofrer, e boa parte de sua má vontade desapareceu, de modo que, quando nos separamos, ele quase apertou minha mão enquanto me lembrava uma velha promessa sobre um filhote de pointer. O que senti ao ouvir que sua irmã estava morrendo, e morrendo com a crença de que eu era o maior vilão da Terra, desprezando-me, odiando-me em seus últimos momentos, pois como eu poderia saber quantas horríveis ações não foram atribuídas a mim? Uma pessoa, eu tinha certeza, poderia me representar como capaz de qualquer coisa. O que senti foi terrível! Logo tomei a decisão e, às oito horas desta manhã, já estava na minha carruagem. Agora, a senhorita sabe tudo.

Elinor não respondeu. Seus pensamentos estavam silenciosamente fixos na irreparável injúria que uma independência prematura demais e seus consequentes hábitos de ociosidade, depravação e luxo causaram na mente, no caráter e na felicidade de um homem que, com todas as vantagens pessoais e talento, somavam-se a uma disposição naturalmente aberta e honesta em um temperamento sensível e afetuoso. O mundo tornara-o extravagante e vaidoso. A extravagância e a vaidade o deixaram com um coração frio e egoísta. A vaidade, enquanto buscava seu próprio triunfo à custa de outro, o envolvera em um carinho real, cuja extravagância, ou pelo menos seu resultado, a necessidade, precisara ser sacrificada. Cada propensão defeituosa que o levara ao mal levara-o também à punição. Então, o apego, do qual contra a honra, contra o sentimento, contra todos os melhores interesses, ele afastara-se externamente, agora, quando já não era permitido, governava todo seu pensamento. E o casamento, pelo qual ele tinha, com pouco escrúpulo, deixado sua irmã destroçada, provavelmente acabaria sendo uma fonte de infelicidade para si mesmo de uma natureza muito mais incurável. De um devaneio desse tipo, ela foi chamada de volta após alguns minutos por Willoughby que, despertando de um devaneio pelo menos igualmente doloroso, levantou-se para se preparar para partir e disse:

– Não há por que ficar aqui, devo ir embora.

– O senhor voltará para a cidade?

– Não, para Combe Magna. Tenho negócios lá. De lá, irei para a cidade em um ou dois dias. Adeus.

Ele esticou a mão. Ela não podia se recusar a dar a dela. Ele a apertou com carinho.

– E a senhorita me vê com melhores olhos do que antes? – perguntou ele, deixando cair o braço e recostando-se na lareira, como se tivesse esquecido que estava prestes a partir.

Elinor assegurou que sim, que ela perdoava, sentia pena, desejava o melhor para ele e estava até interessada em sua felicidade, e acrescentou um conselho gentil quanto ao comportamento mais propício para isso. A resposta dele não foi muito encorajadora.

– Quanto a isso – disse ele –, devo me arrastar pelo mundo da melhor maneira que puder. A felicidade doméstica está fora de questão. Se, no entanto, eu tiver a permissão de pensar que a senhorita e sua família se interessam pelo meu destino e ações, pode ser o meio... pode ser um estímulo... pelo menos, poderia ser algo por que viver. Marianne, com certeza, está perdida para mim para sempre. Mesmo que eu tivesse alguma oportunidade abençoada de me liberar novamente...

Elinor o deteve com uma repreensão.

– Bem – ele respondeu –, mais uma vez, adeus. Agora, vou embora e viver com medo de um próximo evento.

– O que quer dizer?

– O casamento da sua irmã.

– Você está muito errado. Ela nunca poderia estar mais perdida para você do que agora.

– Mas será conquistada por outra pessoa. E se for justamente aquele que, de todos, eu menos suportaria... mas não ficarei para me privar de toda sua compaixão mostrando que, onde eu mais feri, menos posso perdoar. Adeus. Que Deus a abençoe!

E com essas palavras, ele quase saiu correndo da sala.

## *Capítulo 45*

Elinor, por algum tempo depois que ele a deixou, inclusive mesmo depois que o som da carruagem morrera a distância, permaneceu muito oprimida por um turbilhão de ideias, muito diferentes entre si, mas tendo como resultado geral uma profunda tristeza, a ponto de nem pensar na irmã.

Willoughby, que há apenas meia hora ela abominava como o homem mais desprezível de todos, apesar de todos seus defeitos, despertou um certo grau de compaixão pelo sofrimento produzido por seus próprios erros, o que a fez pensar nele, agora separado para sempre de sua família, com ternura e pena, mais por seus desejos do que por seus méritos, como logo reconheceu para si mesma. Ela sentiu que a influência dele sobre sua mente era intensificada por questões que racionalmente não deveriam ter peso: aquela personalidade que exercia uma atração incomum, aquela maneira aberta, afetuosa e viva que não era mérito algum possuir. E pelo amor ainda ardente por Marianne, ao qual não se podia entregar de forma inocente. Mas ela sentiu que era assim, muito, muito antes de poder sentir menos sua influência.

Quando ela enfim retornou para junto de Marianne, que nada sabia da visita, encontrou-a acordando, revigorada por um sono longo e doce, como havia esperado. O coração de Elinor estava pesado. O passado, o presente, o futuro, a visita de Willoughby, a segurança de Marianne e a chegada esperada de sua mãe fizeram com que ficasse muito agitada e a impediram de ser tomada pelo cansaço, e apenas deixando-a com medo de trair a si mesma diante da irmã. No entanto, o medo durou pouco tempo, pois meia hora depois da partida de Willoughby, ela foi novamente chamada para o térreo pelo som de outra carruagem. Ansiosa para poupar a mãe de qualquer momento desnecessário de suspense terrível, ela correu e chegou até a porta a tempo de recebê-la e apoiá-la quando entrou.

A senhora Dashwood, cujo terror, quando se aproximavam da casa, produziu quase a convicção de que Marianne estava morta, não tinha voz para perguntar por ela, nem mesmo para falar com Elinor. Mas esta, sem esperar cumprimentos nem indagações, proporcionou de imediato o alívio feliz. E a mãe, recebendo-o com todo seu calor habitual, ficou em um momento tão dominada pela felicidade quanto ficara antes por seus medos. Ela foi levada até a sala de estar apoiada entre a filha e o amigo. E lá, derramando lágrimas de alegria, embora ainda incapaz de falar, abraçou Elinor várias vezes, afastando-se dela a intervalos para apertar a mão do coronel Brandon, com um olhar que mostrava imediatamente a gratidão e a convicção de que ele compartilhava com ela a felicidade do momento. Ele a compartilhava, no entanto, em um silêncio ainda maior que o dela.

Assim que a senhora Dashwood se recuperou, ver Marianne foi seu primeiro desejo, e em dois minutos estava com a filha amada, ainda mais adorada do que nunca pela distância, infelicidade e perigo. O prazer de Elinor, ao ver o que cada uma sentia ao se encontrarem, só foi diminuído por uma apreensão de que aquilo pudesse roubar o descanso de Marianne, mas a senhora Dashwood sabia ser calma, e até prudente, quando a vida de uma filha estava em jogo. E Marianne, satisfeita em saber que a mãe estava perto dela e consciente de estar muito fraca para conversar, submeteu-se prontamente ao silêncio e ao repouso prescrito por todas as enfermeiras à sua volta. A senhora Dashwood ficaria com ela a noite toda e Elinor, em conformidade com a súplica da mãe, foi para a cama. Mas o sono, que uma noite inteira sem dormir e as muitas horas de ansiedade mais desgastante pareciam exigir, foi impedido por uma irritação em seu ânimo. Willoughby, "o pobre Willoughby", como ela agora se permitia chamá-lo, estava constantemente em seus pensamentos. Ela não queria ouvir sua defesa de maneira alguma, e agora se culpava e depois se absolvia por tê-lo julgado tão duramente antes. Mas a promessa de contar aquilo para a irmã era invariavelmente dolorosa. Ela temia fazer aquilo, temia qual poderia ser o efeito sobre Marianne, duvidava se, depois de tal explicação, ela jamais poderia ser feliz com outra pessoa e por um momento desejou que Willoughby ficasse viúvo. Entretanto, lembrando do coronel Brandon, repreendeu-se, sentindo que os sofrimentos e a constância dele mereciam muito mais ter Marianne como recompensa do que seu rival e desejou qualquer coisa menos a morte da senhora Willoughby.

O choque da ida do coronel Brandon a Barton fora abrandado para a senhora Dashwood por sua própria preocupação anterior, pois sua inquietação em relação a Marianne era tamanha que ela já decidira partir para Cleveland naquele mesmo dia, sem esperar por mais informações, e até já havia organizado sua viagem antes da chegada dele, tanto que os Carey eram esperados a qualquer momento para buscar Margaret, pois sua mãe não estava disposta a levá-la para onde pudesse haver alguma infecção.

Marianne continuou a melhorar a cada dia, e a alegria luminosa da aparência e do ânimo da senhora Dashwood provou que ela era, como declarou várias vezes, uma das mulheres mais felizes do mundo. Elinor não podia ouvir a declaração nem testemunhar suas provas sem às vezes se perguntar se a mãe se lembrava de Edward. Mas a senhora Dashwood, confiando no relato calmo da decepção que Elinor lhe enviara, foi levada pela exuberância de sua alegria a pensar apenas em coisas capazes de aumentá-la. Marianne foi devolvida a ela de um perigo no qual, como ela agora começava a sentir, seu próprio julgamento equivocado ao encorajar a infeliz união com Willoughby contribuíra para colocá-la, e, em sua recuperação, havia ainda outra fonte de alegria que Elinor não tinha pensado. E isso foi dito a ela, assim que surgiu a oportunidade de terem uma conversa privada.

– Por fim, estamos sozinhas. Elinor, você ainda não sabe de toda a minha felicidade. O coronel Brandon ama Marianne. Ele mesmo me disse.

A filha, sentindo-se ao mesmo tempo encantada e magoada, surpresa e não surpresa, ouvia tudo com uma atenção silenciosa.

– Você nunca é como eu, querida Elinor, ou deveria me espantar com sua calma agora. Se eu tivesse parado para desejar algum bem possível para minha família, deveria ter visto que o casamento do coronel Brandon com uma de vocês seria o objetivo mais desejável. E acredito que Marianne será, das duas, a mais feliz com ele.

Elinor estava meio inclinada a perguntar os motivos pelos quais ela pensava assim, pois sabia que nenhum poderia ser dado tendo como base uma consideração imparcial da idade, personalidades ou sentimentos delas, mas a mãe sempre era levada pela imaginação no que dizia respeito a qualquer assunto de seu interesse e, portanto, em vez de fazer uma pergunta, ela simplesmente sorriu.

– Ele abriu todo seu coração para mim ontem enquanto viajávamos. Foi uma surpresa, algo bastante imprevisto. Eu, você pode imaginar, não conseguia falar nada além da minha filha. Ele não conseguia esconder sua angústia e percebi que era igual à minha. E ele, talvez pensando que a mera amizade, como são as coisas hoje, não justificaria uma simpatia tão calorosa, ou melhor, sem pensar em nada, suponho, cedeu a sentimentos irresistíveis, contou-me sobre seu carinho sincero, terno e constante por Marianne. Ele a ama, minha Elinor, desde o primeiro momento em que a viu.

Aqui, no entanto, Elinor percebeu que não era a linguagem, tampouco as declarações do coronel Brandon, mas os enfeites naturais da imaginação ativa de sua mãe, a qual elaborava, da forma que quisesse, tudo que, de alguma maneira, a deleitasse.

– Seu afeto por ela, superando infinitamente qualquer coisa que Willoughby jamais sentiu ou fingiu sentir, muito mais caloroso, assim como mais sincero e constante, como queiramos chamar, subsistiu por meio de todo o conhecimento da infeliz ilusão de Marianne por aquele jovem sem valor! E sem egoísmo, sem estimular uma esperança! Como conseguiria vê-la feliz com outro. Uma mente tão nobre! Tanta franqueza, tanta sinceridade! Ninguém pode se enganar com ele.

– O caráter do coronel Brandon – disse Elinor –, como um excelente homem, está bem estabelecido.

– Eu sei que está – respondeu seriamente a mãe – ou, depois de tal aviso, eu deveria ser a última a encorajar tal afeto, ou mesmo a ficar satisfeita com isso. Mas a maneira como ele falou comigo, com uma amizade tão viva e tão solícita, é suficiente para provar que é um homem de grande valor.

– Seu caráter, no entanto – respondeu Elinor –, não se resume a um ato de bondade, o qual seu afeto por Marianne, ainda que não houvesse uma predisposição humanitária, o teria levado a fazer. Para a senhora Jennings, para os Middleton, ele é conhecido intimamente há muito tempo. Eles o amam e o respeitam de maneira igual, e mesmo o que conheço dele, embora tenha sido há pouco tempo, é muito considerável. E eu o valorizo e estimo tanto que, se Marianne pudesse ser feliz com ele, estaria tão disposta quanto a senhora a pensar nessa união como a maior bênção do mundo para nós. Qual resposta a senhora deu a ele? Permitiu que ele tivesse esperanças?

– Ah, meu amor, naquele momento, não podia falar de esperança nem para ele nem para mim. Marianne poderia, naquele momento, estar morrendo. Mas ele não pediu esperança ou encorajamento. Foi uma confissão involuntária, um desabafo incontrolável para uma amiga consoladora, e não um pedido de casamento a uma mãe. No entanto, depois de algum tempo eu disse, pois no começo eu estava bastante abalada, que se ela vivesse, como eu confiava que poderia, minha maior felicidade seria incentivar o casamento deles, e desde a nossa chegada, desde o momento em que estivemos em segurança, repeti isso a ele mais plenamente, dei todos os encorajamentos que pude. Tempo, um pouquinho mais de tempo, disse a ele, e tudo se resolverá. O coração de Marianne não deve ser desperdiçado para sempre com um homem como Willoughby. Os próprios méritos do coronel assegurarão isso.

– A julgar pelo ânimo do coronel, no entanto, você ainda não o deixou igualmente otimista.

– Não. Ele acha que o carinho de Marianne está tão profundamente enraizado que qualquer mudança demorará muito tempo, e mesmo supondo que seu coração volte a ficar livre, não acha possível que, com tanta diferença de idade e disposição, poderia conquistá-la. Nisso, entretanto, ele está bastante enganado. O fato de ser mais velho do que ela é uma vantagem, pois torna seu caráter e seus princípios mais definidos, e sua disposição, estou bastante convencida, é exatamente o que tornará sua irmã feliz. E sua pessoa, seus costumes também estão a seu favor. Minha parcialidade não me cega, ele não é tão bonito quanto Willoughby, mas, ao mesmo tempo, há algo muito mais agradável em seu semblante. Sempre houve algo nos olhos de Willoughby, se você se lembra, que às vezes eu não gostava.

Elinor não conseguia se lembrar, mas sua mãe, sem esperar sua concordância, continuou:

– E seus modos, os modos do coronel não são apenas mais agradáveis para mim do que os de Willoughby jamais foram, mas são do tipo que, tenho certeza, atrairão mais seguramente o afeto de Marianne. A gentileza dele, a atenção genuína a outras pessoas e a simplicidade masculina e espontânea estão muito mais de acordo com a personalidade dela do que a vivacidade... muitas vezes artificial e inoportuna... do outro. Tenho muita certeza de que se Willoughby tivesse se revelado tão amável quanto provou ser o contrário, mesmo assim Marianne nunca seria tão feliz com ele quanto será com o coronel Brandon.

Ela fez uma pausa. A filha não podia concordar com ela, mas sua discordância não foi ouvida e, portanto, não causou nenhuma ofensa.

– Em Delaford, ela estará a uma curta distância de mim – acrescentou a senhora Dashwood – mesmo que eu permaneça em Barton. E com toda a probabilidade, pois ouvi dizer que é uma aldeia grande, certamente deve haver alguma pequena casa ou chalé perto que possa nos satisfazer tanto quanto nossa situação atual.

Pobre Elinor! Havia um novo esquema para levá-la a Delaford! Mas seu espírito era teimoso.

– A fortuna dele também! Pois, na minha idade, você sabe, todos se preocupam com isso, e embora eu não conheça nem queira saber quanto ele realmente tem, estou certa de que deve ser uma boa quantia.

Neste ponto, elas foram interrompidas pela entrada de uma terceira pessoa, e Elinor retirou-se para pensar em tudo aquilo privadamente, desejando o sucesso de seu amigo e, ao mesmo tempo, sentindo um aperto no coração por Willoughby.

## *Capítulo 46*

A doença de Marianne, embora debilitante, não durara o suficiente para tornar sua recuperação lenta. Desse modo, com o auxílio da juventude, da força natural e da presença da mãe, ela transcorreu tão tranquilamente a ponto de permitir que Marianne, quatro dias após a chegada da senhora Dashwood, caminhasse até a sala de estar da senhora Palmer. Quando estava lá, ela mesma pediu que chamassem o coronel

Brandon para visitá-la, pois estava impaciente para agradecê-lo por ter buscado sua mãe.

A emoção dele ao entrar na sala, ao ver como ela estava com a aparência alterada, e ao receber a mão pálida que ela imediatamente lhe ofereceu, era tal que levou Elinor a pensar que deveria ser causada por algo mais do que seu afeto por Marianne, ou da consciência de que todos sabiam o que ele sentia. E ela logo descobriu em seu olhar melancólico, e na sua expressão alterada enquanto ele olhava para a irmã, a provável lembrança de muitas cenas tristes do passado, trazidas por essa semelhança entre Marianne e Eliza, já reconhecida e agora reforçada pelo olhar vazio, a pele sem brilho, o aspecto de fraqueza e o reconhecimento caloroso de um favor especial.

A senhora Dashwood, não menos atenta ao que aconteceu do que a filha mais velha, mas com uma mente influenciada por pensamentos bem díspares, e, portanto, observando por prismas muito diferentes, não viu nada no comportamento do coronel a não ser o despertado pelas sensações mais simples e evidentes. Ao mesmo tempo, pelas ações e palavras de Marianne, ela convenceu-se a pensar que estava nascendo algo mais do que a simples gratidão.

Depois de mais um ou dois dias, com Marianne visivelmente mais forte a cada doze horas, a senhora Dashwood, impelida igualmente pelos próprios desejos e os da filha, começou a falar sobre retornar a Barton. Das suas decisões dependiam as de seus dois amigos. A senhora Jennings não sairia de Cleveland enquanto as Dashwood estivessem lá, e o coronel Brandon logo foi levado, pelo pedido de todas, a considerar sua própria estada ali como igualmente determinada, senão indispensável com a mesma intensidade. Com o pedido tanto dele quanto da senhora Jennings, por outro lado, a senhora Dashwood foi convencida a aceitar utilizar a carruagem do coronel na viagem de volta, para acomodar melhor a filha convalescente; e o coronel, após um convite conjunto da senhora Dashwood e da senhora Jennings, cuja boa natureza a tornou amigável e hospitaleira tanto no nome dela quanto no das outras pessoas, concordou em fazer uma visita ao chalé em poucas semanas.

Chegou o dia da separação e da partida, e Marianne, depois de ter se despedido carinhosa e longamente da senhora Jennings, tão fervorosamente agradecida, tão cheia de respeito e votos amáveis que seu coração se sentia obrigado a manifestar devido a um reconhecimento secreto de sua desatenção anterior, e oferecendo ao coronel Brandon um adeus com a cordialidade de uma amiga, foi cuidadosamente ajudada por ele a entrar na carruagem, da qual ele parecia ansioso que ela ocupasse pelo menos a metade do espaço. A senhora Dashwood e Elinor embarcaram em seguida, e os outros foram deixados sozinhos, para conversar sobre as viajantes e o tédio que sentiriam, até que a senhora Jennings entrou em casa para sentir algum conforto ao conversar com sua criada sobre a perda de suas duas jovens companhias. Depois, o coronel Brandon tomou imediatamente seu caminho solitário para Delaford.

As Dashwood ficaram dois dias na estrada e Marianne suportou a viagem inteira sem nenhuma fadiga especial. Tudo que a afeição mais zelosa, o cuidado mais solícito poderiam fazer para que ficasse mais confortável foi o trabalho de cada uma das suas cuidadosas acompanhantes, e todas foram recompensadas com seu bem-estar físico e tranquilidade de espírito. Para Elinor, a observação dessa calma era especialmente gratificante. Ela, que a vira sofrendo tanto durante semanas, oprimida por uma angústia no coração da qual não tinha coragem de falar nem resiliência para ocultar, agora via com uma alegria que ninguém mais poderia compartilhar uma aparente serenidade que, ao ser o resultado, como ela confiava, de uma reflexão séria, poderia fazer com que a irmã voltasse ao contentamento e à alegria habituais.

Quando se aproximaram efetivamente de Barton e percorreram caminhos nos quais cada campo e cada árvore traziam algumas lembranças peculiares e dolorosas, Marianne ficou em silêncio e pensativa. Ela virou o rosto, escondendo-o das outras, olhando pela janela em uma concentração ansiosa. Mas Elinor não podia nem questionar nem culpar sua irmã por isso, e quando viu, enquanto a ajudava a descer da carruagem, que Marianne estivera chorando, considerou uma emoção muito natural em si mesma para despertar qualquer coisa menos terna do que piedade, e louvável em sua discrição. Pela forma que Marianne agiu depois, ela percebeu uma mente disposta a um esforço razoável, pois assim que entraram na sala de estar, Marianne olhou ao redor com um aspecto de firmeza resoluta, como se estivesse determinada de uma vez a se acostumar à visão de todos os objetos com os quais a lembrança de Willoughby poderia estar associada. Ela falou pouco, mas todas as frases eram alegres, e apesar de deixar escapar um suspiro às vezes, ele nunca sumia sem a reparação de um sorriso. Depois do jantar, ela tentaria tocar piano. Foi o que fez, mas a primeira partitura que viu foi uma ópera, comprada para ela por Willoughby, contendo alguns de seus duetos favoritos, e com o nome dela escrito na capa com a letra dele. Aquilo não funcionaria. Ela balançou a cabeça, afastou a partitura e, depois de dedilhar por um minuto, reclamou de fraqueza nos dedos e fechou o instrumento novamente, declarando, no entanto, com firmeza, que praticaria muito no futuro.

Na manhã seguinte, não houve nenhuma redução em seu ânimo alegre. Pelo contrário, com a mente e o corpo fortalecidos pelo repouso, sua aparência e modo de falar demonstravam um ânimo mais genuíno, antecipando o prazer do retorno de Margaret e falando do querido grupo familiar que seria reunido, de suas atividades comuns e da companhia feliz, como a única felicidade que valesse a pena desejar.

– Quando o tempo estiver melhor e eu tiver recuperado minha força – disse ela –, faremos longas caminhadas juntas todos os dias. Caminharemos até a fazenda no sopé da colina para ver como estão as crianças. Iremos até as novas plantações de *sir* John em Barton Cross e a Abbeyland. E iremos muitas vezes até as antigas ruínas do convento para tentar identificar suas fundações até onde nos disseram que um dia chegavam. Sei que seremos felizes. Sei que o verão será cheio de alegria. Não pretendo levantar-me depois das seis, e dessa hora até o jantar dividirei cada momento entre a música e a leitura. Já fiz meu plano e estou determinada a estudar com seriedade. Conheço nossa própria biblioteca bem demais para poder recorrer a ela para qualquer coisa além de simples entretenimento. Mas há muitos trabalhos que valem a pena ser lidos em Barton Park, e há outros de produção mais moderna que sei que posso pedir emprestado ao coronel Brandon. Ao ler apenas seis horas por dia, ganharei no decorrer de um ano muita instrução que agora sinto que me falta.

Elinor elogiou-a por um plano de origem tão nobre quanto aquele, embora sorrindo ao ver a mesma imaginação ansiosa que a levara ao extremo da indolência lânguida e à reclamação egoísta agora produzindo exageros naquele plano de ocupação racional do tempo e de autocontrole virtuoso. No entanto, seu sorriso mudou para um suspiro quando ela lembrou que a promessa feita a Willoughby ainda não fora cumprida, e temia que teria que comunicar algo que poderia novamente desestabilizar a mente de Marianne e arruinar pelo menos por um momento aquela bela perspectiva de tranquilidade. Disposta portanto a adiar a hora fatal, ela resolveu esperar até que a saúde da irmã estivesse mais segura, antes de tentar contar. Mas a decisão foi tomada apenas para ser quebrada.

Marianne passara dois ou três dias em casa, antes de que o tempo ficasse bom o suficiente para que alguém convalescendo como ela pudesse se aventurar a sair. Mas, finalmente, o dia amanheceu suave e maravilhoso, provocando uma tentação nos desejos da filha e na confiança da mãe, e Marianne, apoiada no braço de Elinor, foi autorizada a caminhar o tempo que conseguisse sem se cansar, no caminho diante da casa.

As irmãs partiram em um ritmo lento, como exigido pela fraqueza de Marianne, que não se exercitava desde sua doença. E tinham se afastado da casa somente a ponto de terem uma visão completa da colina, a importante colina atrás da casa, quando, parando e olhando para ela, Marianne disse calmamente:

– Foi ali, exatamente ali – apontando com uma mão –, naquele monte protuberante, que caí e vi Willoughby pela primeira vez.

Sua voz sumiu ao falar aquele nome, mas recuperando-se rapidamente, ela acrescentou:

– Estou grata por descobrir que posso olhar com tão pouca dor para o local! Vamos falar sobre esse assunto, Elinor? – ela perguntou hesitante. – Ou será errado? Acho que consigo falar sobre isso agora, espero, da maneira como deveria.

Elinor convidou-a ternamente a se abrir.

– Quanto ao arrependimento – disse Marianne –, isto já passou, no que diz respeito a ele. Não quero falar com você sobre quais eram meus sentimentos por ele, e sim sobre quais são agora. No momento, se eu pudesse ficar satisfeita em um ponto, se pudesse pensar que ele nem sempre fingia, nem sempre me enganava, mas, acima de tudo, se eu pudesse ter certeza de que ele nunca foi tão mau como os meus medos, por vezes, me fizeram imaginar, desde a história daquela infeliz jovem...

Ela parou. Elinor sentiu alegria por suas palavras enquanto respondeu:

– Se você pudesse ter certeza disso, acha que seria mais fácil?

– Acho. Minha paz de espírito está duplamente envolvida nisso. Não só é horrível suspeitar que uma pessoa que significou tanto para mim quanto ele fosse capaz de tais atos, mas o que isso faz com que pareça para mim mesma? Em uma situação como a minha, somente um afeto vergonhosamente indiscreto poderia me expor a...

– Como – perguntou sua irmã – você avaliaria o comportamento dele?

– Eu suporia que ele... Ah, com que felicidade eu imaginaria! Apenas volúvel, muito, muito volúvel.

Elinor não falou mais nada. Estava tentando decidir sobre a conveniência de contar sua história imediatamente ou adiá-la até que Marianne estivesse melhor de saúde. E seguiram caminhando por alguns minutos em completo silêncio.

– Não estou desejando nada muito bom para ele – disse finalmente Marianne com um suspiro – quando desejo que suas reflexões íntimas não sejam mais desagradáveis do que as minhas. Ele sofrerá o suficiente com elas.

– Você compara sua conduta com a dele?

– Não. Comparo com o que deveria ter sido, comparo-a com a sua.

– Nossas situações tiveram pouca semelhança.

– Foram mais parecidas do que a nossa conduta. Não deixe, querida Elinor, que sua bondade defenda o que sei que seu julgamento deve censurar. Minha doença me fez pensar. Deu-me tempo livre e calma para pensar seriamente. Muito antes de estar suficientemente recuperada para conversar, eu era perfeitamente capaz de refletir. Considerei o passado: vi no meu próprio comportamento, desde o início da nossa amizade com ele no outono passado, nada além de uma série de imprudências em relação a mim mesma e falta de bondade com os outros. Vi que meus próprios sentimentos tinham preparado meus sofrimentos, e que minha falta de força para dominá-los quase me levou ao túmulo. Minha doença, eu bem sabia, fora inteiramente provocada por mim mesma, pela negligência com minha própria saúde, algo que, mesmo naquele momento, senti que estava errado. Se eu tivesse morrido, teria sido autodestruição. Não percebi o perigo que corria até ele desaparecer, mas com os sentimentos que essas reflexões me proporcionaram, fico admirada com minha recuperação... admirada que a sinceridade da minha vontade de viver, para ter tempo de me expiar diante de meu Deus e de todos vocês, não tivesse me matado imediatamente. Se eu tivesse morrido, com que sofrimento eu teria deixado você, minha enfermeira, minha amiga, minha irmã! Você, que vira todo o egoísmo irritante dos meus últimos dias, que conhecera todos os murmúrios do meu coração! Como eu teria vivido em sua lembrança! Minha mãe também! Como você poderia consolá-la? Não consigo expressar minha própria aversão a mim mesma. Sempre que olhava para o passado, via algum dever negligenciado ou algum defeito tratado com indulgência. Parece que feri todo mundo. A bondade, a incessante gentileza da senhora Jennings, eu retribuíra com um desprezo ingrato. Com os Middleton, os Palmer, as Steele, até mesmo com nossos conhecidos, fui insolente e injusta. Com um coração endurecido contra seus méritos e sentindo muita irritação com a atenção deles. A John, a Fanny, sim, mesmo a eles, que tão pouco merecem, eu dera menos do que o devido. Mas você, acima de tudo, acima da minha mãe, fora injustiçada por mim. Eu, e somente eu, conhecia seu coração e suas dores... Ainda assim, em que isso me influenciou? Não a qualquer compaixão que pudesse beneficiá-la ou a mim. Seu exemplo estava na minha frente, mas de que serviu? Fui mais atenciosa com você e com o seu conforto? Imitei sua tolerância ou diminuí suas restrições, tomando parte nesses exercícios de complacência geral ou gratidão particular que você precisou enfrentar sozinha? Não, nem quando eu sabia que você estava infeliz ou quando acreditava que estava bem, fiz qualquer esforço que o dever ou a amizade exigiam, não admitindo que alguém além de mim pudesse sentir tristeza, lamentando apenas aquele coração que me desertara e me ferira, e deixando que você, por quem eu professava um carinho ilimitado, ficasse triste por minha causa.

Aqui terminou o fluxo rápido de seu espírito de autorreprovação, e Elinor, impaciente por acalmá-la, embora muito honesta para elogiá-la, ofereceu imediatamente o louvor e o apoio que sua franqueza e remorso tanto mereciam. Marianne apertou a mão dela e respondeu:

– Você é muito boa. O futuro será minha prova. Estabeleci meu plano, e se for capaz de segui-lo, meus sentimentos serão governados e meu temperamento, aperfeiçoado. Eles não preocuparão mais os outros nem me torturarão. Viverei agora somente para minha família. Você, minha mãe e Margaret serão, a partir de agora, todo o meu mundo. Meu afeto será dedicado inteiramente a vocês. Nunca mais terei a menor vontade de me afastar de vocês, do meu lar, e se vier a me relacionar com outras pessoas, será apenas para mostrar que meu espírito se tornou mais humilde, que meu coração mudou e que posso praticar as regras da sociedade, os deveres menores da vida, com gentileza e tolerância. Quanto a Willoughby, seria absurdo dizer que o esquecerei em breve ou em algum momento. Sua lembrança não pode ser superada por nenhuma mudança de circunstâncias ou opiniões. Mas será dominada, será contida pela religião, pela razão, pelo trabalho constante.

Ela fez uma pausa e acrescentou em voz baixa:

– Se eu pudesse conhecer o coração dele, tudo ficaria fácil.

Elinor, que já refletia havia algum tempo se seria correto ou não arriscar contar prontamente o que sabia, sem se sentir mais perto de decisão doque no início, ouviu essas palavras e, percebendo que como reflexões não levavam a nada, a resolução deveria fazer tudo, logo começou a contar o que sabia.

Ela conseguiu contar o ocorrido, como esperava, de maneira correta. Preparou sua ouvinte ansiosa com cautela, relatou de modo simples e honesto os principais pontos nos quais Willoughby baseara suas desculpas. Fez justiça ao seu arrependimento e suavizou apenas as afirmações de carinho atual. Marianne não disse uma palavra. Ela tremia, seus olhos estavam fixos no chão e seus lábios ficaram ainda mais brancos do que a doença os deixara. Mil perguntas surgiram em seu coração, mas não ousou fazer nenhuma. Ela ouviu todas as palavras com uma ansiedade ofegante. A mão dela, sem perceber, apertava muito a da irmã, e as lágrimas cobriam seu rosto.

Elinor, temendo que ela estivesse cansada, levou-a de volta para casa, e até chegarem à porta do chalé, facilmente conjecturando qual seria a curiosidade dela, embora não tivesse feito nenhuma pergunta, falou apenas sobre Willoughby e a conversa que tiveram. E foi cuidadosamente minuciosa em todos os aspectos do encontro, das palavras e olhares, quando julgou que aquilo não seria prejudicial. Assim que entraram na casa, Marianne, com um beijo de gratidão e estas quatro palavras articuladas com dificuldade por meio de suas lágrimas, "conte para a mamãe", afastou-se da irmã e subiu lentamente a escada. Elinor não tentaria incomodar uma solidão tão razoável quanto a que Marianne buscava agora. E prevendo com ansiedade seu resultado e tomando a decisão de reavivar o assunto novamente, se Marianne não o fizesse, ela foi até a sala de estar cumprir o pedido feito quando se despediram.

## Capítulo 47

A senhora Dashwood não ouviu impassiva a justificativa de seu antigo favorito. Ela se alegrou por vê-lo liberado de parte da culpa imputada a ele, sentiu piedade e desejou que fosse feliz. Mas os sentimentos do passado não podiam ser trazidos de volta. Nada poderia restaurá-lo com uma fé intacta, um caráter imaculado, para Marianne. Nada poderia eliminar o conhecimento de que ela sofrera por causa dele, tampouco remover a culpa de sua conduta com Eliza. Nada poderia restabelecer, portanto, a antiga estima de Marianne por ele, tampouco prejudicar os atuais interesses do coronel Brandon.

Se a senhora Dashwood, como sua filha, tivesse ouvido a história de Willoughby dele próprio, se tivesse visto a angústia dele e estivesse sob a influência de seu semblante e de suas maneiras, é provável que sua compaixão fosse maior. Mas não estava no poder de Elinor, e tampouco era seu desejo, despertar em outra pessoa, por meio de uma explicação detalhada, os mesmos sentimentos despertados nela inicialmente. A reflexão acalmara seu julgamento e moderara sua própria opinião sobre os méritos de Willoughby. Ela desejava, portanto, contar apenas a pura verdade e mostrar os fatos que realmente eram devidos ao caráter dele, sem nenhum embelezamento que pudesse desvirtuar a imaginação.

À noite, quando as três estavam juntas, Marianne voltou, por sua própria iniciativa, a falar dele, mas não foi sem esforço, como foi claramente demonstrado pelo estado pensativo no qual permaneceu sentada por algum tempo antes e por como ruborizou enquanto falava com a voz instável.

– Desejo assegurar às duas – disse ela – que entendo tudo... como querem que eu faça.

A senhora Dashwood teria interrompido a filha instantaneamente com uma suave ternura, se Elinor, que de fato desejava ouvir a opinião da irmã, não tivesse indicado com um gesto ansioso para que ficasse em silêncio. Marianne continuou lentamente:

– O que Elinor me contou nessa manhã foi um grande alívio para mim. Agora, ouvi exatamente o que queria – por alguns momentos, sua voz se perdeu. Mas, recuperando-se, acrescentou, com mais calma do que antes: – Estou agora perfeitamente satisfeita, não desejo nenhuma mudança. Nunca poderia ter sido feliz com ele, depois de saber de tudo, algo que aconteceria mais cedo ou mais tarde. Não teria nenhuma confiança, nenhuma estima por ele. Nada poderia apagar isso dos meus sentimentos.

– Eu sei, eu sei – exclamou sua mãe. – Feliz com um homem de práticas libertinas! Com alguém que feriu a paz do mais querido dos nossos amigos e o melhor dos homens! Não, minha Marianne não tem coração para ser feliz com tal homem! Sua consciência, sua consciência sensível, teria sentido tudo que a consciência de seu marido deveria ter sentido.

Marianne suspirou e repetiu:

– Não desejo nenhuma mudança.

– Você considera o assunto – disse Elinor – exatamente como uma mente e uma consciência saudáveis devem considerar, e ouso dizer que percebe, assim como eu, não apenas nisso, mas em muitas outras circunstâncias, razão suficiente para estar convencida de que seu casamento poderia tê-la envolvido em muitos problemas e decepções inevitáveis, nos quais teria pouco apoio de um carinho, por parte dele, que seria muito mais incerto. Se tivesse se casado com ele, sempre seria pobre. Ele mesmo reconhece seus gastos excessivos, e toda a sua conduta demonstra que a abnegação é uma palavra que dificilmente entenderia. As exigências dele e sua inexperiência juntas, em uma renda pequena, muito pequena, teriam provocado angústias que não seriam menos penosas para você, por terem sido inteiramente desconhecidas e impensáveis antes. Seu sentido de honra e sua honestidade a teriam levado, eu sei, quando conhecesse a situação, a tentar economizar o máximo possível, e talvez, enquanto a frugalidade diminuísse apenas seu próprio conforto, você conseguisse se levar a fazê-lo, mas além disso, quão pouco seu gerenciamento solitário poderia fazer para impedir a ruína que começara antes do casamento? Ademais, se você se esforçasse, mesmo que razoavelmente, para diminuir os gastos dele, não seria de se temer que, em vez de convencer sentimentos tão egoístas a concordarem com isso, você teria diminuído sua própria influência sobre o coração dele, levando-o a se arrepender do casamento que o envolveria em tamanhas dificuldades?

Os lábios de Marianne tremeram e ela repetiu a palavra "egoísta" em um tom que insinuava "você realmente acha que ele é egoísta?".

– Todo o comportamento dele – respondeu Elinor – do começo ao fim do caso, baseou-se no egoísmo. Foi o egoísmo que primeiro o fez brincar com seu afeto, e que também, depois, quando o afeto dele próprio estava envolvido, fez com que adiasse sua confissão, e, finalmente, o afastou de Barton. Seu próprio prazer ou a sua própria tranquilidade foram, em cada particularidade, o princípio dominante.

– É verdade. Minha felicidade nunca foi o objetivo dele.

– No momento – continuou Elinor –, ele lamenta o que fez. E por que se arrepende? Porque acha que não atendeu suas necessidades. Isso não o deixou feliz. Sua situação agora é boa, ele não sofre nenhum problema desse tipo e pensa apenas que se casou com uma mulher com um temperamento menos amável do que você. Mas isso quer dizer que se tivesse se casado com você, teria sido feliz? As inconveniências teriam sido diferentes. Ele teria sofrido com as dificuldades financeiras às quais, por terem sido removidas, agora não dá importância. Ele teria uma esposa de cujo temperamento não poderia reclamar, mas sempre teria necessidades... sempre seria pobre e, provavelmente, logo teria aprendido a classificar os inúmeros confortos de uma boa propriedade e uma boa renda como muito mais importantes, até para a felicidade doméstica, do que o mero temperamento de uma esposa.

– Não tenho dúvida disso – disse Marianne – e não tenho nada do que me arrepender... Nada além da minha própria imprudência.

– É melhor dizer que a imprudência foi da sua mãe, minha filha – disse a senhora Dashwood. – Ela é quem deve ser responsabilizada.

Marianne não a deixou prosseguir; e Elinor, satisfeita ao ver que cada uma sentia seu próprio erro, desejava evitar qualquer análise do passado que pudesse enfraquecer o ânimo da irmã. Portanto, voltando ao primeiro assunto, continuou imediatamente:

– Uma observação pode, penso eu, ser extraída com justiça de toda a história. Que todas as dificuldades de Willoughby surgiram da primeira ofensa contra a virtude, no modo como se comportou com Eliza Williams. Aquele crime foi a origem de todos os seus descontentamentos, tanto os menores de todos quanto os atuais.

Marianne concordou profundamente com a observação, a qual levou sua mãe a uma enumeração dos sofrimentos e méritos do coronel Brandon, calorosa como só a amizade e um objetivo poderiam ditar. A filha não parecia, no entanto, estar prestando muita atenção.

Elinor, de acordo com sua expectativa, viu nos dois ou três dias seguintes que Marianne não continuou a recuperar as forças como antes, mas enquanto sua determinação permanecesse inabalada e ela ainda tentasse parecer alegre e tranquila, sua irmã poderia confiar com segurança no efeito do tempo em sua saúde.

Margaret voltou, e a toda família foi novamente reunida, acomodada mais uma vez tranquilamente no chalé; e se não se dedicavam aos seus estudos habituais com tanto vigor como quando se mudaram para Barton, pelo menos planejavam retomá-los de forma vigorosa no futuro.

Elinor começou a ficar impaciente por alguma notícia de Edward. Ela não ouvira nada sobre ele desde quando deixara Londres, nenhuma novidade sobre seus planos, nem mesmo nada definitivo sobre sua residência atual. Algumas cartas foram trocadas entre ela e seu irmão, por causa da doença de Marianne, e na primeira que recebeu de John, havia esta frase:

"Não sabemos nada sobre nosso desafortunado Edward e não podemos fazer perguntas sobre um assunto tão proibido, mas concluo que ainda esteja em Oxford". E foi toda a informação sobre Edward recebida por meio desta correspondência, pois o nome dele nem sequer foi mencionado nas cartas seguintes. No entanto, ela não estava condenada a ignorar sua situação por muito tempo.

O criado delas fora mandado uma manhã a Exeter para resolver alguns assuntos, e enquanto servia a mesa, respondendo às perguntas de sua senhora sobre a viagem, comentou:

– Suponho que saiba, senhora, que o senhor Ferrars se casou.

Marianne teve um sobressalto violento e encarou Elinor; ao ver como ela ficava pálida, recostou-se na cadeira, histérica. A senhora Dashwood, cujos olhos, enquanto respondia à pergunta do criado, tinham se voltado intuitivamente para a mesma direção, ficou chocada ao perceber no semblante de Elinor o quanto ela realmente sofria, e um momento depois, igualmente afligida pela situação de Marianne, não sabia a qual filha deveria dedicar mais atenção.

O criado, que viu apenas que a senhorita Marianne se sentia mal, foi sensato o suficiente para chamar uma das criadas, que, com a ajuda da senhora Dashwood, levou-a para a outra sala. Naquela altura, Marianne estava melhor, e sua mãe, deixando-a aos cuidados de Margaret e da criada, voltou para Elinor, que, apesar de muito perturbada, recuperara o uso da razão e da voz para começar a fazer perguntas a Thomas, desejando saber quem lhe transmitira tal informação. A senhora Dashwood assumiu imediatamente este trabalho e Elinor teve o benefício da informação sem o esforço de buscá-la.

– Quem lhe contou que o senhor Ferrars estava casado, Thomas?

– Eu mesmo vi o senhor Ferrars, madame, nesta manhã em Exeter, e sua senhora também, a senhorita Steele, como se chamava antes. Eles estavam parados em uma carruagem na porta do New London Inn, quando fui para lá com uma mensagem de Sally, de Barton Park, para seu irmão, que é um dos mensageiros. Por acaso, olhei para cima quando passei pela carruagem, e logo vi que era a senhorita Steele mais nova. Assim, tirei meu chapéu, e ela me reconheceu e me chamou, perguntou pela senhora e pelas senhoritas, especialmente pela senhorita Marianne, e pediu que eu transmitisse as saudações dela e do senhor Ferrars, afirmando que estavam tristes, pois não tinham tempo para visitá-las, já que estavam com muita pressa para seguir viagem, uma vez que ainda tinham uma longa distância a percorrer, mas que, quando voltassem, se assegurariam de que viriam visitá-las.

– Mas ela disse que estava casada, Thomas?

– Sim, senhora. Ela sorriu e disse como tinha mudado de nome desde quando esteve por esses lados. Ela sempre foi uma jovem muito afável, falante e muito educada. Então, tomei a liberdade de desejar-lhe felicidade.

– O senhor Ferrars estava na carruagem com ela?

– Sim, senhora, só o vi recostado ali, mas ele nem levantou a cabeça, nunca foi um cavalheiro de muita conversa.

O coração de Elinor poderia facilmente explicar por que ele não falou nada, e a senhora Dashwood provavelmente pensou na mesma explicação.

– Não havia mais ninguém na carruagem?

– Não, senhora, só os dois.

– Sabe de onde estavam vindo?

– Vinham diretamente da cidade, como a senhorita Lucy, ou melhor, a senhora Ferrars, me disse.

– E vão mais para o oeste?

– Sim, senhora, mas não vão demorar muito. Em breve estarão de volta e asseguraram que passarão por aqui.

A senhora Dashwood agora olhava para a filha, mas Elinor sabia que não deveria esperá-los. Ela reconheceu Lucy totalmente na mensagem e estava muito confiante de que Edward nunca se aproximaria delas. Ela observou em voz baixa, para a mãe, que provavelmente estavam indo para a casa do senhor Pratt, perto de Plymouth.

Thomas parecia não ter mais informações. Elinor, no entanto, parecia querer ouvir mais.

– Você os viu partir, antes de ir embora?

– Não, senhora. Os cavalos estavam saindo, mas não podia ficar mais, tinha medo de me atrasar.

– A senhora Ferrars parecia bem?

– Sim, senhora, ela disse que estava muito bem e, na minha opinião, ela sempre foi uma jovem muito bonita e parecia muito satisfeita.

A senhora Dashwood não conseguia pensar em mais nenhuma pergunta, e Thomas e a toalha de mesa, agora igualmente desnecessários, logo foram dispensados. Marianne já havia mandado informar que não queria comer mais nada. A senhora Dashwood e Elinor também tinham perdido o apetite, e Margaret pôde pensar que estava muito bem, pois mesmo com todas as preocupações que as duas irmãs tinham experimentado ultimamente, com as tantas vezes que tiveram motivos para se descuidarem das refeições, ela nunca antes fora obrigada a ficar sem jantar.

Quando a sobremesa e o vinho foram trazidos e a senhora Dashwood e Elinor foram deixadas a sós, elas permaneceram juntas por muito tempo, igualmente pensativas e silenciosas. A senhora Dashwood temia arriscar fazer qualquer observação e não se aventurou a oferecer consolo. Ela percebia agora que errara ao confiar em como Elinor se comportara e concluiu corretamente que tudo fora expressamente suavizado na época para então poupá-la de um aumento da infelicidade, considerando o quanto sofria na época por Marianne. Descobriu que fora enganada pela atenção cuidadosa e considerada da filha, a qual a levou a pensar que o afeto, que outrora compreendera tão bem, era muito mais leve na realidade do que estava inclinada a acreditar, ou do que agora provava ser. Ela temia, ao ver isso, que tivesse sido injusta e desatenta, e mais do que isso, quase indelicada com Elinor. Que a doença de Marianne, por ser mais evidente, tivesse absorvido toda sua ternura e a levado a esquecer que pudesse ter em Elinor uma filha que sofria quase tanto quanto a outra, certamente com menos demonstrações de dor e mais resiliência.

## Capítulo 48

Elinor descobrira a diferença entre a expectativa por um evento desagradável, por mais certo que a mente fosse preparada para considerá-lo, e a certeza propriamente dita. Percebera que, mesmo sem querer, sempre admitira uma esperança, enquanto Edward permanecesse solteiro, de que algo ocorreria para evitar que se casasse com Lucy, que alguma resolução própria, alguma mediação de amigos ou alguma oportunidade mais adequada de união para a senhorita acabaria surgindo para a felicidade de todos. Mas agora ele estava casado, e ela culpou seu coração por essa fantasia secreta, que só serviu para aumentar tanto a dor de conhecer a verdade.

Que ele tivesse se casado em tão pouco tempo, antes (como ela imaginava) que pudesse ser ordenado e, consequentemente, antes que pudesse assumir a posição, surpreendeu-a um pouco no início. Mas ela logo viu como era provável que Lucy, sendo previdente e com pressa para garanti-lo como marido, ignoraria tudo, menos o risco de atrasar o casamento.

Eles estavam casados, casados na cidade, e agora se apressavam para chegar à casa do tio dela. O que Edward sentira ao estar a seis quilômetros de Barton, ao ver o criado de sua mãe, ao ouvir a mensagem da Lucy!

Em breve, ela supunha, eles estariam estabelecidos em Delaford. Delaford, aquele lugar no qual tantas coisas conspiravam para despertar seu interesse, o qual gostaria de conhecer e, ao mesmo tempo, desejava evitar. Ela imaginou-os num instante em sua casa paroquial. Viu Lucy, a administradora ativa e inventiva, unindo ao mesmo tempo um desejo de elegância com a maior frugalidade, envergonhada de que suspeitassem de metade das suas práticas econômicas, perseguindo seu próprio interesse em cada pensamento e cortejando o favor do coronel Brandon, da senhora Jennings e de todos os amigos ricos. Quanto a Edward, ela não sabia imaginar de que maneira gostaria de vê-lo. Feliz ou infeliz, nada a agradava. Ela afastou de sua mente todos os pensamentos sobre ele.

Elinor consolou-se ao imaginar que alguns de seus amigos em Londres lhe escreveriam para anunciar o evento e dar mais detalhes, mas os dias se passaram e não trouxeram nenhuma carta, nenhuma novidade. Embora incerta de que pudesse culpar alguém, criticou todos os amigos ausentes. Todos eram desatenciosos ou indolentes.

– Quando a senhora escreverá para o coronel Brandon? – foi uma pergunta que surgiu da impaciência por saber mais notícias.

– Escrevi para ele, minha querida, na semana passada, e acho que ele virá para cá em vez de responder por escrito. Pressionei-o sinceramente para que nos visitasse, e não me surpreenderia ao vê-lo chegar hoje, amanhã ou algum desses dias.

Isso era algo bom, algo a aguardar. O coronel Brandon deveria ter alguma informação para dar.

Elinor mal acabara de pensar isso quando a figura de um homem a cavalo chamou sua atenção para a janela. Ele parou em seu portão. Era um cavalheiro, o próprio coronel Brandon. Agora, ela poderia ter mais notícias, e tremeu com a expectativa. Mas – não era o coronel Brandon – o cavalheiro não tinha nem seu porte, nem sua altura. Se fosse possível, ela diria que deveria ser Edward. Ela olhou de novo. Ele acabara de desmontar: ela não podia estar enganada, era Edward. Ela afastou-se e se sentou.

– Ele veio da residência do senhor Pratt especialmente para nos visitar. Ficarei calma, serei senhora de mim.

Em um instante, ela percebeu que as outras também estavam cientes do erro. Ela viu a mãe e Marianne mudarem de cor, viu como olharam para ela e sussurraram algumas frases entre si. Ela daria tudo para conseguir falar e fazê-las compreender que não esperava que nenhuma frieza ou desprezo apareceriam em seu comportamento, mas não conseguia falar e foi obrigada a deixar tudo ao critério delas.

Nem mesmo uma palavra foi proferida em voz alta. Todas esperaram em silêncio pela entrada do visitante. Os passos foram ouvidos ao longo do caminho de cascalho. Em um instante, ele estava no corredor, e no seguinte, diante delas.

Seu semblante, ao entrar na sala, não estava muito feliz, nem mesmo para os critérios de Elinor. Seu rosto estava branco pela agitação e ele parecia temer sua recepção, consciente de que não merecia ser recebido com carinho. A senhora Dashwood, confiando no que acreditava ser os desejos da filha, por quem ela queria, com toda a sinceridade, ser guiada naquele instante, recebeu-o com um olhar de complacência forçada, ofereceu-lhe sua mão e desejou-lhe felicidade.

Ele ficou vermelho e balbuciou uma resposta ininteligível. Os lábios de Elinor tinham se movido com os da mãe e, quando o momento da ação acabou, ela desejou que tivesse apertado a mão dele também. Mas era tarde demais e, tentando fingir naturalidade, sentou-se novamente e falou sobre o clima.

Marianne recuara o máximo possível para que não fosse vista, para esconder sua angústia, e Margaret, compreendendo algumas coisas, mas não a totalidade do caso, achou que era sua incumbência ser digna e, portanto, sentou-se o mais longe dele que podia e manteve um silêncio rigoroso.

Quando Elinor cessou de falar sobre a secura da estação, ocorreu uma pausa muito incômoda. Ela foi quebrada pela senhora Dashwood, que se sentiu obrigada a dizer que esperava que ele tivesse deixado a senhora Ferrars muito bem. De maneira apressada, ele respondeu afirmativamente.

Outra pausa.

Elinor resolveu se esforçar e, embora temendo o som da própria voz, perguntou:

– A senhora Ferrars está em Longstaple?

– Em Longstaple? – ele respondeu, com um ar de surpresa. – Não, minha mãe está na cidade.

– Estava me referindo – disse Elinor, pegando algum trabalho da mesa – à senhora Edward Ferrars.

Ela não ousou levantar os olhos, mas sua mãe e Marianne olharam para ele. Edward ficou vermelho, pareceu perplexo, olhou indeciso e, depois de alguma hesitação, disse:

– Talvez queira dizer... meu irmão... quer dizer a senhora... a senhora Robert Ferrars.

– Senhora Robert Ferrars! – foi repetido por Marianne e sua mãe com o máximo de espanto e, embora Elinor não conseguisse falar, até os olhos dela estavam fixos nele com a mesma dúvida impaciente. Ele levantou-se da cadeira e caminhou até a janela, aparentemente sem saber o que fazer, pegou uma tesoura que estava ali, e, estragando tanto a tesoura quanto a bainha que a guardava, cortando-a em pedaços enquanto falava, disse com uma voz apressada:

– Talvez vocês não saibam, talvez não tenham ouvido que meu irmão se casou recentemente com a mais nova, com a senhorita Lucy Steele.

As palavras dele foram ecoadas com um espanto indizível por todas, menos Elinor, que ficou sentada com a cabeça inclinada sobre o trabalho, em um estado de agitação tão grande que parecia nem saber onde estava.

– Sim – confirmou ele –, eles se casaram na semana passada e agora estão em Dawlish.

Elinor não conseguia mais ficar sentada. Ela quase saiu correndo da sala, e assim que a porta estava fechada, explodiu em lágrimas de alegria, que, a princípio, pensou que nunca terminariam. Edward, que até então olhara para qualquer lugar, menos para ela, viu como saiu correndo, e talvez notou, ou até ouviu, sua emoção. Pois caiu imediatamente em um devaneio que nenhuma observação, nenhuma consulta, nenhuma palavra carinhosa da senhora Dashwood conseguiu penetrar e, finalmente, sem dizer uma palavra, saiu da sala e caminhou até a aldeia, deixando as mulheres no maior espanto e perplexidade diante dessa mudança na situação dele, tão maravilhosa e tão repentina, uma perplexidade que não tinham meios de diminuir, a não ser por suas próprias conjecturas.

## Capítulo 49

Por mais inexplicáveis que as circunstâncias de sua libertação pudessem parecer para toda a família, era certo que Edward estava livre, e como essa liberdade seria empregada foi facilmente adivinhado por todos, pois, depois de experimentar as "bênçãos" de um compromisso imprudente, assumido sem o consentimento de sua mãe, como ele já fizera por mais de quatro anos, nada menos poderia ser esperado dele depois daquele fracasso do que se comprometer outra vez imediatamente.

Sua incumbência em Barton, de fato, era simples. Era apenas para pedir que Elinor se casasse com ele – e considerando que não era totalmente inexperiente no assunto, poderia ser estranho que se sentisse tão desconfortável naquele momento quanto realmente estava, precisando tanto de encorajamento quanto de ar fresco.

Não é preciso contar em detalhes a rapidez com que decidiu tomar a resolução adequada. Só isto precisa ser dito: quando todos se sentaram à mesa às quatro horas, cerca de três horas após sua chegada, ele pedira a mão à sua futura esposa, obtivera o consentimento da mãe dela e não estava somente na condição arrebatadora de noivo, mas, à luz da razão e da verdade, era um dos homens mais felizes do mundo. Seu estado era mais alegre do que o comum. Ele obtivera mais do que o mero triunfo do amor correspondido para fazer transbordar seu coração e elevar seu espírito. Ele fora liberado, sem nenhuma censura contra seu comportamento, de uma situação que havia muito o deixava triste, de uma mulher que deixara de amar há muito tempo; e fora elevado de imediato à segurança com outra mulher, sobre a qual deveria ter pensado quase com desespero, assim que aprendeu a considerá-la com desejo. Ele fora levado, não da dúvida ou da incerteza, mas da miséria para a felicidade. E a mudança era expressa abertamente de uma maneira tão alegre, genuína, fluida e agradecida, como seus amigos nunca tinham testemunhado nele antes.

Seu coração estava agora aberto a Elinor, todas as suas fraquezas, todos os erros confessados, e seu primeiro apego juvenil a Lucy foi tratado com toda a dignidade filosófica dos 24 anos.

– Foi uma inclinação tola e inútil de minha parte – disse ele –, a consequência da ignorância do mundo e da falta de ocupação. Se minha mãe tivesse me dado alguma profissão ativa quando deixei de ser pupilo do senhor Pratt aos 18 anos, acho que sim, não, tenho certeza, isso nunca teria acontecido. Embora eu tenha deixado Longstaple com o que eu pensava, na época, ser uma preferência irresistível pela sobrinha dele, se eu tivesse na época alguma atividade, qualquer coisa para ocupar meu tempo e me manter longe dela por alguns meses, logo teria superado aquele compromisso imaginado, especialmente por conhecer melhor o mundo, como eu deveria ter feito nesse caso. Mas em vez de ter qualquer coisa a fazer, em vez de ter alguma profissão escolhida para mim ou ter permissão para escolher qualquer uma, voltei para casa para ficar completamente ocioso e, durante o primeiro ano, não tive nem mesmo a ocupação em sentido figurado que a universidade poderia ter me proporcionado, pois só entrei em Oxford aos 19 anos. Eu não tinha, portanto, nada no mundo para fazer, exceto me imaginar apaixonado, e como minha mãe não criava em minha casa um ambiente confortável, como eu não tinha amigos, nenhuma companhia em meu irmão e não gostava de conhecer novas pessoas, era natural ir muitas vezes para Longstaple, onde sempre me senti em casa e sempre tive certeza de ser bem-vindo. Portanto, passei a maior parte do meu tempo lá, dos 18 aos 19 anos: Lucy parecia tudo que existia de amável e gentil. Ela também era bonita... pelo menos era o que eu achava na época, e eu vira tão pouco outras mulheres que não poderia fazer comparações e não via nenhum defeito em Lucy. Considerando tudo, portanto, espero, por mais tolo que nosso compromisso tenha sido, tolo como já foi provado em todos os sentidos, não era na época algo pouco natural ou uma loucura imperdoável.

A mudança que poucas horas tinham provocado na mente e na felicidade das Dashwood foi tão grande, que prometeu a todas a satisfação de uma noite insone. A senhora Dashwood, feliz demais para estar calma, não sabia como demonstrar seu amor por Edward, nem elogiar Elinor o suficiente, como agradecer por ele ter se liberado de seu compromisso sem ferir sua delicadeza, nem como dar-lhes espaço para que conversassem livremente e, ainda assim, aproveitar, como ela queria, a visão e a companhia dos dois.

Marianne só podia mostrar sua felicidade por meio de lágrimas. As comparações ocorreriam, arrependimentos surgiriam e sua alegria, embora tão sincera quanto seu amor pela irmã, era de um tipo que roubava suas forças e suas palavras.

Mas Elinor... como os sentimentos dela poderiam ser descritos? Desde o momento em que descobriu que Lucy estava casada com outro, que Edward estava livre, até o momento em que ele justificou as esperanças que surgiram de imediato, ela sentia tudo alternadamente, menos tranquilidade. Mas quando esse segundo momento passou, quando todas as suas dúvidas, todas as preocupações desapareceram, quando comparou sua situação atual com a dos últimos tempos, viu-o liberado honrosamente do compromisso anterior, viu como ele aproveitara essa liberação para ir ao encontro dela e declarar um carinho tão terno, tão constante quanto ela sempre supôs que fosse, sentiu-se oprimida, estava sufocada pela própria felicidade, mas, como a mente humana está sempre felizmente disposta a se familiarizar facilmente com qualquer mudança para melhor, precisou de apenas algumas horas para acalmar seu ânimo e proporcionar algum grau de tranquilidade ao seu coração.

Edward ficaria hospedado no chalé por pelo menos uma semana e, pois independentemente de qualquer outro compromisso que pudesse ter, era impossível dedicar menos de uma semana para desfrutar da companhia de Elinor, ou que tal período bastasse para falar metade do que deveria ser dito sobre o passado, o presente e o futuro, pois, embora poucas horas dedicadas ao trabalho árduo de conversas incessantes seriam suficientes para colocar em dia todos os assuntos em comum entre duas criaturas racionais, com os apaixonados isso é diferente. Entre *eles*, nenhum assunto está concluído, nenhuma comunicação sequer é feita até que tenha sido dita pelo menos vinte vezes.

O casamento de Lucy, o incessante e razoável espanto entre todos eles, constituiu, naturalmente, uma das primeiras discussões dos apaixonados e o conhecimento detalhado de Elinor de cada lado fez com que lhe parecesse, em todos os aspectos, uma das circunstâncias mais extraordinárias e inexplicáveis que jamais ouvira. Como eles puderam ser unidos, e que atração poderia ter levado Robert a se casar com uma garota de cuja beleza ela própria o ouvira falar sem nenhuma admiração, uma moça também já comprometida com seu irmão, e por cujo envolvimento ele fora banido do seio de sua família, pois estava além da sua compreensão. Para seu próprio coração, era um assunto encantador, para sua imaginação era até ridículo, mas para sua razão, seu julgamento, era um enigma completo.

Então, Edward só podia tentar uma explicação supondo que, talvez, encontrando-se acidentalmente pela primeira vez, a vaidade de Robert tivesse sido tão insuflada pela bajulação de Lucy que conduzira aos poucos ao resto. Elinor lembrou-se do que Robert dissera a ela na rua Harley, de sua opinião sobre o que uma mediação nos assuntos de seu irmão poderia ter feito, se tivesse ocorrido a tempo. Ela repetiu para Edward.

– Isso é típico do Robert – foi a observação imediata dele. – E ele poderia estar pensando nisso – acrescentou – quando se conheceram. E Lucy talvez pensasse no início apenas em obter a simpatia dele a meu favor. Outros planos podem ter surgido posteriormente.

Há quanto tempo aquilo estava acontecendo entre os dois, no entanto, ele sabia tão pouco quanto ela. Pois em Oxford, onde ele permanecera por escolha própria desde quando deixara Londres, só sabia o que ela mesma contava, e suas cartas, até o final, não eram nem menos frequentes nem menos afetuosas do que o habitual. Portanto, ele nunca teve a menor suspeita que o preparasse para o que se seguiu – e quando finalmente aconteceu em uma carta da própria Lucy, ele ficou por algum tempo, acreditava, meio estupefato entre a surpresa, o horror e a alegria de ser liberado de tal compromisso. Ele colocou a carta nas mãos de Elinor.

*Caro senhor,*
*Tendo certeza de ter perdido seu afeto há muito tempo, senti-me livre para me entregar a outro, e não tenho dúvidas de que serei tão feliz com ele quanto outrora pensava que seria com o senhor, mas me recuso a aceitar a mão de alguém cujo coração pertence a outra. Sinceramente, desejo-lhe felicidade em sua escolha, e não será minha culpa se nem sempre formos bons amigos, como seria adequado tendo em vista nosso parentesco próximo. Posso dizer com segurança que não sinto nenhum rancor pelo senhor, e estou certa de que o senhor será generoso demais para não nos prejudicar. Seu irmão ganhou meu afeto totalmente, e como não poderíamos viver um sem o outro, acabamos de retornar do altar, e estamos agora a caminho de Dawlish por algumas semanas, pois seu querido irmão tem uma grande curiosidade para ver o lugar, mas pensei que eu primeiro deveria incomodá-lo com essas poucas linhas, e sempre permanecerei...*
*Sua sincera amiga e cunhada, que sempre desejará seu bem,*
*Lucy Ferrars.*
*P.S.: Queimei todas as suas cartas e devolverei seu retrato na primeira oportunidade. Por favor, destrua meus rabiscos, mas fique à vontade para guardar o anel com o meu cabelo.*

Elinor leu a carta e devolveu-a sem nenhum comentário.

– Não vou pedir sua opinião sobre a redação da carta – disse Edward. – Pois eu nunca teria mostrado uma carta dela para você no passado. Saber que uma cunhada escreve desse jeito já é ruim, o que dizer de uma esposa! Como fiquei envergonhado ao ler as linhas desta carta! E acredito que posso dizer que, desde o primeiro semestre de nosso compromisso tolo, esta é a única carta que recebi dela cujo conteúdo compensa os defeitos do estilo.

– Como quer que tenha acontecido – disse Elinor, depois de uma pausa –, eles certamente estão casados. E sua mãe impôs a si mesma uma punição bastante apropriada. A independência que ela concedeu a Robert, por meio do ressentimento contra você, deu-lhe poder para fazer sua própria escolha. E ela estava subornando um filho com mil libras por ano para fazer a mesma coisa que ela deserdou o outro por ter a intenção de fazer. Ela não ficará menos magoada, suponho, por Robert ter se casado com Lucy, do que ficaria se você se casasse com ela.

– Ela ficará mais magoada por isso, pois Robert sempre foi seu favorito. Ficará mais magoada, e pelo mesmo princípio vai perdoá-lo muito antes.

Edward desconhecia a situação entre eles no momento, pois ainda não tentara se comunicar com nenhum parente. Ele deixara Oxford 24 horas após a chegada da carta de Lucy, com apenas um objetivo em mente: o caminho mais curto para Barton, e não teve tempo para elaborar nenhum plano de conduta com o qual tal caminho não tivesse a mais íntima conexão. Ele não podia fazer nada até ter certeza de seu destino com a senhorita Dashwood, e por sua rapidez na busca *desse* destino, deve-se imaginar que não esperava de modo geral uma recepção muito cruel, apesar do ciúme que já sentira do coronel Brandon, da modéstia com que classificava sua própria punição e da cortesia com que falava de suas dúvidas. No entanto, era seu dever dizer o que realmente *esperava*, e o fez com muita beleza. O que ele poderia dizer sobre o assunto um ano depois concerne à imaginação de maridos e esposas.

Que Lucy certamente tivera a intenção de enganar, de partir com um floreio de maldade contra ele em sua mensagem por meio de Thomas, ficou perfeitamente claro para Elinor. E o próprio Edward, agora conhecendo bem o caráter dela, não teve nenhum escrúpulo em acreditar que ela era capaz da maior perversidade de uma falta de caráter injustificada. Embora seus olhos já estivessem abertos há tempos, antes mesmo de conhecer Elinor, para a ignorância e a falta de liberalidade em algumas de suas opiniões, ele as atribuíra à falta de educação de Lucy; e até receber a última carta dela, ele sempre acreditou que era uma moça bem-intencionada, de bom coração e completamente apaixonada por ele. Nada além de tal julgamento poderia tê-lo impedido de acabar com um compromisso que, muito antes da descoberta que o levou a ser vítima da fúria de sua mãe, fora uma fonte contínua de inquietação e arrependimento para ele.

– Pensei que era meu dever – disse ele – independentemente dos meus sentimentos, dar a ela a opção de continuar o compromisso ou não quando fui deserdado pela minha mãe e fiquei aparentemente sem nenhum amigo no mundo para me ajudar. Em uma situação como essa, na qual não parecia haver nada para tentar a avareza ou a vaidade de qualquer criatura viva, como eu poderia supor, quando ela com tanto fervor insistiu em compartilhar meu destino, seja lá qual fosse, que seu estímulo fosse fruto do afeto mais desinteressado? E mesmo agora, não consigo entender por quais motivos agiu assim, ou que vantagem ela imaginou que pudesse ter estando comprometida com um homem pelo qual não tinha a menor consideração e que possuía apenas duas mil libras. Não podia prever que o coronel Brandon me daria uma posição na paróquia.

– Não, mas ela poderia supor que algo aconteceria a seu favor, que sua própria família, no tempo, abrandasse. E, de qualquer forma, ela não perdeu nada ao continuar o compromisso, pois provou que ele não prejudicava nem seus desejos nem suas ações. A união com você era certamente respeitável e provavelmente melhorou a consideração entre os amigos dela e, se nada mais vantajoso ocorresse, seria melhor casar com você do que ficar solteira.

Edward ficou, é claro, imediatamente convencido de que nada poderia ter sido mais natural do que a conduta de Lucy, nem mais evidente do que seus motivos.

Elinor repreendeu-o, com a mesma dureza que as damas sempre repreendem a imprudência que funciona como um elogio a elas, por ter passado tanto tempo com elas em Norland, quando Edward deveria ter sentido a própria inconstância.

– Seu comportamento foi certamente muito errado – disse ela – porque, para não dizer nada da minha própria convicção, nossos conhecidos foram todos levados a imaginar esperar algo que, pela sua situação naquele momento, nunca poderia acontecer.

Ele só podia afirmar que ignorava o próprio coração e que tinha uma confiança equivocada na força do seu noivado.

– Eu era ingênuo o suficiente para pensar que, como a minha lealdade estava prometida a outra, não poderia haver perigo em estar com você, e que a consciência do meu compromisso manteria meu coração tão seguro e sagrado quanto minha honra. Senti que a admirava, mas disse para mim mesmo que era apenas amizade; e até começar a fazer comparações entre você e Lucy, não sabia o quanto estava envolvido. Depois disso, suponho, eu estava errado em permanecer tanto tempo em Sussex, e os argumentos que usava para me convencer da conveniência disso, não eram melhores do que estes: "O perigo é meu. Não estou prejudicando ninguém além de mim mesmo".

Elinor sorriu e abanou a cabeça.

Edward ouviu com prazer que o coronel Brandon era esperado no chalé, pois ele realmente desejava não só conhecê-lo melhor, mas também ter uma oportunidade de convencê-lo de que não estava ofendido por ele ter lhe oferecido a posição em Delaford.

– Acho que – disse ele –, depois dos agradecimentos tão pouco entusiasmados quanto os meus na ocasião, ele deve pensar que nunca o perdoei por ter feito tal oferta.

Naquele momento, ele ficou surpreso consigo mesmo por nunca ter ido ao lugar. Mas sentira tão pouco interesse pelo assunto que devia todo o conhecimento sobre a casa, o jardim e a terra, a extensão da paróquia, a condição da propriedade e a taxa dos dízimos, à própria Elinor, que ouvira o coronel Brandon falar muito sobre tudo isso e ouviu com tanta atenção que passou a dominar o assunto.

Só uma pergunta, depois disso, permanecia indecisa entre eles, só uma dificuldade deveria ser superada. Estavam reunidos por mútuo afeto, com a mais calorosa aprovação de seus verdadeiros amigos. O íntimo conhecimento um do outro parecia tornar sua felicidade certa e só precisavam de um sustento. Edward tinha duas mil libras e Elinor mil, as quais, somadas à posição em Delaford, era tudo que poderiam chamar de próprios, pois era impossível que a senhora Dashwood pudesse dar qualquer coisa a eles. E nenhum deles estava tão apaixonado a ponto de pensar que 350 libras por ano poderiam lhes proporcionar uma vida confortável.

Edward não estava inteiramente sem esperanças de alguma mudança favorável em sua mãe em relação a ele e apostava nisso para conseguir o restante da sua renda. Mas Elinor não tinha a mesma confiança, pois, como Edward ainda não se casaria com a senhorita Morton, e tê-la escolhido, de acordo com a linguagem lisonjeira da senhora Ferrars, era apenas um mal menor do que se escolhesse Lucy Steele, ela temia que a ofensa de Robert só serviria para deixar Fanny ainda mais rica.

Cerca de quatro dias após a chegada de Edward, o coronel Brandon apareceu, para completar a satisfação da senhora Dashwood e dar-lhe a dignidade de ter, pela primeira vez desde que se mudara para Barton, mais companhia com ela do que sua casa poderia acolher. Edward foi autorizado a manter o privilégio de ser o primeiro a chegar, e o coronel Brandon, portanto, caminhava todas as noites para seus aposentos antigos em Barton Park, de onde geralmente voltava pela manhã, cedo o suficiente para interromper o primeiro *tête-à-tête* dos amantes antes do café da manhã.

Uma estada de três semanas em Delaford, onde, pelo menos no começo da noite, ele tinha pouco a fazer a não ser calcular a desproporção entre 36 e 17 anos, levou-o a Barton com um estado de ânimo deplorável. Só a aparência de Marianne, toda a bondade de sua recepção e todo o encorajamento das palavras de sua mãe o deixavam mais alegre. Entre esses amigos, no entanto, e tais estímulos, ele se reanimou. Ele ainda não ouvira nenhum rumor sobre o casamento de Lucy, não sabia nada do que ocorrera e as primeiras horas de sua visita foram, portanto, passadas ouvindo e fazendo perguntas. Tudo foi explicado pela senhora Dashwood, e ele encontrou novas razões para se alegrar com o que fizera pelo senhor Ferrars, já que no final promoveu o interesse de Elinor.

Seria desnecessário dizer que os cavalheiros melhoraram a boa opinião um do outro, à medida que se conheceram melhor, pois não poderia ser o contrário. A semelhança dos dois em termos de bons princípios e bom senso, na disposição e na maneira de pensar, provavelmente teria sido suficiente para uni-los na amizade, sem nenhuma outra atração. Mas eles estavam apaixonados por duas irmãs, e por duas irmãs que se amavam, o que fez esse interesse mútuo inevitável e imediato, sem que fosse necessária a ação do tempo e do julgamento para aproximá-los.

As cartas da cidade, que alguns dias antes teriam feito todos os nervos no corpo de Elinor tremerem de arrebatamento, agora eram lidas com menos emoção do que o mero divertimento. A senhora Jennings escreveu para contar a surpreendente história, para desabafar sua honesta indignação contra a jovem desertora e demonstrar sua compaixão pelo pobre senhor Edward, que, com certeza, dedicara-se muito àquela assanhada sem valor e agora estava, até onde ela sabia, quase com o coração partido, em Oxford. Em sua carta, ela dizia:

# Razão e sensibilidade

*Eu acho que nada nunca foi realizado de forma tão dissimulada, pois não faz nem dois dias que Lucy veio e se sentou um par de horas comigo. Nenhuma alma suspeitava nada do assunto, nem mesmo Nancy, que, pobre criatura, procurou-me aos prantos no dia seguinte, com muito medo da senhora Ferrars, além de não saber como chegar a Plymouth. Pois parece que Lucy pediu emprestado todo seu dinheiro antes de sair para se casar, supomos que com o propósito de se exibir, e a pobre Nancy não tinha nem sete xelins. Fiquei muito feliz em dar-lhe cinco guinéus para que fosse para Exeter, onde ela pensa ficar três ou quatro semanas com a senhora Burgess, na esperança, como lhe contei, de se encontrar novamente com o doutor. E devo dizer que o pior de tudo foi a indelicadeza de Lucy de não levá-la junto com eles na carruagem. Pobre senhor Edward! Não consigo parar de pensar nele, mas você deve chamá-lo para ir a Barton, e a senhorita Marianne deve tentar consolá-lo.*

A tensão do senhor Dashwood foi mais solene. A senhora Ferrars era a mais desafortunada das mulheres, a pobre Fanny sofrera agonias de sensibilidade e ele considerou a existência de cada uma delas, causadas por um golpe tão grande, com um maravilhamento grato. A ofensa de Robert era imperdoável, mas a de Lucy era infinitamente pior. Nenhum deles jamais deveria ser mencionado novamente à senhora Ferrars, e mesmo que ela pudesse ser convencida a perdoar o filho posteriormente, sua esposa jamais seria reconhecida como sua nora, tampouco teria a permissão de aparecer em sua presença. O sigilo com o qual tudo fora conduzido entre eles foi tratado de maneira racional como algo que aumentara enormemente o crime, pois, se os outros tivessem qualquer suspeita de que aquilo aconteceria, teriam sido tomadas medidas apropriadas para impedir o casamento. E ele pedia que Elinor se juntasse a ele em lamentar que o casamento de Lucy com Edward não tivesse acontecido, pois assim ela não poderia ser o meio de disseminar ainda mais tristeza na família. Ele continuou:

*A senhora Ferrars ainda não mencionou o nome de Edward, o que não nos surpreende. Mas, para nosso grande espanto, nenhuma linha foi recebida dele naquela ocasião. Talvez, no entanto, ele tenha mantido o silêncio por seu medo de ofender, e eu, portanto, darei uma sugestão a ele, escreverei para Oxford insinuando que sua irmã e eu pensamos que uma carta de retratação adequada dele, dirigida talvez a Fanny e mostrada por ela à sua mãe, não seria mal-interpretada, pois todos conhecemos a ternura do coração da senhora Ferrars e sabemos que o que ela mais deseja é estar em bons termos com os filhos.*

Este parágrafo foi de alguma importância para as perspectivas e a conduta de Edward, fazendo-o tomar a decisão de que tentaria uma reconciliação, embora não exatamente da maneira indicada por seu cunhado e sua irmã.

– Uma carta de retratação adequada! – repetiu ele. – Querem que eu implore perdão à minha mãe pela ingratidão de Robert com ela, e por sua ofensa à minha honra? Não posso fazer nenhuma retratação. Não me senti nem humilhado nem arrependido pelo que ocorreu. Fiquei muito feliz, mas isso não interessaria à minha família. Não sei de nenhuma retratação que seja apropriada para mim.

– Você certamente pode pedir para ser perdoado – disse Elinor –, pois você cometeu uma ofensa e acho que agora poderia até se aventurar a professar alguma preocupação por ter assumido o compromisso que despertou a raiva da sua mãe.

Ele concordou que poderia.

– E quando ela o perdoar, talvez um pouco de humildade possa ser conveniente ao reconhecer um segundo noivado quase tão imprudente aos olhos dela quanto o primeiro.

Ele não tinha nada a dizer contra a sugestão, mas ainda resistia à ideia de uma carta de retratação adequada e, portanto, para tornar tudo mais fácil para ele, pois declarara ter uma disposição muito maior para fazer concessões significativas pessoalmente do que no papel, foi resolvido que, em vez de escrever para Fanny, ele deveria ir a Londres e suplicar pessoalmente a bondade dela.

– E se eles estiverem interessados em uma reconciliação – disse Marianne, em sua nova personalidade sincera –, acharei que até John e Fanny não são inteiramente sem mérito.

Depois de uma visita do coronel Brandon de apenas três ou quatro dias, os dois cavalheiros deixaram Barton juntos. Iriam imediatamente a Delaford, para que Edward pudesse ter algum conhecimento pessoal de sua futura casa e ajudar seu patrono e amigo a decidir quais melhorias seriam necessárias. E de lá, depois de ficar algumas noites, ele deveria prosseguir na viagem para a cidade.

## Capítulo 50

Depois de uma resistência apropriada por parte da senhora Ferrars, tão violenta e teimosa, com o objetivo de evitar aquela reprovação na qual ela sempre parecia ter medo de incorrer, a censura de ser muito amável, Edward foi admitido em sua presença e aceito novamente como seu filho.

Sua família flutuara bastante nos últimos tempos. Por muitos anos de sua vida, ela tivera dois filhos, mas o crime e a aniquilação de Edward algumas semanas antes tinham-na roubado de um. A aniquilação semelhante de Robert deixara-a por quinze dias sem nenhum; e agora, pela ressurreição de Edward, ela tinha um filho outra vez.

Apesar de ser permitido uma vez mais viver, no entanto, Edward não sentiu que a continuidade de sua existência estaria segura até que revelasse seu presente noivado. Pois a divulgação dessa circunstância, ele temia, poderia provocar uma reviravolta súbita na situação e ele seria expulso da família tão rapidamente quanto antes. Com uma cautela apreensiva, portanto, tudo foi revelado, e ele foi ouvido com uma calma inesperada. A senhora Ferrars, no início, tentou racionalmente dissuadi-lo de se casar com a senhorita Dashwood, usando todos os argumentos em seu poder. Disse que com a senhorita Morton ele teria uma mulher de posição superior e maior fortuna, e reforçou a afirmação observando que a senhorita Morton era a filha de um nobre com trinta mil libras, enquanto a senhorita Dashwood era apenas a filha de um cavalheiro privado com não mais do que três. Mas, quando descobriu que, apesar de admitir perfeitamente a verdade de suas palavras, ele não estava de modo algum inclinado a se guiar por elas, ela julgou mais sábio, a partir da experiência do passado, aceitar. Portanto, depois de uma pausa indelicada para preservar a própria dignidade e evitar toda suspeita de boa-vontade, ela consentiu que Edward e Elinor se casassem.

O que ela faria para aumentar os rendimentos do casal foi o seguinte; e aqui ficou plenamente claro que, embora Edward fosse agora seu único filho, ele não era, de modo algum, o mais velho, pois enquanto Robert estava inevitavelmente dotado com mil libras por ano, não foi feita a menor objeção contra a ordenação de Edward com um rendimento de 250 libras no máximo. Tampouco foi feita alguma promessa para o presente ou o futuro, além das mesmas dez mil libras que tinham sido o dote de Fanny.

Era, no entanto, justamente o desejado, e mais do que o esperado, por Edward e Elinor. E a própria senhora Ferrars, com suas desculpas evasivas, parecia a única pessoa surpresa por não dar mais.

Com uma renda bastante suficiente para suas necessidades assim assegurada, eles não tinham nada para esperar depois que Edward tomasse posse da posição na paróquia. A não ser o término das reformas na casa, na qual o coronel Brandon, com um desejo ansioso de acomodar Elinor, estava fazendo melhorias consideráveis. E, depois de esperar algum tempo para a conclusão, depois de experimentar, como sempre, mil decepções e atrasos pela lentidão inexplicável dos trabalhadores, Elinor voltou atrás em sua resolução inicial de não se casar antes que tudo estivesse pronto, e a cerimônia ocorreu na igreja de Barton no início do outono.

O primeiro mês depois do casamento foi passado na mansão do coronel Brandon, de onde puderam supervisionar o progresso da casa paroquial e conduzir a reforma como queriam, no próprio local – puderam escolher papéis de parede, projetar a plantação dos arbustos e inventar um caminho de cascalho. As profecias da senhora Jennings, embora bastante confusas, foram cumpridas, pois ela conseguiu visitar Edward e a esposa na paróquia na época da Festa de São Miguel e encontrou em Elinor e seu marido, como realmente acreditava, um dos casais mais felizes do mundo. Na verdade, eles não desejavam mais nada, apenas o casamento do coronel Brandon e Marianne, e um pasto melhor para suas vacas.

Logo que se instalaram, foram visitados por quase todos os parentes e amigos. A senhora Ferrars veio inspecionar a felicidade que quase sentia vergonha de ter autorizado, e até mesmo os Dashwood vieram em detrimento de uma viagem a Sussex para fazer as honras.

– Não direi que estou decepcionado, querida irmã – disse John, enquanto andavam juntos certa manhã diante dos portões de Delaford House –, isso seria demais, pois certamente você se tornou uma das jovens mais afortunadas do mundo, tal como as coisas aconteceram. Mas, confesso, seria um grande prazer chamar o coronel Brandon de cunhado. Sua propriedade aqui, seu lugar, sua casa... tudo está em uma condição tão respeitável e excelente! E seus bosques... não vi em nenhum outro lugar em Dorsetshire madeiras como as que existem em Delaford Hanger! E apesar de que Marianne talvez possa não parecer exatamente a pessoa para atraí-lo, ainda acho que seria bastante aconselhável que você os traga frequentemente para ficar aqui, pois, como o coronel Brandon parece passar muito tempo em casa, ninguém sabe o que pode acontecer. Quando as pessoas passam muito tempo juntas e não veem muito nenhuma outra, sempre estará em seu poder ressaltar suas qualidades, e assim por diante. Resumindo, você também poderá dar uma chance a ela. Você me entende.

Embora a senhora Ferrars tenha vindo vê-los e sempre fingira um carinho decente, eles nunca foram insultados por seu favor e sua preferência. Aquilo estava reservado à insensatez de Robert e à astúcia de sua esposa, e foi conquistado por eles sem que muitos meses tivessem passado. A sagacidade egoísta de Lucy, que inicialmente colocara Robert em apuros, foi o principal instrumento de sua libertação, pois sua humildade respeitosa, atenções assíduas e bajulação interminável, assim que surgiu a menor abertura para que fossem postas em prática, conseguiram reconciliar a senhora Ferrars com a escolha do filho, e Robert reconquistou de maneira plena sua preferência.

Todo o comportamento de Lucy neste caso e a prosperidade que o coroou, portanto, podem ser considerados um exemplo muito encorajador do que uma atenção incessante e intensa aos interesses próprios, por mais que seu progresso possa estar aparentemente obstruído, fará em assegurar todas as vantagens da fortuna, sem nenhum outro sacrifício além do tempo e da consciência. Quando Robert procurou sua amizade pela primeira vez e a visitou em particular em Bartlett's Buildings, foi apenas com a visão que lhe fora imputada pelo irmão. Ele apenas queria persuadi-la a desistir do compromisso, e como não havia nada a superar além do carinho de ambos, ele naturalmente esperava que um ou dois encontros solucionassem o assunto. Nesse ponto, no entanto, e só nesse, ele cometeu um erro, pois, embora Lucy logo lhe tenha dado esperanças de que sua eloquência a convenceria com o tempo, sempre faltava outra visita, outra conversa, para produzir essa convicção. Algumas dúvidas sempre permaneciam na mente dela quando eles se separavam, as quais só podiam ser removidas por outro encontro de meia hora com ele. Dessa forma, as visitas dele estavam garantidas, e o resto seguiu seu curso. Em vez de falar de Edward, eles começaram gradualmente a falar apenas de Robert, um assunto sobre o qual ele sempre tinha mais a dizer do que sobre qualquer outro, e pelo qual ela logo mostrou um interesse igual ao dele. Resumindo, tornou-se rapidamente evidente para ambos que ele suplantara inteiramente o irmão. Ele estava orgulhoso da sua conquista, orgulhoso de enganar Edward, e mais orgulhoso ainda de se casar em segredo sem o consentimento da mãe. O que aconteceu depois é conhecido. Eles passaram alguns meses felizes em Dawlish, pois ela tinha muitos parentes e velhos conhecidos com quem queria cortar relações e ele desenhou várias plantas de chalés magníficos e, ao voltar para a cidade, instigado por Lucy, obteve o perdão da senhora Ferrars, por meio do simples recurso de pedi-lo. O perdão, no início, de fato, como era razoável, incluía apenas Robert; e Lucy, que não devia nenhuma obrigação à sogra e, portanto, não cometera nenhuma transgressão, ainda permaneceu mais algumas semanas sem ser perdoada. Mas a perseverança na humildade de conduta e as mensagens nas quais assumia a culpa pela ofensa de Robert e a demonstração de gratidão pela dureza com que era tratada obtiveram com o tempo o reconhecimento altivo de sua existência e levaram, logo depois, a passos rápidos, ao mais alto grau de carinho e influência. Lucy tornou-se tão necessária para a senhora Ferrars quanto Robert ou Fanny, e apesar de Edward nunca ter sido cordialmente perdoado por ter pretendido se casar com ela e de falarem de Elinor como se fosse uma intrusa, apesar de superior a Lucy em fortuna e nascimento, ela era em todos os aspectos considerada, e sempre abertamente reconhecida, como a nora favorita. Eles se instalaram na cidade, receberam uma ajuda muito generosa da senhora Ferrars, estavam nos melhores termos imagináveis com os Dashwood e, deixando de lado os ciúmes e as más-vontades que subsistiam entre Fanny e Lucy, com a participação natural de seus maridos, bem como os frequentes desentendimentos domésticos entre Robert e Lucy, nada poderia exceder a harmonia na qual todos viviam juntos.

    O que Edward fizera para perder o direito do filho mais velho poderia ter confundido muitas pessoas, e o que Robert fizera para obtê-lo poderia tê-las intrigado ainda mais. Foi um arranjo, porém, justificado em seus efeitos, senão em sua causa. Pois nada nunca fora demonstrado pelo estilo de vida de Robert ou pela forma como falava que levasse a uma suspeita de que se arrependesse da extensão da sua renda, fosse por deixar seu irmão com muito pouco, ou ficando com muito e se Edward poderia ser julgado pelo pronto desempenho de seus deveres em cada detalhe, de um apego crescente pela esposa e por sua casa, e da felicidade constante de seu ânimo, ele poderia ser visto não menos contente com sua parte, nem menos livre de qualquer desejo de mudança.

O casamento de Elinor a separou tão pouco de sua família quanto pôde ser planejado, sem tornar o chalé de Barton totalmente inútil, pois a mãe e a irmãs passavam mais da metade do tempo com ela. A senhora Dashwood estava agindo tanto por política quanto por prazer na frequência das suas visitas a Delaford, pois o desejo de reunir Marianne e o coronel Brandon não era menos fervoroso, embora mais liberal do que John expressara. Agora, era seu objetivo principal. Por mais que a companhia da filha lhe fosse valiosa, o que mais desejava era ceder a prazer constante de estar ao lado dela o seu amigo, e ver Marianne instalada na mansão era igualmente o desejo de Edward e Elinor. Cada um deles sentia as dores do coronel e suas próprias obrigações, e Marianne, por consenso geral, deveria ser a recompensa por tudo.

Com essa conspiração contra ela, com um conhecimento tão íntimo da bondade do coronel e com a convicção do apego dele por ela, que finalmente, embora muito depois de ter sido notado por todos, explodiu em seu coração, o que ela poderia fazer?

Marianne Dashwood nasceu para um destino extraordinário. Ela nasceu para descobrir a falsidade de suas próprias opiniões e para contrariar, pela própria conduta, suas máximas favoritas. Nasceu para superar um carinho formado na vida já aos 17 anos, e sem nenhum sentimento superior à forte estima e à amizade vivaz, voluntariamente entregar sua mão para outro! E aquele outro, um homem que não sofrera menos do que ela por um antigo afeto, o qual, dois anos antes, ela considerara velho demais para se casar e que ainda tentava proteger sua saúde com um colete de flanela!

Mas foi assim. Em vez de ser sacrificada por uma paixão irresistível, como outrora gabara-se com muito gosto de ser o que esperava, em vez de permanecer para sempre com a mãe e encontrar seus únicos prazeres no isolamento e nos estudos, como decidira depois em seu julgamento mais calmo e sóbrio, ela viu-se, aos 19 anos, submetendo-se a uma nova afeição, assumindo novos deveres, instalada em um novo lar, esposa, chefe de uma família e senhora de uma aldeia.

O coronel Brandon estava agora tão feliz quanto todos os que mais o amavam acreditavam que merecia estar. Em Marianne obteve o consolo de todas as aflições passadas, e o afeto e a companhia dela restauraram seu ânimo e o bom humor. E que Marianne tivesse encontrado a própria felicidade ao ser o objeto da dele era igualmente a certeza e o prazer de todo amigo observador. Marianne nunca poderia amar pela metade e, com o tempo, todo seu coração se tornou tão dedicado ao marido quanto fora antes a Willoughby.

Willoughby não conseguia falar do casamento dela sem uma dor profunda, e seu castigo logo foi completado pelo perdão voluntário da senhora Smith, que, declarando que seu casamento com uma mulher de caráter como a fonte de sua clemência, deu-lhe motivos para acreditar que se tivesse se comportado com honra em relação a Marianne, ele poderia ter sido ao mesmo tempo feliz e rico. Não devemos duvidar da sinceridade do arrependimento de sua má conduta, a qual causou seu próprio castigo, tampouco que pensou no coronel Brandon com inveja, ou em Marianne com remorso, durante muito tempo. Mas não devemos pensar que ele ficou para sempre inconsolável, que fugiu da sociedade ou contraiu uma tristeza permanente, ou morreu de coração partido, pois nada disso aconteceu. Ele viveu com intensidade e frequentemente se divertia. Sua esposa nem sempre estava de mau humor, nem sua casa era sempre desconfortável. E na criação de cavalos e cachorros, e nos esportes de todos os tipos, ele encontrou um grau considerável de felicidade.

Para Marianne, no entanto, apesar da impolidez dele de sobreviver à sua perda, sempre manteve aquela consideração decidida que o interessava em tudo que acontecia com ela e tornou-a seu padrão secreto de perfeição feminina. E muitas belezas em ascensão seriam desprezadas por ele em dias posteriores, por não terem comparação com a senhora Brandon.

A senhora Dashwood era prudente o suficiente para permanecer no chalé, sem tentar se mudar para Delaford, e felizmente para *sir* John e a senhora Jennings, quando Marianne foi tirada deles, Margaret já atingira uma idade muito adequada para os bailes e não muito indesejável para que imaginassem que tivesse um namorado.

Entre Barton e Delaford, havia aquela comunicação constante que o forte afeto familiar ditaria naturalmente e entre os méritos e a felicidade de Elinor e Marianne, não era menos considerável que, embora fossem irmãs e vivessem quase à vista uma da outra, conseguissem viver sem desentendimento entre elas e sem produzir frieza entre seus maridos.

*Fim*